詩人郭《かく》沫《まつ》若《じゃく》と日本

藤田梨那［著］
Rina FUJITA

武蔵野書院

目次

はじめに

郭沫若（一八九二年～一九七八年）は、中国が清王朝から中華民国、中華人民共和国へと進む歴史の中を生き、活躍した政治家、文学者、考古学者、歴史研究者である。日本留学中に出版した処女詩集『女神』は、中国の近代口語詩の確立に貢献した点で、中国近代文学史上画期的な作品として、その位置を不動のものにしている。郭沫若の一生は、日本と深く関わっている。彼は青年期に日本に留学（大正三～十二年）し、医学を学んだ。壮年期に日本に亡命（昭和三～十二年）して、中国の古代史、古代文字の研究に力を注いだ。前後約二十年間の日本での生活は、後に彼の文学及び考古学、歴史学の基礎を築きあげた。また、日本留学中に初めて自由恋愛を体験し、日本人女性佐藤富子と家庭をもち、留学期、亡命期に渡り、苦楽を共にした。この体験、いわば国際恋愛、国際結婚は、彼の人生及び文学に大きな影響を及ぼしたのである。従って、郭沫若を論ずるとき、日本という要素を抜きにしては語ることができない。

郭沫若に関する研究は、中国においてすでに半世紀にわたり続けられてきた。これまでの研究は、基本的に愛国主義、五四精神、マルクス主義といった思想理論に基づいている傾向が強く、資料、史実の調査、文学理論に基づくテクストの評価は必ずしも十分とは言えない。特に、郭沫若が日本と関わった二つの時期に関する研究は、まだ多くの空白を残している。二〇〇四年に、武継平氏はその著『異文化のなかの郭沫若――日本留学の時代――』（九州大学出版会）を刊行し、郭沫若の留学時代を中心に、その生活、文学、思想を考察した研究成果を公表した。これは、郭沫若を主題にした研究書としては日本初のものである。福岡時代の郭沫若に関する多くの資料を発掘し、当時の生活ぶりと文学活動の様子を具体的に伝え、示唆的な著書である。

本書『詩人郭沫若と日本』では、彼の留学と亡命の二つの時期に焦点を当て、彼と近代日本との精神面での交流を明らかにしていくことを目的とする。

郭沫若は、一九一四年（大正三年）に来日した。この時代の日本は、明治以来の近代化が進み、西洋の近代文明と東洋の伝統文化が入り混じり、政治、文化、社会において民衆主義、自由主義思想が浸透する、所謂大正デモクラシーの時代に入っていた。郭沫若は、この未知の土地でさまざまな体験をし、多くのものを学んだのであろう。九州帝国大学在学中に出版した詩集『女神』は、まさにこの時代に彼が吸収したさまざまな要素を内包した作品である。それは、決して愛国主義や五四精神だけでは語り尽くせないものである。例えば、近代医学、自然や風景の発見、愛の苦悩、西洋文学や日本文学への共鳴、古典の止揚など多方面に渡るものがあった。『女神』は、詩人郭沫若の出発点であるだけに、これに含まれているさまざまの要素が重要な意味をもつ。それをひとつひとつ、できるだけ丁寧に拾い上げる必要があるのではないだろうか。

二〇〇五年に、筆者は大高順雄氏、武継平氏とともに郭沫若の書簡集『桜花書簡』の日本語訳を刊行した。二〇〇八年から二〇〇九年にかけて、中国四川省教育庁の社会科学重点研究課題「郭沫若在日本的史料捜集及研究」共同研究（岩佐正暲、藤田梨那、岸田憲也、郭偉）に参加し、その成果として『日本郭沫若研究資料総目録』（明徳出版社）を出版した。二〇一一年に、筆者は『女神　全訳』（明徳出版社）を刊行した。このような仕事を通して、従来の郭沫若研究は、多くの史料や史実を見落としていることに気づき、改めて資料調査や作品解釈の重要性を認識した次第である。

さて、近代詩歌の確立は、単なる詩形の改革ではなく、新しい思想、新しい感性、新しい美意識が生まれて初めて可能になる。郭沫若においてそれはどのように自覚され始めたのであろうか。口語詩の確立と近代的自我意識はどのように関係するのか。詩歌において、郭沫若は何を打ち出そうとしたのか。これらの問題を考えるときに、柄谷行人氏の『日本近代文学の起源』及びファン・デン・ベルクの『The Changing Nature of Man』に見られる近代意識と「風景」の発見との関係についての論述は示唆的である。『女神』の特質を考える時に、日本という文化的環境、風土が必然的に関わってくる。筆者は「風景」の発見が郭沫若の口語詩創作に一つの「突破口」を与えたのではないかと考える。「風景」の発見は内面の発見を導き、郭沫若詩歌の中で不可欠な要素となる。このような視点から郭沫若の詩歌を見た場合、彼が近代詩において追求したのは、内なる「声」の優位ではないか、ということが見えてくる。本書第一章から第五章では、日本留学を中心に詩人誕生のプロセスを探っていく。

本書第六章から第八章では、主に日本亡命期を中心に、その思想的変化と文学創作、歴史研究について論じる。亡命の十年間は生活と精神の両面において、彼は大きな試練を受けた。その間、彼は日本の左翼文学者や親中派の日本人と交流をもった。またマルクス思想へのアプローチ、古代史研究と甲骨文字研究は、その後の彼の精神的基盤を固め、歴史研究家としての基礎を構築した。日中関係が日を追って険悪になる中で、彼の作品にも大きな変化が見られる。自伝や社会性の強い身辺小説を書き始めるのもこの時期である。

本研究で用いた手法には、主に三つの側面がある。

一、時代背景、体験の側面。作品に関係すると思われる時代背景、事件、作者の体験等をできる限り厳密に調査し、歴史的事実が作者に及ぼした影響、作品との関係を明らかにし、研究に反映する。

二、テクスト、関係資料の側面。取り扱う作品について、初出や所収を調査する。いわばテクストクリテイックを重視する。新聞や雑誌にのみ掲載で、作品集、全集に未収録の作品も、必要と判断したものは、研究対象として取り上げる。研究対象の作品と関係のある外国の作品は、できるだけ原文を用いて比較分析を行う。いわば比較文学の手法である。

三、理論的な側面。郭沫若が留学中に接した心理学、医学及び西洋の文学理論により創作の理論根拠を得ている。彼自身の文学理論は作品研究の根拠になりうる。また文学批評に関する心理学や文学理論も作品研究に応用する。

日本亡命中に郭沫若は「自然への追懐」というエッセイを発表した。その中で彼は、留学時代を懐かしく回想し、「今でも第二の故郷のような感じがする」と言う。この言葉は何を意味しているのか。本書は二十年にわたる郭沫若と日本の歴史から、その答えを探っていく。

第一章　少年時代

第一節　豹子投胎

成都から南へ約一二〇キロ、長江の支流泯江、大渡河、雅河が合流する地域を楽山という。ここが詩人郭沫若の故郷である。楽山には、西に古代より仏教の聖地として名高い峨眉山が聳え立つ。中央には長江の支流が豊かに流れる。農業、水産業、林業がともに盛んで、まさに豊饒の地である。古より「海棠香る国」と呼ばれていた。泯江、大渡河、雅河が合流する地点に凌雲山があり、川に面した岩壁に巨大な弥勒菩薩が鎮座している。楽山大仏である。唐代に造営されたもので、完成するまで九十年もの歳月を要した。大仏の高さは七十一メートル、奈良東大寺の大仏の五倍にも及び、世界最大の仏像といわれている。楽山大仏は峨眉山とともに仏教の聖地として人々に崇められ、またその雄大さ、美しさゆえに、古より多くの文人墨客を引きつけて止まない。一九九六年、ユネスコの世界文化遺産に登録されてから、中国の重要な観光スポットの一つとなる。郭沫若は楽山大仏と峨眉山の間、大渡河沿いの町沙湾に生まれた。

一八九二年十一月十六日、郭沫若は郭家の八番目の子として生まれた。この年は清朝の光緒十八年に当たる。十一代皇帝光緒帝の在位中にいくつかの重大な事件が発生している。日清戦争（一八九四年～九五年）、戊戌政変（一八九八年）と八ヵ国連軍の北京入城（一九〇〇年）である。特に康有為による「戊戌政変」の失敗により、光緒帝はついに幽閉の身となり、一九〇八年に亡くなる。光緒帝の亡き後、帝位についたのは宣統帝である。彼は清王朝最後の皇帝となる。在位わずか三年で辛亥革命によって帝位を追われた。つまり郭沫若は、清王朝の最後の時期に生まれたわけである。後年、彼自身も自伝で、「私の幼年時代は言うまでもなく大中華老大国の運命が最も傾いた時だった。[1]」と述懐する。

彼の出生にまつわる一つの逸話がある。母親は彼を身ごもったときに不思議な夢を見た。一匹の豹が突然現れ、親指と人差し指の間に噛み付いた。びっくりしてはっと目が覚めたという。[2]郭沫若は逆子の状態で生まれたが、奇跡的に母子ともに無事であった。母は彼に「文豹」と幼名を付けた。豹の生まれ変わりであっても、せめておとなしい豹であるように、という思いからであろう。しかし、そのときには、間もなくやってくる国内外の大動乱、彼が否応なくその渦中に巻き込まれていくとは、母親も彼自身も知る由もなかった。

郭沫若は自分の出生に纏わるこの逸話について、自伝でこうも述べている。「豹の生まれ変わりだと言われたが、幼年期に私は従順な子羊だったと言える。私の半生の歴史でさえ受難の子羊に過ぎないと言える。[3]」ここで言う半生の歴史は彼が故郷で過ごした青少年時代を指す。しかしその後の彼の生涯を展望すると、そこに激動の時代があり、度々の戦乱と政変が展開している。「豹の生まれ変わり」と言われ、「文豹」と名づけられた彼は、目まぐるしく変わる歴史の激流をまさに豹のように潜り抜けたのである。

第二節　郭家の人々

「私は物心がつく頃には、我が家は既に中程度の地主であった。土地はそれほど多くなかったが、しかし辺鄙な田舎にあっては、我が家より土地の多い家はなかった。[4]」郭沫若は自伝「我的童年」（「わが少年時代」）において実家の状況を回想している。郭家は土地を小作人に貸して耕させ、毎年収穫の時期に小作人から年貢を集めていた。この家産は郭沫若の祖父が一代で築き上げたものである。しかし三男坊である彼の父郭朝沛《かくちょうはい》は、祖父の財産を多く相続できなかった。家族を養うために父はさまざまな商売を試みた。アヘン売り、酒の醸造、穀物の売買など。生まれながら商人の才があったのか、程なくして土地、田畑、家屋が買えるほど財を築き上げた。学問のない父は、鋭い勘、算盤の腕、独学の漢方医術となかなか才能があった。一方、母の杜遨貞《とげきてい》は官僚の家の出身である。その父杜琢璋《とたくしょう》は楽山の出身であるが、進士に及第した後、貴州、黄平州に赴任し、州の長官となる。郭沫若の母杜遨貞は貴州に生まれた。しかし間もなく貴州の苗族が反乱を起こした。長官である杜琢璋は城の守りに失敗したため、自ら節に殉じた。その時杜一家は、女子供までみな自害した。まだ乳飲み子の杜遨貞だけは乳母に背負われて逃れた。

郭沫若は「先妣事略」と「祭母文[5]」に、母親の出生年については咸豊七年（一八五七年）と記している。また苗族の反乱にも言及しているが、このときの反乱は、咸豊五年（一八五一年）から同治十一年（一八七二年）にかけて貴州に起こった「咸同反乱」であったようである。清代に比較的大規模な苗族の反乱は三回発生している。「咸同反乱」はその中でも最も規模が大きく、期間が長かった反乱である。当時貴州の苗族が中心になって侗族、回族、壮族等少数民族が清朝の少数民族政策に抵抗して暴動を起こした。彼らは反政府軍を組織し、次々に各地の清政府の統治機関を攻撃し、県や町を掌握した。杜琢璋が長官を務めていた黄平州も反乱軍の攻撃に遇い、激しい戦闘の末、攻め落とされた。そのとき杜一家が自害したのである。杜遨貞は乳母と一緒に三年かけて貴州から四川に戻り、楽山からそう遠くない杜家場の祖母の家に身を寄せた。杜遨貞はここで少女時代を過ごし、十五歳のときに郭家に嫁いだ。

郭沫若は自伝や書信の中で両親について度々言及している。彼は苦労人の父親を尊敬し、母親に深い愛情を抱いていた。いつも憂鬱で気難しい父と対照的に、母は明るく楽観的な人柄であったという。「私の人生で、特に幼年期において、最も深く私に影響を及ぼしたのは母だ。母は私を愛しているし、私も母を愛している。もう十数年会っていない。母の生死も分からないが、夢の中でよく母を見るのだ。」と、自伝「我的童年」において述懐している。ここに見られる母親への愛慕の情は実に切実である。それもそのはず、「我的童年」を書いた頃、郭沫若はすでに中国を離れ、日本へ亡命していたのである。一九二八年二月、彼は一家を連れて日本に亡命し、千葉県の市川市に住居を定めたが、「我的童年」はそこで執筆された。政治情勢の混乱、亡命者としての失意、異国での生活、激動を潜り抜けてきた彼は、少年時代故郷で過ごした生活を回想するとき、母親をどんなときよりも懐かしく思ったことだろう。

郭沫若は八番目の子として生まれたが、上の二人の姉と一人の兄は彼が生まれる前にすでに夭逝し、残ったのは二人の兄と二人の姉であった。子供の名前は、男子の場合、みな一字同じ文字を持つ。一番上の兄は郭開文《かくかいぶん》、二番目の兄は郭開佐《かくかいさ》、そして郭沫若は郭開貞《かくかいてい》と名づけられた。郭沫若という名は後年、彼自身が付けたペンネームである。楽山は大渡河と雅河が合流するところである。大渡河の古称は沫水、雅河の古称は若水という。郭沫若はこの二本の河の古称をとって自分のペンネームにしたのである。一番上の兄郭開文は郭沫若にとって、母親に次いで最も影響を受けた人物である。彼は郭沫若より十二歳も年上で、幼少時代から科挙の試験を受けるため学問していたが、成都の東文学堂に進学してから、当時の啓蒙運動に参加し、新学（近代的な教育）に共鳴した。この兄は成都から新しい考え方を故郷にもち込み、村に新風を巻き起こした。たとえば、故郷に蒙学堂（子供たちに勉強させる施設）の建設を提唱した。従来学問ができなかった女子たちも男子たちと一緒に学堂に通い、勉強ができるようになった。また、村に「放足会」の立ち上げを提案した。これは女性たちを纏足という風習から解放する組織である。郭沫若の母を始め郭家の女性たちは、先頭を切って纏足を解いた。郭開文はその後日本へ留学し、法律・政治学を学んだ。帰国後法科挙人の試験に合格し、北京で官吏になる。郭家兄弟の中の出世頭である。このような兄から、郭沫若は少なからぬ影響を受けた。後に彼も日本へ留学するが、それを後押ししたのもこの兄である。

第三節　大家族子弟の教育

郭沫若が少年時代を送った清朝末期光緒、宣統年間は、まさに中国が文化、産業、教育と、様々の面で近代化へと進む変動期に当たる。千年以上続いた科挙制度は光緒三十一年、一九〇五年、郭沫若が十三歳の年に廃止となった。それまで中国人の教養は主に四書五経や、漢詩いわゆる古典漢学に限られていた。これらはまた科挙の試験科目でもある。郭沫若の長兄郭開文は科挙を受け、秀才に合格した。郭沫若の父郭朝沛は苦労人上がりで、読書をしたことがなかったが、子供たちの教育にはたいそう熱心であった。郭家の中に家塾を開き、科挙の試験を受けて稟生になった沈煥章《しんかんしょう》を師として迎え、郭家一族の子弟の教育に当たらせた。塾は「綏山館《すいざんかん》」という。目の前に峨眉山の第二峰綏山が見えるのにちなんでこのように命名した。子供たちは七歳になるとこの家塾に入って、学問をした。家塾で読むものは、『三字経』『千字文』から『唐詩三百首』『千家詩』『易経』『周礼』『礼記』『書経』に及ぶ。まだ大人のように話すこともできない子供たちにはひたすら暗唱させた。兄たちが意味も分からないまま読経するように文章を読んでいるのを聞いているうちに、少年郭沫若は兄たちよりもうまく暗唱できるようになった。四歳半の頃に、彼は自ら兄たちと一緒に勉強したいと両親に申し出た。[6]

こんなに早く学問に目覚めたことについて、彼は後年自伝「我的童年」で回想している。「私は四歳半のころから学問をしたいという気持ちが目覚めた。なぜこんなに早く読書に好奇心が生じたのか。これにはいくつかの原因がある。第一には、母は私に漢詩を教えてくれた。第二には、私は『善書』（後述）の講談を聞いて分かるという自信をもっていた。[7]」郭沫若の母親はたいそう聡明な方で、独学で文字を覚え、多くの唐詩を諳んずることができた。それを口伝で郭沫若に教えた。郭沫若は幼少時代母から教わった漢詩を終生忘れなかったという。彼は回想の中で二首の漢詩を挙げた。

「南行別弟」　唐　韋承慶

淡淡長江水　淡々たり長江の水
悠々遠客情　悠々たり遠客の情
落花相与恨　落花相ともに恨み
到地一無声　地に到りて一に声なし

「翩翩少年郎」

翩翩少年郎　翩翩たる少年郎
騎馬上学堂　馬に騎りて学堂に上る
先生嫌我小　先生、我の幼きを嫌えども
肚内有文章　肚内に文章あり

「南行別弟」は唐代の詩人韋承慶の作である。韋承慶（639—705）は唐代の地方官吏を務めていたが、あるとき上司の罪に連座して南方の広州に左遷された。この詩はそのとき兄弟に書き与えたものである。流れる水と落花で翻弄される人生を喩え、長江の風景に旅人の惜別の情を詠む。「翩翩少年郎」は、賢そうな少年は馬に乗って学校に行く。先生は少年のことを歳が小さいと言うが、少年が思うに、僕の腹にはちゃんと文章が詰まっているのだと。少年が学問に自信を持っているさまを詠んでいる。郭沫若は、「この詩は子どもの勝ち気を刺激するのに絶好の興奮剤である。子供の欲望はそれほど贅沢ではない。必ずしも馬に乗らなくともよい。竹の竿があれば充分にその代わりになる。竹馬に乗って、書物を抱えて学校へ行く。これは何と得意な気持ちになるだろう。これを実現したい、これが、私が早く学問をしたいと思った理由の一つだ。[8]」と、その幼少時代の気持ちを振り返る。二首の詩はともに五言絶句であるが、韋承慶の「南行別弟」に対して、「翩翩少年郎」は一種の遊戯詩である。しかしその中に詠まれた少年の自負は大いに少年郭沫若の心をくすぐった。

郭沫若は母親の啓蒙教育について、たびたび自伝や書簡で言及している。「我的童年」「我的学生時代」（私の学生時代）『三葉集』などを挙げることができる。「我的学生時代」において彼は、「母親は私の本当の啓蒙の師である。私がまだ物心つかない前に、たくさんの唐宋詩人の詩や詞を教えてくれた。[9]」と回想する。ここから分かるように、彼の場合、学問への目覚めに漢詩の影響が大きく関わっている。

「善書」はまた「説善書」ともいう。これは清代に流行っていた講談のひとつである。倫理道徳に関する、お上の「聖諭」を民衆に説いたことに起源し、唱いと語りが入り込んで講談のような民間の話芸に発展した。主に、古代の裁判案件や民間伝説を通じて、親孝行、家庭円満、隣近友善、人助けなど「十全大善」を宣伝するのが目的である。いわば勧善懲悪の民間芸能である。清の乾隆の頃、中国の南方、特に湖南湖北、四川楽山でも農民や庶民たちの娯楽として流行していた。少年郭沫若もよくこの「説善書」を楽しんだという。

一八九七年の春、郭沫若は父に連れられて家塾に行き、沈煥章先生の弟子になる。しかし、家塾での学問は彼が想像もつかないほど厳しいものであった。第一、年齢別、レベル別でクラスを分けることとしないので、読む教材も出される課題もみな同じ。難しい経書は相も変わらず意味が分からないまま暗記させられる。漢詩は、対字、対句から五言、七言の帖詩まで作らされる。帖詩とは、詩題を与えられて作る五言、七言詩のことである。これは科挙の試験で出題される。つまり大人の作詩とほぼ同レベルである。これにはかなり高度な教養と作文の力量が必要になる。こうなると、幼いころから漢詩に親しんできた少年郭沫若でも相当難しくなる。彼はこれを「詩の刑罰」と称した。「話さえうまくできない子供にどうして虚実（写実と虚構という文学的手法）や平仄（中国の漢字の声調に関する種別）が分かるだろうか。まして音律対偶など理解できるはずもない。しかしできなくても作らなければならない。[10]」と後年回想する。少年時代の彼は詩を作るために午前中から座って考える。できないから、遊びたい心を抑えて午後も座って考える。やがて日が暮れてきたが依然としてできない。こうなると、泪が流れてくるばかりである。このような「詩の刑罰」を家塾で数年間受けたのである。

「詩の刑罰」と並んで彼を苦しめたのは体の刑罰である。『尚書』に「撲作教刑」（撲を教刑と作す）とある。中国は古代より子供の教育に体罰を用いた。家塾の先生は竹の戒尺を使って生徒たちに体罰を加える。叩き方は二通りある。一つは服や帽子の上から乱打する。これは略式な打ち方である。もう一つは、手とお尻を打つ、これは正式な打ち方である。少年郭沫若はこの体罰を何度か受けた。あるとき、略式の体罰で頭を叩かれて、いくつかのこぶができて、夜寝るとき、枕に頭を載せると痛くて泣き出してしまう始末。母は可哀相に思い、頭の部分が厚く、硬くできている古い帽子を探し出して、郭沫若にかぶらせた。この帽子の中にフェルトの耳が四つついているので、これを被っていれば、先生の戒尺がいくら猛烈に打ってきても頭はちっとも痛くない。郭沫若は「鉄かぶと[11]」と呼んだ。

このように、郭沫若は幼少期に厳しい教育を受けた。その教育は基本的に科挙の試験に必要なものであった。「詩の刑罰」と「撲作教刑」式教育の数年間、苦しかったとはいえ、漢詩文の素養を叩き込まれ、古典の陶冶はすでに彼の学問の原体験の一部になったことは間違いだろう。

しかし、このような伝統的な教育も間もなく近代化の大波に席巻される運命になる。一九〇〇年に起こった義和団運動が欧米と日本の八カ国連軍に鎮圧され、「北京条約」により、中国の清王朝は八カ国に多額の賠償金を支払うことになる。中国の人々はこれを「庚子《こうし》賠款《ばいかん》」と呼ぶ。この時期から欧米各国は中国に対して、近代的教育の援助いわゆる東方文化事業に乗り出す。中国国内にも欧米の文化、科学が流入してくる。学校では「洋学」が浸透し、八股文の廃止、古典教育の見直しが徐徐に始まった。「庚子賠款」後、欧米各国の対中文化事業が科挙制度の廃止（一九〇五年）に拍車をかけたのは言うまでもない。

洋学は郭沫若の故郷にも入ってきた。近代式教育を行う学堂が成都に次々にできる。さまざまの近代的な書籍が出版される。雑誌「啓蒙画報」「新小説」や小説『経国美談』（矢野龍渓著、梁啓超訳）などは郭沫若がこの時期に読んだ書物である。成都で学んでいる一番上の兄郭開文の影響もあって、家塾にも変化が起こった。沈煥章先生は厳しい先生に違いないが、社会の新しい動向にも敏感で、改革も速かった。当時上海で出版された啓蒙的な教科書、例えば、数学、地理、地質、東洋史、西洋史、修身、国語などをすぐに家塾のテキストに取り入れた。また教室の壁に「東亜輿地全図」を貼った。カラフルな色彩に印刷されたアジア地図を見て、子供たちは始めて中国の位置や隣近諸国の存在を知って、大いに驚いた。子供たちにひどい体罰を行った沈先生はそれから体罰を止めてしまった。このようにまだ十歳前後の郭沫若は沙湾の田舎にいながら、少しずつ時代の足音を感じ始めていたのである。

第四節　山水秀美の故郷

郭沫若が生まれ育った沙湾も、後に遊学した嘉定も成都も山や河に囲まれ、自然に恵まれていた。沙湾の西には峨眉山脈が連なり、東には大渡河が雄大に流れる。実に山水秀美の地である。人々はよく「綏山毓秀、沫水鍾霊」と言う。綏山は峨眉山脈の第二峰を指し、沫水は大渡河の古称である。綏山は美しいものを育て、沫水はこうごうしいものを集める、という意味である。更に、峨眉山脈から流れ出るもう一本の河が沙湾の南を巡って東に流れて行く。茶渓という河である。茶渓の水は大変澄んでいて、川の中で泳ぐ魚までくっきりと見えるという。この河の南岸には大きな榕樹が茂っている。夏暑い日にはちょうどよい日陰になる。涼んだり、あるいは釣糸を垂らしたりする絶好の場所になる。少年郭沫若は毎日峨眉山を眺めながら家塾で学び、近くに流れる茶渓で魚釣りもした。その証に、彼の早期の漢詩に「茶渓」という一首の詩がある。

閑釣茶渓水
臨風誦我書
釣竿含了去
不知是何魚

閑釣す、茶渓の水
風に臨み、我が書を誦む
釣竿、含まれて去り
知らず、是れ何の魚ぞ12

茶渓で釣りをしている間に、風に吹かれながら書物を読む。ふと見ると釣竿が取られてしまった。さて、銜えていったのはどんな魚だろう。茶渓ののどかな風景、少年の心の動きを五言絶句の形でリアルに表現している。これは歳わずか十三歳の少年が作った詩である。

一九〇六年春、十五歳になった郭沫若は嘉定にある高等小学校に入学する。嘉定は故郷沙湾から北へ四十キロほど離れ、水路で行けば半日ほどで着く。田舎の沙湾と比べれば嘉定は町である。聳え立つ城楼、赤い城壁、厳しい城門、嘉定のすべては少年郭沫若には新鮮で、驚きであった。何よりも初めて故郷から離れたことは、彼をわくわくさせた。高等小学校は寄宿制で、彼は初めて寮生活を体験する。同時に、嘉定の大自然をも満喫した。授業のほかに、彼は多くの時間を費やして名勝古跡を訪ねて歩いた。自伝「我的童年」と「我的学生時代」にあるように、彼はよく嘉定にある高標山や凌雲山に登った。嘉定は楽山の別称である。凌雲山は、かの有名な楽山大仏が鎮座する山である。郭沫若はここの自然をこよなく愛した。後年、彼は自伝で次のように回想する。

嘉定は学問に適した場所だ。環境はとてもよい、山水も十二分に美しい。日曜日には穏やかな府河で船を出して、青衣江の北岸の淩雲山と鴉尤山へ行く。遠くに連綿たる峨眉山を望み、近くには波瀾濤濤の大渡河に接す。澄みきった空気の中で、あたかも蘇東坡の跡を踏むようである。淩雲山には蘇東坡の読書楼があり、彼の像や題字があり、また遺跡も多くある。例えば、洗硯池や酒を携えて遊んだ処など。淩雲山の岸壁に大きな仏像が旧大渡河入口に当たり、また峨眉山に向かって彫られている。これはたいそう有名で、唐代の海通和尚が彫ったものだ[13]。

嘉定はこのように山と水に恵まれた地である。淩雲山や高標山は美しい嘉定の代表とも言える。嘉定の美しさは古来より有名で、多くの文人を惹きつけた。宋代の文人蘇東坡は嘉定付近の眉山の出身で、何度も淩雲山で遊んだ。彼に有名な詩「張嘉州を送る」があり、中には次の四句がある。

蘇軾「送張嘉州」

峨眉山月半輪秋　　峨眉山月、半輪の秋
影入平羌江水流　　影は平羌に入りて、江水流る
但願身為漢嘉守　　ただ願わくは、身は漢嘉の守と為るを
載酒時作淩雲遊　　酒を載せ、時に淩雲の遊を作さん

前の二句はもともと唐代の詩人李白が「峨眉山月歌」という詩に詠った句ではあるが、蘇東坡もこれを自分の詩に援用している。この二句は、淩雲山から見た峨眉山を詠んだものである。後の二句は、高位高官よりも嘉定の守りでよい、時々酒を持って淩雲山を遊べればそれでよい、と、嘉定に対する蘇東坡の深い愛情を表現している。ここにはい

までも蘇東坡縁の遺跡が多く残っている。清代文人王漁洋も嘉定の風景を愛した。彼は詩「蜀道驛程記」に次のように詠む。

天下之山水在蜀　　天下の山水、蜀に在り
蜀之山水在嘉州　　蜀の山水、嘉州に在る

天下の山水は蜀すなわち四川にあり、蜀の山水は嘉州にある。嘉定の秀美な自然を遺憾なく讃えている。郭沫若は高等小学校と中学、合わせて四年間をこの地で過ごした。

一九一〇年春、彼は成都の高等学校附属中学に編入される。成都は嘉定の北百三十キロ離れたところで、昔も今も四川の中心的都市である。李白、杜甫、薛濤など多くの詩人と縁があり、また多くの名勝古跡をもつ町でもある。望江楼、薛濤井、武侯祠、浣花渓、杜甫草堂などは郭沫若がよく遊んだ名所である。

沙湾、嘉定、成都は、風光明媚という点ではどれをとっても劣らない。故郷の山水はどんな乱世にあってもその美しさは変わらない。少年郭沫若の豊かな情緒、後に詩人となるための感性はまさに故郷の大自然の中で育まれた。ここには彼にとっての原点となる原風景がある。しかし無論、原風景として明確に意識したのはかなり後になってからで、彼が日本に渡った後である。これについては、第三章で詳述する。

第五節　古典への目覚め

嘉定の高等小学校で彼は算数、地理、歴史、音楽など近代的な教科を勉強した。また初めて体育の授業を受けた。当時は「洋操」と呼ばれていた。興味深いことに、家塾であれほど古典の勉強に苦しんだ彼は小学校の科目の中で一番好んだのはやはり古典の授業であった。彼は国語教師帥平均《すいへいきん》先生の経学の授業に興味を感じた。帥平均先生の授業で「王制」を読んだ。「王制」とは『礼記』中の一篇である。孔子がかつて当時の政治制度を因革する（修改する）ために書いたものとされる。その中に、諸官吏の「班爵、授禄、祭祀、養老」について綿密な規定を設け、その上一つ一つの規定に注釈を施している。その文体と内容は、当時小学生たちにはたいそう取っ付きにくかったようである。しかし帥平均先生はこの難解の文章を経（孔子の言葉）、伝（孔子学派の大義）、注、箋（後の儒学者の附説）と分類したため、十五歳の郭沫若でも読みやすく、理解しやすかったという。彼は帥平均先生の経書の分類法に新鮮味を感じた。更に、この体験から今までの古典に対する態度と全く異なる、ある斬新なアプローチの姿を垣間見た。それは清末の経学者廖平の発見であった。

　帥平均先生は清末の経学者張之洞《ちょうしどう》、王壬秋《おうじんしゅう》の門下生廖井研《りょうせいけん》の弟子である。経、伝、注、箋によって「王制」を読む方法も廖井研が考案したもので、帥平均はこの方法を援用したのである。彼は廖井研をたいそう尊敬し、常に「吾師廖井研」（ウーシリョウジンエン）と生徒たちに自慢した。そのため、生徒たちはその音に擬して彼に「吾師吊頸する」（わが師は首吊る、という意）とあだ名をつけた。しかし興味深いことに、後年、郭沫若が自伝「我的童年」の中で帥平均先生とその師廖井研について言及している。「廖井研は四川井研県の廖季平先生のことだ。彼は清朝末年の中国の有名な経学者の一人だ。張之洞、王壬秋の門下生で、『公』『穀』『左』の三伝一家説は廖井研の創見である。彼の根拠は公と穀が双声、羊と梁が畳韻、同じく卜商の音便であるということだ[14]」ここに見られる張之洞、王壬秋、廖井研と『春秋』三伝の説は中国の経学の中で清末民初に盛んに学説を展開した今古学派に関わる話題である。今古学派とは先秦より伝わる経書の正当性（字体、著者、真偽、思想など）をめぐり、漢代と清代において論争を展開した今文派と古文派の総称である。その原点は『周礼』と『礼記』の比較であるが、今文派は「王制」（『礼記』の一篇）に基づき、六経（『詩』『書』『礼』『楽』『易』『春秋』）に関する孔子制作説を掲げ、孔子を祖とする儒教の政治理念の正当性を唱えた。清代の公羊学は今文経学の一環として常州学派を中心として盛んに学説を展開していた。清代の公羊学について、濱久雄が指摘したように、「常州学派の公羊学は、凌曙、戴望、陳立、王闓運、廖平らによって継承されていったが、特に廖平の影響を受けた康有為によって集大成された。康有為《こうゆうい》は『新学偽経攷』・『孔子改制考』・『大同書』（中略）等を著し、弟子の梁啓超《りょうけいちょう》らと倶に公羊学の微言大義を発揮し、戊戌変法運動を展開した。[15]」廖平《りょうへい》はすなわち廖井研《りょうせいけん》のことで、王闓運《おうかいうん》は王壬秋《おうじんしゅう》のことである。廖井研は今文派のなかでも異色な存在である。彼は四川井研県の出身で、名を廖季平という。若くして張之洞に師事し、訓詁学を学んだ。その後、王闓運について公羊学を学び、訓詁学から微言大義を求める学問へと関心が移り、やがて今文派の流れを汲む経学者として名を成す。「王制」、六経について多くの著書を残した。中でも『今古学考』『穀梁経伝古義疏』『古学考』『知聖篇』は同時代及び後の経学者に影響を及ぼした。

郭沫若は帥平均《すいへいきん》先生の講義で初めて今古文派のことを知り、今文派と古文派を弁別する基準について学んだ。恐らくこの過程で廖平の経学に触れたと思われる。[16]すなわち、この段階で彼はすでに今文派と古文派についてある程度の認識をもっていた。そして中学のときに国語の授業で廖平の弟子黄経華《こうけいか》先生について『春秋』を読んだ。このときの『春秋』解釈も廖平の「三伝一家」説に基づいたものである。郭沫若は、「彼（廖平）のそういう見解は当時にあっては非常に新鮮なものだった」と回想する。[17]

『春秋』をめぐり、三伝一家（『春秋』に関する『左氏伝』『公羊伝』『穀梁伝』の三伝）の説を積極的に唱えたのも廖平である。この説は彼の著『公羊春秋経伝験推補証』『何氏公羊解詁三十論』に見られる。『春秋』と『公羊伝』『穀梁伝』の関係について彼は、「春秋は魯史の旧名で、経は孔子の修する所なり、伝は子夏の伝える所なり。魯には穀梁と曰ふ、斉には公羊と曰ふ。皆卜商の異文なり。孔子、春秋を以て商に授く。故に、斉・魯同じく初めの師を挙げ、以てその学を氏とす。人地、字は異なるも音は同じ。[18]」という見解を示した。つまり春秋学に地理と方言の視点を導入し、公羊と穀梁はそれぞれ斉の国と魯の国における卜商（子夏）の方言が訛ってできた音で、『公羊伝』と『穀梁伝』の作者はみな子夏であるという。三伝一家の考え方は後の著『春秋三伝折中』において最終的な完結を見る。この説はかなり大胆で、従来の学説と大いに異なる。郭沫若が「我的童年」で言及した所謂廖平の「三伝一家」の説はこのことを指す。

廖平の経学への貢献はおおよそ次の二点である。一つは、今文学と古文学を区別する新しい基準を打ち出したこと。すなわち「平分今古」、孔子の早年と晩年の学をもって古文と今文とを分ける基準にし、また、礼制において、古文派は『周礼』に拠り、今文派は「王制」に拠る。[19]第二は、「尊今抑古」である。西漢に成立した古文経学は劉歆の偽造したものであり、孔子の「微言大義」はその改制された今文経書にこそ存するとした。彼は六経についてすべて孔子の制作によるものという見解を示した。

廖平は歴史や経書に対する態度は厳格で、妥協を許さなかった。従来の古文派のみならず今文学派の諸説をも痛烈に批判し否定した。同時に彼自身も六回自説を変更する所謂六変を経験した。六変の初期に提唱した「平分今古」説は「中国の近代において、伝統的経学が経学史研究へと移行する始まりといえる。[20]」その代表的著書『今文学考』は、顧炎武の『音学五書』、閻若璩の『古文尚書疏証』と並んで、清代の三大発明と評価される。中国の儒学研究者蔡方鹿氏は廖平について次のように評価している。「古文経学は歴史的に長い間統治的地位を占めてきたし、清王朝においても重要な政治理論の基礎を成してきた。それが廖平によって偽作と宣告された。このことは疑いなく、二千年来誰も敢えて疑わず、違反できない古い伝統を打破し、人々の思想を禁固から解放するために思想啓蒙の積極的な働きとなった。[21]」廖平は従来の経学を疑い、その誤謬を正す。そのために新しい古典解釈を構築していく。そこに彼の大胆な反骨精神が見てとれる。清末、中国の内憂外患こもごも迫る危機の状態にある中で、廖平は康有為、梁啓超ら変法派に学術的、また思想的影響を与え、改革派の理論的基礎となったといわれる所以である。[22]

清代における今文経学や公羊学は王朝政治との関係、西洋文明の影響などを受け、多様に複雑に展開したが、ここではこれを論ずるのが目的ではないので、省略する。

ただ筆者が注目したのは、郭沫若の廖平に対する関心である。「我的童年」に、廖平について次のように評価する。「廖先生の経学の大半はこのような新異な創見である。彼は経を離れ、道に背くという罪名で二回進士から平民に落とされた。彼は新旧過渡の時代にあって、革命的な学者の一人と言える。[23]」ここで分かるように、廖平に対する彼の評価は当時の社会情勢、時代の趨勢と密接に関係している。清王朝から民国へと変わる激動の時代にあって、廖平経学の斬新さ、大胆さに郭沫若が惹かれたのであろう。幼少時代からひたすら受身的に学んできた古典に対して、因襲的な解釈に疑ってみるという新たな視点、新たな姿勢を廖平から学んだのではないか。

郭沫若が「我的童年」を書いたのは一九二八年（昭和三年）の春、すでに日本に亡命の身となった頃である。十五歳の小学生から三十七歳の亡命者になる、その間二十二年の歳月のなかで彼の人生も大きく変わった。辛亥革命、日本への留学、創造社設立、北伐戦争への従軍、蒋介石のクーデター、亡命と、時代の激流を潜り抜けながら、経験の面においても、思想の面においても深みを増してきたのである。

彼が廖平に再び注目したのは恐らく一九二〇年代ではないかと思われる。このことは古史辯派の登場と関係する。五四運動ころから胡適が国故（中国の古典）研究を提唱して、「整理国故」運動を起した。間もなく北京大学教授顧頡剛、銭玄同を中心とした古史辯派が現れ、「疑古辯偽」（古を疑い、偽を辯ずる）を掲げ、史書、経書について研究を進めた。一九二六年から四一年の間に膨大な研究成果を『古史辯』全七巻にまとめ、逐次世に問うた。しかし歴史的に見たときに、「整理国故」運動も、古史辯派も、歴史的文献や経書を疑い、それを再検討するというその疑古精神は今文経学派から受け継いだものであった。郭沫若は「整理国故」運動と古史辯派から今文経学派、特に廖平に再び注目したのではないか。事実、彼は日本に渡ってから間もなく『易経』研究に着手し、顧頡剛が『古史辯』で提唱した

「累層的に構成される中国古代史の観点」に共鳴した。「整理国故」運動と古史辯派についての言及は『中国古代社会研究』（一九三〇年）に複数回見られる。郭沫若の中国古代史研究と経書研究については後に述べる。

ともかく、郭沫若は日本に亡命した後中国古代史や古代文字研究に没頭した。この研究とほぼ同時に自伝「我的童年」の執筆も進めた。このとき少年時代に一時期心を惹かれた「王制」と耳にした廖平のことが彼の脳裏に再び蘇り、今文経学者としての廖平を再認識したのではないか。日本亡命中に書かれた『中国古代社会研究』において、彼は従来と全く異なる方法を採用している。それが唯物弁証法と考古学であった。唯物弁証法は言うまでもなく、マルクス、エンゲルスが提唱した認識論の方法である。考古学も近代に生まれた学問である。従って、郭沫若は一九三〇年代に、古代研究に近代の新しい手法を導入し、今までと全く異なる角度から切り込もうとした。古典と歴史を独自の方法で再構築するその反骨精神には少年時代に心惹かれた廖平の影響が少なからず働いたといえよう。

郭沫若と古典に関わるもう一つの体験は、『史記』の解釈である。帥平均先生の影響を受けて、小学校最後の年に彼は『史記』を通読した。そのとき「伯夷列伝」について初めて独自の解釈を行った。伯夷、叔斉は兄弟で、殷代の孤竹国の王子であったが、互いに王位を譲って、他国に逃げた。後に殷を滅ぼした周の武王の不孝不義を怨んで、周の粟を食べることを恥じて、首陽山に隠棲し、餓死したという。『論語』に二人についての孔子の評価が見られる。司馬遷は「伯夷列伝」を『史記』列伝の冒頭に置いた。このことについて郭沫若は次のように述べる。

> 太史公の「伯夷列伝」は決して伯夷のための伝ではない。この文章は完全に一種の論説であり、伯夷の伝記は単にその中の一挿話に過ぎない。この文章の主眼は死後その名が伝わるか否かに関わる要因にある。許由、卞随、務光は伯夷、叔斉と同じように天下を譲ったが、何故伯夷、叔斉が後世に伝わり、許由、務光らは伝わらないのか。これはこの文章が提示した主要な問題だ。[24]

郭沫若が『史記』を通読したのは一九〇七年、彼が十六歳の頃と思われる。彼は伯夷、叔斉と許由、務光にめぐる司馬遷の論から、「伯夷列伝」は単純な伝記ではないと見た。なぜ許由、務光は伯夷、叔斉のように史書に名を残せなかったのか、という疑問を提示し、その原因を論ずるのが司馬遷の目的であるという。これを司馬遷が、歴史がいかに記述伝承されたか、その本質を論じた文章と捉えた。中国は堯舜禹三代以後、儒家を重んじたため、孔子及び儒家が讃える伯夷、叔斉が後の史書に伝わるようになるが、伯夷、叔斉より前の時代の許由、務光は同じく王位を固辞した高潔な士ではあったが、儒家の書に記述されず、もっぱら『荘子』など道家の書に伝わるだけで、歴史書に名が残らない。郭沫若の捉えるところによると、司馬遷はこのことについて、二つの要因を挙げる。「一つは、人の好悪に関係する。もう一つは、時代の清濁に関係する」[25]と。そして彼は文中にある司馬遷の言葉「豈以其重若彼、其軽若此」(豈に其の重きこと彼のごとく、其の軽きこと此のごときを以てするか)を挙げ、その解釈については、「ほとんどの古代の註釈家は間違っていた。もともと極めて簡単な一文であるが、伝記の中では一つの文字が鍵になっている。」[26]彼が注目したのは「豈以其重若彼、其軽若此」の「彼」と「此」の捉え方である。従来多く見られる解釈は「彼」を道義、「此」を富貴と捉える。勿論唐代以後の註釈本にこれと異なる解釈も見られるが、しかし、郭沫若はあえてこれらを否定して、独自の捉え方を示した。「彼」は伯夷を、「此」は許由、務光を指す、と捉えた。彼の捉え方は従来の諸解釈と全く異なる。つまり彼は司馬遷が、孔子の歴史人物の扱い方及びこれに対する後世の継承について疑問を投げかけていると「伯夷列伝」を読み取ったのである。実はこの問題は司馬遷の『史記』執筆の動機に対する捉え方と関わってくる。司馬遷が人生最大の仕打ちに遭遇した後、思索の深化を遂げ、所謂「天道、是か非か」という疑問を「伯夷列伝」の中に提示する。郭沫若はそういう司馬遷の切実な思いを忖度し、この伝記を彼なりに読解したのである。

このように、郭沫若は高等小学校在学中に今文学派の影響を受けて、徐々に古典に対する批判的な鑑識眼を養い、主体的な見方をもつようになる。

第六節　苦悶の時代

一九〇七年秋、彼は嘉定中学校に入った。中学校では数学、物理、化学、英語などの科目があったが、彼はやはり経学が好きだった。国語の授業で読んだ『春秋』には特に興味を感じた。この時期、西洋の書物の中国語訳も徐々に現れ、知識人や青年層に浸透し始めた。梁啓超が翻訳した『イタリア建国の三傑』(ジュゼッペ・ガリバルディ著)や『経国美談』(矢野竜渓著)は彼の愛読書であった。また林琴南の翻訳『迦茵小伝』(Joan Haste)など欧州の作品にも魅了された。このような影響もあって、この頃から彼はしきりに故郷を飛び出し、外国あるいは外地へ行こうと考えたという。自伝の中で、彼は「高飛」とか「奮飛」とも記している。しかし両親はそれを許さないし、彼自身も「高飛」するすべを知らなかった。彼は自暴自棄に陥って、酒に溺れるようになった。山河を歩き回って、盛んに友人と対句や詩歌を作っては示し合った。自暴自棄の遊びと詩作は嘉定中学校と成都中学校時代の彼の心理状態を現わす特徴的なことである。彼の長兄と五番目の兄は日本に留学した経験を持っていた。兄たちの影響もあって、彼は日本に行きたいとも思っていた[27]。

このように精神的に荒れていた時期、彼はさらに思わぬ性質の悪い病気に襲われる。腸チフスである。高熱と激しい腹瀉によって二週間意識不明の状態に陥った。当時、中国にはまだ西洋医学が広く伝わっていない。チフスに関する医学的な知識などはなかった。あらゆる病気は漢方で治療していた。この得体の知れない恐ろしい病を前に、郭沫若の父親と漢方医があらゆる方法を講じた。その結果、彼は奇跡的に一命を取り留めたが、中耳炎と脊髄カリエスを併発させたため、歩くことができるようになるまで一ヶ月以上もかかった。耳には生涯ひどい難聴が残った。この難聴は後に彼が医学を諦めざるを得なくなる要因となる。

一九一〇年、郭沫若は成都高等学堂分設中学校に編入することとなり、嘉定から成都に移り住んだ。彼にとって、成都時代は社会への不満と青春の苦悩に悩まされ、生活が最も荒れていた時期であり、また同時に中国に起こった歴史的大事件を体験した時期でもある。

当時、中国の学校教育は未だ旧い体制から脱し切れておらず、近代的な教育制度はまだ整っていなかった。中学校の教員には、国内で教育を受けた者もいれば、短期間外国へ留学して帰ってきた者も、また金で学歴を買って教員になった者もいた。そのため、教員のレベルはまちまちで、全体的にレベルが低かった。その上、永年の悪い習慣が蔓延していた。「中国何千年来凝り固まった社会では、支配階級には、一つの公式が既にできあがっている。すなわち学問をするのは官吏になるためだ、という。[28]」仕官、就職、出世のために賄賂やごまかしも平気でやる。学生の間でも金さえ出せば学校に入れるし、卒業証書を手に入れることもできるという風潮があった。その現実を見て、郭沫若はいたく失望した。自伝「我的童年」「我的学生時代」において、彼はたびたび学校の現実に触れ、「永年封建社会であった田舎では、資本主義制度の所謂科学文明が育つ基盤は最初からなかった。」と憤りと苦悩を吐露している。彼は成都の中学校で何も学ぶことができなかったと断言する。「失望、焦燥、憤懣、煩悩、これらの支流が集まった結果、無為、堕落、自暴自棄の洪水となる。成都に来て間もなく私はまた酒におぼれるようになった。この時期彼の苦悶は絶頂に達していた。雨の日は城内で、晴れた日は城外のさまざまの名勝を歩き回った。[29]」と回想する。学友たちと名勝に遊んでは酒を飲んだ。酒に酔っては国家や学校の腐敗を批判し、不満、憤慨を吐いた。漢詩はこのような自暴自棄の中で、盛んに作られていた。彼はこのような遊びを「遊山玩水、喫酒賦詩」と言った。「遊山玩水、喫酒賦詩、いわば名士の習性はますますひどくなり、東門外の望江楼、薛濤井、南門外の武候祠、浣花渓、工部草堂はよく遊んだ処だ。学校の試験期間中でも教科書を放り出して、気の合う友人と自習室で〈撞詩鐘〉や和詩、聯句、小説を講じるなどをした。」[30]「遊山玩水、喫酒賦詩」はいわば、当時彼が抱いていた不満や苦悩に起因したものであった。遊山玩水は自然を愛で、自然を賛美するのではなく、苦悶をぶつける場所を探すためであった。喫酒賦詩は文学を楽しむのではなく、苦悶を発散するためであった。「撞詩鐘」とは、中国清代に流行った詩吟の文字遊びである。詩句の詩題或いは一文字を示し、線香一本が燃えつきるまでに一聯乃至数聯の対句を作る。線香が燃えつきると鐘が鳴る、対句制作が終わる。次に詩題に合わせて各対句を合わせたり、補完したりして一首の律詩を完成する。「聯句」もそれに似た遊びである。「和詩」は相手の詩の韻に合わせて作る贈答詩のことである。詩鐘や和詩、聯句は当時の郭沫若にとって、それは耐えていた苦悶を吐きだす手段の一つであったと言える。この時期、彼は多くの漢詩を作った。その数は百首にのぼる。しかし、この時期の漢詩はまだ漢詩の伝統を忠実に守るものであった。古典詩に対する主体的な理解や批判の姿勢はまだ見られない。いわば習作の時代である。詩歌、中国の古典への主体的認識は、彼の日本留学を待たなければならなかった。

郭沫若は成都で苦悩の日々を送っている頃、中国の歴史は着実に近代への歩みを進めていた。一九一〇年北京、天津で国会開設請願運動が起こった。この運動の目的は、社会的変化に合わせて、腐敗した旧政府の官制を改革し、専制体制から立憲体制への移行を求めることである。所謂近代政治体制の実現である。運動は間もなく全国各地に広がった。翌年、四川でも大規模な展開を見せた。郭沫若と中学校の生徒たちも運動に参加し、授業のボイコットを行った。しかし請願運動は最終的に清朝政府の鎮圧によって失敗に終わる。郭沫若も運動に参加したことで一時退学の仮処分を受けた。

一九一一年六月、今度は四川鉄道保護会運動が起こった。この運動は、当時清政府が中国の鉄道（川漢鉄道、奥漢鉄道）の建設権を欧米列強国に租借させるために、これら民営の鉄道の国有化を発表したことに対する各省の鉄道関係者及び人民の反対運動である。四川の抗議運動が最も激しく、鉄道労働者は保路同志会（鉄道保護会）を組織し、大規模なストライキを行った。学生たちは授業をボイコットし、商店は商売をボイコットし、民衆は納税を拒否した。この事態に対して清朝政府は軍隊を出して、鎮圧に乗り出した。逮捕者、死傷者が多数出た。ここに及んで、中国各地の民衆が暴動を起こした。

十月十日、ついに孫文をリーダーとする同盟会が武昌で武装蜂起して、辛亥革命が始まるである。鉄道保護会運動は奇しくも辛亥革命の導火線となった。郭沫若は鉄道保護会運動と辛亥革命を成都で体験した。彼は抗議集会に参加し、授業ボイコットにも活躍した。

その年の十一月、四川はついに独立を宣言した。そして、一九一二年（民國一年）一月孫文を中心とした南京政府が樹立、清王朝皇帝溥儀が退位した。三百年続いた清王朝はここでついに終止符が打たれるのである。当時十九歳の青年郭沫若はこのような大きな歴史的変革をその目で見、その身をもって体験した。彼は「公平かつ厳密に言えば、辛亥革命の第一の功は四川人にある。更に川漢鉄道会社の株主たちに帰すべきだ。」[31]と四川鉄道保護会運動と辛亥革命の関係について言及している。四川鉄道保護会運動に参加した成都の青年たちは独立と民国の成立を熱狂的に歓迎した。学生たちはすぐさま辮髪を切り落とし、それを振り回しながら町に飛び出し、まだ切っていない同級生や先生たちの辮髪をなかば強制的に切った。

無論、辛亥革命後の中国社会は直ちに革命のリーダーたちが理想とした近代国家に落ち着いたわけではない。その後新旧体制の抗争、各地の軍閥間の戦乱は何年も続き、社会は再び混乱に陥った。青年郭沫若は、喜びの中でも辛亥革命の失敗を認めざるをえなかった。彼は革命失敗の原因をリーダーの力不足と見た。「思うに、中国にすぐれたリーダーがいて、真に革命したい民衆を正しい革命の道に導くことができれば、中国はとっくに十分な力をもって帝国主義者と対抗でき、世界革命の先駆に成り得たはずだ。」[32]と考えた。鉄道保護会運動と辛亥革命を体験した彼は精神的に大きく成長したのは間違いないようである。

第七節　旧式な結婚

一九一二年は中華民国誕生という記念すべき年であると同時に、また郭沫若が結婚した年でもある。当時の中国は現在と違って、男女の婚姻はすべて親が決めていた。婚礼まで男女双方とも面識ないのが普通である。郭沫若もこのしきたりに従って、十歳未満の頃にすでに親が決めた、ある女性と婚約を交わした。しかし、十四歳の年にその女性が病気で亡くなった。その時点で彼は男鰥夫（男やもめ）となった。勿論彼は結婚する気はなかったので、内心喜んでいた。その後度々縁談があったが、彼は口実を設けて断り続けた。彼は親に二つの条件を示した。一つは、相手の女性は本が読めること。もう一つは、纏足でなく、天足（天然の足）であること。すでに学校で西洋の近代的思想と知識に接していたので、これは、彼が旧式結婚に対するせめてもの抵抗であったろう。数年後、母親は彼に相談なしに張瓊華という女性との縁談を取り決めた。仲人は母方の叔母である。彼を説得するために、仲人が使った武器はまさに郭沫若が親に示した二つの条件であった。「叔母は自ら相手の家に出向いて、女性を見てきたという。その女性は器量がよく、本を読むし、その上天足だ。だから相談なしで決めた。[33]」と言う。叔母の言うことが本当ならこれ以上断る理由がない。すでに何年も縁談を延ばしてきたから、これ以上母親を悲しませるのも忍びない。そう思った彼はこの縁談を受けるしかなかった。無論、相手はどんな女性であるかも知らないままである。

一九一二年二月に彼はついに親が決めた結婚をした。婚礼はすべて昔のしきたりに従って、数日間さまざまな行事が執り行われる。しかし、早くも婚礼当日に彼はこの結婚に後悔をした。新婦が籠に乗って新郎の家に到着し、下りるとき片方の足を籠から出した。その瞬間、「あ、しまった！」と、彼は心の中で叫んだ。目の前に見えたのは三寸ほどの小さな靴に包まれた纏足の足であった。その上、新婚の部屋でやっと新婦の顔を見たとき、その容貌もまた彼を失望させた。彼は騙されたと悟ったが、すでに後の祭り。婚礼は彼の心をよそにどんどん進められた。「私の一生にもし懺悔することがあるとするならば、この一件は最も重大なものの一つであろう。[34]」と、後年、彼は自伝『黒猫』の中で後悔の念を吐露している。彼は自分の結婚を郷里の黒猫の話に喩える。成都には「袋を隔てて猫を買う」という諺がある。麻の袋に入れた猫、白と聞いて買ったが、帰って開けて見ると黒い猫だった。つまり、人に騙されたということの比喩である。

郭沫若は自分の苦い体験から、中国の旧い結婚制度を「父母の命、媒酌の言」を武器に長い間多くの青年の人生を束縛してきたと考え、これを深く憎んだ。彼は生涯最初の妻を愛することができず、この結婚を悔やんだ。

不本意な結婚をした五日後、彼は学業を続けるために、新妻を家に置いて成都に戻った。翌年、一九一三年六月、天津陸軍軍医学校の入学生募集に応じて、彼は四川を出て、北上した。彼はこの出立を「初めて夔《き》門を出る」という。夔門とは東へ流れる長江が四川の東側から出るところの瞿塘峡のことを言う。ここは長江三峡の第一峡で、川幅が最も狭く、両岸はほぼ九十度の絶壁が聳え立つ、さながら長江が四川を出る門戸のように見えるので、瞿塘峡はまた「夔《き》門」とも呼ばれる。「夔門」を出ると言うと、すなわち四川を出るということを意味する。しかし実のところ、彼にはそのとき医学を学ぶ意志などなかった。中学、高校時代の苦悶、不本意な結婚、これらすべてが彼を苦しめ、故郷を離れたい気持ちを募らせた。天津の軍医学校に応募したのは単に故郷を出る口実に過ぎない。しかし軍医学校の試験に合格したものの、彼は入学手続きをせずに、北京へ向かった。北京にいる一番上の兄郭開文に頼って、別の道に進もうと考えた。そして、この年の暮れに、彼はついに東海を渡り、日本に向かうことになる。

《注》

1 郭沫若「我的童年」（「わが少年時代」）『郭沫若全集』第十一巻　一七頁　筆者訳　以下同じ

2 「我的童年」『郭沫若全集』第十一巻　十八頁

3 「我的童年」『郭沫若全集』第十一巻　一八頁
4 郭沫若「我的童年」『郭沫若全集』第十一巻　二〇頁
5 「先妣事略」「祭母文」『郭沫若佚文集』下　四川大学出版社　一九八八年
6 「我的童年」『郭沫若全集』巻十一所収　三五頁
7 「我的童年」（私の少年時代）『郭沫若全集』第十一巻　三五頁
8 「我的童年」（私の少年時代）『郭沫若全集』第十一巻　三五頁
9 「我的学生時代」（「私の学生時代」）『郭沫若全集』巻十二所収　七頁
10 「我的童年」『郭沫若全集』巻十一所収　四〇頁
11 「我的童年」（私の少年時代）『郭沫若全集』第十一巻　三八頁
12 『郭沫若旧体詩系年注釈』黒竜江文学出版社　一九八二年　三頁
13 「我的学生時代」『郭沫若全集』巻十二所収　一〇頁
14 「我的童年」『郭沫若全集』巻十一所収　七三頁
15 濱久雄『公羊学の成立とその発展』国書刊行会　一〇頁
16 「我的童年」に「帥先生は依然われわれに経典を教えてくれた。彼が講じたのは『今文尚書』だ。彼の解釈によって、われわれは初めて経学には今文派と古文派の弁別があることを知った。」とある。『郭沫若全集』巻十一　八六頁
17 「我的童年」『郭沫若全集』巻十一所収　一二〇頁
18 廖平『公羊春秋経伝験推補証』第一
19 小島祐馬『中国の社会思想』筑摩書房　一九六七年　二八三頁
20 趙沛『廖平春秋学研究』巴蜀書社　二〇〇七年　二八九頁
21 蔡方鹿「蒙文通経学思想の特徴」「中華文史論壇」二〇〇五年第四期
22 趙沛『廖平春秋学研究』三二二頁
23 「我的童年」『郭沫若全集』巻十一所収　七四頁

24 「我的童年」『郭沫若全集』巻十一所収　九二〜九三頁
25 「我的童年」『郭沫若全集』巻十一所収　九三頁
26 「我的童年」『郭沫若全集』巻十一所収　八二頁
27 小学校時代の頃、長兄に日本に行きたいかと聞かれた少年郭沫若は「もちろん行きたい」と答えた。中学校の頃になって学校への不満からしきりに日本に行きたいと考えた。「我的童年」『郭沫若全集』巻十一所収　五〇頁、一〇五頁
28 「反正前後」（「辛亥革命前後」）『郭沫若全集』巻十一所収　一八二〜一八七頁
29 「反正前後」『郭沫若全集』巻十一所収　一九二頁
30 「我的学生時代」『郭沫若全集』巻十二所収　一二頁
31 「反正前後」『郭沫若全集』第十一巻所収　二三〇頁
32 「反正前後」『郭沫若全集』第十一巻所収　二六六頁
33 「黒猫」『郭沫若全集』第十一巻所収　二八二頁
34 「黒猫」『郭沫若全集』第十一巻所収　二九一頁

第二章　日本留学時代

第一節　異国での新生活

第一章に見てきたように、兄たちの影響もあって郭沫若は少年の頃から日本に興味をもち、漠然ながらも日本留学したいという気持ちがあった。それが実現されたのは一九一三年の年末である。彼の留学は突然決まった。一九一三年十二月二十七日の夜、兄郭開文とその友人張次瑜が日本に行くことを郭沫若に勧めた。郭沫若も四川時代から日本への留学の夢を抱いていたので、話は急遽決まった。そして翌二十八日に彼は日本に渡る予定の張次瑜と連れ立って、北京を出発した。彼らは京奉鉄道で奉天、いまの長春に行き、さらに安奉鉄道に乗り換えて、韓国釜山に行く。釜山で一九一四年の正月を迎えた後、船で日本に渡り、同一月十三日に東京に到着した。

郭沫若は小石川大塚窪町の下宿に、長兄の中学時代の友人楊伯欽という人と同居することにした。日本での生活について、書簡集『桜花書簡』から伺うことができる。最初に父母に送ったと見られる手紙には、「こちらの生活水準は非常に高く、一軒の家賃は月に二十円前後です。節約して、朝は大きなパンを二個、砂糖一皿、牛乳一瓶、昼と夜は同じくおかず一品、ご飯一小櫃、漬物一皿のみです。私の住んでいる所は家賃十五円五十銭、安い方です。学費、洗濯代、入浴代および一切の雑貨を合計すると、毎月三十円なければ、やって行けません。」[1]と書いている。田舎の四川と比べ、東京の生活費はかなり高く感じられたようである。彼は北京を出発するとき、長兄から金の延べ棒を一本もらった。これを日本円三百六十五円に換金した。これが日本での当面の生活費である。

当時彼は四つの学校を受験しようと考えた。東京第一高等学校、千葉医学専門学校（現千葉大学医学部）、東京高等工業高校（現東京工業大学）、高等師範学校（現筑波大学）。この四つの学校を志望した理由は、これらの学校に入れれば、中国大使館から官費留学生と認定され、毎月奨学金が支給されるからである。四つの学校の入学試験は六月と七月に行われる。従って、一月に東京に着いた郭沫若にとっては、受験のために準備する時間は半年しかない。当時留学生たちにとって、この四つの学校は競争率が高く、合格はかなり難しかった。何年も試験を受け続ける人もいる。半年という準備時間で受かるかどうかかなり厳しいものがあった。しかし、郭沫若は官費を貰うために必死に勉強した。彼は下宿から東京神田にある日本語学校に通いながら受験勉強に励んだ。

四つの学校の中で、彼は最初から高等師範学校に入るつもりがなかった。教師には向いていないと考えたからである。東京高等工業高校は試験の結果、不合格となったが、第一高等学校に合格し、毎月三十三円の奨学金を八月から貰うようになる。短期間の準備で合格できたので、彼は大いに喜んだ。

このころから、彼は医学を学ぼうと考えるようになる。当時、第一高等学校は中国留学生のために特設予科を設けて、一年の予備教育を施し、終了後一高あるいは他の高校に配当することとしていた。更に高校終了後帝国大学に進学する。[2]彼は第一高等学校の中国留学生のために設けた特設予科第三部医科を志望した。医科への志望は、国内で軍医学校を受けたときと全く違った気持ちをもっていた。彼は真面目に医学を勉強しようと考えた。第一高等学校で一年間学んで、彼は第三位で卒業し、岡山第六高等学校第三部医科に配属された。

一九一五年（大正四年）九月、彼は岡山に移り住んだ。下宿は岡山市国富一〇六番地、小川春という家主の寄宿先である。東京と比べ、岡山はゆったりした田舎である。郭沫若はこの地に親しみを抱いていた。父母宛の手紙に彼は、「田畑には作物が実り、風景は悠然としている。涼風がときに吹いて、渓流が音を立てて流れる。まるで故郷に帰ったようである。[3]」と記している。受験勉強に張り詰めていた気持ちは漸く放たれて、落ち着いてきた。岡山の物価も東京より安い。下宿の家賃はたったの一円五十銭、一ヶ月の生活費は八円五十銭、東京の三分の一にも達しない。ここで、彼は比較的に規則正しい生活を送っていた。一日の生活について彼は父母宛の書簡に詳しく記している。

五時半起床。
五時半から六時半までに顔を洗って、歯を磨き、冷水浴一回。
六時半から七時まで静座。
七時朝食。
八時から午後二時まで受講。月曜日は午後三時以後、土曜日は十二時以後、授業なし。
十二時昼食。
午後の放課後は復習。毎日この間温浴一回。
五時夕食。
夕食後七時頃散歩する。
七時から十時まで復習と予習。
十時十五分、静座して後就寝。[4]

岡山六高では、彼は日本人と同等の教育を受けた。当時の高等学校の専門コースは三つに分かれる。一部は文哲、法制、経済科。二部は理工科。三部は医科である。郭沫若は三部に配属された。医科の授業にドイツ語の講義が最も多く、週に二十時間に及んだ。ドイツ語のほかに、ラテン語、英語の講義もある。科学では、高等数学、物理、化学、動植物学、各種の実習がある。毎日の授業数はかなり多かった。彼にとっては、外国語の勉強が厳しかったようである。日本語が外国語である上、ドイツ語と英語も勉強しなければならない。これらの外国語を通して西洋の新しい学問を勉強するというので、留学生は日本人以上に努力が必要だということは言うまでもない。「日本人の教育は啓発よりも詰め込みに力を入れている」[5]彼はこのように日本の学校教育の特徴を捉えている。しかし故郷の教育に不満を抱いた彼は、日本の教育体制とレベルには満足したようだ。

岡山六高を卒業後、彼は九州帝国大学医学部に進学した。四年間の大学生活を通じて、彼は特に日本の医学教育を高く評価している。「学問はしっかりして、まとまりができている。途中の段階を飛び越えることができないし、また中断することもできない。日本人の医学は相当なものであり、彼等はかなり努力した。」[6]と。日本留学の時期は「人生の中で一番勤勉な時期であった」[7]と、彼は後年、自伝で感慨深く語る。この言葉が象徴するように、東京での一年半、岡山での三年、九州福岡での五年と、約十年間日本で学んだものは重厚であり、彼の生涯において重要な意味をもつ。また彼の文学を語る上でも避けて通れない大きなできごとであった。

第二節　日本の自然を満喫して

十年に渡る日本留学の中で、郭沫若は様々なことを体験した。その中でも、日本の自然を満喫し、その体験を通して故郷の自然を再発見したことは、重要な経験の一つである。一九一四年（大正三年）七月に郭沫若は東京第一高等学校に合格した。当時日本の学校の新学期は九月から始まる。彼はその年の夏を利用して留学生の友人と一緒に房総半島の北条鏡ケ浦の浜へ行き、自炊生活をしながら海水浴を楽しんだ。これが初めての体験である。四川には泯江、大渡河、雅河があり、楽山には茶渓がある。しかし、彼はそれまで一度も水泳をしたことがなかった。房総の海は彼にとって、初めて見る海であり、その海に飛び込んで泳いだのも生まれて初めての体験である。このときの体験について、彼は後にエッセイ「自然への追懐」（一九三三年）にこう記している。

試験が済むと貰った官費（奨学金）で直ぐ房州の北条へ海水浴に行ったものだ。北条の鏡ケ浦は風のない日は真に鏡の様な平穏さだ。四川の奥深く峨眉山の麓に生まれて、家規として尺以上の水へ入ることさへ禁ぜられていた私に取って、一躍海へ入ることは全く生れかへった様な感じがした。だが、経験がなかったので口を開いた儘、いきなり水泳部の受持に頭を海へつっこめられ、潮水を一杯飲まされて、とても塩ぱかった。その瞬間に空気の経験のなかった赤ん坊が最初に吸込んだこの世の冷やかさも、恐らく同じ位につらいものだろうなどと思った事は憶えている。[8]

この文章から分かるように、房総の海で初めて泳いだとき、彼は呼吸法も知らず、海水に咽んで、たいそう苦しんだ。そして海水が塩辛いものだと初めて知った。中国人は川で泳ぐことがなかったわけではないが、スポーツとしての水泳が出現する以前は、人々は涼を取るためか、川を渡るためか、あるいは魚貝類を取るためにしか水に入ることはなかったようだ。郭沫若は少年時代、一度も川で泳ぐことをしなかったため、初めての海水浴は衝撃を伴う体験となった。しかし、それでも彼は海辺での生活を楽しんだ。海浜での自炊生活は二ヶ月近く続いた。房総の海浜を愛した大きな理由は、海の風景が彼に故郷峨眉山麓を連想させたからではないか。故郷の風景は原風景として初めて彼の心に浮かんできたのである。

彼は房総に来て間もない七月二十八日、故郷の両親に送った手紙に房総の海に触れ、「毎日海水浴するのは面白いものです。」[9]また、「私は房総に一か月あまりずうっとおりました。毎日海で泳ぎました。もう五、六丈は泳げます。風に吹かれ、日に晒され、体中真っ黒です。元気いっぱい、体は剛健、毎日の食事にご飯を六、七杯食べます。」[10]と報告している。これは、房総での海水浴は彼にとって、いかに愉快なことであったかを物語っている。

彼は水泳に対する熱意をその後も持ち続けた。岡山の六高に入ってからは、学校のそばを流れる旭川が水泳練習の格好の場となる。明治以来日本の学校は小学校から大学まで水泳を重視し、盛んに水泳の訓練を行っていた。郭沫若は父母宛の書簡にたびたびこの辺の事情を報告している。たとえば、一九一七年（大正六年）八月十四日の書簡に、「私はいま岡山に居り、甚だ愉快です。午後は川で水浴びをします。川は旭川といい、沙湾の茶渓のようです。日本人は水泳法を教える会を設けて、大学生も小学生も多く入会しています。水泳を習ってもう三年になりますが、あまり上達しません。最近ようやく三十メートル泳げるようになりました。[11]」この手紙は、彼の水泳好きが、当時の日本の水泳ブームに大いに影響されたことを伺わせている。同年五月の書簡には、旭川で行われた水上運動会に言及して、こう記している。「日本の学校は体育を非常に重視しています。最近、高等学校の生徒も中小学校の生徒もみな立派な体格をしており、武人の気概があります。科学の方面でも、また非常に進歩しております。この数年来、とうとう欧米諸国と肩を並べる勢いを見せています。[12]」と。水泳は体を鍛える目的をもつスポーツである。同時に科学の力、つまり知の力の増進にも役立っている。日本が強くなった背後には近代スポーツが役立っている。郭沫若はこのように水泳を見ていた。すなわち、彼は体育の重要性を認識したのである。

一九一八年（大正七年）八月彼は岡山の六高を卒業して、九州帝国大学医学部に入学した。大学の裏門近くにある質屋の二階を借りて住んだ。質屋は博多湾の海辺に近かったので、彼はここでも水泳をするに格好の場所に恵まれた。福岡に移って間もなく、彼は両親宛の書簡に次のように書いている、「この家はとても大学に近く、大学の裏門まで二百歩足らずです。海岸からも遠くなく、天気が好ければ、海に入って泳ぐことができます。今日は天気が非常にいいので、昼食を取った後、泳ぎに行きます。海岸には松の木が何万本と植えられ、見渡す限り青々としています。空気も頗る新鮮です。[13]」彼は博多湾の海、海岸沿いの松林を愛した。そこは「千代松原」とも「十里松原」（古称）とも呼ばれるが、郭沫若は「十里松原」の古称を好んで使った。福岡で生活した数年間、彼はよく海岸を散策した。ここはまた彼の処女詩集『女神』が生まれる舞台でもあった。

郭沫若は日本の自然に触れる過程で、水泳に目覚めた。同時に山にも注目した。前述のように、彼が初めて房総を訪れた一九一四年七月二十八日、故郷の両親に送った手紙に海水浴について触れたが、実は同じ手紙に登山にも言及している。「故郷の天気はどうですか。峨眉山は絶好の避暑地です。父上母上、どうか山登りを楽しんでください。」[14]と。峨眉山は郭沫若の故郷の山である。彼は少年時代にこの山を眺めるのが好きだったが、しかし一度も峨眉山に登ったことはなかった。日本に来て、海を見ては故郷の茶渓を思い出し、富士を見ては峨眉山を思い出した。明治中期から大正期にかけて、日本では登山が空前のブームとなった。第四章でも詳しく述べるが、明治三十五年、小島烏水は日本人として初めて槍ヶ岳登頂に成功した。同年「日本山岳会」が設立され、多くの日本人が登山に挑み始めた。いわばこれが日本における近代登山の幕開けとなった。郭沫若が日本にいた時期はちょうど「大正登山ブーム」が始まったころである。彼の登山は大いにこれに影響されていると言える。彼は留学中にたびたび山登りを楽しんだ。

岡山での下宿は旭川のすぐそばにあった。近くに操山と東山があり、山登りには打って付けの環境である。彼はよく山に出かけた。そして、その体験を手紙や文章に記した。一九一六年（大正五年）十二月二十七日父母宛の書簡に次のように書く。「天高く、日暖かければ、時に操山に登り、風に向かって叫びます。操山は校内に峙立し、木々は青く美しく、ふと見ると、そこは峨眉山ととてもよく似ています。後楽園は日本の三名園の一つであり、中に大きな池があり、そこから清流があたりに流れ出して小川をなし、そよ風が吹いてくると、一面に小波が立ちます。また鶴が数羽あり、戯れて水浴をしています。赤い冠と白い羽は淡い日差しと鮮やかさを競います。これらを見ていることはとても楽しいものです。」[15]操山と東山は六高と後楽園の近くにあり、標高一七〇メートルほどの山である。多くの植物が茂り、古墳や社寺が点在して、自然観察の格好な場である。操山と東山をながめて、彼はよく故郷の峨眉山を連想した。旭川に小舟を出して、「可なり詩趣に富んで居た。」[16]後楽園と岡山城天守閣の風景をも楽しんだ。また東山にも登った。「月夜に東山の山陰を独りでワンデルンするとき、自分の跫音が周囲の静寂を破るのを気にして、よく下駄を脱いで音の立たぬ様に裸足で歩いたものだ。[17]」と、東山での体験を回想する。操山については、「六高の校後にある操山へは、東山に較べて、滅多に行かなかった。山もや、高く、そぞろあるきには稍々努力を要したからであった。だが、最初に一人で登った時の獲た印象は深かった。[18]」と回想する。彼は操山で見た風景に感動し、即興の漢詩「登操山」を詠んでいる。この詩については、第三章で詳しく分析する。

このように、郭沫若は山登りに大きな興味を感じた。そしてそのときいつも故郷の峨眉山を連想した。しかし、彼は登山に感じたのは興味や郷愁だけではない。登山は、水泳と同じように体を鍛えるスポーツとして、その重要性を彼は認識した。彼は父母にたびたび登山を進めた理由もここにある。父母宛の手紙に彼は、「登山は、精神の修養と身体の健全に莫大な影響を与える。[19]」とか、「登山は身体の鍛錬によろしい。私たち兄弟は峨眉山の下に生まれましたが、まだ一度も登ったことがないとは、本当に笑い草です[20]」と言う。中国では、それまで体を鍛えることを目的とする登山はなかった。文人たちの遊覧や詩作のための山登りはあったが、スポーツの意識はなかったようだ。だから、中国の青年たちにとり日本の学校で体験する体育や登山はとても新鮮であった。郭沫若が登山に関心を寄せたのは、留学当時、日本でスポーツ、特に水泳や登山がブームになったのに影響されたといえる。

しかし、日本の自然を満喫するということは、単にそれだけではなく、もっと重要な意味を含んでいた。彼はこのとき初めて「風景」を発見したのである。「風景」の発見は同時に内面発見の契機となった。近代詩人の誕生はこのことと深くかかわってくる。この問題については、第四章で論証する。

第三節　佐藤富子との出会い

郭沫若は日本留学で多くのことを体験したが、その中でも佐藤富子との恋愛は、詩人郭沫若の誕生及びその後彼の人生に賦与した意味が大きい。彼の人生を語るにはこの恋愛を避けて通ることはできないだろう。前述したように、郭沫若は一九一二年、二十一歳の年に、親が決めた結婚をした。しかし、彼は妻を愛することができず、この結婚を一生悔やんだ。翌年、彼はついに留学を決意して日本へ渡った。留学の動機は、とにかく故郷を飛び出したい、腐敗と混乱の社会、知的欲求が満たされない学校、古いしきたりの生活、愛せない妻、これらから脱出したかった。しかしそのとき、彼は日本で新たな恋が待っていると想像しただろうか。

一九一六年（大正五年）郭沫若は岡山の第六高等学校にいたころ、同郷の陳龍驥という留学生が結核を患って、東京の聖路加病院に入院していた。郭沫若は夏休みを利用して上京し、彼を見舞った。そこで病棟担当の看護師佐藤富子と出会う。友人の病気はすでに結核の末期段階に入り、治癒がかなり難しい状態であった。郭沫若は友人に北里病院への転院を勧めた。北里病院はいまの北里大学の創始者北里柴三郎が明治二十六年に開設した日本最初の結核医療施設である。北里柴三郎は明治十八年にドイツに留学し、結核菌の発見者であるコッホに師事した。帰国後「北里研究所」、現在の北里研究所付属病院を東京の白金に設立し、当時では結核の最先端治療を行っていた。郭沫若はこの結核の最先端治療施設に転院することを友人に勧めたのである。彼は自ら友人に付き添って転院した。しかし、友人は間もなく転院先の病院で亡くなった。その後、郭沫若は友人の胸部レントゲン写真を受け取るために、聖路加病院に尋ねた。そのとき彼は再度佐藤富子と会う。これが二人にとって運命的な出会いであった。

彼は友人田漢宛ての書簡にこの恋を告白している。「初めて私が安娜を見たとき、彼女の眉間に輝く一種不思議な潔光に私は粛然とした敬愛の念が生じた。（中略）思うに、神様が私を憐れんで、契己の友人を失した代わりに一人の淑女を賜り、私の空白を補ってくださったのだ。」[21] 多少誇張した表現ではあるが、初めて愛すべき人と出会った気持ちが見て取れる。一九一六年夏頃からその年の十二月の間、彼らは東京と岡山の間、頻繁に文通をするようになる。

佐藤富子（一八九五年～一九九四年）は明治二十八年、仙台の大衡《おおひら》村で、佐藤はつと入り婿である卯右衛門の長女として生まれた。佐藤家の先祖は伊達家の家臣で、代々柳生流指南番をつとめた。伊達政宗の時代に、メキシコとの貿易を図るため十七世紀初頭慶長遣欧使節をスペイン、ローマに派遣したことが契機となって、キリスト教が仙台に伝来し、布教活動が盛んになった。佐藤家の人々も入信し、佐藤富子の父、佐藤卯右衛門も日露戦争を体験してついに牧師となった。一八八七年（明治二〇年）にアメリカのバプテスト伝道教会から女性宣教師ミス・ファイフが仙台に派遣され、以来プロテスタントの一派バプテスト派が仙台で信者を拡大してきた。一八九二年（明治二五年）、ミッションスクールの尚絅《しょうけい》女学院が設立された。佐藤富子と妹の操は共にこの学校に入った。彼女たちは学校の寮に寄宿していた。この学校で佐藤富子はアメリカの宣教師について、キリスト教や英語などを学んだ。学校は自宅から三十二キロも離れていたのでめったに家に帰れない。たまに帰るときは徒歩か騎馬しか交通手段がなかった。佐藤富子は少女時代から騎馬が得意で、いつも馬に乗って家に帰った。読書好きと独立心が強いという彼女の性格は、恐らくこのミッションスクール時代に芽えたのであろう。佐藤富子に関する資料が少ない中で、澤地久枝の「日中の架け橋――郭をとみと陶みさを」[22]は比較的に地道な調査に基づき、佐藤富子の生い立ちを詳しく記述したものである。ミッションスクールの教育を受けた意味について、澤地久枝も「二人とも（富子と操）、尚絅女学校で受けた教育によって新しい人生を開く鍵を手にした。その恩沢も見逃せない。」とその重要性を認めている[23]。

ミッションスクールを卒業する頃、両親は彼女のために縁談をまとめた。しかし富子は反発し、家を飛び出した。彼女は単身で東京にやってきた。一九一六年（大正五年）初頭のころと思われる。その頃教会病院である聖路加病院は看護師見習いを募集していた。佐藤富子はこれに応募した。澤地久枝の調査によると、看護師見習いは「全寮制であり、実習生として実習生活をする。そして検定試験に受かれば、看護師の資格が得られる。」という。また病院の環境については、「病院の敷地内に教会があり、院長はじめ外人医師が住む洋館やテニスコートがあり、病院内の掲示などには日本文字がまったくなく英語のみで、週に二回、アメリカ人看護師による英語の学習会がある。ミッション系の学校を出て、キリスト教にも通じ、語学の下地がほとんどできている娘たちは、この病院の示した条件にかなっていた。[24]」佐藤富子は聖路加病院で働きながら看護師の資格を取るために学んでいた。そしてここで郭沫若と出会ったのである。

一九一六年十二月に、二人は岡山で同居を始めた。郭沫若は彼女に郭安娜という中国名をつけた。トルストイの小説『アンナ・カレーニナ』に因んでいる。佐藤富子は中国人留学生との恋愛と同居を親との相談なしに決断した。今日と違って、当時の社会では、恋愛や結婚について、中国は勿論のこと、日本においても家を重んじる意識が根強く存在していた。結婚は本人同士の気持ちよりも家父長の意思が優先された。明治期から西洋人との結婚が見られるようになったが、中国人との結婚は、本人同士はともかく、周囲の人々にはまだ抵抗感があった。その主な原因に、日露戦争後に露骨にあらわれてきた中国人蔑視があった。古代から続いてきた日本と中国の力関係が逆転したなかで、日本人優位の意識が広がった。そのような風潮のなかで佐藤富子が中国からの留学生郭沫若を愛してしまったのには、心底この異国の青年を愛したのはもちろん、彼女の強い性格、民族を超えるキリスト教の精神が彼女の気持ちを後押ししたのではないだろうか。

郭沫若も当初佐藤富子との関係を両親に隠していた。しかし同居して一年たったころに長男和夫が生まれた。和夫は郭沫若の長兄郭開文が付けた名前である。「和」は和気、吉祥の意味と日本に生まれたという意を兼ねたものだという。このとき、彼らの関係は漸く故郷に知られるところとなった。両親は当然のごとく怒った。妻も悲しんだ。若き郭沫若はこのとき人生の大ピンチに逢着する。彼は何度も妻との離婚を両親に切り出そうとしたが、しかし、いつも老年の父母を悲しませることと妻の不憫を思い、口に出すことができなかった。彼はひたすら謝る他になすすべがなかった。この辺の事情は『桜花書簡』に収められた両親宛の書簡から伺い知ることができる。一九一八年三月三十一日の書簡に次のように書いている。

今日、元弟の三月九日付けの手紙を受け取りました。悲喜こもごもです。嬉しいのは、久しぶりに肉親から家信を受け取ったこと。悲しいのは不孝者の私は父母に心配を掛けたことです。私は相手に迷惑を掛けました。相手を責めるわけにはいきません。父上母上、どうか私の不孝の罪をお許しください[25]。

また、同年五月二十五日の手紙には、

不肖ものの私は罪を犯し、百法贖い難く、更に父上母上にこの上ない憂慮を煩わせました。これを悔いてやまない、日々心の中で泣いています。（中略）子供は今ちょうど半年になるが、太っていてとても可愛いです。母親はもともと日本の士族で、四年前高等女学校を卒業し、今年二十二歳になります。私のために前途がだめになり、殊に不憫です。父上母上、どうかこれを憐れんで、許してやってください[26]。

この二通の手紙から分かるように、故郷の両親は息子がしたことに相当大きな衝撃を受けたようである。郭沫若は両親の許しを得るため、初めて佐藤富子の家柄や学歴、年齢などの詳細を故郷に知らせた。後年自伝作品「漂流三部曲」において、「彼（郭沫若）と夫人暁芙（佐藤富子）が自由結婚し、彼の父母は文通を絶ったこともあったが、孫が生まれたのに免じてやっと彼を許した。しかし手紙のなかで必ず彼の夫人を妾、息子を庶子と呼んだ。このことはいつも彼を悲しませた[27]。」という。「漂流三部曲」は小説ではあるが、当時郭沫若と佐藤富子が処していた状況をある程度反映していると言えよう。郭沫若は両親の許しを得たものの、生前一度も佐藤富子と子供たちを故郷に連れて帰ることはなかった。

佐藤富子は、もともと長女で、婿を取って佐藤家を継ぐべきところ、勝手に中国人留学生と同居したため、佐藤家から勘当される羽目になった。彼女も結局仙台の実家を飛び出してから、再び帰ることはなかった。

しかし、彼らが堪えなければならなかったのは、故郷の家族との悶着だけでは済まなかった。自伝『創造十年』にあるように、折しも一九一八年五月に日本と中国政府はロシア革命に対応するため、対シベリアの共同防衛協約「日華軍事協定」に調印した。これに反対して、日本にいる中国人留学生は大規模な抗議活動を始めた。彼らは「留日学生救国団」を結成し、授業のボイコット、一斉帰国を呼びかけた。また、東京では「誅漢奸会」を組織し、日本女性と結婚した留学生を漢奸と見なし、即時離婚を迫った。当然郭沫若も漢奸に数えられた。そのとき彼は富子と同居してすでに一年半経っており、長男は五ヵ月であった。東京にいれば、恐らく強制離婚の憂き目に遭ったであろうが、幸い彼らは九州にいたため、なんとか激しい衝撃を免れた。[28] しかし、それでも、彼は富子とのことで多少とも負い目を感じ、留学生社会でも肩身の狭い思いをしていたと推測される。郭沫若は岡山六高時代から、九州帝国大学医学部に進学し、卒業するまでの数年間、富子と同棲し、その後も二人が中国と日本を往来して約二十年間、波乱の人生を共にした。二人の間に五人の子供が生まれた。

では、郭沫若にとって、佐藤富子との自由恋愛はどのような意味をもつのか。大まかに言えば、次の三点が挙げられよう。

一、詩人の誕生、詩集『女神』の誕生を促した。

二、自我の目覚めの契機となった。

三、キリスト教へ開眼する契機となった。

郭沫若は「我的作詩的過程」（「私の詩作の過程」）という文章に、「民国五年の夏と秋頃彼女（佐藤富子）との恋愛が始まったおかげで、私の作詩の意欲が真に芽えてきた。[29]」とある。民国五年は一九一六年で、彼が岡山に移った直後のころである。その頃から彼は恋愛あるいは女性を謳歌する詩歌を数首作っている。『辛夷集』序詩、「新月与白雲」（新月と白雲）「別離」「Venus」（ヴィーナス）などがそうである。『女神』を始め、初期の新詩に、佐藤富子との恋愛が深く関わってくる。恋愛が詩人郭沫若の誕生の大きな契機となったというのはこの意味においてである。

自由恋愛や自由意志による結婚は、当時の中国や日本ではまだ普遍的なことではない。そのうえ異国人同士の結婚となれば、さまざまな抵抗や葛藤、苦悩が伴うのが当然であろう。グローバル化を唱える今日でさえ、国際結婚は社会にとっても、本人同士にとっても現実的に多くの問題を含んでいる。郭沫若と佐藤富子の結婚は紆余屈折と苦悩が常に突きつけられた。しかしそれらを全部含めても、その恋愛の意義は変わらないものであると筆者は考える。留学期になされた彼の文学創作、思想形成はこのことを証明している。

第四節　医学と文学

一九一八年（大正七年）九月に、郭沫若は九州帝国大学医学部に無試験で入学した。一家三人は福岡市に越してきた。官費留学生とは言え、すでに妻帯して子供もいるので、生活は決して楽とは言えなかった。彼らは最初、大学の裏門の近くにある質屋の二階を借りた。医学部の科目は、「最初の二年は基礎学問である。例えば解剖学、組織学、生理学、医化学、病理学、薬物学、細菌学、精神病理学等。後の二年は臨床である。即ち内科、外科、小児科、婦人科、皮膚性病科、耳鼻咽喉科、眼科、歯科、衛生学、法医学に至る。すべての科を学ばなければならない。[30]」彼は九大の科目について、「学問はしっかりして、まとまりができている。日本人の医学は相当なものである[31]」と評価している。九州時代の郭沫若については、武継平氏の『異文化のなかの郭沫若——日本留学の時代』に詳細な調査データと考察があり、九大時代の彼の生活を知る上ではよい文献である。

郭沫若と医学の問題で私が注目したのは、彼が医学を通じて、科学的精神に目覚めたこと、文学創作に新しい創造空間が開かれたこと、この二点である。彼は医学、特に解剖学について自伝で何度も触れている。

医科の最初の二年はたいへん興味を覚えた。そのころ学んだのは純粋な自然科学と言える。人体の秘密が目の前に、自分の手によって全部開かれた。私は八体の死体を解剖したし、無数の試片を顕微鏡で観察した。細菌の実習、医化学と生理学の実習はみな興味深いものであった。[32]

気候が寒くなると、学校で人体解剖が始まった。週に三回、いつも午後である。八人で一体の死体を解剖する。死体は八つの部分に分けて、頭部、胸部と上肢、腹部と大腿、脛と足、左右一人ずつである。残りの背部は頭部担当の二人が解剖する。第一学期は筋肉系統の解剖であり、第二学期は神経系統の解剖である。約四か月で全身のこの二系統の解剖を終わらせる。(中略)八人で一体の死体を運びだして、亜鉛鉄製の長いテーブルの上に載せてから西洋料理を食べるように、メスとペンチを使って、座り込んで吟味し始める。最初の一、二回はまだまとまった形を成していたが、そのうちにばらばらに分解されてしまう。最後はひぐまのように各人一節の骨を抱えている。ホルマリンの匂いはまだそれほどではないが、時間がたつにつれて包帯も役に立たなくなり、死体にカビが生じてくる。天気が少し暖かくなると更に腐乱し始め、しまいには蛆虫が這い出して来る始末。(中略)しかし解剖している人から見ると、自分の愛人を抱いているようである。特に頭蓋骨の中から一本の細い神経を見つけたときに感じた喜びはとても言葉では表現できないものだ。[33]

これらは「我的学生時代」と『創造十年』に見られる記述である。医学の中で彼は解剖や実験に興味を覚えたようである。人体を含め、物質の実態が解剖や実験によって明らかにされる。彼にとって、これは今まで体験しなかったことである。解剖については、郭沫若が在学当時の九大医学部の科目一覧によると、解剖実習が行われたのが一九一八年（三学期制）の第二学期、冬の間である。[34] 彼は医学を学び始めてから最初の体験である。『創造十年』で解剖実習についてこれほどの紙幅を割いて、これほど生々しく描くということは、紛れもなく解剖が彼にとって大きなできごとであったことを物語っている。

近代科学は、それまでのように対象物を宗教的あるいは慣習的な読み込みで、あるいは形而上学的な色眼鏡越しに見るのではなく、対象を客観的に認識する態度を初めて打ち出している。これと同じように近代医学は解剖によって、人体の内部を可視的なものにした。つまり解剖学は、西洋では神によって創造され、東洋では陰陽両気の合体と考えられてきた人体の構造、命のメカニズムを客観的に解明したのである。中国留学生は日本で近代科学、近代医学に接したときに当然今までに知らなかったものの見方を発見する。その発見に興奮や興味、あるいは困惑を感じることも多かったに違いない。郭沫若は解剖実習で自分の手で人体の秘密を解明したことに対して特に興味を感じた。しかし、彼の興味はそれだけではなかった。「この異様な雰囲気の中で、私の最初の創作意欲が動き出した[35]」と自伝で回想したように、彼は最初の小説を構想した。「髑髏」である。『創造十年』で彼は次のように回想する。

私は、解剖している死体の胸に拙い女の刺青があり、そばに浜田愛子と四文字が書かれていると幻想した。私と一緒に解剖していた日本人の学生たちは叫び出した。「おい、これは斎藤寅吉の死体だよ。」続いて盗屍事件を語り始めた[36]。

「髑髏」では、漁師斎藤寅吉は海水浴中に死亡した浜田愛子の死体を盗んで、自分の舟に隠した。一週間後警察に発見され逮捕される。その際に警官を一人殺したので、彼の罪は盗屍、屍姦、殺人となる。最後は死刑に処せられた。

小説は日本人学生が事件を語り、「私」はそれを聞いてから、浜田愛子と書かれた女の刺青を切り取って、持ち帰る。その夜夢の中に斎藤寅吉の髑髏が現れ、愛人を返せと叫ぶ。その声に驚いて目が覚める、という構成である。郭沫若はこの小説を中国の雑誌に投稿したが、不採用となった。彼は送り返されてきた原稿を燃やしたというので、「髑髏」は幻の作品となった。しかし彼の創作欲はこれに留まらなかった。一九一九年（大正八年）に第二の小説を書いた。今度は組織解剖のとき、顕微鏡で筋肉繊維を覗いていた最中に作品を構想した。「牧羊哀話」である。この小説は雑誌「新中国」（一九一九年十一月）第七号に掲載された。郭沫若自身の言葉によると、「牧羊哀話」は構造上「髑髏」と「完全に同母姉妹だ[37]」というので、私たちは「牧羊哀話」から「髑髏」の構成をある程度想像することができよう。

郭沫若を文学に走らせた要因はほかにもあった。一九一五年（大正四年）東京一高時代に友人が偶然に見せてくれたタゴールの英語の詩に興味を覚え、タゴールの詩集、詩劇を耽読し、他の英詩になく、また中国の古典詩にもない恬淡さ、明朗さに心酔した。岡山の六高時代、ドイツ語の授業ではゲーテ、メーリケの作品を読む機会に恵まれた。「医学志望の者は、第一外国語はドイツ語だった。日本人に外国語を教えるのはまだ多くは文学士であったため、用いた教科書はだいたい外国の文学の名著だ。例えば私は高等学校三年のとき読んだドイツ語はゲーテの自叙伝『詩と真実』、メーリケの『プラーグへの旅路のモーツアルト』であった。これらの授業は私が克服した文学の傾向をまた助長させてくれた。[38]」と、彼が回想したように、学校の外国語の授業で読んだ文学作品から再び文学への意欲が呼び覚まされた。ドイツ語の外に、英語の文学作品も多く読んだ。タゴールに依然心酔していたが、タゴールからインドの詩人カビールを知り、ゲーテからスピノザを知った。これらの文学者の汎神論思想に彼は共鳴し、文学から哲学へと思想的展開の道を辿る。また、九大時代に偶然手に入れた有島武郎の『反逆者』から、彼はロダン、ミレー、ホイットマンを発見し、西洋絵画の世界にも視野を広げた。このような文学的雰囲気の中で、彼はすでに岡山時代から断続的に口語詩を作り始めていた。

このように、郭沫若は医学によって創作意欲を刺激され、医学生としては副産品とも言える文学作品を次々と生み出した。この点において当時の一般の医学生と大きく異なっていた。特にこの時期に創作された近代口語詩が、後に中国近代文学史に大きな足跡を残したことは、彼の日本留学の最も大きな成果と言える。

一九一九年（大正八年）は中国にとっても、郭沫若にとっても多事な一年であった。一月に第一次世界大戦の終結処理のため、講和会議がパリで開かれ、ドイツの山東における権益問題を巡って、中国と日本、更に各列強国との間に紛糾が起こったが、結局「ベルサイユ条約」に、日本が山東におけるドイツの権益を継承する条項が記載された。これに対して、中国民衆が憤慨し大規模な抗議活動を展開した。これがついに五四運動へと発展した。郭沫若は九州にいて五四運動に大きな関心を寄せ、愛国心に燃えた。その年の六月に彼は数人の友人と小さな文学結社夏社を結成した。目的は反日である。日本の各新聞雑誌に掲載された中国侵略に関する言論や資料を収集し、これを翻訳して、中国国内の各学校、各新聞社に送ろうと考えた[39]。そのために中国の新聞も購読したが、あるとき、上海の「時事新報」の副刊「学燈」に康白情という人の口語詩が載っているのを見た。これは彼が初めて見る中国の口語詩である。彼は自伝でこう回想する。「私はそれを見て思わず驚いた。『これが中国の新詩なのか。これなら私が以前作った詩も発表できるのではないか』と。そこで私は一九一八年岡山で作った数首の詩、「死的誘惑」（死の誘惑）「新月与白雲」「離別」と新しく書いた詩を送った。今回は成功した。送ってから間もなく「学燈」に載った。自分の作品が初めて活字になるのを見て、言いようのないほど陶酔した。このことが私に大きな刺激を与えた。一九一九年の後半から一九二〇年の前半にかけて詩歌創作の爆発期となった[40]。」九州帝国大学時代に彼は一年間詩歌を数十首作って、処女詩集『女神』に収めた。「詩歌の創作爆発期」というから、当時の彼の精神状態は常に高揚し、ほとんど制御不能の状態に陥った。例えば、「教室で講義を聞いていた時、突然詩意が襲ってきて、すぐにノートに無雑作にその詩の前半を書き留める。夜寝ようとしたときに詩の後半のインスピレーションがまた襲ってきたので、枕の上で鉛筆を取って猛烈に書き出す。その時、全身に悪寒を感じ、食いしばった歯ががたがたと震えた」[41]という具合である。このように、毎日熱病にでも冒されたように、彼は次々に詩を書き続けた。彼はこのときの詩は「書き出したのであって、作り出したのではない」[42]という。

郭沫若がこれほど熱狂的に詩を書いたのには、彼の詩を認めた一人の青年がいたことを忘れてはならない。上海「時事新報」副刊「学燈」の編集者宗白華[43]である。宗白華は郭沫若と文通し、詩歌や哲学について討論しているうちに、すっかり意気投合した。彼は郭沫若から次々と送られてきた詩を毎日「学燈」に掲載した。これが大きな励みとなって、郭沫若は更に熱狂的に詩を書いた。この詩歌創作の爆発は一九二〇年、宗白華が「学燈」の編集を辞し、ドイツへ留学する頃まで続いた。

文学への思いに燃えていた郭沫若はそれまで何度も医学をやめようと考えた。特に三年次から臨床が始まると、少年時代罹った腸チフスで耳が難聴になったことも彼を悩ました。打診と問診がうまく聞き取れず、医学の臨床に大きな支障となるのである。

一九二一年（大正一〇年）、彼はついに九州帝国大学を一時休学して上海に帰ることになる。帰国の目的は創造社立ち上げの準備をするためである。上海泰東書局で編集の仕事をしながら創造社成立後の機関誌出版の準備をした。七月、上海で彼は日本留学の友人たちと文学結社創造社を設立した。翌八月、処女詩集『女神』を上海泰東書局から出版した。後に医学の勉強を再開し、一九二三年三月に九大を卒業した。しかし彼は生涯、医師にはならず、医療に従事することはなかった。彼は「私は医者にならなかったが、医学の知識は文学よりしっかりしていると考える。私は心から医学を尊重している」[44]と、医学に対する自負と尊敬の念を大切にしていた。九大時代の彼は、常に医学と文学の二つの領域を跨って、東洋と西洋の文化や知識を吸収したと言えよう。

《注》

1　一九一四年二月十三日、父母宛書簡『桜花書簡』所収（四川人民出版社一九八一年）一二頁。日本語訳は大高順雄、藤田梨那、武継平訳『桜花書簡』（東京図書出版会　二〇〇五年）による。以下同じ

2　『一高六十年史』第一高等学校編　昭和十四年　四七一頁

3　『桜花書簡』一九一五年九月七日書簡　四川人民出版社　八二頁

4　『桜花書簡』一九一五年十月二十一日書簡　八四頁

5　「我的学生時代」『郭沫若全集』第十二巻所収　一五頁

6　「我的学生時代」『郭沫若全集』第十二巻所収　一六頁

7　「我的学生時代」『郭沫若全集』第十二巻所収　一四頁

8　郭沫若「自然への追懐」、本文は一九三三年十一月三十日に日本語で書かれ、雑誌「文芸」（改造社）昭和九年二月号に初めて掲載されたものである。同年、済民氏によって中国語に翻訳され、「自然之追懐」という題で、一九三四年三月四日の上海「時事新報・学燈」に掲載された。後に『郭沫若佚文集』（四川大学出版社　一九八八年）に収録された。ここでは雑誌「文芸」に掲載されたものを引用する。引用部分は五四頁

9　『桜花書簡』一九一四年七月二十八日書簡　二六頁

10　『桜花書簡』一九一四年九月六日書簡　三三頁

11　『桜花書簡』一九一七年八月一四日書簡　一三二頁

12　『桜花書簡』一九一七年五月書簡　一二六頁

13　『桜花書簡』一九一八年八月二十四日書簡　一四九頁

14　『桜花書簡』一九一四年七月二十八日書簡　二六頁

15　『桜花書簡』一九一六年十二月二十七日書簡　一〇六頁

16　「自然への追懐」雑誌「文芸」（改造社）昭和九年二月号　五五頁

17　「自然への追懐」雑誌「文芸」（改造社）昭和九年二月号　五五頁
18　「自然への追懐」雑誌「文芸」（改造社）昭和九年二月号　五六頁
19　『桜花書簡』一九一七年五月二十三日書簡　一二六頁
20　『桜花書簡』一九一八年一月十九日書簡　一三八頁
21　一九二〇年二月十五日田漢宛書簡、『三葉集』『郭沫若全集』第十五巻所収　四〇～四一頁
22　澤地久枝「日中の懸橋——郭をとみと陶みさを」『文芸春秋』一九八一年四，五号
23　澤地久枝「日中の懸橋——郭をとみと陶みさを」ここでは『続昭和史のおんな』から引用、文春文庫　一九九一年　一三一頁
24　澤地久枝「日中の懸橋——郭をとみと陶みさを」一三〇～一三一頁
25　『桜花書簡』一九一八年三月三十一日書簡　一四〇頁
26　『桜花書簡』一九一八年五月二十五日書簡　一四四頁
27　「漂流三部曲」『郭沫若全集』第九巻所収　二七五頁
28　『創造十年』『郭沫若全集』第十二巻所収　三九～四〇頁　筆者訳、以下同じ
29　「我的作詩的過程」（「私の詩作の過程」）『郭沫若全集』第十六巻所収　二一三頁
30　「我的学生時代」『郭沫若全集』第十二巻所収　一六頁
31　「我的学生時代」『郭沫若全集』第十二巻所収　一六頁
32　「我的学生時代」『郭沫若全集』第十二巻所収　一六頁
33　『創造十年』『郭沫若全集』第十二巻所収　五六～五七頁
34　武継平著『異文化のなかの郭沫若——日本留学の時代』所収「郭沫若九州帝国大学在学中必修科目講義一覧」参照。五三頁
35　『創造十年』『郭沫若全集』第十二巻　五七頁
36　『創造十年』『郭沫若全集』第十二巻　五七頁

37 『創造十年』『郭沫若全集』第十二巻　六二頁
38 『創造十年』『郭沫若全集』第十二巻　六六頁
39 『創造十年』『郭沫若全集』第十二巻　六三頁
40 『創造十年』『郭沫若全集』第十二巻　六四頁
41 「我的作詩的過程」『郭沫若全集』第十六巻所収　二一七頁
42 『創造十年』『郭沫若全集』第十二巻　六八頁
43 宗白華（一八九七年〜一九八六年）中国江蘇省に生まれ、上海同済大学卒業。美学者、詩人。一九一九年から一九二〇年五月まで、上海「時事新報・学燈」の編集責任者を務めた。その後、ドイツへ留学。
44 「我的学生時代」『郭沫若全集』第十二巻所収　一八頁

第三章　古典文学の素養と古典詩創作

第一節　少年期、青年期の漢詩

清末民初、科挙制度が廃止されるまで、古典教養は中国の知識人たちにとって、科挙の試験に必須のものとして、幼少時代から徹底的に叩き込まれた。魯迅《ろじん》、李大釗《りたいしょう》、胡適《こてき》、陳独秀《ちんどくしゅう》、所謂五四運動の担い手たちはみな古典の薫陶を受けていた。二千年以上続いてきた古典的体制の中で成長した彼等は、伝統の重みを痛感していた。中国の近代化を切り開こうとするときに真っ先に直面したのはこの旧い文化と思想である。魯迅は一九二〇年代に、青年たちはどんな書物を読んだらよいかという新聞社のインタビューに答えて「青年の必読書」という文章を書いた。その中で彼は、「私は中国の書物を読むときはいつも沈んで行き、実人生から掛け離れていると感じる。外国の書物――インドを除いて――を読むときは、いつも人生に触れ、何か仕事をしたくなるのだ。中国の書物は世間と関わることを勧める話もあるにはあるが、多くは屍のような楽観である。外国の書物は退廃と厭世もあるが、しかしそれは生きている人間の退廃と厭世である。だから、私は中国の書を少なく読む――極端に言えばまったく読まない方がいい。外国の書を多く読むべきだと思う。[1]」日本留学中に西洋の科学と文学に接した魯迅のこの発言は、当時の進歩的知識人たちの考え方を端的に言い表したものであろう。彼らにとって、中国の古典は過去の遺物であり、陳腐かつ強固な束縛であった。新文化運動はまさに陳腐かつ強固な束縛であった古典と伝統思想と対決し、時代が求める新しい文化、思想を打ち出そうとして起こった新旧対決の戦いである。しかし、伝統の本質を深く認識できたのも、彼らがこれまで古典と伝統の中にどっぷりつかってきたからにほかならない。西洋の文化に接して初めて自分たちが背負っている伝統の重みを痛感する。そして、近代文明を学んだからといって、これまで身についた古い文化や教養が消えるわけでは決してない。むしろ自分の民族の古い文化や思想と新しいものとの間でもがきながら進むしかない。魯迅は自分の人生を「掙扎《もがく》」と言ったのはそういう意味であろう。古典と近代の問題はどちらか一方を捨て、もう一方を取るという単純なことではない。歴史の中で必然的に対決しながら、吸収、止揚することによって新しい時代の文化と思想を創出し、発展させていく。民国期の知識人たちは特にこの新旧文化の摩擦を体験したといえよう。郭沫若もその中の一人である。

第一章ですでに見てきたように、郭沫若は幼少時代から漢詩に親しみを覚え、家塾から高等中学校に至るまで漢詩の陶冶を受けた。家塾と小学校時代では特に王維、李白、孟浩然、柳宗元、蘇軾の詩を好んだという。嘉定、成都時代は社会に対する不満や青春の苦悩から「遊山玩水、喫酒賦詩」に耽るようになるが、「撞詩鐘」「聯句」「和詩」など、いわば詩歌の遊びを友人と楽しんでは苦悶を晴らしていた。彼の生活の中に漢詩は常に存在した。

郭沫若が近代中国文壇に残したものはいうまでもなく口語詩であるが、しかし彼の口語詩はある日突然現れたわけでは決してない。詩歌の教養や文学的センスは彼の幼少時代から培われていたのである。特に古典漢詩の訓練が大きかった。漢詩は教養の一つとして重要であると同時に、彼の精神的成長とも密接に関係している。彼の詩歌は無論古典漢詩から始まる。青年時代に西洋の自由詩に接し、大きな衝撃を受ける。これが口語詩に目覚める契機となるが、その背後には古典詩歌への反動もあったと言える。彼が自由詩を考えるときに古典漢詩は常に対比する対象として存在していた。しかし、興味深いことに、その彼は生涯に渡り漢詩を捨てることなく、むしろ作り続けたのである。従って、郭沫若の近代口語詩を考えるときに、漢詩の素養と創作も重要な要素として無視することができないだろう。

郭沫若がその八十七年の生涯にわたり、作った漢詩は一五〇〇首以上にのぼるが、少年期、日本留学の青年期の作

品はその一割の約一四〇首である。これらの旧体詩を収録した資料は、

『郭沫若少年詩稿』楽山市文管所編（四川人民出版社　一九七九年）

『郭沫若旧体詩詞系年注釈』（黒竜江人民出版社　一九八二年）

『敝帚集与遊學家書』郭平英編（中国社会科学出版社　二〇一二年）

などがある。

郭沫若の少年時代の漢詩はどのような状態で発見されたのだろうか。『郭沫若少年詩稿』の編集にかかわった唐明《とうめい》中《ちゅう》氏は、収集作業の過程をその「後記」に記している。「一九七八年九月私たちは郭沫若の故里を訪ね、四方に調査し、ついに多くの宿題ノートの中から詩の遺稿を発見した。これらのノートは六十数年前の各教科の宿題ノートで、土紙（地元の手すき紙）に書かれたもので、侵蝕がひどく、添削の跡もそのまま残っている。字体も行草混在の状態であるので、辨字、解釈の面で困難を極めた。[2]」唐明中氏の回想から分かるように、郭沫若にとって、少年時代の漢詩は一種の習作あるいは趣味の所作である。無論、発表する意識もなかった。

ここでは主に彼の少年期、青年期の漢詩を取り上げる。郭沫若の少年時代について、『郭沫若少年詩稿』の編集者唐明中氏は三つの時期に分ける。

第一期、沙湾家塾「綏山館」時代

第二期、楽山（嘉定）小学校時代

第三期、成都分設高等中学校時代。[3]

筆者はさらにこれに第四期、日本留学時代を加え、少年期、青年期の漢詩をこの四つの時期に分けて見る。

少年期、青年期の漢詩を、日本留学を境に分けると、帖詩を作り始める七歳から国を出る二十一歳まで一四年間に九十三首、留学の約十年間に四十五首、となる。さらに詩形に分けると次の通りである。

〈留学前〉
七言律詩――三十五首
五言律詩――十七首
七言絶句――八首
五言絶句――六首
古　詩――四首
対　聯――二十二対

〈留学期〉
七言律詩――〇首
五言律詩――〇首
七言絶句――二十首
五言絶句――七首
古　詩――十三首
　詞　――一首
　謡　――四首

留学前後の時期に作られた漢詩を詩形ごとに分類し、比較すると、そこに大きな違いが見えてくる。律詩（七言、五言）においては、留学前に多く作られているのに対して、留学後の作は一首もない。絶句の場合は、留学前に対して、留学後は増えている。特に七言絶句は二倍以上に増えた。古詩も留学前と比べて留学後は三倍以上に増えている。

さらに、留学後の作品に「詞」と「謡」が数首見られる。一般的に、漢詩の学習は七言絶句から始められ、次に五言律詩、七言律詩へと進む。律詩は平仄、押韻、対聯などその作法が厳しく決められている。科挙の試験では最も精密な定型韻文形式として律詩がよく用いられた。従って、作詩の学習においては、この詩形を習得するのが最も重要である。郭沫若も家塾でこの詩形をいやというほど学習させられた。自伝「我的童年」で、郭沫若は幼少時代の漢詩の勉強を「詩の刑罰」と言っている。[4] 六歳から対句を作り、与えられた文字あるいは熟語を使って対句を作る。対句はすべて古典の決まった語句を使わなければならない。七歳から帖詩を作る。帖詩とは詩題を与えられて作る五言、七言の律詩である。これには平仄、押韻、対聯などと、さらに厳しい決まりがある。当時七歳の郭沫若は作詩にかなり苦しんだ。詩句の常套を繰り返し使い、詩を捻る。朝から晩までひたすら考えても作ることができない。このような苦しい訓練が数年続いた。留学前の漢詩に、七言律詩が三十五首、五言律詩が十七首と、この時期の漢詩の中で最も多い。つまり、彼は幼少時代に五言、七言の律詩を徹底的に叩き込まれたのである。無論このような詩は、後に彼が言うように、それは「作出来的」＝作り出したものであって、「写出来的」＝書きだしたものではない。留学後、彼は西洋文学に接するなかで詩の本質に対する理解を深め、中国の古典詩について主体的に捉えるようになる。留学期に律詩を一首も作らなかったのも、彼自身の詩歌に対する捉え方と関係するのではないか。

第二節　漢詩に見る風景

1　故郷時代の漢詩

第二章で、郭沫若が日本留学で得た重要な体験の一つは「風景」の発見であり、これが彼の新詩（口語詩）創作の契機になったことに言及した。日本で体験した「風景」の発見は、同時に「故郷」の発見と「自己」の発見を意味する。新詩創作において、象形の打破、音声の重視、能動的創作が特徴的である。しかし、この変化と特徴に対比するものは何であるか。それは彼が六歳から学び、自らも作り続けた漢詩に他ならない。日本に来るまでは、詩といえば漢詩であった。従って、彼の漢詩に対する検証は彼の詩歌への認識の変化や新詩創作の姿勢を明白にする上で必要なことであろう。彼の漢詩に自然や風景はどのように詠み込まれているのか。更に留学前とそれ以後の漢詩の相違はどこにあるのか。これらの問題を解くために、ここでは、「風景」表現に絞って見ていきたい。

早起

早起臨軒満望愁　早起して軒に臨めば望愁満つ
小園寒雀声啁啾　小園の寒雀声啁啾たり
無端一夜風和雪　端無くも一夜風雪に和し
忍使峨眉白了頭　忍びて峨眉をして頭を白ろうせしむ[5]

この詩は一九〇四年、郭沫若が十二歳頃故郷沙湾で詠んだ詩と考えられている。「冬のある朝、早起きして、窓辺に寄りかかり外を眺める。外は昨夜の風と雪で一面の銀世界。思わず愁いが湧いてくる。なぜなら、見れば庭には雀たちは寒そうに鳴いている。風雪のせいで、峨眉山は見るに忍びないほど一夜で頭を白くした。」峨眉山は、四川峨眉県西南にある山で、岷山に連なる二つの峰が少女の眉毛のように見えるので峨眉山と名づけられた。その峨眉の山は一夜にして真っ白になってしまったので、少年郭沫若はそれを不憫に思った。この詩は、早朝→雀声→夜来の風雪→峨眉の白頭、と作者の目と耳を通して大雪の朝の風景を詠んでいる。静寂の中に大きな変化を詠み込んでいる。孟浩然の詩「春眠」を連想させる詩である。郭沫若は峨眉山の麓に生まれ、日々美しい山を眺めて少年時代を過ごした。この詩は彼が故郷の名山を愛した一例と言えよう。後年、彼は故郷を訪ねた際に峨眉山の入口に「天下名山」という題字を揮毫した。いまでも峨眉山を訪ねる人々はその題字を入口の牌坊に見ることができる。
「早起」と同じ頃に作られたもう一首の詩が「郙居即景」である。

郙居即景

閑居無所事　閑居して事とする所無く
散歩宅前田　散歩す　宅前の田を
屋角炊煙起　屋角に炊煙起り
山腰宿霧眠　山腰に宿霧眠る
牧童横竹笛　牧童は竹笛を横たえ
邨媼売花鈿　邨媼は花鈿を売る
野鳥相呼急　野鳥相呼ぶこと急に
双双浴水辺　双双　水辺に浴す

郭沫若はこの頃、故郷沙湾の家塾「綏山館」に通っていた。ある日彼は、兄弟たちと一緒に家の裏にある川へ釣りに出掛けた。そこから村の長閑な風景を眺めてこの詩を口ずさんだ。「郙」は村の意。「郙居即景」は村の情景を即興で詠むという意である。これは五言律詩である。第一聯は、閑居のつれづれ紛れに家の前の畑を散歩する。第二聯は対句であるが、屋根には炊飯の煙が上がる。山の中腹に濃い霧がかかって、眠っているように見える。ここでは、「屋角」と「山腰」、「炊煙起」と「宿霧眠」とがそれぞれが対になって、生活風景と自然の情景が穏やかにマッチしている情景を現わしている。第三聯も対句になっている。牧童は竹笛を吹く。これは牧童が牛を連れ帰る途に牛の背中で笛を吹いているであろうか。一方、村の老女は手作りの髪飾りを売り歩いている。ここでは「牧童」と「邨媼」、「横竹笛」と「売花鈿」とがそれぞれ対になる。第四聯は、野鳥が互いに呼び合って、河の中で水浴びをする情景を詠み出す。この詩は、炊煙、牧童、老女、野鳥、山腰、水辺をポイントに、静の中に動を詠み込み、全体的に動と静が調和した穏やかな田園風景を浮かび上がらせている。これらのポイントの中で「牧童」は田園風景を描く代表的なキーワードである。中国の古典漢詩に「牧童」はたびたび詠まれている。いくつか例を挙げて見ると、唐の詩人杜牧の詩「清明」がある。

借問酒家何処有　　借問す　酒家は何れの処にか有ると
牧童遥指杏花村　　牧童遥かに指す杏花村

また同じく唐代の詩人、盧肇の詩「牧童」に、

誰人得似牧童心　　誰人か牧童の心に似るを得ん
牛上横眠秋聴深　　牛上に横眠して　秋聴深し
時復往来吹一曲　　時に復た往来して一曲を吹く
何愁南北不知音　　何ぞ愁へん　南北の音を知らざるを

とある。また宋の詩人黄庭堅の詩「牧童詩」もある。

騎牛遠遠過前村　　牛に乗って遠遠、前村を過ぎ
短笛横吹隔隴聞　　短笛横吹　隴を隔てて聞く
多少長安名利客　　多少ぞ　長安名利の客
機関用尽不如君　　機関（知恵）を用い尽して君に如かず

このように、「牧童」は、名利を求めてあくせくとする俗人に対して、天真爛漫、寡欲無心、悠々自適の生き方を代表する。古来より中国の詩人たちは「牧童」によって、騒がしい俗世間を離れ、閑適の境地を求める心情を表わした。このような使い方は唐宋から清代まで延々と続き、ひとつの表現パターンになる。郭沫若の「郁居即景」にある「牧童」も、基本的にこの古典的パターンを踏まえている。彼は必ずしも牧童や老女を見ていなくても、このパターンを使って田舎の静かな風景を表現することができた。

一九〇七年に、十六歳の郭沫若は嘉定府中学に入って、沙湾から水路で嘉定に行く。その途中の風景を詩「夜泊嘉州作」に詠んだ。

夜泊嘉州作

乗風剪浪下嘉州　　風に乗り波を剪って嘉州に下る
暮鼓声声出雉楼　　暮鼓の声声雉楼より出づ
隠約雲痕峨嶺暗　　隠約たる雲痕　峨嶺暗く
浮沈天影沫江流　　浮沈せる天影　沫江流る
両三漁火疑星落　　疑うらくは星の落つるかと

千百帆檣戴月収　　千百の帆檣　月を戴いて収む
借此扁舟宜載酒　　この扁舟を借り　宜しく酒を載せ
明朝当作凌雲遊　　明朝当に凌雲の遊をなすべし

七言律詩である。第一聯は、作者は波を切って嘉州を目指しているが、夕暮れに太鼓の音が岸辺の城楼から響いてくる。第二聯には故郷の山水を巧みに詠み込んでいる。「峨嶺」と「沫江」がそれである。第二聯の二句は対になっている。「雲痕」と「天影」、「峨嶺」と「沫江」がそれぞれ対になる。「峨嶺」は峨眉山を指し、「沫江」は長江の支流沫水（大渡河）を指す。この二句は、「ぼんやりとした雲が峨眉山の峰を暗くし、天の果てまで浮き沈む沫水がゆうゆうと流れていく」という意である。第三聯も対句になっている。「両三」と「千百」、「漁火」と「帆檣」はそれぞれ対になる。「ちらほら見える漁火は天から落ちてきた星かと疑わせ、多くの船の帆柱は月光を浴びながら下ろされていく。」空と水面の大きな空間の中で沫水の幻想的な夜景を表現している。ここまでは張継の「楓橋夜泊」を連想させる表現世界と言えよう。

第四聯は、この舟に酒でも積んで、明朝凌雲の遊でもしようか、と作者の意気込みを明るく表現している。ここの「凌雲」は二重の意味を現わす。ひとつは「凌雲山」を指す。すなわち楽山大仏が鎮座する山である。もう一つは、形容詞として、高く雲をしのぐ、高遠なることを現わす。この二句は蘇軾の詩「送張嘉州」を強く意識したものである。北宋の詩人蘇軾は四川省眉山の人である。眉山はまた楽山に隣接している。蘇軾は二十四歳で故郷を出るまで眉山で暮らし、楽山、峨眉山によく遊び、そこの風景を愛した。一〇九〇年、蘇軾は杭州太守を務めていた頃、友人の張伯温が嘉州太守として赴任するに当たって、餞別の詩を作っている。

送張嘉州
少年不願万戸侯
亦不願識韓荊州
頗願身為漢嘉守
載酒時作凌雲遊

少年　万戸の侯を願わず
また韓荊州を識るを願わず
頗る願う　身は漢嘉の守と為るを
酒を載せて時に作す凌雲の遊を

最初の二句は李白の「与韓荊州書」を踏まえている。韓荊州は韓朝宗、当時荊州の知事であった。李白は彼に面会を求めて手紙を送った。「与韓荊州書」である。彼は手紙の冒頭に、「生不用封万戸侯、但願一識韓荊州」と韓荊州を褒め称えている。蘇軾は「送張嘉州」の詩にこの二句を踏まえながら、李白とまったく逆の心情を表現する。「万戸の侯なんかになりたくない、また出世の手立ての韓荊州を知ることも願わない。ただただ嘉州の守となり、酒を舟に載せて凌雲山に遊びたい」と詠う。彼は友人張伯温のことを羨ましく思った。「できることなら自分も故郷に帰って、凌雲山に遊びたい、」という気持ちをこの詩で表わしている。凌雲山大仏寺のそばに清代から立てられた「蘇東坡載酒時遊処」という石碑はいまも残っている。郭沫若は嘉定中学時代によく凌雲山大仏寺へ遊びに行った。彼は自伝「我的学生時代」に当時のことを懐かしく回想している。

嘉定は学問に適した場所だ。環境はとてもよい、山水も十二分に美しい。日曜日に穏やかな府河に船を出して、青衣江の北岸の凌雲山と鴉尤山へ行く。遠くに連綿の峨眉山を望み、近くには波瀾濤濤の大渡河に接す。澄みきった空気の中にいて、あたかも蘇東坡の跡を踏むようである。凌雲山には蘇東坡の読書楼があり、彼の像や題字があり、また遺跡も沢山ある。例えば、洗硯池や酒を携えて遊んだ処など。凌雲山の岩壁に大きな仏像が旧大渡河入口に当たり、また峨眉山に向かって彫られている。これはたいへん有名で、唐代の海通和尚が彫ったものだ。[6]

凌雲山には蘇軾ゆかりの遺跡、読書楼、像や題字、遺跡、洗硯池や酒を携えて遊んだ処が数多く残っている。これらの遺跡は恐らく後人によって作られたものであろうが、蘇軾と楽山との深い繋がり、楽山の人々が蘇軾に対する思いを物語るに充分であろう。郭沫若は「夜泊嘉州作」の尾聯に蘇軾「送張嘉州」にある豪快、洒脱な表現を借りることによって、漸く故郷を出て嘉州に向かう、謂わば新しい天地に赴くという心の躍動、新たなる気持ちを現わしている。従って、この詩は前半の部分は張継の「楓橋夜泊」を連想させるが、しかし「楓橋夜泊」の寂しさはない。むしろ新しい天地へ雄飛する新たな心持ちを読み込んでいる。「夜泊嘉州作」は律詩の規則をきちんと守り、典故をふんだんに取り入れている。古人の詩や典故によって自分の気持ちを表現した詩と言える。

一九一三年、郭沫若は「遊古仏洞」という古詩を作っている。一九一〇年から彼は成都の高等学校分設中学に在学していた。この間、彼は友人とたびたび成都の名勝古跡を訪ね歩いた。彼はこれを「遊山玩水」と呼んだ。成都で学んだ数年間は彼の青春時代において最も荒れていた時期である。第二章ですでに見て来てように、彼は学校の旧態依然の状態、すなわち、低レベル、買官、買学歴、収賄などの悪習に嫌気がさして、失望、焦燥、憤懣、煩悩の日々を送っていた。苦悩を紛らわすため、彼は山や川を歩き回り、「遊山玩水、喫酒賦詩」に耽った。「遊古仏洞」はこの時期の作品である。この詩は、一九八〇年代に発見された郭沫若少年時代の旧作原稿にあり、『郭沫若佚文集』(一九八八年)に収録されている。

「古仏洞」は、成都市双流県黄龍渓の臥龍山にある古刹で、「金華庵」またの名を「望江楼」という。黄龍渓に臨み、この一帯の名所である。双流県黄龍渓鎮は千年の歴史をもつ古い街である。望江楼は川岸の絶壁の上に建立され、高さ三十メートル、敷地面積二千四百平方メートル。五つの仏殿を有する。「南海観音殿」、「三清殿」、「玉皇殿」、「観音殿」そして「大仏殿」である。下から上まで崖を掘って作った螺旋状の石段が続く。大仏殿内に大きな洞窟があり、大仏はその中に鎮座している。周りに二十四の石仏が立っている。「古仏洞」の名はこれに由来する。「望江楼」は宋代に造られたと伝えられているが、清代に再建された。ここはいまでも観光客の人気を呼んでいる。

「遊古仏洞」は四十二句の長い詩である。ここでは説明に必要な部分を挙げることにする。

遊古仏洞

寺枕山腰俯瞰河　　寺は山腰に枕して河を俯瞰し
層楼叠嶂両巍峨　　層楼は叠嶂して両ながら巍峨たり
年年漂泊錦官道　　年年漂泊す　錦官の道
四載于今七度過　　四載今に至りて七度過ぐ
窮愁減却登臨興　　窮愁して登臨の興を減却し
冷落寒山空照影　　冷落して寒山空しく影を照す
・・・・・・・　　中略
人生及時行楽耳　　人生時に及びて行楽するのみ
長此郁抑何為哉　　長く郁抑して何をか為さんや

第一句と第二句は古仏洞の立地と外観を詠う。「寺は山腹を枕にして河を見降ろしているようだ。楼閣は幾重も重なって高く聳え立っている」。古刹は川岸の絶壁の上に建立されているから、このように表現しているのだろう。第三句にある「錦官道」は成都への道という意である。三国時代、成都の蜀錦（錦織）は有名で、蜀の重要な財政収入となっていた。そのため蜀は錦官を設け、成都で錦官城を造営して蜀錦の生産を保護した。これによって、成都は錦官城、または錦城とも呼ばれるようになる。詩にある「年年漂泊錦官道、四載于今七度過」は、「毎年水路で錦官城すなわち成都へ通う道は、今日まで四年間七回辿った」という意味である。第六句と第七句は「これまでは苦悩や愁いのせいですっかりこの寺に登る興味がなかったので、山は寂しく徒にその姿を水に映している。」と詠む。ここにある「窮愁」は、当時郭沫若が感じた苦悩、失望、焦燥、憤懣を表現している。「寒山空照影」は二重の意味をもつ。一つは訪ねる人がいないため山が閑散としているという意。もう一つは、作者自身の心の寂しさを暗示する。次の句にある「郁抑」も、同様に作者の心情を表現したものである。詩の後半は古仏洞を写実的に詠む。

徐徐緩歩殿階上　　徐徐に緩歩す殿階の上
神物奇古窮殊相　　神物奇古殊相を窮む
就中或座或復臥　　なかんずく或いは座し或いは復臥す
釈道分庭礼相抗　　釈道分庭して礼相抗す
蝙蝠白昼也欺人　　蝙蝠も白昼にまた人を欺き
盤空鳴鳴学鬼声　　空を盤り鳴鳴として鬼声を学ぶ
寒気冷然沁肝膈　　寒気冷然として肝膈に沁み
忘却世間炎熱情　　忘却す世間炎熱の情を
扶梯更上一層楼　　梯に扶りて更に上る一層の楼
俯視不敢久低頭　　俯視して敢えて久しく低頭せず

楼高歳久動欲活　　楼高く歳久しくして動いて活ならんとす
一歩一歌如乗舟　　一歩一歌舟に乗るが如し

作者は螺旋状の石段をゆっくりと登っていく。「見れば、仏殿にさまざまの仏像はそれぞれ奇怪な様相を呈して、あるものは座り、あるものは寝ている。仏教と道教の神物が対等に居合わせている。蝙蝠が昼間に人を欺くかのように飛びながら陰鬼のように鳴く。すると周囲の空気も身体を刺すように寒くなり、真夏の暑さを忘れてしまう。手すりをつかみながら更に上の階に上がるが、下を見るのも恐ろしい。なぜなら、櫓が高く、かつ年月を経て老朽化している。一歩上がる度に軋って舟に乗っているように揺れる。」という具合に、古仏洞についての描写は作者の体験を踏まえてリアルに詠まれている。仏像の様子、周囲の様子、蝙蝠の鳴き声、仏閣の様子など、典故を使わずに、叙述風に表現する。詩の結尾で、危なっかしい仏閣を登りきった作者は、頂上の様子と自分の気持ちを次のように表現する。

我心頗圧人間世　　我が心は頗る人間世を圧し
用敢臨危登絶地　　用て敢えて危に臨み絶地に登る
・・・・・・・
得昇絶頂如飛仙　　絶頂に昇るを得て飛仙の如く
晩山蒼茫竪晩煙　　晩山蒼茫として晩煙竪つ

ここで作者は「人間世」と「絶地」、「飛仙」というふうに俗と聖を対比させ、山を登臨することによって清浄された気持ちを詠む。「古仏洞を尋ね、深山に入る」という行為は、中国では古来より俗世間を超越することを意味する。多くの詩人が仙人の境地に憧れて山や仏閣を尋ね、漢詩を作った。陶淵明、王維、蘇軾など皆そうである。郭沫若の詩に見る俗と聖の対比も基本的に古人の考え方を彷彿としていると言えよう。

望江楼は雄大な景観と規模を誇っている。字数が限られた絶句や律詩ではそれをリアルに表現することは難しい。郭沫若は眼前の風景を表現するため、押韻と句数が比較的自由な古詩の形を選んだ。四十二句の長い詩にほとんど典故を使っていないのも特徴的である。

「遊古仏洞」は古詩の形式を採っているが、郭沫若のこの時期の作品においては珍しいものである。留学以前、郭沫若が最も多く作ったのは律詩である。五言、七言を合わせて律詩は五十三首あるのに対して、古詩はたったの四首。しかし、漢詩を学ぶ過程において律詩が基本であるので、この時期律詩が多いのはまた自然であろう。郭沫若の四首の古詩はすべて一九一〇年以後、すなわち成都時代の作である。前述のように、成都時代は彼の青春期で一番精神的に荒れていた時期である。また、成都で国会請願運動、辛亥革命、四川保路運動に参加し、歴史の激動を経験した。古詩の創作はこのようなできごとと関係すると考えられよう。

風景をどのように詠んだかという問題をめぐって、先ず留学前の漢詩、絶句、律詩、古詩を見てきた。少年時代の漢詩は、そのほとんどが宿題ノートに書かれているという点を考えると、この時期の漢詩は習作と見るのが妥当であろう。特に絶句と律詩は漢詩の規則を守っている。例えば、詩語の使い方、典故の引用、押韻、平仄、イメージの連想などは基本的に古典漢詩の規則を守っている。詩に詠まれている風景も古人の表現を踏まえ、古典的風景の概念に従っていることは明白である。

一九一三年十二月末、郭沫若は北京を出発して日本に向かう。念願の留学である。一九一四年の正月を釜山で迎え、一月十三日に東京に到着した。彼にとって「人生でもっとも勤勉な時期」[7]の始まりである。日本に来て最初に突破しなければならない難関は、入学試験である。彼は官費の学校を目指した。東京第一高等学校、高等工業学校、千葉医学専門学校、高等師範学校、この四校のいずれかに合格すれば官費留学生となることができる。入学試験は六月と七月に行われるので、彼には半年しか準備期間がない。彼は猛烈に勉強をした。その結果、第一高等学校に合格した。半年の期間で志望校に合格したので、「人生でこれほど愉快なことがなかった」と彼は喜んだ。

当時、各学校の新学期は九月からで、それまでの間、彼は官費をもらって、早速房総半島の北条の海辺へ海水浴に行った。このとき、彼は生れて初めて海水浴を体験した。エッセイ「自然への追懐」に彼は次のように回想する。「北条の鏡ケ浦は風のない日は真に鏡の様な平穏さだ。四川の奥深く峨眉山の麓に生まれて、家規として尺以上の水へ入ることさへ禁ぜられていた私にとって、一躍海へ入ることは全く生れかへった様な感じがした。[8]」北条の風景は彼に懐かしい故郷の山水を想起させた。この時期、彼が多くの口語詩を創作したことはよく知られているが、しかし同じ時期に古典詩が並行して作られたことは興味深い。北条鏡ヶ浦の美しい風景を前に、彼はかつて故郷にいた頃と同じように、思わず漢詩を口ずさんだ。留学期に彼は少なくとも四十五首の漢詩を作っている。これらの漢詩において、「風景」はどのように詠まれているのか。留学前の漢詩とどのような違いがあるか。

鏡　浦　三首

（一）

鏡浦平如鏡　　鏡浦平らかなること鏡の如く
波舟蕩月明　　波舟月明に蕩る

遥将一壺酒　遥かに一壺の酒を将て
載到島頭傾　載せて島頭に到りて傾けん

（二）

飛来何処峰　飛来するは何れの峰か
海上佈艨艟　海上に艨艟を佈く
地形同渤海　地形は渤海に同じく
心事繫遼東　心事は東に繫る

（三）

白日照天地　白日天地を照し
秋聲入早潮　秋聲早潮に入る
披襟臨海立　襟を披いて海に臨んで立ち
相對富峰高　相對して富峰高し

三首の詩は、一九一四年の夏、郭沫若が第一高等学校に合格した後、千葉県北條鏡ヶ浦へ海水浴に行ったときに詠まれたものである。日本に来てから作られた最初の漢詩である。すでに述べたように、彼は鏡ヶ浦で愉快な二ヶ月を送った。毎日海に入ったり、海岸で日光浴したりして、のびのびとした開放感を味わった。その愉快さの中で彼はこの三首の詩を詠んだ。いずれも五言絶句である。この三首の漢詩は一九三三年に書かれたエッセイ「自然への追懐」

に初めて収録され、一九三四年に雑誌「文芸」二月号に発表された。『郭沫若全集』には未収録である。

第一首は鏡ヶ浦の静けさを詠む。「鏡が浦は鏡のように平らかである。波に浮かぶ舟は月明かりに揺れている。一壺の酒でも載せてあの島へ行って飲もうか」という意味である。「自然への追懐」において、郭沫若は当時の状況をこう回想している。「よく月夜の晩に友を誘ってボートを操ったり鷹島や沖島を島巡りをしたり、時としては酒を携帯して島に上陸して飲んだりした。[9]」と。この回想は第一首の詩が詠まれる背景となっている。海辺の美しい夜景がそのまま詩に詠まれている。そののどかな情景は、さながら彼が愛した蘇軾の詩句「載酒時作凌雲遊」を彷彿とさせる。

第二首は、海で見たある情景から祖国を案じる気持ちを詠む。「何処からか飛んできた山の峰、よく見ればそれは海上に配備された軍艦である。鏡が浦の地形は渤海湾に似ている。私の心は遼東半島を心配している」と。郭沫若が鏡ヶ浦に海水浴の行った一九一四年夏は、ちょうど第一次世界大戦が勃発した時期である。日本は同年九月二日、山東半島の青島に対して上陸作戦を開始した。「青島攻略」である。これにより、もともとドイツが租借していた山東半島が日本軍の占領地となる。郭沫若はまさに「青島攻略」の少し前に房総の海に行った。「自然への追懐」に彼は、「その鏡の中に時々意外なるものが現れて来ることがあった。朝早く濱へ散歩しに行ったりすると、遥か沖の方でまだ消えない海霧の中から黒いものが山の様にぬうと陳列して居た。それは夜中に停泊に来た軍艦だった。一艘、たまには三五艘。海の景色に一種の奇観を添へる趣もないではないが、然し、穏やかなものでは無論なかった。殊に異郷人の吾々には色々な聯想を喚起する作用を充分持って居た。[10]」と当時の心情を吐露している。日本の海は彼に故郷を連想させ、望郷の念を喚起することもあれば、時には憂国心を呼び起こすこともあった。

第三首は鏡ヶ浦から見た富士山を詠む。「朝日は天地を照らし、秋の声が潮の声に混じる。服を羽織って海辺に立つと遥か向こうに富士山が高く聳えているのが目に入ってくる」という意味である。当時郭沫若は、新学期が始まる九月ぎりぎりまで海浜に滞在していた。立秋の後、海浜が寂しくなったが、彼は一人で残り、海辺での生活を惜しんだ。「陽光は一般にうすあはくなって哀調を帯び、潮の音も真夏ならば深夜でなければ聞き得ない一種の淋しい余韻を曳き、空気がすっきり清澄になって、対岸の富士山の秀姿が、よく朝早くから遥か彼方の雲端に露れて来る。何とも言へない一種の崇高さだ。」[11]と、彼は「自然への追懐」で回想する。彼は房総の海浜で迎える最初の秋を、太陽の光や潮の勢い、空気の変化を通して繊細に感じ取っている。海辺から富士山を見て美しいと感じる。富士山を詠んだのはこの詩が最初である。第二首の詩と違って、ここでは作者は目の前の自然を見るがままに詠み出す。自分の感情を表に出さずに、壮大な天地、海、そして太陽、富士山を詠むことによって、その美しさに魅了される感情を滲ませている。ちなみに二〇一三年、富士山が世界文化遺産に認定されたのを記念して出版された漢詩集『富士山漢詩百選』[12]にもこの詩が収録されている。

この三首の詩は、いずれも郭沫若が鏡ヶ浦で見た風景をリアルに詠んでいる。いずれも典故を取っていない。もうひとつ注目されるのは、三首ともに海を詠んでいる。これまで彼の漢詩には海は出てこない。この三首の詩が最初である。それは無論、日本に来て初めて海を見たということが契機であろう。同時に、海という新しい表現世界を彼はこのとき発見した。これは、彼の詩歌創作にとって重要な意味をもつ。詩集『女神』に海を詠んだ詩が多く見られるが、それは単に彼が海辺に住んでいたからではないはず。むしろ彼は今までの表現世界にない何かを海に見出した。それは表現の既成概念を突破した何かであったから、重要な意味をもつのである。

一九一五年、郭沫若は岡山の第六高等学校に移り、そこで約二年間生活した。六高は岡山後楽園の近くにあり、周囲には操山と東山がなだらかな山裾を広げている。郭沫若は毎日旭川を渡って六高に通った。夕方には山登りを楽しんだり、休日には旭川で水泳を習ったりした。彼は岡山の風景を愛した。「自然への追懐」には彼の楽しい思い出が記されている。「岡山に居た頃は、よく旭川に舟を浮ばせた。後楽園と岡山城の天主閣《ママ》に夾《ママ》まれた一段の川面は、かなり詩趣に富んで居た。六高の側にある東山も、別に傑出した境地ではなかったが、始めの一二年はあの近處に居住して居たので、よく散歩に出かけたりした。次の『晩眺』と『新月』の二絶はその時の作である。[13]」

新月

新月如鎌刀　新月は鎌刀の如し
斫上山頭樹　斫りて上る　山頭の樹
倒地却無聲　地に倒れて却って声なし
遊枝亦横路　遊枝亦た路に横たう

この詩は新月と木々の影を詠むが、「鎌刀」を使って新月と木々の影を繫げる。中国の古典詩には月を鎌と見立て、「月鎌」という表現がある。例えば、三日月を「月鎌」と表現する。しかしここに見える「新月」と「鎌刀」は中国の古典詩から援用した表現ではない。後年郭沫若はエッセイ「児童文学之管見」においてこの詩に触れている。「ドイツ語を学び始めたころに、〈新月〉はMondsichel ――直訳すると〈月鎌〉となる。新鮮な趣がある。この暗示を得て、私は五絶（「新月」）を作った。[14]」つまり郭沫若はドイツ語Mondsichelから「新月」のイメージを得たわけである。彼は古典的用例「月鎌」を知らなかったか、それとも知りながら、それと別に「新月」を「鎌刀」と表現したのか。新月の可憐で、ほっそりとしたイメージは「鎌刀」という表現によって怜悧、鋭利のイメージへと変わる。月光のもとで大地に映る木々の影から、新月は音もなく山頂の木々を切り倒し、枝葉を地面いっぱいに散らす、と表現する。静寂の中に凄まじい「動」を表現する。郭沫若は新月をたびたび詩に詠む。『女神』「愛神之什」に「新月与白雲」という詩がある。

新月与白雲

月児呀！你好象把鍍金的鎌刀。
你把這海上的松樹斫倒了、
哦、我也被你斫倒了！

この詩は口語詩の形を取っている。この詩の大意は、「新月よ、きみは鍍金した鎌のようだ。きみは海上の松を切り倒した。おお、私もきみに切り倒された。」この詩は恋愛を謳歌する「愛神之什」に収録されている詩はほとんどが佐藤富子との恋愛を詠ったものである。この詩と漢詩「新月」とは口語詩と古典詩の違いがあるが、新月、鎌刀、木を切り倒す、という表現要素が共通する。「新月与白雲」は作者が恋人に身も心も傾けている状態を表現したものである。「新月」――「鎌刀」――恋愛、という連想はここで恋愛の力を強調し、恋愛に完全に陥る心的状態を表現する。この点において「新月」と「新月与白雲」の斬新さがあるのではないか。写実的であると同時に象徴的であるという特徴も見て取ることができよう。

3　古詩の中の風景

日本留学期には古詩が目立って多くなる。特に風景を詠んだ古詩が増えている。一九一六年春、郭沫若は友人成《せい》仿吾《ほうご》[15]と連れ立って四国を旅行した。栗林公園を訪ねたときに漢詩を詠んだ。「与成仿吾同遊栗林園」（「成仿吾と栗林園に遊ぶ」）である。

与成仿吾同遊栗林園

清晨入栗林　　清晨栗林に入り
紫雲插晴昊　　紫雲晴昊に挿す
攀援及其腰　　攀援し其の腰に及べば
松風清我脳　　松風　我が脳を清ましむ
放観天地間　　放観す天地の間を
旭日方杲杲　　旭日方に杲杲たり
海光蕩東南　　海光東南に蕩い
遍野生春草　　遍野に春草生ず
不登泰山高　　泰山の高きに登らざれば
不知天下小　　天下の小なるを知らず
稊米太倉中　　稊米　太倉の中にあり
蛮触争未了　　蛮触　争いて未だ了らず
長嘯一声遥　　長嘯一声遥かなり
狂歌入雲杪　　狂歌雲杪に入る

栗林園は四国の栗林公園のこと。香川県高松市の都市公園で、現在特別名勝に指定されている。一六二五年、高松藩主生駒高俊によって造営され、以後松平頼重に引き継がれ、五代約百年をかけて完成させた。故に「百年をかけ完成した一歩一景の名園」[16]と言われる。明治以後、政府の管理下にあり、一八七五年（明治八年）に県立公園、一九五三年（昭和二八年）に特別名勝に指定された。郭沫若は一九一六年（大正五年）に友人とこの広大な日本庭園を訪れた。

郭沫若は瀬戸内海に美しい印象をもったようである。「自然への追懐」において彼は瀬戸内海を中国の巫山三峡と比較し、「支那では巫山三峡、日本では瀬戸内海、倶に自然界の傑作である。（中略）あのときの巡遊は、数多き楽しき記憶を残したが、惜しい事には、紀行文の一下りさへも物しなかった。唯、四国の高松に上陸して、そこの栗林公園に遊んだ事だけが一つの詩として残されて居る。」[17]ここで言う詩一首は「与成仿吾同遊栗林園」を指す。この詩は古詩の形式を取っている。

この詩の第二句にある「紫雲」とは栗林公園内に聳え立つ山、公園の重要な景観のひとつ紫雲山である。栗林公園で彼らは紫雲山に登った。この山には登山用の道がなく、彼らはがむしゃらに進んだ。山腹まで登った頃にはもうかなり疲れてしまった。詩は彼らの登山をベースに、山で見た風景、感じたことを詠んでいる。

早朝栗林公園に入り、紫雲山を登る。山腹まで来て、あたりを展望する。太陽の下で海が輝いている。大地には春の草があたり一面に生えている。彼はふと孔子のことを思い出した。「不登泰山高、不知天下小。」この二句は中国の典故を踏まえている。『孟子』尽心篇に「孔子東山に登りて魯を小とし、泰山に登りて天下を小とした」とある。郭沫若は孔子泰山に登るという典故を借りて、紫雲山から広い世界を展望した気持ちを表している。続いて二句「稊米太倉中、蛮触争未了」は当時の第一次世界大戦を揶揄している。「稊米」はいぬびえ、小さな粒をしたひえの一種である。つまらない穀物、転じてつまらないものの喩え。「太倉」は都にある政府の米倉。また、漢代山東省にあった県名。『荘子』秋水篇に「不似稊米之在太倉乎」とある。その意は、滄海の一粟、取るに足らないほど小さなものである。「蛮触争未了」は『荘子』秋水篇の「蝸牛角上の争い」の故事を踏まえている。蝸牛の左の角の国触氏と右の角の国蛮氏が戦って死者数万を出し、十五日にしてやっと終わった、という寓話から、小さい利益を巡って、つまらない争いをすることを喩える。郭沫若は「自然への追懐」に記しているように、この二句は当時の欧州大戦を風刺したものである。しかしこれは漠然とした風刺ではない。当時日本は青島攻略により山東半島を掌握し、山東に対するドイツの権益を奪おうと睨みを利かせていた。郭沫若はこの詩で孔子を連想し、山東に思いを馳せたのではないか。中国の土地を巡る列強国の争いは彼に悲痛な思いをさせたに違いない。最後の二句「長嘯一声遥、狂歌入雲杪」に、空に向けて思い切り声を張り上げることによって、列強国に対する嫌悪を吐き出している。

「与成仿吾同遊栗林園」は古詩の形をとって、十四句によって、紫雲山の眺めを詠み、広がった視野から当時の世界情勢にを連想し、列強国の戦争を風刺する。風景を詠む前半部分には典故を取っていないことが注目に値する。目の前の風景を古典的表現あるいは古典的概念付けで表現するのではなく、ありのまま、写実的に表現するところにこの詩の特徴があると見ることができよう。

郭沫若は岡山の自然を満喫していた。彼はよく山に登り、詩を作った。一九一六年（大正五年）に彼は「登操山」（「操山に登る」）という古詩を作っている。便宜のために句頭に数字を附す。

登操山

1 怪石疑群虎　　怪石　群虎かと疑い
2 深松競奇古　　深松は奇古を競う
3 我来立其間　　我来てその間に立てば
4 日落山含斧　　日落ちて、山斧を含む
5 血霞泛太空　　血霞　太空に泛び
6 浩気蕩肝腑　　浩気　肝腑に蕩たり
7 放声歌我歌　　声を放って我が歌を歌い
8 振衣而乱舞　　衣を振るって乱舞す

9 舞罷迫下山　舞い罷わって迫ぎて山を下れば
10 新月雲中吐　新月雲中に吐く

これは十句構成の古詩である。郭沫若は「自然への追懐」に当時の体験を記している。「一九一六年の十月頃だったと思ふ。入学してからまだ間のなかった頃で、時刻は晩方に近かった。一人で無心に学校の右側から廻って登山道に行った。山半に至ると路が松林の中には入り、うす暗やみになってもう夜景になった様で、山の頂には大きな石が樹の幹の間に色々なポーズを取って散在し、恰も寝れる猛獣の王国には入った様な感じがした。あたかも太陽は遥か西の方の山頂に没しか丶っていて、まだ半規を残して居た。真赤の夕映が空一面に瀰漫して全く血潮が迸ってる様だった。そう云ふ様な光景に打たれてインスピレーションでも感じたかの様に狂気に雀躍しながら口まかせに號み出したものが、次の詩である。[18]」と。

回想文にある内容とこの詩とつき合わせて見ると、操山で見た風景と彼の感動はリアルに表現されている。第一句は、山の中の岩を虎の群れと喩える。「山の頂には大きな石が樹の幹の間に色々なポーズを取って散在し、恰も寝れる猛獣の王国には入った様な感じがした。[19]」という回想はこの一句をよく説明している。石を虎と喩えることはすでに『漢書・李広伝』に見られる。伝によると、李広がある時狩猟に出たところ、草むらの石を虎だと思って矢を放った。以来、巨大な石を虎に喩える用例が中国の古典に見られるようになる。郭沫若が操山の巨石を虎と喩えたのは、このような典故を踏まえたものといえよう。

第四句と第五句は夕陽と夕焼けを詠む。ここでも郭沫若は大胆な表現を使う。それが「山含斧」と「血霞」である。第四句「日落ちて、山斧を含む」というが、これはどういう情景なのか。前記回想文にある「太陽はまだ半規を残して居た。真赤な夕映が空一面に瀰漫して全く血潮が迸ってる様だった。」を踏まえて、斧の刃は半円を描く形になるところから、山の頂上に半分残っている太陽を斧に見立て、山が斧を含んでいると表現した。「血霞」は血のように夕日に染まった夕焼けを表現する。この二つの表現は中国の古典詩に、ほとんど見ないものである。また、留学前の郭沫若の漢詩に「血霞」が使われた前例もない。これは明らかに、夕焼けを写実的に表現するために用いた用語である。従って「山含斧」と「血霞」は郭沫若詩歌の独自な表現と見ることができるのではないか。古典に束縛されず、見た情景、浮かんだ想像を斬新な表現あるいはこれまでに詩歌に使用してこなかった用語を敢えて使う。郭沫若のロマンティックな独創性がこの時期の漢詩にも現れている。これも「登操山」の一つの特徴と見ることができよう。

「登操山」のもう一つの特徴は第一人称の「我」の使用である。第三句、第七句に「我」の用例が見られる。第三句は「我、巨石と松林の間に立つ」という意味である。従来漢詩は基本的に第一人称で詠まれるので、何かの対象物と対比する場合を除いて、「吾」、「我」をわざわざ使う必要はない。しかし、郭沫若はここでわざわざ「我」を使っている。第七句にも「我」を使って、「我が歌を歌う」とある。「我」を使うことによって個の存在を強調する。第一人称の多用は『女神』の特徴の一つでもある。そこに近代的自我を謳歌する意図が常に強く働く。漢詩に「我」が多く登場するのは、『女神』とともに、この時期に見られる自我意識の高揚と連動するのではないか。

風景の発見は、郭沫若が日本留学で得た重要な体験であると第一章で触れたが、口語詩と平行してこの時期風景を詠みこむ漢詩「与成仿吾同遊栗林園」や「登操山」のような古詩も多く見られるようになる。岡山、福岡時代、彼は風景を詠んだ東西の詩歌にも注目した。ゲーテの「春光明媚な場所」、ハイネの「静かな海辺」、ホイットマンの「大道」などは彼の情熱を掻き立てた詩である。『三葉集』において彼はこれらの詩に言及したり、翻訳したりして、友人の宗白華に紹介した。また、「雄麗な大作はわが国の古い文学に見ることが少ない。私は特に自然を賛美する詩が好きで、この条件を満足させてくれる中国の作品はまだ読んだことがない。木玄虚の『海賦』、郭景純の『江賦』はみな良い表題であるが、惜しいことにみな良い文章ではない。『海賦』に鯨を描写するところに「巨鱗挿雲云々」などの表現がある。どうして鯨の体に鱗甲が生じるのか?韓退之の『南山詩』とRobert Southeyの『The Cataract of Lodore』は似ている。彼らは懸命に描写しているが、どんなに苦労しても、一枚の写真には及ばず、やはり終南山とロードル滝の残骸でしかなく、みな死んでいる。[20]」と書いている。郭沫若は留学中にゲーテ、ハイネ、ホイットマンを愛読し、翻訳までしたことはすでによく知られていることであるが、この時期、彼は特に自然や風景を詠んだ西洋の詩群に注目した。自然や風景を讃美した詩歌として、西洋の詩歌と引き合いに木玄虚の「海賦」、郭景純の「江賦」、韓退之の「南山詩」など中国の古典詩文を挙げる。木玄虚は西晋の人で、その「海賦」は『文選』に収録されている。かなり長い文章で、散文形式を採っている。郭景純は郭璞とも言い、六朝の人で、『山海経』や『爾雅』の注釈者として名高い。彼が書いた「江賦」は散文形式の賦である。韓退之は唐代の学者で、その「南山詩」は終南山を詠んだ詩で、五言古詩の形式を採っていて、全部で二〇二句を有する長詩である。郭沫若はこれら中国の詩歌に惹かれながらも、現実と乖離した誇張表現を批判的に見ている。彼が風景を詠む詩に求めた理想は、言葉による飾りや誇張ではなく、写真に近い、つまり実際の情景に迫ることであると『三葉集』から窺い知ることができる。

ここまで見て来ると、むしろ古典詩と口語詩の問題になってくる。郭沫若はかつて兄弟の元弟の詩を批評した書簡に、古典詩と口語詩について次のように述べる、「詩は叙情の文字で、真の情を流露させる文字は自然に詩になる。新詩（口語詩）は修飾を借りず、情緒の純真な表出に従って文字に表現し、詩となる。譬で言うなら写真を撮るようだ。旧詩（古典詩）は情緒の流露に従って彫琢を加える。譬で言うなら絵を描くことのようだ。[21]」と言及する。事象の写実、情調の自然流露、これはまさにこの時期、彼が友人たちと模索した口語詩の本質である。彼が口語詩に求めたのは写真、つまり「写実」であった。留学中に自然や風景を詠んだ東西の詩歌に注目したのも、彼が体験した「風景」の発見と無関係ではない。第四章第一節に言及したように、郭沫若における「風景」の発見は彼の近代的自我の目覚めと直結する。内なる「声」は風景の中に見出され、『女神』の詩歌によって詠まれる。この内面世界の働きは、彼の漢詩「登操山」や「与成仿吾同遊栗林園」にも伺い知ることができる。口語詩と平行して古典定型詩を詠むということは、彼が新旧詩歌の間を去来しながら詩の本質を模索する過程そのものではなかったか。

一九二三年（大正一二年）、郭沫若は九州帝国大学医学部を卒業した。その後、一家を連れて上海へ帰国したが、翌年四月に創作のため再び日本に渡る。九州は佐賀市近郊の熊川温泉に滞在し、河上肇『社会組織と社会革命』の翻訳、小説「三詩人之死」（「三詩人の死」）「陽春別」「喀尓美羅姑娘」（「キャラメル娘」）「路難行」などを執筆した。十一月上海に帰るまで約八カ月間熊川温泉で過ごした。熊川温泉は佐賀県内有数の温泉地で、山に囲まれ、緑あふれるのどかな温泉場である。彼は「新屋」という旅館に宿泊した。旅館の近くに川上江という川がある。清らかな渓川は山麓に沿って緩やかに流れ、蛇行した所に小さな湾を残していく。湾内の白い砂浜に大きな白い岩が点在し、まるで海辺のようである。郭沫若はここの風景に心を満たし、創作に励んだ。小説「路難行」にはこの辺りのことが書かれている。「（日本の）山水とは久しぶりの再会だ。川上江は村はずれを流れている。狭い川幅は半分が濃い緑色の流泉、もう半分には大きな白い岩が転がっている。」[22] 郭沫若は熊川温泉界隈をよく散策した。興が湧いてくると漢詩を詠んだ。「日之夕矣」「川上江紀行二十韻」はこの時期に作った漢詩である。各行四文字、「日之夕矣」は三十六句構成、「川上江紀行二十韻」は四十句構成、という長い古詩である。日本留学以来、彼は五言古詩を多く試みるようになるが、一九二四年には四言古詩も書くようになる。四言詩は主に中国最古の詩集『詩経』に見られ、古詩の起源とも言われている。これまで郭沫若の漢詩には四言古詩を見ない。この二首は彼が書いた最初の四言詩である。このような形の詩によって、彼は何を表現しようとしたのか。ここでは「日之夕矣」を取り上げ、分析したい。便宜のためにそれぞれの行の冒頭にアルファベット、文中に傍線を附ける。

日之夕矣

a　日之夕矣、新月在天、抱我幼子、歩至渓辺。
b　渓辺有石、臨彼深潭、水中倒影、隔岸高山。
c　高山翁郁、深潭碧青、静座危石、隠聴湍鳴。
d　湍鳴浩浩、天地淼寥、瞑目凝想、造化盈消。
e　造物造余、毎多憂悸、得茲静楽、不薄余錫。
f　俄而妻至、二子追随、子指乱石、定名欧非。
g　欧非不遠、世界如拳、仰見熒惑、出自山巓。
h　山巓有樹、影已零乱、妻曰遄帰、子曰漸緩。
i　緩亦無従、遄亦無庸、如彼星月、羈旅太空。[23]

この詩は小説「路難行」にある「新生活日記」に見られる。十月三日の項に、「夕飯の後佛坊（三番目の息子）を抱いて船乗り場に行く。岩の上に座って水の音を聞く。しばらくすると、暁芙（妻）が和坊（長男）、博坊（次男）を連れて来る。二児は岩の上で追いかけっこしながら岩の大きいのを指してアフリカと言い、アメリカと言い、中華と言う。夜『日之夕矣』一詩を草す。[24]」と、「日之夕矣」が書かれた背景に触れている。

最初の四句a、日が暮れた、第一句「日之夕矣」は『詩経』国風「君子于役」にある一句でもある。新月が空に掛かっている。我が子を抱いて渓川の辺りに行く（渓辺）。次の四句b、渓川の辺り（渓辺）に石があり、深い水に臨み、水中に逆さの影が映る、それは向こう岸の高山だ。更に次の四句c、高山は青々としている。深い水は深い碧色。静に険しい石に座って、流れの音（湍鳴）を聞く。更に次の四句d、流れの音（湍鳴）はごうごうと響く。天と地の境があいまいになっている。目を閉じて想いを凝らし、造化（万物の生々流転）の盛衰を想う。ここまでのａｂｃｄの四行はそれぞれ前行の第四句最後の二文字（傍線部分）を踏襲して、次次へとその内容を展開していく。この手法は「頂真格」と言う。俳諧の連歌の様式によく似ている。現在の言葉遊びの「尻取り」のような手法である。

頂真格は中国古代より詩歌の世界で使用していた手法である。『詩経』国風の「江有汜」、大雅の「已酔」はこの手法を採っている。前行末句最後の文字を踏まえる間隔は不定で、字数も一文字と二文字とがある。いわば修辞法の一つである。この手法は次の時代に受け継がれ、唐宋時代において、頂真格は更に規則化され、詞の世界にも使用されるようになる。元代では頂真格詩は遊戯性文体へと変化し、酒令遊戯にも使われるようになる。口語に近い表現もしばしば見られる。明清時代になると、民間でも盛んに作られるようになる。「頂真」はもと「頂針」、すなわち裁縫用の指貫のこと。針を布生地に通すために指貫で針を押し、次々と縫っていく。「針」は「真」と音通ということから、数行を繋げる連句のような詩を作るときにそれぞれの行末の二文字を踏襲する手法を「頂真格」と言うようになる。このように見てくると、頂真格詩にはもともと一種の次々と展開していく連句の性格をもち、また遊戯性をもっている。そのため時代が降るにつれて、詠み手が広がりやすくなる。幼少時代から古典詩歌を学んだ郭沫若は恐らくこのような詩を知っていたのではないだろうか。しかし留学前の漢詩には頂真格詩は残っていない。

さて、いま見てきた四行の後に続く数行を見てみよう。ｅ行四句、大自然が自分を創造してくれたが、常に憂いと驚きがある。ここで静かな安楽を得て、これも大自然の薄からざる恩沢だ。ｆ行四句、急に妻がやってきた。二人の子供も追随してきた。子らは乱石を指差して、欧洲とアフリカと名づける。この二行は妻と子供たちのことを詠む。つまり人事である。続いてｇ行四句、欧洲もアフリカも遠くない。世界は拳のようだ。仰ぎ見れば火星のような星が山巓より空に昇ってきた。ｈ行四句、山巓に樹があり、影がまだらに。妻は速く（遄）帰ろうと言うが、子らはゆっくり（緩）と言う。

ｉ行四句、ゆっくり（緩）もできないが、速く（遄）しなくてもいい。星と月はまだ太空を旅しているよ。星と月によって人生を喩えている。g、h、iの三行はまた頂真格の手法を取る。この詩は夕暮れの川辺の風景を川辺、石、山、水の音、万物生成、子供たちの想像、星と月、旅、と目に見える風景から耳に聞こえる音、自然から人生、太空から人生へと連想を展開して行く。それを繋げるのが頂真格という修辞法である。この詩は『詩経』の四言詩形式を採っているが、「欧非」、「世界」のような新しい表現を導入して、現実味を点出する。風景は四文字という小刻みな表現によって詠まれるが、頂真格により短い句が鎖のようにつぎつぎと繋がっていく。風景はこの連鎖の中で広く表現される。

一九二二年に郭沫若は日本で『詩経』の現代語訳『巻耳集』を完成し、一九二三年に上海で出版した。これは『詩経』国風を中心に、恋愛詩四十首を選び、現代語訳したものである。それと前後して、彼は口語詩について一連の論文を発表した。「波斯詩人莪默伽亜謨」（「ペルシャ詩人オマル・ハイヤーム」）（一九二二年）「我対于《卷耳》一詩的解釋」（「私の『巻耳』一詩に対する解釈」）（一九二三年）「文学的本質」（「文学の本質」）（一九二五年）。これらの文章において、彼は口語詩の必要性を論じている。詩歌の本質、韻律の起源を説いた中でたびたび『詩経』に触れた。彼はなぜこの時期に『詩経』に注目したのか。『巻耳集』序文において、彼は自分の翻訳の動機を述べている。「思うに、この反故のなかから選び出した資料によって、もし自分自身のこの刹那、刹那の生命を充実させることができれば、私はそれで大いに満足する。われわれの民族はもともと極めて自由で、優美な民族である。しかし数千年来礼教の桎梏の下で、まるで死んだ木乃伊のようになった。かわいそうな我が最古の優美な平民文学はもはや化石と化した。私はこの化石に命を吹き込んで、木乃伊を蘇らせようと思った。これが、私がこの四十首の詩を翻訳した最終目的だ。また私の小さな野心とも言える。[25]」と。ここから分かるように、彼は『詩経』を平民の文学、自由で優美な作品集と捉える。翻訳に当たり、古典的解釈にこだわらず、自分の直観を導入した。この時期において、彼の『詩経』口語訳は中国において、恐らく初めての試みであろう。それは、新文学運動の中で権威的な古典注釈に対する大胆な挑戦であったことは言うまでもない。同時にまた詩の起源に遡り、詩の本質を問い直す作業でもあり、口語詩創作の実践でもあった。郭沫若が留学期に十三首の古詩を作っているが、その最後を飾るのが『詩経』風の「日之夕矣」と「川上江紀行二十韻」である。

郭沫若の少年期と留学期の漢詩を、風景表現を中心に見てきたが、その詩は、形式においては少年期に多く見られる律詩から留学期に目立つ絶句、古詩へと変化して、より自由で解放的な形に変わっていく特徴が見えてくる。内容の面においては、少年期の詩は風景の表現に杜甫や蘇軾、李白、張継などの詩を連想させ、典故を使ういわば古典的表現パターンを踏まえているのに対し、留学期の詩は古典詩のパターンからより自由になり、故事典故も少なくなる。「鏡浦」や「新月」は全く典故を使っていない。また「登操山」に見える従来漢詩にあまり使わない表現の大胆な使用なども この時期の特徴と言えよう。風景を古典的パターンの中で表現するのではなく、目の前に見る情景、感じた感動と連想を独自の表現でよりリアルに詠む。このような変化は彼の口語詩模索と無関係ではあるまい。また古典詩に対する再認識とも関わってくる。

彼の『詩経』口語訳の態度は、彼自身の古典の捉え方を物語っている。『巻耳集』の序で彼は、「詩に対する私の解釈は大胆である。古代のすべての伝統的解釈は参考程度にしたほか、ほとんど私独自の直感に頼って、詩の命を直接詩の中に追究した。[26]」と。また跋文では、「『詩経』は古い解釈に埋もれたことは既明の事実である。われわれの急務は古典詩から直接にその真美を感受することであり、迂腐たる古儒たちと無聊な抗辯をすることではない。[27]」と述べる。古典詩に対する彼の考え方は古典詩を全部否定するではなく、むしろ既成の解釈から詩を解放し、詩がもともともっている美を捉えようとしたのではないか。また、古典的解釈や既成概念と距離を置き、現在を生きる人間の感性によって古典詩を感得しようとする立場が、この時期から鮮明になってきた。実は、このような態度は彼の口語詩創作の考え方と通底するものである。中国近代口語詩の確立に郭沫若は大きな役割を果たした。その過程で、西洋の近代詩歌に大きな影響を受けたことはいうまでもないが、同時に、近代人の感性によって古典に新しい命と美を発見し、これを近代詩歌に吸収していくことも重要である。西洋近代詩の影響がまた彼に古典詩再認識の契機となったことも度々である。それはタゴールから『荘子』、王陽明の再認識へとつながると同じ道筋である。彼は生涯古典定型詩を作り続け、口語詩とほぼ同じ数の漢詩を残した。このことは、古典と現代を生きた彼の精神道程を物語っているのではないか。

《注》

1 一九二五年二月二十一日「京報副刊」『華蓋集』『魯迅全集』第三巻所収　一二頁　筆者訳
2 『郭沫若少年詩稿』（四川人民出版社　一九七九年）「後記」一四六～一四七頁　筆者訳、以下同じ
3 『郭沫若少年詩稿』「後記」一五一頁
4 「我的童年」『郭沫若全集』第十一巻　四〇頁
5 郭平英編『敝帚集与遊學家書』（中国社会科学出版社　二〇一二年）所収　以下同じ
6 「我的学生時代」『郭沫若全集』第十二巻所収　九～一〇頁
7 「我的学生時代」『郭沫若全集』第十二巻　一四頁
8 「自然への追懐」雑誌「文芸」（改造社）昭和九年二月号　五四頁
9 「自然への追懐」雑誌「文芸」（改造社）昭和九年二月号　五四頁
10 「自然への追懐」雑誌「文芸」（改造社）昭和九年二月号　五四頁
11 「自然への追懐」雑誌「文芸」（改造社）昭和九年二月号　五五頁
12 『富士山漢詩百選』静岡県文化・観光部　二〇一四年

13「自然への追懐」雑誌「文芸」（改造社）昭和九年二月号　五五～五六頁
14「児童文学之管見」、一九二一年一月一五日上海雑誌「民鐸」第二巻第四号掲載。『郭沫若全集』第十五巻　二八一頁
筆者訳
15 成仿吾、（一八九七年～一九八四年）中国湖南省生まれ。文学者。一九一三年に日本留学、第六高等学校で郭沫若と同級生となる。後、東京帝国大学に学ぶ。一九二一年、郭沫若ら日本留学生とともに文学結社創造社を結成した。
16『日本歴史大事典』平凡社　一九九四年。
17「自然への追懐」雑誌「文芸」（改造社）昭和九年二月号　五七頁
18「自然への追懐」雑誌「文芸」（改造社）昭和九年二月号　五六頁
19「自然への追懐」雑誌「文芸」（改造社）昭和九年二月号　五六頁
20「三葉集」一九二〇年三月三〇日宗白華宛書簡『郭沫若全集』第十五巻　一二六頁
21 一九二一年父母宛て書簡『桜花書簡』所収　一六五頁
22「路難行」『郭沫若全集』第九巻　三二四頁
23「路難行」『郭沫若全集』第九巻　三三八頁
24「路難行」『郭沫若全集』第九巻　三三八頁
25「巻耳集」『郭沫若全集』第五巻　一五七頁～一五八頁
26『巻耳集』序　『郭沫若全集』第五巻　一五七頁
27『巻耳集』跋　『郭沫若全集』第五巻　二〇八頁

第四章　『女神』の世界

第一節　新体詩創作の歴史的意義

一九二〇年代に郭沫若の新体詩が文壇に登場し、中国近代詩歌に確実な礎を築いた。目下『女神』に関する研究は多様な成果を上げている。五四精神、浪漫主義、自我の謳歌、愛国精神など評価は多方面にわたる。文学史において、『女神』は五四時期浪漫主義思潮の代表作というのが定評である。中国の近代文学研究は、これまでとかく××主義、××思想をすべての文学作品をはかる基準にしてきた。郭沫若の近代詩はその基準に適った典型となった。しかしそもそも浪漫主義の本質とはなにか。近代的自我の起源はどこにあるのか。『女神』と近代的自我とどう関係しているのか。『女神』が生まれる背景や契機は何だったのか。このような基本的な疑問は案外と解明されていない。

朱寿桐《しゅじゅどう》氏は浪漫主義文学研究の中で特にその周辺性を重視した。その著書『中国現代浪漫主義文学史論』で氏は次のように指摘する。「浪漫主義概念の本質は空間的には周辺性、時間的には非古典性、傾向的には非正統性、風格的には非現実性、およびこの四つの特性の融合である。芸術の主体の周辺的心理状態は浪漫主義の諸要素の中において決定的な要素となる。[1]」と。ここでは朱氏は浪漫主義と現実主義《リアリズム》、ヨーロッパで発生したこの二つの文学思潮が現代中国の時代環境の中で変形し、周辺と中心の状態を形成したと考える。氏は、浪漫主義は「周辺化した心理状態の活発な表現であり、周辺から中心に向かって詩的突進をする精神軌道である[2]」と言う。氏の指摘は、われわれに浪漫主義について一歩進めて、より深くその性格にアプローチする手がかりを示してくれた。

魯迅が「摩羅詩力説」を書いたのは日本留学中である。胡適が新詩を試みたのはアメリカ留学中である。胡適の「反抗」と「行動」は「迫上梁山」の孤独の中で行なわれた。[3] 郭沫若の『女神』は日本で誕生した。魯迅、胡適、郭沫若はみな異国に身をおき、祖国から見れば、遥か遠い「周辺」の地において新文学の第一歩を踏み出したのである。五四運動期に魯迅、胡適はすでに帰国したが、郭沫若はまだ九州福岡にいた。彼は海を隔て、祖国の新文化運動に心を寄せた。この時期、彼は中国文化の中心から遠く離れていたし、日本においてさえ近代文明の中心であり、中国留学生が最も集中する東京から遠く離れ、いわば「田舎」である九州に「蟄居」していた。このような空間的な周辺性はこの時期の彼の心理状態を支配し、『女神』の底流に潜在していた。

『女神』はその出版当初から賛否の評価がはっきり分かれた。当時の青年たちは強烈な鼓舞を受け、熱狂的に『女神』を歓迎した。一方、文人と学者からは「節度がない」、「単なるスローガン」、「内的含蓄を欠いている」と冷やかな批判を受けた。この二分した評価が今日においても見られる。一部の学者あるいは文人は『女神』に否定的な態度をとりながらも、同時に中国近代詩歌に最も大きな影響を与えたのがまた『女神』であることを認めざるを得ない。このような現象はどうして起こるのか、その原因はまさに『女神』の特質――周辺性、非古典性、非正統性――にあるのではないだろうか。

『女神』の特質を考える時に、日本という文化的環境、風土が必然的に関わってくる。筆者は「風景」の発見が郭沫若の口語詩創作の一つの「突破口」となったのではないか。「風景」の発見が『女神』の歴史的意義とかかわる重要な要素であると考える。ここで、この観点から、「風景」の発見を五四新文化運動と関連し、郭沫若の口語詩誕生の契機及びその意義を論証する。

1 「風景」発見の瞬間

われわれは、『女神』についてよく「自我精神の高揚を謳歌」したものとして評価する。しかしこのときわれわれは往々にして「自我」を頭の中に初めからあるものと考える。柄谷行人氏が『日本近代文学の起源』において指摘したように、「近代文学を扱う文学史家は〈近代的自己〉なるものがただ頭のなかで成立するかのような考え方をしている。しかし、（中略）自己《セルフ》が自己として存在しはじめるには、もっとべつの条件が必要なのだ。[4]」「客観物なるものは、むしろ風景のなかで成立したのである。主観あるいは自己もまた同様である。主観（主体）・客観（客体）という認識論的な場は、〈風景〉において、成立したのである。つまりはじめからあるのではなく、〈風景〉のなかに派生してきたのだ。[5]」外界物と認識論の関係はヘーゲル、フッサール、ハイデッカーにおいては重要な命題である。この文の「風景」は英語の Landscape と同じ意味を表すが、オランダの精神病理学者ファン・デン・ベルクは、それまでの現象学を心理学の領域に導入し、近代的自我と「風景」の発見の内在関係を論証している。[6]

風景の感知は認識論では、単純に視覚の問題ではない、むしろそれは概念の優位性の転倒によって可能になる。すなわち、「風景」の発見は過去から現在に至る直線的な歴史の中ではなく、転倒した時間の中で実現したのである。柄谷行人氏が示唆するように、近代以前の人々は「風景」を知らなかった。彼らは外界の風景よりむしろ概念によって規定された風景を見ていた。南画のなかの山水は大抵概念的な象徴物として描かれている。古典詩の風景も一定の象徴或いは概念を表している。[7]ヨーロッパにおいて、「風景」の出現はルネサンス時代からと言われている。ファン・デン・ベルクは、レオナルド・ダ・ヴィンチの「モナ・リザ」にある背景の風景がヨーロッパに出現した最初の「風景」と見ている。「モナ・リザは風景から疎外された最初の人間である。背景の風景はまさに風景として初めて描き出された最初の風景だ。それは純粋な、人為の入っていないものであり、中世の人々が知らなかった自然である。[8]」とその著書『The Changing Nature of Man』で論じている。すなわち「モナ・リザ」は中世以来の宗教美術の伝統——自然がいつも描かれている人物の背景として存在し、キリスト教的概念を象徴する——を覆し、自然を形象から解放して、本来の面目を現した。

ヨーロッパにおいて、「風景」が初めて文学のなかに登場したのは十八世紀ロマン派の作品においてである。ルソーはその『懺悔録』と『新エロイーズ』に彼自身の流浪する周辺存在者としての心理と「自我」への注視を著したのみならず、同時に人々に大自然——アルプス山脈——の美しい姿を伝えた。一七二〇年代彼は二回アルプス越えを体験した。その体験はロマンティックな描写によって生き生きと描かれ、高山が異質な空間といういままで人々が抱いていた考え方を覆し、アルプスへの関心を呼び覚ました。近代登山はこのころから始まる。

郭沫若が日本留学中に得た大きな収穫の一つは「風景」の発見だと筆者は考える。彼はかつてエッセー「自然への追懐」において、「自分の文學活動期は九大在學中だった関係上、自から日本の自然や人事を題材とするものが多かった。其時期に書いたものは、大抵新しい形式で發表されて居る。」[9]と回想する。房総や岡山、九州福岡の海辺で味わった愉快な体験は、故郷を遠く離れた異国で体験したもの、すなわち故郷のさまざまな束縛から放たれたところで得たものである。「風景」はまさに人々が生活上のさまざまな束縛、概念から解放され、自由に自然とに相対するとき初めて現われるのである。「風景」は人間の内面と観照し合い、外在的でありながら同時に内在的である。郭沫若が体験した自然は日本の房総海岸であり、それは彼の意識に映る一つの「風景」に違いないが、この「風景」は彼に懐かしい故郷の山水を想起させる。故郷で暮らしていたときあまり意識しなかった峨眉山の風景が突然現われた。故郷の「風景」は実は遠く異国の地で彼と邂逅した。この瞬間、峨眉山の「風景」は初めて「内的風景」として彼の前に現われたのである。

日本留学期十年の間、郭沫若は東京から岡山、岡山から福岡と生活の地を移した。千葉房総の海、岡山の東山、操山、旭川、四国の瀬戸内海、福岡の十里松原、博多湾、太宰府、門司の筆立山と、日本の美しい自然が彼の詩歌に度々現われる。彼は日本の自然美を愛で、たびたび「風景」と邂逅した。邂逅するというのは、彼が出逢うその「風景」にはいつも故郷の山水の記憶が介在するからである。それは『桜花書簡』の多くの手紙に、また『女神』の多くの詩に残されている。

2　登山体験

郭沫若の日本体験の中で水泳と並んでもう一つの体験も重要である。それは登山である。いままで郭沫若と登山についてほとんど注目する人がいなかった。しかし「風景」の発見という点において、彼の登山体験は重要な意味をもつ。

一九一四年（大正三年）夏、郭沫若は房総の海辺から故郷の父母宛てに手紙を書いた。書簡のなかで父母に峨眉山登山を勧めている。彼が初めて山登りを試みたのは一九一五年岡山第六高等学校在学時代である。六高の近くに東山と操山があり、彼は何度も山登りを楽しんだ。その頃、父母宛ての書簡に彼は次のように書いている。「峨眉山を遊歩されましたか。ヨーロッパ人は最も登山を好みます。近来日本も大いにこれを奨励しています。登山は精神修養と身体健全に共に莫大な影響を齎します。私は昔夢で登山して、詩を一句得ました。『天空独我高』（天空独り我高し）と。近来しきりに（峨眉山に）登り、この一句の真意を確かめたいと思います。」[10]と。一九一八年（大正七年）三月弟宛ての書簡にも似たような件が見える。「私たち兄弟は長く峨眉山麓で暮らしてきたが、まだ一度も峨眉山に登ったことがない。本当に可笑しなことです。以前夢に登山して詩句を得ています。『俯瞰群山小、天空独我高』と。試しに一度山に行ってその光景を確かめて来てくれませんか。」[11]これらの書簡から、郭沫若は故郷の川で泳いだことがなかったのと同じように、一度も峨眉山に登ったことがなかったことが明白である。彼は「今津紀遊」の冒頭でも認めたように、「私は峨眉山麓で育った。故郷で十数年過ごしてきたが、一度も峨眉山に登ったことがなかった。いま海外にいて、万余里も離れて、故郷の明月を思い、山上の風光を渇望している。」[12]故郷の月、峨眉山の風光に対する郭沫若の渇望は紛れもなく日本の風景から触発されたものである。「風景」の発見は彼自身の原風景に通じるドアを開け、故郷の風景が初めて彼の内面世界に現われたのである。

登山については、郭沫若は父母、兄弟宛ての書簡に度々言及しているし、『三葉集』「自然への追懐」「今津紀遊」及び『女神』にも言及が多く見られる。まぎれもなく登山と水泳は郭沫若が日本で体験した近代スポーツであり、精神面においても大きな影響を及ぼした。今日われわれがこのことに気づきにくいのは、登山も水泳もすでにスポーツとしてあまりにも日常的なものとして慣れてしまったからである。われわれは登山あるいは水泳から自我の確立、主観の認識問題を連想しない。しかし、近代文明が初めてアジアに伝わってきたころ、西洋の多くの具体的な事項、例えば登山と水泳は確かにアジアには新鮮な意味をもたらした。従って、文学研究に当たり、作者の生活環境や社会背景に遡行し、作者の心理や思想にできるだけアプローチすることは不可欠であろう。では、郭沫若はなぜ登山に注目したのか。ここに二つの歴史的要因が考えられる。一つは、彼が留学した大正時代はちょうど「大正登山ブーム」の時期と重なる。スポーツとして、登山はスキーと連携して、「岩と雪」の征服を新たな目標として掲げた。もう一つは、ルソーの自然主義思想の影響である。

近代スポーツの普及は社会的発展を前提とする。日本は明治以前には純粋にスポーツとしての登山はまだなかった。昔から高山は神祇・修行の場、あるいは鬼神の域として恐れられてきた。明治中期ころにスポーツとしての登山が初めて日本に現われる。イギリス人ガウランド（Gowland 一八四二年～一九二二年）とウェストン（Walter Weston 一八六一年～一九四〇年）らによって近代登山が日本に紹介されたのである。彼らは初めて日本中部にある槍ヶ岳に登頂し、一八九六年にウェストンが『日本アルプスの登山と探険』（『MOUNTAINEERING AND EXPLORATION IN THE JAPANESE ALPS』）を出版した。日本アルプスはガウランドによって命名された。一九〇二年（明治三五年）に小島烏水は日本人として初めて槍ヶ岳登頂を果たした。ウェストンより遅れること十一年である。同年に「日本山岳会」が設立され、大衆的登山ブームの到来を告げた。これを促進した要因に志賀重昂の『日本風景論』がある。注目しなければならないのは、当時の日本登山者に文筆者が多かったという点である。小島烏水は雑誌「学灯」の編集者であり、また彼自身も作家であった。志賀重昂は雑誌「日本人」の創刊者、評論家であった。彼らの登山記と登山に関する著書は日本人の山への関心を大いに刺激した。郭沫若が留学したころは、登山はすでに新たな段階に入っていた。すなわちスキーと連携して、「岩と雪」の征服を新たな目標として目指した「大正登山ブーム」時代である。この頃は、中学生から大学生、更に一般民衆に至るまでみな登山チームを作り、山を目指した。当時の新聞には毎日のように登山記や登山報道が見られる。登山は社会的なブームとなった。近代登山はそれ以前の信仰登山を脱し、登頂を目的とする一つのスポーツとして定着した。郭沫若の留学生活はまさにこのような社会的ブームのなかにあった。彼は書簡に「ヨーロッパ人は最も登山を好みます。近来日本も大いにこれを奨励しています。」と記したのはちょうど当時のこのような社会現象を反映している。

ルソーの自然思想が明治日本の自由民権運動及び自然主義文学に大きな影響を及したことはよく知られているが、近代登山にも同じように大きな影響を与えた。近代登山はヨーロッパから発生したスポーツであるが、中世ヨーロッパ人にとって、高山は妖魔の集まるところであり、旅行の障碍物であった。ルソーのアルプス体験とその『懺悔録』と『新エロイーズ』という著書はいままで人々が山に対して抱いた考えを覆し、美しい大自然の魅力を見せつけた。郭沫若は留学中にルソーに関心をもち、『懺悔録』と『新エロイーズ』を愛読した。詩集『女神』に「盗賊礼讃」という詩があり、ルソーの自然回帰の思想を謳歌している。「今津紀遊」では九州での登山中にルソーがアヌシ山でガレ嬢、グッラフェンリード嬢と邂逅したことを想像した。これらはみな郭沫若が留学中にルソーに強い関心ももったことを物語っている。

3 「風景」と「内面」

柄谷行人氏はレオナルド・ダ・ヴィンチの名画「モナ・リザ」について、特にモナリザの化粧が施されていない素顔に注目した。「風景は以前からあるように、素顔ももとからある。しかし、それがたんにそのようなものとして見えるようになるのは視覚の問題ではない。そのためには、概念（意味されるもの）としての風景や顔が優位にある〈場〉が転倒されなければならない。そのときはじめて、素顔や素顔としての風景が〈意味するもの〉となる。それまで無意味と思われたものが意味深くみえはじめる。（中略）〈内面〉ははじめからあったのではない。それは記号論的な布置の転倒のなかでようやくあらわれたものにすぎない。[13]」ここに見える「記号論的な布置の転倒」とは既成概念としての風景と人間が感知した自然風景との認識論的価値における転倒を意味する。柄谷行人氏のこのような考え方は基本的にファン・デン・ベルクを継承している。「風景」の発見は「内面」の発見と同時であり、「素顔」は内面の「声」あるいは内面の意味として現われる。それは中世の形象的、概念的空間とまったく異なる等質の空間においてはじめて可能になるのである。

認識論の深化は必然的に心理学の出現を導き出す。柄谷行人氏は近代文学史家を批判して、「〈近代的自己〉なるものがただ頭のなかで成立するかのような考え方をしている。しかし、すでにいったように、自己が自己として存在しはじめるには、もっとべつの条件が必要なのだ。[14]」と指摘する。彼は心理学的観点を援用し、「意識」を最初からあるものではなく、「内面化」の過程で派生したものと見る。外界と内面の分化は外界の抑圧——リビドーが外傷を被って内向化する——ことによる。「意識」は「内面世界」の発見、心理上の内外界の分化及び抽象的思考言語と密接な関連をもつ。彼は、「真の自己」は自分に最も近い「声」が優位を占めるときに成立し、この時内面に始まり、内面に終わる「心理的人間」が初めて現われると考える。認識論における近代と前近代の分岐点はこの内面の発見とその表現にあると言える。

ジェン・スタロバンスキーが指摘するように、ルソーが近代文学に与えた影響は、作者が自分と読者の間にあった「第三者」——神——の真実性を超え、作品に直接自己を現わし、自己の体験の真実性を読者に訴えるという新しい文学態度を創出した点にある[15]。われわれはここに浪漫主義特有の非古典性、非正統性、従って周辺性を見てとることができる。ルソーの斬新さは自己と言語の新たな結合にあり、言語を直接主体に結びつけ、内面の「声」を表現したことである。『懺悔録』がその代表と言えよう。そこに作者がアルプス山中で発見した「風景」や、作者の静かな告白、内面への深い内省が描かれている。彼の懺悔は教会においてではなく、アルプスの「風景」のなかで、村あるいは友人の家で行われた。『懺悔録』と『新エロイーズ』の文体とそこにある自己表現はそれまでのヨーロッパにはなかったものである。

このように、近代人の内面表現は根源的に言語活動と緊密に関わっていることが明らかである。言語表現の動機は古典的な概念と形式から内面の「声」へと変化していく。表現する主体、言語と感情とが一体となる。明治時代に起こった言文一致運動はこの変容の発端となった。

郭沫若の場合は、第一節に触れたように、彼が自然に接し、風景に開眼したのは日本においてである。日本の自然の中で彼は人類がもっている時間、空間的「鶩遠性」（鶩ははせる、ほしいままにするとの意、遠くへばかり目指したがる習性）を見出した。「風景」の発見は彼に故郷の風景を感得するドアを開けると同時に、彼の目を内面世界へと導く。近代口語詩創出の原動力はここにあると見るべきだろう。古典で育った彼ではあったが、留学中にその古典に疑問を抱き、再理解を試み始める。『桜花書簡』において、彼は峨眉山に登ったことがないと告白し、自分が作った詩句「俯瞰群山小、天空独我高」の真実性を反省する。「浪花十日」においては、「およそ海を見たことのない古人が作った嘘であろう、よく『無風不起浪』（風なければ浪起こらず）というが、実際のところ、海にはよく風もないのに波があったりするものだ。ふと混沌とした脳裏に次の一句が浮かんだ。『挙世浮沈渾似海、了無風処浪頭高』（世を挙げて浮沈すべて海に似たり、風の了無する所に浪頭高し）[16]。」この詩句は当時の彼の心情を海と浪をもって表現したものである。「浪花十日」が書かれたのは一九三四年（昭和九年）夏、郭沫若が日本に亡命して九年目の頃である。日々警察と特高の監視を受けていた彼は、夏休みに家族と浪花に海水浴に来ても、警察がついて来た。その頃、北京大学教授で、日本研究者として名高い周作人[17]が来日し、東京で多くの文人墨客の歓迎を受けていた。東京に来た周作人は郭沫若に面会を申し込んできた。当時、二人の境遇の違いは歴然としている。ひとりは親日派学者として手厚く歓待される。もうひとりは亡命の身で、日々警察の監視を受ける。郭沫若の心中は穏やかではなかったであろう。彼は自分と周作人の処する状況を「挙世浮沈渾似海」と、自分の憂欝な心中を「了無風処浪頭高」と表現した。自分の内面世界を海と浪に重ねて吐露したのである。

ともかく、日本の山、日本の海はその後彼が「内在律」、詩の音楽的リズムを発見する契機となった。彼はこれまでの詩歌に関する既成概念を疑問視し始める。例えば、それまで山といえば聖人、仙人、隠者を連想し、水といえば無常、流転を連想する。彼は、このような古典的な表現世界はかえって詩歌を束縛してしまうと考えた。詩歌の本質を明らかにするには、「心理学の方面、或いは人類学、考古学の方面——わが国の考証学ではなく——から着手し、その発生史を研究して初めて耀きが出て、科学的研究[18]」が必要だと主張した。また詩の内在律については、「詩の精神は内在的韻律にあり、平上去入や句の中の押韻などではない！[19]」と言い切る。ここに明らかに「記号論布置の転倒」はすでに郭沫若の思考意識に現われている。文学を遡行し、その本質にアプローチする彼の姿勢をここに見てとることができる。これが彼の口語詩創作の理論的中核となった。

4 「言文一致」への指向

西洋と東洋の近代文学の出現には共に一つの特徴がある。それは「形象」と「声」の優劣位置の転倒である。日本は古代より中国の影響を受けてきた。奈良時代から今日まで、漢字は日本語表現のなかで重要な部分を占めてきた。明治期に起こった「言文一致」運動は言うまでもなく言語制度の革命である。その目的は「形象」（漢字）と古典韻律とを抑圧し、「音声」の優位を確立させることであった。文学表現は久しく続いて来た漢文、韻文の形式によらずに、最も内面に近い音声の表現形式を模索し始めた。小説では、国木田独歩、夏目漱石、志賀直哉が近代小説の基礎を築いた。詩歌では、島崎藤村、上田敏らが翻訳と創作の両面から近代口語詩を確立させた。

一方、中国の近代文学もやはり白話運動から始まった。詩歌では、二〇世紀初頭、胡適と五四運動の主導者たちが新詩（口語詩）の突破口を模索し始めた。胡適は早くもアメリカ留学時代から新詩創作を始めた。「文学改良芻議」（一九一七年）、「歴史的文学観念論」（一九一七年）、「建設的文学革命論」（一九一八年）、「談新詩」（一九一九年）はみな白話運動と新詩運動に関する草分け的な論文である。彼は言語と詩歌の韻律に注目した。白話によって書かれた詩歌は古代のどの時代でも見られたが、定型詩がずっと主流を占めてきた。胡適は初めて歴史的観点から文語詩に対する批判的止揚に挑んだ。彼は言語の演変を重視し、「死んだ文字は決して生きた文学を生み出せない」と断言し、新しい言語制度の構築を提唱した。彼は「談新詩」に、「中国近年の新詩運動は〈詩体の大解放〉と言える。この詩体の解放があったから豊富な材料、精密な観察、深い思想、複雑な感情が初めて詩に表現されるようになった。五言七言八句の律詩は決して豊富な材料を容することができない。二十八文字の絶句は決して綿密な観察を描けない。長短一定の七言、五言は決して深い思想や複雑な感情を婉曲的に表出することができない。[20]」と指摘する。彼は固定形式や概念を打破し、直接に切実の材料、観察、思想と感情をただ今の言葉、自然の音節によって表現することを追求した。新詩についての胡適の考え方のうち、最も斬新で重要な視点は「歴史的文学観」である。文学は時代を追って変遷する。「各時代の文学はおのおの社会の風格に従って変わり、おのおのその特徴をもつ。」従って、「進化論の観点から見ても、古人の文学が今の文学より勝っているとは決して言えない。[21]」胡適の新文学思想は多く進化論とアメリカ実験主義の影響を受けているが、「歴史的文学観」は今までの文学史に対する根本的な反省と言える。これはこれまでの中国文学史において初めてのことである。詩歌のリズムについて彼は、心理学の手法を用いて詩歌を具体的に分析し、詩歌の表現については「語気の自然なリズム」と「文字の自然調和」を提唱した[22]。詩集『嘗試集』（一九一九年）に収められた詩歌は胡適が自分の提唱した新詩を実現するための大胆な実験である。それらの多くは改行詩で、平仄と脚韻に拘束されない口語詩である。

銭玄同《せんげんどう》[23]もまた五四期の白話運動[24]の重要な人物であり、これまでの文学文化を激しく攻撃した知識人の一人である。彼は文語に反対し、白話を文学の「正宗」と主張し、雑誌「新青年」で積極的に白話文運動を推進した。彼は胡適の『嘗試集』のために書いた序文に、「古人が文字を作った時は、言語と文字はきっと一致していた。なぜなら、文字は本来言語の記号であり、口にその音を発して、手ではその音の記号を書く。決して書いた記号が口に話している音と違うことがないはずだ。[25]」と書いている。文字表現については、象形と表音の関係という問題が残るとしても、銭玄同は文字の音声表現機能に注目したことは明らかである。このことは白話表現にとって重要なことである。彼は、文字は声を直接に表わし、更に極端に走って、漢字を廃止し、併音（発音符語）を用いることを提唱した。

歴史家の朱希祖《しゅきそ》[26]も文言を批判し、雑誌「新青年」第六巻に「白話文的価値」という文章を発表した。文言文について彼は、「文言の文を作るとき表現は必ず含蓄にし、直接に言ってはいけない。故に言葉は典故、或いは古語を使う。文を捻るときは或いは簡潔、或いは古めかしく奥ゆかしく表現するに務める。だから彼らの語句はわざとらしい、嘘っぱちに見える。まるで芝居の演者が仮面を被って、本当の面目を隠すようである。白話の文は本当の面目をそのまま出しているから、そのようなことはない。[27]」と批判している。彼の着眼点は主体と言語表現の関係であることは言うまでもない。これは第三節で見て来たレオナルド・ダ・ヴィンチ「モナ・リザ」に見られる、素顔に関する柄谷行人氏及びファン・デン・ベルクの論述とかなり共通している。口語表現が言語制度として成立したことは、言語と概念の「記号論布置の転倒」の大革命であり、「音声」――内面――がついに優位を勝ち取ったことを意味する。

もう一つ注意すべき点は、五四運動を推進した主な知識人、いま挙げた胡適、銭玄同、朱希祖、彼らはほとんど海外留学の経験をもっていた点である。彼らは日本或いはヨーロッパ、或いはアメリカで文化と思想の啓蒙を受け、西洋の科学思想、哲学思想を中国に持ち帰った。それが中国の新文化運動に新鮮な刺激と啓発となった。

胡適らは積極的に口語創作を提唱し、「生きた文字」を使って新しい文学を作り出そうとした。そのために新しい表現形式を作り出す必要性を感じた。彼らはすでに言語表現と心理の関係に気づいたが、しかしまだ系統的な理論がなかった。一九四〇年代美学者朱光潜《しゅこうせん》の[28]『詩論』（一九四二年）が世に出て、われわれは詩歌についてのより具体的、より系統的な論述を見ることができた。朱光潜は心理学、言語学及び美学の角度から詩歌誕生の過程とその表現原理について分析した。彼は詩における情緒、リズムの働きを重視し、「リズムは音調の動態であり、情緒への影響が大きい。リズムは情緒を伝える最も直接的、しかも最も有効な媒介だと言える。なぜなら、それ自体が情緒の重要な一部分であるから。[29]」と論じている。ここでのリズム論は基本的に古典詩を対象としている。朱光潜の詩歌研究の対象は主に古典詩である。彼は言語の音節と古典詩の韻律の関係を詳細に分析し、古典詩の韻法の欠点に気づいた。『詩論』において彼は次のように指摘する。「中国古典詩法の最も大きい弊害は韵書に拘泥し、文字の発音が時代と地域に従って変化することを無視している。いま流行している韵書は大半が清朝の佩文韵である。もしいまわれわれが使っている韵の大半が千何百年前と同じものだとしたら、少しでも言語音声史を知っている人であれば誰でもこの仮定は大変荒唐無稽であると分かるだろう。[30]」詩歌について、朱光潜もやはり「音声」優位の基本態度を採っている。彼は詩歌を思想や感情と言語の完全調和の心理反応と位置付ける。従って現代の詩は古代の韻法で作るべきでないと考える。しかし彼自身が『詩論』附録「給一位写新詩的朋友」（「新詩を書く若い友人へ」）に告白したように、「この二十年来私はほぼ毎日詩を読んでいるが、ついぞ詩を一首も自分で作ったことがない。[31]」彼はすでに古韻が現代の言語表現にそぐわないことに気づき、そして、古典詩についていままでになかった理論的研究を試みた。しかし、自ら詩歌創作の経験がなく、古典詩の分析と批判に止まり、ついに近代詩の道を見出せなかった。

胡適が「新青年」で白話文学を提唱したころ、郭沫若は日本留学中であった。五四運動（大正八年）が勃発した頃、郭沫若は九州帝国大学医学部に在学していた。彼は胡適の「文学改良芻議」も「歴史的文学観念論」も「談新詩」も読まなかったが、しかし、そのような状況のなかで、彼にも時代の脈拍を感じたかのように、激しい詩の発作に襲われた。口語詩の創作はこの頃から始まり、ついに詩集『女神』を誕生させた。

郭沫若は留学する前にすでに口語詩の啓蒙を受けていた。民国二年（一九一三年）、高等学校でアメリカ詩人ロングフェロー（Longfellow）の「矢と歌」という詩を読んだ時、その平易な英語に彼は「異常に清新さを感じ、まるで初めて〈詩〉に出逢った」ように感じ、詩の単純な反復に彼は「詩歌の真の精神を悟った[32]」と言う。彼が感じた「清新」は、これまで諳んじるほど覚えたがあまりその美を理解しなかった中国の古典詩歌とははっきり対照をなしている。日本留学中に彼はタゴール、ハイネ、ホイットマンの詩を読んで、その「清新」「平易」「明朗」さに大いに驚いた。彼が驚いたのはその詩歌に詠まれている情緒だけではない、その「脚韻がない」、「定型反復」の文体は彼に詩の視野を開いてくれた。『女神』に収められた山を詠い、海を詠い、愛と悲しみを詠ったすべての詩歌はこの「驚き」の刺激を受けたものであると言える。無論、西洋近代詩歌の影響は彼の詩作に限るものではないし、また彼は中国の古典詩をそれきり捨ててしまったわけではない。それどころか、むしろ西洋詩から啓発された感性が中国古典詩の美の再発見に役立ったのである。留学期も、その後も彼は古典風の定型詩を書き続けた。

近代口語詩において、郭沫若は二つのことを突破した。一つは形式の突破である。もう一つは表現の本質への突破である。この二点はいずれも「記号論的布置の転倒」のなかで実現されたものである。「芸術は内面から発生し、魂と自然の結合である[33]」と、『三葉集』において、郭沫若は田漢、宗白華と詩歌の起源とその本質について討論した。また、「詩はわれわれの心の詩意と詩境の純真な表現であれば、命の泉から流れ出るStrain、心の琴から奏でるMelodyであれば、命の戦慄、魂の叫びであれば、それが真の詩だ、いい詩だ。[34]」と言う。「詩の原始細胞はただ単純な直覚、渾然な情緒[35]」であり、彼は「直覚」を詩の「細胞核」、「情緒」を「原形質」、「形式」を「細胞膜」と喩え、「細胞膜」は「原形質」から分泌される。つまり形式は情緒によって決まると考えた。従って彼は、他人が作った既成の形式の踏襲に反対し、形式において「絶対の自由、絶対の自主[36]」を主張した。宗白華宛ての書簡に、「詩の生成は自然物の生成と同じ、些かの造作も混ざってはいけない。新詩の命はここにある。古人は彼らの言葉で彼らの情懐を表わす。それらはすでに古い詩となった。今人は私たちの言葉で私たちの生趣を表わす。これが新詩である。詩の文字が情緒自身の表現になる。この体相一如の境地に至って初めて真の詩、よい詩が生まれてくるのだ[37]。」と書いている。ここに彼自身の新詩創作の動機ははっきり表明されている。それは、古典の踏襲、既成概念と形式の重視から脱却し、内面の「声」を直に表現し、主体、言語、感情が緊密に融合した状態を追求することである。

郭沫若の新詩理論が心理学、生物学及び西洋の文学理論に負うところが多いのは見てきた通りである。「論詩三札」において、彼は「詩の精神はその内在韻律にあり、内在韻律はすなわち『情緒の自然な消張（起伏）』である。これは私が心理学において求め得た一つの解釈である。[38]」と指摘する。「論詩三札」は一九二一年に書かれている。このことは、『女神』創作期に彼はすでに心理学から詩歌について理論的に研究し始めたことを物語っている。その後「文学的本質」（一九二五年）、「論節奏（リズム）」（一九二六年）において、一貫して心理学と歴史的文学観によって詩歌の生成とその本質を系統的、理論的に論じている。詩の内在的要素について、彼は「情緒」と「節奏《リズム》」を重視した。「文学的本質」で彼は、「文学の原始細胞に含まれるのは純粋な〈情緒〉の世界、その特徴は一定の節奏《リズム》にある。節奏《リズム》は詩と同時にあり、先天的で、決して第二次的とか、情緒を美しくするとかというものではない。心的現象において、情緒は時間の要素と感情の延長を付加されたもので、それ自身一種のリズムをもっている。[39]」ここで彼はリズムの内在性、原始性を強調し、いかなる外来形式の支配をも否定する。リズムについて彼は「論節奏」にさらに詳しく分析を行ない、新詩と古典詩の違いについて、「旧体詩は詩の外に音楽の効果を施した。詩の外形に韻語を用いることによって、詩を音楽と結びつける。裸体の詩は音楽効果の韵律を借りないで、情緒の動きを直抒するもの、これが所謂散文詩、自由詩であると私は考える。一定の外形の韵律がないが、それ自体はリズムをもっている。[40]」と言う。この「情緒」と「節奏《リズム》」の考え方は郭沫若の新詩創作のために確実な理論的基礎となった。同時に古典詩に対する認識も以前より一段と深まった。

九州帝国大学在学中、郭沫若は五四運動の中心人物たちとは約せずして近代口語詩の試作を始めた。歴史的観点によって詩歌の発生を解釈し、心理学の方法によって詩歌の本質を分析する。詩歌についての郭沫若の理論的思考は胡適の新詩論をさらに一歩進めた。後の朱光潜の詩論にも通じるものである。

5 新詩実践

郭沫若は岡山第六高等学校時代から口語詩を作り始めている。第二章にすでに述べたように、九州帝国大学時代、彼が上海の新聞「時事新報・学燈」に自分の口語詩を投稿したところ、当時の編集責任者宗白華の称賛を博し、投稿した詩歌は全て新聞紙面に掲載された。宗白華との交友関係もこのころから始まる。新聞発表と宗白華の称賛が励みになって、一九一九年から一九二〇年の約一年間、彼はほぼ毎日詩を書いた。いわゆる「詩の創作爆発期[41]」である。一九二一年に彼の処女詩集『女神』が上海泰東書局から出版された。この詩集は劇詩三首を含めて全部で五十七首の詩が収録されている。そのほとんどが口語詩である。祖国に対する思い、恋愛、科学、大自然、自由に対する謳歌がその詩群に満ち溢れている。創作時期はおよそ一九一八年から一九二一年までの間となる。『女神』は郭沫若の処女詩集であると同時に、中国文壇に新詩（口語詩）を堂々と打ち出した里程碑となった。詩集に収められている詩の多くは日本で創作されたものである。日本の自然が詠まれている。いわば、日本は『女神』誕生のゆりかごである。「鳳凰涅槃」、「女神的再生」（女神の再生）、「日出」、「筆立山頭展望」（筆立山での展望）、「天狗」（天の狗）、「地球、我的母親」（地球、わが母）などが代表的な作品である。

『女神』の近代的意義の一つは内なる「声」を発し、音声の優位を掲げたことである。われわれはいま『女神』のいくつかの詩から音声優位の特徴を見ることができる。その特徴を挙げると、第一人称「我」の頻用、感嘆詞、感嘆符語の頻用、英語の使用などがそうである。

『女神』に登山から発想した詩がある。「筆立山頭展望」、「登臨」、「梅花樹下酔歌」などは郭沫若が実際の登山体験から創作した詩である。「筆立山頭展望」は九州門司の筆立山に登ったときの作品である。作者は筆立山頂から展望した門司地方の情景を詠っている。（原文省略）

筆立山での展望

大都会の脈拍よ！
生の鼓動よ！
打っている、吹いている、叫んでいる……
吹き出している、飛んでいる、跳ねている……
命は矢、海に放たれたよ！
暗い海岸、停泊中の汽船、進行中の汽船、無数の汽船、
煙突にみな黒い牡丹を咲かせているよ！
お、二十世紀の名花！
近代文明の厳しい母よ！

生き生きとした情景は第一句の「脈拍」によって象徴されている。日々発展し、躍動する大都会を読者の前に見せつける。これは一九二〇年代に郭沫若が見た北九州工業地帯の風景である。熊本学園大学・岩佐昌暲教授の調査によると、門司は明治中期から製造業が著しく発展し、一九二〇年頃にはすでに日本最大の石炭生産地と対外貿易地に成長した。八幡製鉄所、浅野セメント、帝国ビール、日本製粉、朝日ガラスなどの工場がここに集中していた。門司は重工業と軽工業が同時に発展する大都市であった[42]。「筆立山頭展望」に見られる門司の情景は、擬人の手法によって生き生きと浮き彫りにされている。門司は臨海地域であり、大きな港をもっている。各工場の製品はここから各地へと運ばれていく。近代汽船が門司港を出入りし、入江にまで繁栄のありさまを呈している。作者は港の海岸をキューピットの弓に喩え、汽船と船尾に湧き出る白い波の帯を矢と喩え、出港する船を海に放たれた一本一本の矢に喩えた。放たれた矢は人間の生命の力を象徴している。汽船が吐き出す黒煙は二十世紀の花、近代文明の母と喩えられる。このような情景はすべて筆立山山頂から実際に展望されたものである。近代登山の目的は山頂を征服し、周りの風景を愛でることとであるので、この詩は登山と近代文明への礼讃が一体となっていることが明らかである。用語は完全に口語で、感嘆詞「呀」「哦哦」と「!」が頻繁に使用していることから、作者の情緒の高揚をリアルに伝え、内なる「声」はそのまま迸っている。この詩の最も大きな特徴は叫びの連発形式であろう。「打着在、吹着在、叫着在、……」(打っている、吹いている、叫んでいる)のような表現は、異なる動詞の進行形が次々と重なっていくという形式によって、一つの不安定で、絶えず躍動する風景を描き出す。感動と躍動が入り混じり、内面と外界が高揚する情緒のなかに融合していく。この詩は分行詩ではあるが、内容は緊密に連続し、一気呵成になっているので、各行を繋げればそのまま散文詩になる。この詩と同時期の『三葉集』において、彼はまた「今人は私たちの言葉で私たちの生趣を現わす。これがすなわち新詩である。」と強調した。「筆立山頭展望」は彼が指向した口語詩の理想を実践した好例と言えよう。「天狗」(天の狗)という詩も特徴的である。郭沫若は九州帝国大学医学部在学中に人体解剖の実習を行なったときにこの詩を着想した。中国民間伝説の天狗伝説と人体解剖を借り、自由奔放の精神を詠み出している。詩の各行の冒頭に第一人称「我」を冠している。

天の狗

私は一匹の天の狗だ！
私は月を呑み込んだ、
私は太陽を呑み込んだ、
私はすべての星を呑み込んだ、
私は宇宙を呑み込んだ、
私は私になったのだ！

私は月の光、
太陽の光、
すべての星の光、
X線の光、
全宇宙のエネルギーの総量だ！（以下略）

この詩は全部で二十九行、ここに冒頭の一部を挙げた。古代伝説と近代医学とを融合した奇想天外な作品である。自称「天の狗」の「我」は、日月星辰と宇宙を呑み込んで、自分を全宇宙の生命にまで高め、「全宇宙のエネルギーの総量」となる。詩の各行はすべて「我」という第一人称を冠し、強い自我を前面に出している。作者が表わそうとしたのは、自己と宇宙との二者合一の境地である[43]。「X光線」「Energy」はみな近代科学の用語である。郭沫若は英語を使っている。天の狗の狂暴、情緒の躍動が一貫して詩を貫き、科学用語が情緒の頂点にぴったり合致して使われている。一気呵成の激情の表現には「いささかの造作も、一瞬の猶予[44]」も許さない。詩人の脳裏を駆け巡ったのはこれら科学用語の響き——内面としっかり噛み合っている「声」である。

近代意識は実は解剖学と密接に関連している。ルネサンス時代に発展した解剖学は医学の発展を促進したのみならず、美術、文学、哲学、宗教学の分野にも啓蒙的な働きをした。ダ・ヴィンチやゲーテも解剖の専門家であった。解剖学の発展は人びとにいままでの人種や階級の区分に異議を抱かせ、自然観察、自己反省へと導き、更に観察の視野を宇宙へと広げた。「天狗」はまさにこのような意識の射程を象徴している。従来の批評には、「粗野、乱暴、叫び」などの点を挙げて否定するものが多かったが、中国近代口語詩誕生の段階で、その「粗野、乱暴、叫び」こそが、内なる「声」を忠実に表現しようとした模索であり、主体と「声」の一体化を強く求める作者の願望の現われなのである。この詩については、本章第三節で詳論したい。

「立在地球辺上放号」（地球のふちに立って叫ぶ）は〝力のリズム〟を詠んだ詩である。

無数の白雲が空に沸き立つ、
ああ！壮麗な北氷洋の情景よ！
果てしない太平洋は渾身の力で地球を覆そうとする。
ああ！目に前に押し寄せる滾滾たる怒涛よ！
ああ！不断の破壊、不断の創造、不断の努力よ！

ああ！力よ！力よ！
力の絵画、力の舞踏、力の音楽、力の詩歌、力のRhythmよ！

郭沫若は「論節奏」でこの詩について解説している。特に「力的Rhythm」について彼は、「海辺に立って波の轟々と咆えるような声を聞くと、思わず血が湧き、腕が鳴る。精神には一種の前進しようとする勇気が湧きでる。」[45]と説明する。郭沫若は九州帝国大学留学中によく海岸を散歩し、寄せては引いていく波を眺め、波のリズミカルな音を聞いた。そのたびごとに彼は情緒の高ぶりを感じ、突如詩興が襲来したという。この詩は「力的Rhythm」つまり力の躍動を謳歌している。第一句にある「白雲」は古典漢詩の世界では特別な意味をもつ。それは神仙の境地、俗世間を離脱した境地、清らかで静の境地を現わす言葉であった。古典文化の中で育った郭沫若はこのことは誰よりもよく分かっていたはず。しかし、「立在地球辺上放号」にある「白雲」は「静」とまったく反対で、空で渦を巻きながら湧き出るのではないか！　力の躍動を謳歌するこの詩には古典的概念の「白雲」はそもそもそぐわないものである。郭沫若が敢えて「白雲」を使ったのは、彼が博多湾でそのような白雲を実際に見たからである。彼が見た白雲は古典詩にある「白雲」とまったく違っていた。彼は目の前にある白雲と海の怒涛を「力のリズム」と感じた。そして心に高ぶる情緒をそのまま表現した。静寂の「白雲」を躍動する「白雲」にかえたのである。

英語表現は最後の一句「力的Rhythm哟！」に見られるが、この一句は『郭沫若全集』に収録される際に、「力の律呂哟！」と書き直されている。しかし一九二〇年「時事新報・学燈」に初めて掲載されたときは、「力的Rhythm哟！」になっている。つまり口語詩を試み始めたころ、郭沫若が「声」を大事にしていたことを物語っている。

詩の後半の三行はそれぞれいくつかの短い句が単純反復しながら、畳み込んでいく。それは、運動のリズム、声のリズム、時間のリズムであり、短く、速いテンポで、力強く重ねていき、これら全部を合わせて「力のリズム」として、すべてを上へと高める。一種の上昇、高ぶる効果を発揮している。たった七行の詩に感嘆詞は十度も使われ、「！」も十回使われている。作者の感情の鷹揚を現わしている。郭沫若は「論節奏」に、「大海を見たことのない人は、私のこの詩を読めばきっとその狂暴さを嫌うだろう。しかし私と同じ体験を持つ人はあのような海辺に立つと恐らく私と同じように叫ぶだろう。実は海の怒涛のリズムが私を鼓舞したのであって、このように叫ばずにはいられないのだ[46]。」と述べる。現実をリアルに捉える。内面の情緒を直接に表現する。これは浪漫主義と自然主義を問わず、近代文学の起源に存在する決定的な要素である。一九二〇年代胡適たちが、詩は「做」（作る）ではなく、「写」（うつす）だと主張した理由もここにある。「立在地球辺上放号」という詩は、「做」＝作ったのではなく、作者は風景の発見に触発された情緒を「写」＝うつした詩である。その命は心の「声」を切実に表現するということの一点にあると言える。

一九二〇年秋、郭沫若は「鳴蝉」（鳴く蝉）という奇妙な詩を作った。詩はたった三行である。

声声不息的鳴蝉呀！
秋哟！时浪的波声哟！
一声声長此逝了……

しきりに鳴く蝉よ！
秋よ！季節の波の音よ！
鳴きほそりつつ消えていく……

この詩は完全に「声」を詠んだ詩である。蝉の声、季節の声。蝉は夏中盛んに鳴く。秋に入ると更ににぎやかに鳴く。しかし、その声はやがて終わる命をも象徴する。絶え間なく鳴く蟬（第一句）の声の中に、秋の足音が伝わって来る（第二句）、秋が深くなるにつれて、蟬の声はだんだん消えていく（第三句）。たった三行の詩は「声」を通して命が辿る行程をくっきりと詠み出している。たった三行の詩に、「！」は三回も使われている。最後の句に「……」を使って、まさに消え入ろうとする命の余韻を残している。こんなに簡潔な詩が、表現する内容はこんなにリアリティに富んでいる。この詩からわれわれは俳句の雰囲気さえ感じる。俳句は季節によって言葉を使い分ける。蟬は夏の季語である。蟬、秋蟬は『万葉集』にすでに登場している。日本人が好んで詠む対象の一つである。高濱虚子に、「鳴きほそりつつ／秋の蟬／ををしけれ」という句がある。この句は「声」をポイントに、命の強さを表現している。郭沫若の「鳴蟬」は三節区切りという形式は俳句と同じであり、「声」に表現の重心を置くという点で、高濱虚子のこの句と似通っている。郭沫若が留学中に和歌や俳句を読んでいたことは彼の書簡等ですでに知られている。『三葉集』で詩歌の性格について友人と討論した中で、「日本の古詩人西行上人と芭蕉翁の和歌、俳句は」「冲淡」（淡白）の詩だと言及している。松尾芭蕉は江戸時代の俳諧の宗匠、わびさび、恬淡を俳風として世に名を馳せた。芭蕉の俳句は五七五の発句に七七と続ける所謂連歌の形式を取り、俳諧の連歌ともいう。俳諧の連歌が明治時代に入り、正岡子規の改革によって、発句の部分が独立して、五七五形式になる。正岡子規は写生、写実をモットーに、新たに俳句の世界を開拓した。高濱虚子も基本的に写生、写実において正岡子規を継承したのである。実際の情景を平易な言葉で詠むという俳諧や俳句は、中国近代口語詩を模索していた郭沫若にヒントを与えたかどうかは興味深い問題であろう。少なくとも、簡潔な形で、「声」を端的に表現するという点で、「鳴蟬」は日本の俳句と共通する特徴をもつと言えよう。漢字と表音文字の仮名が混在する日本語、特に和歌、俳句の表現形態が口語文学を模索する中国の知識人たちに一定の啓発と影響を与えたことは注目に値する。この方面の研究を今後さらに深める必要があろう。

中国近代詩はそのスタートの段階からすでに精神と言語、内容と形式の問題を孕んでいた。新文学の誕生は単に古い制度、古い形式に反抗するだけでは実現できない。新しい認識が必要である。歴史的に文学の起源に遡行し、客観的に各時代の文学の特質を捉え、その上で新しい文学を指向する。言文一致に相当する口語文学運動の大きな功績は、新しい認識世界と表現世界を開拓した点にあり、これまでの文学の概念と言語概念を根本的に転倒した点にあると言えよう。

二〇世紀初頭、多くの中国の知識人たちが故郷を離れ、海外へ留学した。彼らは海外で汲汲として近代科学と近代思想を吸収した。異国の人文環境、自然環境の中で彼らは自国のこれまでの文化や制度を客観視し始め、中国の近代化について考え始める。郭沫若においては、日本で体験した「風景」の発見は彼に大自然を自然のままに感受することを教え、自己の内面を見つめることの大切さを啓発した。彼の浪漫的な精神がここに由来し、詩歌の魂がここに目覚める。これまで見てきたように、彼は心理学、美学、認識論の角度から詩歌を探求し、「情緒」「節奏《リズム》」に関する分析は胡適より更に深化していた。口語詩実践においては、確かに胡適の『嘗試集』は近代中国口語詩を最初に実践した大胆な作品であり、詩集に収められた多くの詩は口語形式になっている。しかしなかには定型詩も多く見られる。この段階では胡適はまだ完全に古典詩の束縛を脱しきれないでいた。詩の形態と韻律においては、なお古典詩の形式を残している。一方、郭沫若の『女神』は徹底した口語形式を採っている。彼は執拗に「声」を追求した。自然の「声」、時間の「声」、音楽の「声」、心の「声」、彼は山や海に見いだした「風景」の中で拾った「声」を詩で表現しようとした。その実践は大胆奔放で、時には破壊的にさえ見える。彼の口語詩に対する評価の分裂もここに由来すると言える。

近代口語詩の確立は決して短い時間でできたのではない。日本の場合は明治三〇年代頃まで、詩と言えば漢詩を意味していた。明治初期に『新体詩抄』『海潮音』などの翻訳詩、『若菜集』のような新しい表現形式に挑戦する詩歌があったが、五言、七言の古典漢詩は依然として詩歌の主流を占めていた。明治四〇年代以後、北原白秋、高村光太郎らの努力によって、口語詩はようやく完成したのである。中国の口語詩も古典詩歌との衝突を経て、幾度もの実践を通してその存在権を獲得したのである。胡適や郭沫若の新詩はみなこの時期の反抗と模索を代表する実践である。『女神』はこの過程のなかで重要な役割を果たした。それは近代人の内面の「声」を詩に発し、音声の優位を勝ち取ったことであろう。近代口語詩が定着した今日、『女神』の多くの詩はあまりにも乱暴で、粗野でスローガンに近く、美しくない、と感じる読者が多い。しかし、これはまさに『女神』の浪漫精神の「周辺性」、「非古典性」、「非正統性」なのであり、一九二〇年代口語詩誕生には必要であった。郭沫若の大胆で画期的な文学行為は重要な意味を持つ。『女神』が出版当初から青年たちの熱狂的な情熱を引き起こしたのは、近代人の内面の「声」を周辺から中心に向けて発したからではないだろうか。『女神』の「声」は伝統的文学から見れば大変過激で、非主流的ではあるが、しかしその「声」がひとびとの抑圧された心の叫び、特に青年たちの叫びを表出した。だからこそ青年たちが鼓舞されたのである。そういう意味で、『女神』が言文一致の新詩運動に果たした役割と意義を歴史的観点から研究し、評価することが必要であると考える。

第二節　「電火光中」と西洋絵画の関連

「電火光中」（「電火の光の中で」）は一九一九年（大正八年）末に創作され、処女詩集『女神』（一九二一年）に収録されている。一九一九年といえば、ちょうど郭沫若が激しい創作意欲に駆られ、盛んに詩を作っていた、所謂「詩の創作爆発期」である。岡山第六高等学校を経て、一九一八年に九州帝国大学医学部に入学した彼は、数年前から新詩、すなわち従来の定型詩に対して、白話口語による自由詩を試み始めた。一九一九年九月に中国の新聞「時事新報」文芸副刊「学燈」に掲載されていた白話詩に触発され、既作の新詩を投稿したところ、「学燈」編集者宗白華の共鳴するところとなり、投稿した詩は次々と掲載された。宗白華の共鳴と支持を得て、郭沫若は口語詩に自信をもつようになり、次々に詩を作り出した。前述したように、彼の口語詩は定型詩に対する反撥、反省を踏まえ、新しい表現を求める試みであった。これは当時中国で起こった新文化運動と呼応するものである。詩の表現、形式、詩想、題材と多岐にわたり、多様で大胆な試行錯誤を試みた。

「電火光中」は、その中で代表的な作品である。この詩は次に見られる三首によって構成される。

「懐古――貝加尔湖畔之蘇子卿」（「懐古――バイカル湖畔の蘇子卿」）
「観画―Millet 的《牧羊少女》」（「観画―Millet の《牧羊少女》」）
「讃像―― Beethoven 的肖像」（「讃像―― Beethoven の肖像」）

三首ともに自由詩の形式をとっている。内容においては互いに承け継ぐ連携性をもち、表現においては一つの共通したリズムを有している。作者自身の名状しがたい苦悩と情熱を表現するのがそのモチーフであるが、中国漢代の人物蘇武やヨーロッパの音楽家ベートーヴェンがその題材となっている。また、画家フランソワ・ミレー、ヨーゼフ・シュティーラーの絵画から詩のイメージを得ている。絵画及び音楽的要素を取り入れているのも特徴である。

郭沫若がミレーに親しむようになったのは恐らく一九一九年（大正八年）半ば頃からであろう。この年の秋、偶然に手に入れた有島武郎の『反逆者』[47]にある「ミレー礼讃」が彼をミレーに接近させた。その頃から彼は詩や評論、書簡にたびたびミレーに触れるようになる。一九一九年から一九二〇年の「詩の創作爆発期」を郭沫若文学の誕生期とするならば、「電火光中」は同時期の他の詩とともにこの時期の郭沫若文学の特徴を反映するものとして大きな意味をもつ。「電火光中」には絵画と歴史人物の問題が含まれている。彼はミレーやシュティーラーの絵画を如何に見、そこから感じ取ったものを如何に彼自身の作品に取り入れたか、絵画を如何に歴史人物の表現と結合させ、それにより文学的イメージを作り出したのか、またこのような試みは郭沫若の如何なる文学的認識に基づきそれを反映しているのか、これらが興味深い研究課題である。

1　懐古——貝加尓湖畔之蘇子卿——素材と主題の関係

1 電灯已着了光,　　電灯はすでについたが、
2 我的心兒却怎這麼幽暗?　　我が心はどうしてこんなに暗いのか?
3 我孤独地在市中徐行,　　私は独り市中をそぞろ歩き、
4 想到了蘇子卿在貝加爾湖畔。　　バイカル湖畔の蘇子卿に思い至る。
5 我想像他披着一件白羊裘,　　私はこう想像する、彼は羊の裘をひっかけ、
6 氈履, 氈裳, 氈巾復首,　　フェルトの靴、フェルトの裳、フェルトの頭巾、
7 独立在蒼茫無際的西比利亜荒原当中,　　孤独に広大なシベリア荒原に立ち、
8 有雪潮一样的羊群在他背後。　　雪のような羊の群れがその背後に従っている。
9 我想像他在個孟春的黄昏時分,　　私はこうも想像する、ある孟春の夕暮れ
10 待要帰返穹庐,　　彼は穹庐に帰ろうとしている、
11 背景中貝加爾湖上的氷涛,　　背景中のバイカル湖の氷涛は、
12 与天際的白雲波連山竪。　　空の白雲と連なって沸き立つ。
13 我想像他向着東行,　　私は想像する、彼は東に進みながら、
14 遥遥地正望南翹首;　　遥か南の方を展望する、

15 眼眸中含蓄着無限的悲哀，
16 又好象燃着希望一縷。

眼中に無限の悲哀を含み、
また一縷の希望が燃えているようだ[48]。

表題にある蘇子卿は蘇武のことである。蘇武は漢の武帝に仕えた武人で、字は子卿。天漢元年（紀元前一〇〇年）匈奴に出使して拘留され、十九年間節操を守って降伏しなかった。昭帝が匈奴と和解するに及んでようやく帰国することができた。始元六年（紀元前八一年）のことである。『漢書』李廣蘇建伝に蘇武に関する記録が見られる。本詩の蘇武の話は『漢書』に基づいている。

武字子卿。（中略）天漢元年武帝乃遣武以中郎将使持節送匈奴使留在漢者。（中略）単于愈益欲降之，乃幽武置大窖中，絶不飲食。天雨雪，武臥齧雪与旃毛并咽之，数日不死，匈奴以為神。乃徙武北海上無人處，使牧羝，羝乳乃得帰。武（中略）杖漢節牧羊，臥起操持，節旄盡落。武以始元六年春至京師。（中略）拜為典属国。

蘇武、字は子卿。天漢元年、武帝は武を中郎将として、節（国王の使者である旗）を持って、漢に拘留していた匈奴の使者を送り返すため、彼を匈奴に派遣した。単于《ぜんう》は蘇武を降参させようと考え、彼を大きな洞穴に幽閉して、飲食を絶った。雨雪が降って、蘇武は雪や毛を食べて、数日死ななかった。匈奴は彼を神と考えた。そこで、蘇武を北海の無人のところに移し、雄羊を放牧させた。雄羊にお乳が出たら、帰ってきてもよいとした。蘇武は漢の旗を使って牧羊し、自力で生活し、旗に付いていた飾りがことごとく落ちてしまった。蘇武は始元六年の春に漢の都に帰って、典属国を拝命した[49]。

蘇武が漢の武帝に仕えていたころ、北方の異民族匈奴は勢力を伸ばし、頻繁に南の漢の領地に侵入した。そのため、漢と匈奴の間でたびたび戦争が起こった。漢王朝にとって匈奴との関係は大きな問題であった。戦を避けるため、通婚や使者の派遣などの外交手段も取られた。蘇武が匈奴に出使したのも当時の外交の一環であった。しかし、生憎両国の間に不穏な動きがあったため、蘇武は匈奴によって拘留された。匈奴の王単于が蘇武に降参させようとしたが、蘇武はこれを拒絶したため、北海（現シベリア境内）に送られ、そこで十九年間牧羊生活を余儀なくされた。蘇武は敵に屈しなかったということで、漢王朝のみならず、のちの世にもその名が伝えられ、歴史的に高い評価を得ている。

郭沫若は「電火光中」第一首の詩に蘇武を詠む。第四句に見られる「バイカル湖」は『漢書』に見られる「北海」のことで、中国では昔から「北海」と呼ばれていた所である。モンゴルの遥か北、いまのロシア領内にある湖である。紀元前五世紀まで、中央ユーラシア一帯は遊牧国家匈奴が勢力を築いた地域である。「北海」は匈奴から更に北の辺地で、漢の都から遠く離れている。蘇武は人煙を絶えた北海の地に十九年間牧羊生活を送った。

第十句にある「穹廬」とは匈奴の人々が住む天幕である。『漢書』李廣蘇建伝によると、これは単于の弟於靬王が蘇武に賜ったものである。

さて、本詩には二つの特徴がある。一つは、歴史的人物を借りて自分の内面を詠むことである。「電灯がすでについたが」「我が心はどうしてこんなに暗いのか」と冒頭の二句から分かるように、作者は明らかに自分自身の憂鬱な心境を本詩の基調に据えている。この二句は「電火光中」三首の冒頭に繰り返し使用され、一つのリズムとなって三首の詩を貫く。作者の心理が、三首の詩の冒頭に点出される。更に本詩第三句「私は独りぼっち市中をそぞろ歩き」の「孤独」と第七句「蘇武が孤独に広大なシベリア荒原に立つ」の「孤立」も、作者の心境を蘇武の境遇に重ね合わせているといえよう。

郭沫若は日本留学中に蘇武に関心をもっていた。一九一六年（大正五年）岡山の六高在学中、故郷の両親に出した手紙に彼はこう書いている。

思えば昔、夏の禹が洪水を治めたとき三度自分の家の前を通ったが、家には入らなかった。蘇武は匈奴に使いした時、牧羊すること十九年、氷雪を食べて飢えを凌いだ。（自分は）留学する期間が十年足らずで、禹と蘇の苦を味わっていない。見聞を広げる幸福を受けて、自ら努力して勉学しなければならない[50]。

この手紙はもともと帰郷を促す両親を慰めるために書いたものである。初めて故郷を遠く離れ、異国日本の田舎に来た青年郭沫若は、解放感とともに寂しさをも味わったに違いない。そういうとき、彼にとって、蘇武が一層共感を呼ぶ対象となったのであろう。蘇武のイメージはこの頃から彼の心境と呼応するものとして徐々に大きくなり、「電火光中」において初めて蘇武の郷愁に自分の孤独感を託し、蘇武への思いを表現した。

本詩のもう一つの特徴は、絵画的イメージを強く打ち出す点である。詩において、蘇武の姿はまるで一幅の絵のように読者に鮮明な印象を与える。特に第五句から第十四句までの数句では、シベリア荒原という大カンバスに、バイカル湖と遠い空の白雲を背景に、羊の群れを従える羊飼い蘇武は「白い羊裘、フェルトの靴、フェルトの裳、フェルトの頭巾」という出で立ちで、夕暮れの静寂の中にぽつんと立ち尽くしている。このような絵画的イメージは如何にして生まれたのか。

この問題について、筆者は、「電火光中」三首が最初に「時事新報」副刊「学燈」に掲載された初出とその後の修正に注目したい。郭沫若は日本留学中に多くの口語詩を作り、その多くが「学燈」に掲載された。「電火光中」は一九二〇年（大正九年）四月二十六日の「學燈」に掲載された。これがこの詩の初出である。一九二一年に郭沫若が詩集『女神』（上海泰東書局）を編集する際にこの詩について大きな修正を行なっている。これがこの詩の単行本への初収になる。「電火光中」はその後、一九二八年の『沫若詩集』（上海創造社）に再収される。現在の『郭沫若全集』（人民文学出版社）所収の「電火光中」には、「一九一九年年末初稿、一九二八年二月一日修改」という記述がある。一九二八年の修改は恐らくこの年の『沫若詩集』のために行なったのであろう。ここに、「學燈」、『女神』、『沫若詩集』をそれぞれA、B、Cとして、「電火光中」の詩題を整理すると、次のようになる。

A　「學燈」一九二〇年四月二十六日
　電火光中　一、懐古――Baikal 湖畔之蘇子卿
　　　　　　二、観画――Millet 底「夕暮伴帰羊」
　　　　　　三、讃像――Beethoven 底肖像

B　『女神』一九二一年
　電火光中　一、懐古――Baikal 湖畔之蘇子卿
　　　　　　二、観画――Millet「牧羊少女」
　　　　　　三、讃像――Beethoven 底肖像

C　『沫若詩集』一九二八年
　電火光中　一、懐古――Baikal 湖畔之蘇子卿
　　　　　　二、観画――Millet 的「牧羊少女」
　　　　　　三、讃像――Beethoven 底肖像

ABCの「電火光中」のうち、特に第二首の初出と初収の間に大きな相違が見られる。第二首の詩題は「観画——Millet底『夕暮伴帰羊』」から「観画—— Millet『牧羊少女』」に変更されている。すなわちこの詩に取り込んだミレーの絵画は「夕暮伴帰羊」（夕暮れに羊を連れ帰る羊飼い）から「牧羊少女」に変わった。それでは、もともとの第二首「観画—— Millet底『夕暮伴帰羊』」の内容を見ていこう。

観画—— Millet底「夕暮伴帰羊」

電燈已着了光，	電灯はすでに着いた。
我的心兒還是這麼幽暗着！	我が心はまだこんなに暗い。
我想像着蘇典属底郷思，	私は蘇典属の郷愁を想像しつつ、
我歩進了街頭底一家画買。	街頭のとある画廊に入った。
我賞玩了一回四林湖畔底風光，	四林湖畔の風光を鑑賞し、
我又在加里弗尼亜州観望瀑布……	またカリフォルニア州で滝を見る。
哦，好幅理想的画圖！理想以上的画圖！	おお、理想の絵画、理想以上の絵画！
画中人！你可不便是蘇武？	画中の人、汝は蘇武ではないか？
一個野花爛漫的碧緑的大平原	野の花が咲き乱れる緑色の大平原が、
在我面前展放着。	我が前に広がっている。
平原中也有一群帰羊，	平原にも一群の羊がいる。
牧羊的人！你可便是蘇武麼？蘇武！	牧者よ、汝は蘇武ではないか？蘇武！

13　你左手持着的羊杖，
汝の左手に持っている牧羊の杖は、

14　可便是你脱旄的漢節麼?·蘇武!
飾りのとれた漢節ではないか、蘇武!

15　你背景中也正有一帯水天相連的海光，
汝の背後に一筋の天に連なる海の光る、

16　可便是貝加爾湖，北海麼?·蘇武!
それはバイカル湖、北海ではないか蘇武!

ここに描写されているのは紛れもなく蘇武である。第一首と同様、ここも蘇武を詠っている。作者は蘇武をミレー絵画中の羊飼いに重ね、蘇武をミレーの画中に編みこんでいく。ここから、そもそも第一首「懐古—— Baikal 湖畔之蘇子卿」がミレーの「夕暮れに羊を連れ帰る羊飼い」からイメージを得ていることは明らかである。

ミレーの「夕暮れに羊を連れ帰る羊飼い」は一八六〇年の作品である。広大な草原の中で、羊飼いの男が羊の群れの先頭に立っている。男の様子は、足にはむくれた濃い茶色の靴、紺か黒かはっきりしない色のズボン、茶色の毛氈のマントで肩から膝まで体を包み、いかにも寒そうな様子。左手を毛氈の中に突っ込み、右手は牧羊用の棒を握り締めながら胸のあたりまで曲げ、毛氈の端を押さえる。頭にはよれよれの帽子をかぶっている。男の背後に羊の群れが従っている。大草原は遥か地平線の果てまで続く。背景の空には、いまにも沈もうとする夕日が見える。空の白雲が夕映えを受けて黄金色に輝いて、空と地平の間に一筋の濃い藍色が横たわり、遠方の海のようにも見える。男は肩をすぼめ、寒さのためか背中をやや丸め、首をやや前に傾ける。夕日に背を向けているため、顔の部分は暗く、表情を読みとることができない。しかしその姿勢と陰になっている顔は、どことなく寂しさを感じさせる。

「電火光中」第二首「観画—— Millet 底『夕暮伴帰羊』」第九句、第十句の「野の花が咲き乱れる緑色の大平原が、我が前に広がっている」は明らかにミレー「夕暮れに羊を連れ帰る羊飼い」の風景である。更に、第十三句「汝の左手に持っている牧羊の杖」は、ミレー画中羊飼いの姿を彷彿させる。

では、「電火光中」第一首「懐古―― Baikal 湖畔之蘇子卿」をこの絵に重ねてみよう。羊飼いの身なりは詩中第五句、第六句にある「白い羊の裘」、「氈履、氈裳、氈巾」という蘇武の身なりとよく似ている。肩から掛けているマント風のものは白色こそなく、長年の風雪に晒された色である。羊飼いの服装がどんな素材であるかは、画面から伺い知ることができない。しかし羊の裘も、毛氈も放牧民にとって最も身近な素材であろう。「夕暮れに羊を連れ帰る羊飼い」の牧者が羊の群れを連れて広大な草原に立っている場面は、詩中第七句、八句「孤独に広大なシベリア荒原に立ち」「雪のよう羊の群れが彼の背後に従っている」とまさにぴったり重なる。郭沫若は、ミレー画中の草原をシベリア荒原に見立てたといえよう。第九句、十句の「ある春の夕暮れに」「穹庐に帰ろうとして」は、「夕暮れに羊を連れ帰る羊飼い」という画題と一致する。第十一句、十二句「背景中のバイカル湖の氷涛は」「空の雲と連なっている」は、ミレー画中、空と地平の間に一筋の濃い藍色が横たわり、遠方の海を思わせる風景から連想されたものではないか。そして、第十三句「彼は東へ進んでいく」は，ミレー画中の牧者が夕日に背を向けている構図と重なる。「夕暮れに羊を連れ帰る羊飼い」の牧者は夕日に背を向けているので、表情を読み取ることができない。しかし、この顔の陰影こそ詩人をして大いに詩情を膨らませるポイントとなる。最後の第十五句、十六句にある「無限の悲哀」と「一縷の希望」は匈奴で十九年間囚われの身となった蘇武の心境を詠む。これは同時にまた日本留学中の郭沫若の心境でもあろう。この結尾の二句と冒頭の二句とが相観照して、詩人の孤独な心情を表出している。

このように見てくると、「電火光中」第一首と第二首は初出の段階ではともにミレー「夕暮れに羊を連れ帰る羊飼い」を借りて、蘇武を詠っていた。第一首の詩題にこそミレーの作品が登場していないが、詩の内容、場面設定や人物などにおいてはむしろ多くミレーの絵画にイメージを得ていると言えよう。この詩に見られる絵画的特徴はミレーの絵画から影響を受けたことが明らかである。

2 ミレーの絵画との関係

郭沫若はいつ頃からミレーに接するようになったのか。彼の自伝『創造十年』[51]によると、それは一九一九年（大正八年）頃である。その記述は次の通りである。

大学二年、ちょうど「学燈」に投稿し始めた頃に、私は偶然有島武郎の「叛逆者」を買った。そこに紹介された三人の芸術家は、フランスの彫刻家ロダン、画家ミレー、アメリカの詩人ホイットマンである。[52]

郭沫若が九州帝国大学医学部に入学したのは一九一八年秋頃であるので、大学二年というのは一九一九年に当たる。そして「学燈」に投稿したのは一九一九年秋頃である。[53] 従って彼が有島の『叛逆者』を入手したのは一九一九年の秋と推定される。

ミレーの日本伝来については、多くの美術史関係の書物に論述があるが、中でも最も簡潔に紹介したのは井出洋一郎氏の「田園と農民を気高く描いた巨匠」である。その中に次のような記述がある。

ジャン・フランソワ・ミレーの作品が複製によって日本に紹介されたのは明治九年、工部美術学校の絵画教師アントニオ・フォンタネージが教材用として携えてきた版画が最初であった。（中略）初めて本物が展示されたのが明治二十三年十一月。以来明治三十年代には画集が二種類発行され、「美術新報」にミレーの伝記が翻訳連載されるなど、わが国に第一次ミレーブームともいうべき現象が起こった。大正三年ロマン・ロランのミレー伝が森口多里によって初めて翻訳刊行され、好評を得るとともに西洋美術に関する情報に乏しい日本人にとってミレーは泰西画家の代名詞になってしまった。[54]

工部美術学校は、明治日本の政府機関、工部省に直属し、いわば日本初の国立美術学校である。ここで日本人は初めて系統的に西洋の絵画、彫刻、建築について学んだ。後に日本の洋画界を主導し、日本洋画界のアカデミズムの基礎を築いた小山正太郎、松岡寿、浅井忠、五住田義松らはこの学校の卒業生である。ミレーはまさに、日本の西洋絵画伝来と近代絵画の啓蒙期に紹介された。このこと自体、日本近代絵画史に大きな意味をもつ。ロマン・ロランの『ミレー』が日本語訳され、刊行された大正三年は、また郭沫若が来日した年でもある。東京に着いたばかりの彼は日本語の勉強や受験の準備に専念し、或はこの本に目を留める暇がなかったかもしれない。しかし、その頃、日本洋画界はすでに写実派、印象派、後期印象派の紹介を終え、未来派、立体派へと移行していく。郭沫若は日本語学校を出てから一高に進み、最初の一年半程の間は東京にいたので、当時東京で開催されていた西洋絵画展に出向いて、ミレーの絵画を見ることが可能だったはずである。

一九一九年（大正八年）秋頃、郭沫若が入手した『叛逆者』は『有島武郎著作集』第四輯として出版されたものである。「ロダンに関する考察」「草の葉―ホイットマンに関する考察」「ミレー礼讃」の三篇が収められている。有島の「ミレー礼讃」は基本的にロマン・ロランの『ミレー』を踏まえている。内容は、伝記と絵画の紹介、批評である。紹介したミレーの絵画は、「接木」「種まく人」「落穂拾い」「夕暮れに羊を連れ帰る羊飼い」と「牧羊少女」など多数に及ぶ。ここでは「ミレー礼讃」について詳細に述べる暇がない。有島のミレー観を概略すると、ミレーは大自然の静寂と沈黙を愛し、その絵画の真髄は大自然から感じ取った真実と力、人と自然の融合を表現することにある。有島はミレーを自然主義の魁と讃え、「如何なる時代が来ても、人は彼の画の中に自己の投影を発見しないわけには行かない[55]」と述べる。このような有島のミレー観は絵画的立場よりも、むしろ文学者の立場から捉えたものといえよう。これは明治大正期に西洋絵画の紹介に大いに貢献した「白樺」派全体の特徴ともいえる[56]。

郭沫若は「ミレー礼讃」を読んで大変感銘を受けた。特にホイットマンの『草の葉集』に傾倒し、多くの啓発を得たと『創造十年』に述べている。ミレーとロダンについても書簡集『三葉集』、詩論などでたびたび触れている。それ以後、彼はミレーに注目し、特に「夕暮れに羊を連れ帰る羊飼い」と「牧羊少女」に惹かれた。ここに一首の詩がある。

泪浪

離別了三閲月的旧居,
依然寂立在博多湾上。

這是我許多思索的揺籃,
這是我許多詩歌的産床。

哦,那兒貼過我往日的詩歌,
那兒我掛過貝多芬的肖像。

那兒我放過米勒的《牧羊少女》
那兒我放過金字塔片両張。

三ヶ月別れた我が旧居、
依然寂しく博多湾上に立っている。

ここは我が思索の揺りかご
ここは我が詩歌の生まれた所。

おお、そこにかつて詠んだ詩歌を貼り、
そこにベートーヴェンの肖像を掛けた。

そこにミレーの「牧羊少女」を置き、
そこにピラミットの絵を二枚置いた。[57]

これは一九二一年（大正一〇年）十月に詠んだ詩である。郭沫若はこの年の四月に上海泰東書局の要請に応じ、編集部改編の仕事に参与するため、妻子を日本に残して上海に赴いた。その直後、妻子は今まで住んでいた借家から追い出され、別の家に移り住んだ。七月に再び福岡に戻ってきた郭沫若は、隣近所に聞きながらようやくの思いで妻子が住んでいる新しい借り家を捜し当てた。その日、子供を床屋に連れていく帰りに、修理中のもとの貸家に立ち寄ってみた。「泪浪」はそのとき詠んだ詩である。ここに詠まれている「旧居」は『三葉集』『創造十年』によると、一九一九年一月から一九二一年四月まで借りて住んでいた海辺の二階家である。[58] このとき期はちょうど彼が毎日詩の発作に襲われ、猛烈に詩を作っていた時期である。「學燈」への投稿も一九一九年秋頃からである。従って一九一九年一月から住んでいた海辺の二階家は、彼が多くの新詩を創作した場所である。この点で、「泪浪」第二聯第一、二句にあるように、彼の思索と詩群の「揺籃」と「産床」といえる。

では、この詩群の揺りかごにどんな記念すべきものがあったのか。「泪浪」第四聯第二句にベートーヴェンの肖像、第五聯第一句に「牧羊少女」に触れる。この二句は「電火光中」第二首「観画―Millet 的《牧羊少女》」と第三首「讃像―Beethoven 的肖像」を連想させる。ミレーに関しては、郭沫若は特に「牧羊少女」を愛し、この絵に深い内的観照を体験した。「泪浪」は旧居に対する感激とともに、かつて詩人が体験した激しい詩情とミレーへの愛情をも詠んでいる。

郭沫若はミレーのこの絵から何を捉えたのか。すでに見てきた「懐古―― Baikal 湖畔之蘇子卿」と「観画―― Millet 的《夕暮伴帰羊》」から分かるように、郭沫若は、寂寞、荒涼な荒野にいる存在の孤独、悲哀といった一種の情緒をミレーのこの二枚の絵画に読み取ったのであろう。この寂寞、荒涼の中に、蘇武の郷愁や悲哀は深く溶け込んでいく。そしてそこに彼自身の姿をも見出したのではないか。

郭沫若が詩論の中でミレーに触れた例として、一九二五年（大正一四年）の「論節奏」（「リズムを論ず」）を挙げることができる。これは詩歌のリズムについて論じたものである。郭沫若はここで叙情詩を取り上げ、「叙情詩は情緒の直写である」と定義づける。そして、この情緒の進行が一種のリズムを作り出す。このリズムが詩の形を決めると同時に詩の生命であると、彼は考えた。その例とし、彼はミレーの「晩鐘」を挙げる。

例えば夕暮れの寺の鐘の音がもし一つ一つの響きを分離するならば、これほど単調なものはなかろう。しかしもし間をおいて、同じ響きが再び伝わってくるならば、我々はそれを聞いて、一種の悠然として、或は超俗的な情調を覚えるようになる。ミレーの「晩鐘」という画を見た人がいるか。一組の農民夫婦が手を合わせながら畑の中に立っている。あの敬虔な様子を見てごらん。それは悲哀ではないが、ほとんど見る人に涙させる。そこに描かれているのは一組の農民だけではなく、画家自身であり、我々でもある。我々の感じたあの言い様のない悠然とした情調を、画家は一組の農民を借りて画面に表現したのである。これは信仰と不信仰と無関係だ。これはリズムの効果である。[59]

この文章の重要性は、彼はここで絵画の中の音楽性と音楽の中のリズムを発見したことである。「晩鐘」の音楽的魅力については、すでにロマン・ロランがその『ミレー』に触れている。[60]有島武郎も「ミレーの作品が人に与える印象は音楽だ。[61]」と「ミレー礼讃」で述べる。このミレー絵画の音楽的特徴を詩歌に結び付け、詩歌のリズム性を考えたのが郭沫若である。「晩鐘」という画題と画面から、人々は夕暮に響く鐘の音を想像する。この連想が一種の悠然とした情緒を誘い出す。人々は画中の農夫に自分自身を重ねていく。すなわち画中のリズムが見る側に伝わり、人々は画中に吸い込まれていく。いわば観照の効果である。このような捉え方は有島の「如何なる時代が来ても、人は彼の画の中に自己の投影を発見しないわけには行かない[62]」（「ミレー礼讃」）という指摘と共通する。郭沫若が「晩鐘」に感じとった一種のリズムは明らかに大自然と人間の融合であり、融合の中にいる人間の静かではあるが力強い脈動である。「晩鐘」のこのような魅力はミレー絵画の大きな特徴でもある。

このように見てくると、郭沫若もやはり文学者の角度からミレーを見ていたことが分かる。この点では、ロマン・ロランや有島武郎と共通する。ただ、郭沫若の場合は、ミレーに接した一九一九年という時期は、彼が近代詩歌を「爆発的」に産出する時期であるだけに、ミレーの影響が大きいといえる。それは鑑賞というだけに終わらず、彼の詩想を刺激し、新しい詩的イメージを引き出すほど強いものであった。

3　観画――Millet 的「牧羊少女」――主題変更の意味

1	電燈巳着了光，	電灯はすでについたが、
2	我的心兒却怎這麼幽暗？	我が心はどうしてこんなに暗いのか？
3	我想像着蘇子卿的郷思。	私は蘇子卿の郷愁を想像しながら、
4	我歩進了街頭的一家画館。	街頭のとある画廊に入る。
5	我賞玩了一回四林湖畔的日晡，	四林湖畔の夕日を眺め、
6	我又在加里弗尼亜州観望瀑布	またカリフォルニア州で滝を見る、
7	哦，好一幅理想的画圖！理想以上的画圖！	おお、理想の画、理想以上の画！
8	画中的人！你可不便是胡婦嗎？胡婦！	画中の人、汝は胡婦ではないか、胡婦！
9	一個野花爛漫的碧緑的大平原，	野花咲き乱れる大平原が、
10	在我的面前展放。	我が前に広がっている。
11	平原中立着一個持杖的女人，	平原に立つ杖を持つ女、
12	背後也涌着了一群帰羊。	背後も羊の群れが従っている。

13 那怕是蘇武帰国後的風光，
14 他的棄妻，他的群羊無恙；
15 可那牧羊女人的眼中，眼中，
16 那含蓄的是悲憤？懇望？凄涼？

あれは蘇武帰国後の風景だろう、
彼が捨てた妻、羊は恙がない、
が、女牧者の目にひそんでいるのは、
怒り、怨み、それとも寂しさ[63]？

これは「電火光中」第二首の詩である。前述したように、これは初出の段階では「観画―― Millet 的《牧羊少女》」ではなく、「観画―― Millet 底「夕暮伴帰羊」」であった。つまり、「學燈」に発表した後に、郭沫若はこの詩を書き直したのである。本詩の前半第七句までは初出の内容と同様であるが、ミレーの作品は「夕暮れに羊を連れ帰る羊飼い」から「牧羊少女」へと変更した。第八句以後は牧羊少女の姿に蘇武の胡人の妻を重ねていく。十九年間匈奴に拘留された蘇武は始元六年（前八一年）についに帰朝を果たすが、匈奴で娶った妻と息子を残している。この詩に詠われている胡婦は匈奴に置き去りにされた蘇武の妻である。蘇武と妻子の話は『漢書』李廣蘇建伝に記述されている。

武年老，子前坐事死，上閔之，問左右。「武在匈奴久，豈有子乎？」武因平恩侯自白，「前発匈奴時，胡婦適産一子通国，有声聞来，願因使者致金帛贖之。」上許焉。後通国随使者至，上以為郎。

蘇武が年老いて、息子も以前の事件で死刑に処されていた。皇帝は彼を憐れんで、左右に聞いた、「蘇武は匈奴に長くいた。子はいなかったのか。」蘇武はそこで平恩侯を通じて申し上げるには、「以前匈奴を立つとき、ちょうど胡婦が子を一人生んで、通国と名付けた。便りが来たこともある。使者に金帛を託して子を買い戻してほしい。」皇帝はこれを許した。後に通国は使者について漢に帰ってきた。皇帝は彼を尚書郎に任命した[64]。

このように、『漢書』には蘇武の息子について記しているが、その妻についてはただ「胡婦」と記しただけである。漢の朝廷にとって、蘇武の後を継ぐ男子が重要であって、匈奴の女性などは問題ではなかったかも知れない。しかし郭沫若はこの歴史に名を記されなかった女性に心を寄せ、ミレーの「牧羊少女」のイメージをこれに付与し、詩に詠み込んだ。

ミレーの「牧羊少女」は「夕暮れに羊を連れ帰る羊飼い」(一八六〇年頃)より後の作品である。創作時期は一八六二年頃とされている。この作品はパリのサロンで好評を受け、ミレーの代表作となった。構図は「夕暮れに羊を連れ帰る羊飼い」とよく似ている。広漠な草原に羊の群れがおり、手前の方に少女が一人、両手で杖を握り、顔を俯き加減にして立っている。頭に被っている赤い頭巾は画面全体のやや暗く重い色彩の中で際立って鮮やかに見える。少女の顔は、「夕暮れに羊を連れ帰る羊飼い」の牧者と同様、陰になって、表情が読み取れない。しかし下向きにたたずむ姿はいかにも寂しそうである。

「観画—— Millet 的《牧羊少女》」は「電火光中」の第一首「懐古——貝加尔湖畔之蘇子卿」を承けて、ミレーの「牧羊少女」にある大草原を蘇武がかつて放牧したシベリア荒原と、羊の群れを蘇武の羊とに重ねていく。「牧羊少女」の画面を蘇武が漢に帰朝した後の風景と見立てる。草原に立つ少女を蘇武の妻と見なすならば、その寂しそうな姿はまさに匈奴に置き去りにされた若妻にぴったりであろう。女は寂しそうで、また誰かを待ちわびているようにも見える。「女牧者の目に潜んでいるのは」「怒り、怨み、それとも寂しさ?」これは「観画—— Millet 的《牧羊少女》」結尾の二句である。この二句は第一首の終わりの二句と同じ詠い方をとっている。蘇武の「悲哀」「一縷の希望」に対して、女牧者の方は「懇憤、懇望、凄涼」である。これは夫に捨てられ、歴史に一瞥だにされなかった女性の姿である。

ミレーの「夕暮れに羊を連れ帰る羊飼い」と「牧羊少女」の人物はともに夕日に背を向け、顔が陰になっている。この顔の陰影は二つの絵画に深みをもたらす特徴ともいえる。郭沫若はこの特徴を利用して、陰影の部分に自分の感情をふくらませた。「電火光中」第一首で蘇武の郷愁、孤独を詠み、第二首で置きざりにされた女性の悲しみ、寂しさを詠む。

第二首の詩に見られる、置き去りにされる女性、誰かを待ちわびる女性というイメージは、郭沫若文学全般を貫く重要なテーマの一つでもあるが、この詩に関しては、このイメージが生まれる土台として、当時の郭沫若の生活状態を無視できない。一九一六年頃から佐藤富子との恋愛が発生し、年末に二人は同棲するようになる。翌年に長男が生まれている。郭沫若はもともと故郷で成婚していたので、佐藤富子との関係をあえて親に打ち明けなかった。しかしやがて二人の関係は両親の知るところとなり、両親や妻の怒りと悲しみは大きかった。郭沫若はひたすらに両親と妻に謝罪し、生まれてきた長男に免じて、許しを乞うた。現在残っている一九一八年頃両親と妻宛の書簡がその辺の事情を伝えている。

一方、同じ一九一八年五月に、留学生の間で「中日共同防敵軍事協約」に反対する政治運動が起こり、留学生たちは授業のボイコットや一斉帰国などを行なった。留学生たちは日本人女性と結婚した中国留学生を「漢奸」と見なし、強制的に離婚させた。郭沫若も当然「漢奸」の部類に入れられた。しかし彼は佐藤富子を愛し、離婚は考えられなかった。佐藤富子もまた郭沫若以外に頼る人がいなかった。幸い彼らは岡山の田舎にいたので、辛うじて強制離婚を免れた。しかし、彼は異国の妻を郷里に連れ帰ることもできず、また日本にいても常に負目を感じずにいられなかった。このような状況の中で、彼は蘇武を懐かしく思い、また同時に匈奴に捨てられた胡婦の境遇に思い至らずにはいられなかったのであろう。だからこそ彼は歴史書に記述されていない蘇武の胡婦の存在に注目し、その悲しみを想像した。ミレーの絵画「牧羊少女」は彼にこの胡婦のイメージを盛り込むカンバス、あるいは風景を提供したと言えよう。郭沫若は「牧羊少女」の風景の中に、歴史に翻弄され、忘れられた胡婦を生き返らせたのである。

4　絵画、風景と詩歌との関連

絵画と詩歌の相関性については、中国唐代より文人墨客によって意識されていた。王維、蘇軾などの文人は詩を書く傍ら絵も得意とした。「詩中に画あり、画中に詩あり」というのは詩歌、絵画の妙意に尽きるとされてきた。郭沫若も日本留学中にこの問題について思索し、友人と討論していた。彼の場合、詩歌と絵画の関係にさらに自然の問題も加えられている。一九二〇年（大正九年）頃の宗白華宛の書簡に彼はこう記している。

自然な流露の中にも、それ自身の自然な音楽があり、自然な画意がある。なぜならば、情緒自身にもともと音楽と絵画の二つの作用がある。情緒のリズム、情緒の色彩はすなわち詩である。詩の文字はすなわち情緒自身の表現である。思うには、このような体相一如の境地に達して、初めて本当の詩、よい詩ができる。65

この書簡から彼の近代詩模索の一端を垣間見ることができる。詩において、彼が重視したのは情緒である。情緒は内面の自然の働きより生じ、それ自体、動的である。聴覚的にはリズム、視覚的には色彩、つまり郭沫若がここで言う「音楽と絵画の二つの作用がある」詩の理想は「体相一如」すなわち情緒が「体」で、それを表現する方法は「相」であり、この二つがうまく融合したときに真の詩が生まれるという。また、論文「生活的芸術化」（「生活の芸術化」）において、彼は南斉の画家謝赫が絵画六法の第一法として挙げた「気韵生動」を取り上げ、「これは西洋近代芸術の精神と奇しくも合致している。動は動的精神であり、生は生命があること、気韵はリズムである。『画中に詩あり』と言っても、画中に五言詩、七言詩、あるいは四言詩があるということではない。画中に詩意があるということだ。この詩意はすなわち『気韻生動』だ。『気韻生動』の絵は真の絵である。なぜなら、芸術は動の精神が必要だからだ。言い換えれば、芸術にはリズムが必要で、これが芸術の命になる。[66]」このリズムの考え方は、第四章第一節ですでに見たように、彼が考えていた近代口語詩の最も重要な要素である。先に見たミレーの「晩鐘」に対する彼の批評も基本的に絵画のリズムを強調したものである。レオナルド・ダ・ヴィンチはその「絵画論」に、「絵画は物言わぬ詩であり、詩はめしい（盲）の絵画であって、どちらも自分の能力のなしうるかぎり自然を模倣してゆく。[67]」芸術と自然の関係について、郭沫若は多くレオナルド・ダ・ヴィンチの影響を受けているが[68]、音楽を第一義とするダ・ヴィンチに対して、彼は内面の生命の躍動、リズムをより重視した。

ミレーの「牧羊少女」や「夕暮れに羊を連れ帰る羊飼い」に郭沫若は何を見出したのか。広漠な草原とその中にいる人物、バイカル湖畔で放牧する蘇武と胡婦、本来何の関係もないこの二つの風景が「電火光中」で一つになる。そこに歴史の物語が蘇る。広漠と孤独の中で生命が脈打ち、リズムが生じてくる。三首の冒頭二句はリフレーンの形をとっていて、詩人の「幽暗」と孤独は一種の内面的な状態を表する。それに続く蘇武の孤独と希望、胡婦の悲哀は詩人の内面と呼応する。広漠な風景と人物の内面とが相互に観照して、まさに「詩中に画あり、画中に詩あり」となるのである。柄谷行人氏が指摘したように「風景はが孤独で内面的な状態と緊密に結びついている[69]」。広漠と孤独の情緒こそ、郭沫若がミレーの絵画に見出したものであり、「電火光中」三首に通底する主題である。

5　讃像――Beethoven 的肖像

1 電燈已着了光，　　電灯はすでについたが、
2 我的心兒還是這麼幽暗？　　わが心はどうしてこんなに暗いのか？
3 我望着那彌勒的画圖，　　私はミレーの画を眺め、

我又在《世界名画》中尋検
聖母，耶蘇的頭，抱破瓶的少女……
在我面前翻舞。
哦，貝多芬！貝多芬！
你解除了我無名的愁苦！
你蓬蓬的乱髪如象奔流的海涛，
你高張的白領如象戴雪的山椒。
你如獅的額，如虎的眼，
你那如象「大宇宙意志」自身的頭脳！
你右手持着鉛筆，左手持着原稿，
你那筆尖頭上正在傾瀉着怒潮。
貝多芬哟！你可在傾聴什麼？
我好象聴着你的 symphony 了！

また《世界名画》をめくる。
聖母、キリストの頭、割れ瓶を抱く少女……
我が前を翔舞する。
おお、ベートーヴェン、ベートーヴェン！
汝は私の名状しがたい苦悩を消してくれた、
汝の乱れた髪は海の怒涛のようだ、
汝の高く白い襟は雪を被った山のようだ。
汝の獅子のような額、虎のような目、
「大宇宙意志」のごとき汝の頭脳！
右手に鉛筆を持ち、左手に原稿を持ち、
汝のペンからいま正に怒涛が迸る。
ベートーヴェンよ、汝は何に聞きいっているのか。
私には汝のシンフォニーが聞こえてくるようだ。[70]

「電火光中」第三首である。ここでは自由奔放なベートーヴェンが詩人郭沫若の抑えがたい情熱を象徴して登場する。この詩に詠まれているベートーヴェンの肖像は、詩の内容から見て、それはドイツの画家ヨーゼフ・シュティーラーが一八一九年から一八二〇年にかけて描いたものであろう。今日では最も知られているベートーヴェンの肖像画である。これが所謂不滅の恋人アントニーエ・ブレンターノの依頼で制作されたものと言われている。画面に描かれているベートーヴェンは、作曲のポーズをとっている。左手に持っている楽譜は晩年の傑作「ミサ・ソレムニス」である。ベートーヴェンの目は宙の一点をじっと睨み、宇宙を洞察する眼差しと厳粛な表情で思索を巡らしている。前二首の詩と比べ、第三首は一転して激しい、奔放な情調が詠い出される。

これまで見てきたように、三首の詩の冒頭二句は同じ表現がリフレーンする形をとっている。このようにして、一つの共通したリズムを作り出す。しかし、第一首、第二首と第三首の間に雰囲気が大きく変化している。蘇武（第一首）と胡婦（第二首）の寂寞、悲哀に対して、第三首のベートーヴェンは始めから力強い人物として詠まれている。詩人がベートーヴェンと巡り合って、歓喜の情が迸る。詩においてベートーヴェンに対する謳歌が激しいテンポで躍動的に展開していく。

「電火光中」第三首では、ベートーヴェンについて、第9、10、11、12句に彼の髪、えり、目、頭脳にポイントを絞って音楽的天才の自由奔放な性格を表わしている。これらのポイントはまさにベートーヴェンの特徴であろう。「電火光中」三首に詠まれている人物の特徴の共通点は目だと言える。蘇武と胡婦の目はかすかな希望や悲哀をにじませているのに対して、ベートーヴェンの目は「虎の目」と表現し、明らかに力の象徴として強調されている。第12句にある「大宇宙意志」はゲーテの『ファウスト』に由来する表現であるが、『ファウスト』第一部「夜」に出てくる占星術師ノストラダムスの書に見られる表現で、人間界を超越した天上界或いは神の世界を指す。この詩では、ベートーヴェンの創造的思索、情熱と力の源泉を象徴する。続く第13、14、15句は「鉛筆」「原稿」「迸る怒涛」「Symphony」と、創造を表すキーワードが畳みかけるように躍動する。力強いリズムと音楽的イメージを醸し出す。ベートーヴェンの力強さは、冒頭の詩人の暗い情緒と対照的で、むしろ詩人を鼓舞し、憂鬱な感情を吹き飛ばしている。

詩人の特質について、郭沫若は留学時期に思索を深めていた。一九一九年頃、彼はゲーテの『ファウスト』を翻訳し、ゲーテについて友人と盛んに議論した。例えば、一九二〇年一月三十日宗白華宛の書簡に、彼は天才として哲学者では孔子を、詩人ではゲーテを挙げ、詩人と哲学者の共通点と相違点を次のように論じている。

思うには、詩人と哲学者の共通点はいずれも宇宙全体を対象とし、万事万物の核心を透視することをその天職とするところである。ただ詩人の利器は純粋な直観のみであるのに対して哲学者の利器には更に一種の精密な推理が加わるのである。[71]

郭沫若はゲーテに接し、『ファウスト』を翻訳、ゲーテの才能と汎神論的宇宙観に傾倒した。ゲーテへの共鳴は彼の人生観、文学観にも大きく影響した。彼がベートーヴェンに贈った讃辞とも言うべき「大宇宙意志」は『ファウスト』からの影響と見ることができよう。つまりベートーヴェンの肖像を見たとき、郭沫若は自分が考えていた詩人や哲学者の本質、すなわち「宇宙全体を対象とし、万事万物の核心を透視する」という本質をこの音楽的天才に見いだしたのである。ベートーヴェンの「大宇宙意志」の具体的表出は、勿論その怒涛のようなシンフォニーである。本詩第八句に「汝は私の名状しがたい苦悩を消してくれた」と詠うように、若き詩人郭沫若のさまざまな苦悩は、ベートーヴェンのシンフォニーに出会って初めて癒される。日々作詩意欲の発作に襲われ、熱狂的に詩を作った郭沫若の熱き心は、ベートーヴェンの奔放さ、烈しさに最も共鳴しやすかったのであろう。

第三首の詩のもう一つの特徴は、畳み込むような呼びかけ方とエクスクラメーションマーク「!」の多用である。第7、第15句に詩人はベートーヴェンの名を繰り返し呼びかける。「!」マークは第8、12、15、16句に使用されている。このような手法によって、ベートーヴェンに対する詩人の強い共鳴と感動を力強く表現する。また、第一首、第二首は絵画的イメージを一貫しているのに対して、第三首は第9、10、11、12句で絵画的イメージを作り出し、第14、15句ではむしろ音楽的イメージを醸し出している。詩人はベートーヴェンの肖像から怒涛のように流れ出るシンフォニーを聴覚的に連想したのである。このような連想に詩人の感情の高揚が表現される。

「電火光中」三首の詩は、いずれも西洋の絵画からイメージを得ていることはこれまでの分析で明らかである。これらの絵画は郭沫若の詩想を刺激し、詩的イメージを完成させた。郭沫若がこれらの絵画を詩に取り入れるときには、一つの特徴が見られる。それは、彼が単にこれらの絵画に対する感動を詠むのではなく、歴史上の人物を画中の人物に重ね合わせ、そのイメージを完成させ、その上に自分の感情を托していく。言わば詩人の内的観照は二重になっている。「電火光中」に見られる絵画的イメージと音楽的イメージは主として西洋絵画から取り入れたものである。これは郭沫若が創作した近代詩の二つの重要な要素でもある。詩の真髄を「情緒の自然流露」にあると考えた彼は、画中の風景に、情緒と音楽的リズムを盛り込み、「電火光中」の完成を試みたのではないか。

「電火光中」を郭沫若詩の中でどのように位置づけるべきか。この詩についていくつかの評価がなされている。これを愛国主義の詩として肯定するものがある一方、失敗作と見る評価もある。あるいは、洗練に欠け、散文的だという見方もある[72]。筆者は郭沫若のこの時期の口語新詩について重視したのはその歴史的意味である。五四新文化運動期において、中国の口語詩はまだ始まったばかりである。二千年続いた古典詩歌は依然として文壇の主流を占めていたので、新文学はこれら古い思想と伝統と戦い、自らの地位を勝ち取らなければならない。詩歌のおいても、胡適、康白情、魯迅、周作人等進歩的知識人たちにより模索を進めていたが、口語新詩はどのような韻律、どのような形式、どのような用語を用いるべきか、すべてはいまだ確立していなかった。郭沫若もこの時代の模索者のひとりである。胡適の『嘗試集』と同様、『女神』は口語新詩の完成体ではない。『女神』の意義はこの時代に一人の知識人が口語新詩を模索して歩んだひとつひとつの足跡をここに刻み込んだということではないだろうか。従って、筆者はむしろ、郭沫若がどのように模索したか、どのような要素を取り入れたか、どのような形を試みたか、詩歌に対する認識がどう変わったか、というような問題に注目しているのである。つまり、郭沫若がいかに近代口語詩を生み出したか、そのプロセスに注目しているのである。

中国の近代文学の啓蒙期に、日本留学した青年郭沫若は、日本を通じて西洋の文学、絵画に接し、多くの養分を吸収した。これにより彼の詩歌創作に新しい視野と表現空間が開かれていった。「電火光中」はその実践の好例と言えよう。詩の題材は東西に渡り、発想は古今を貫き、最終的に自己の内面を表現するという点で、郭沫若が目指した「個性の解放」、「表現の自由」という理想を反映している。詩の形式と表現上なお稚拙と批判される点があるが、しかし、三首の詩の冒頭は同じ表現に統一され、共通したリズムをもつ。また詩に絵画と音楽の要素を取り入れ、新しい意趣を出している。こういう点から見て、「電火光中」は『女神』期における大胆な試作のひとつといえよう。

第三節　「天狗」の表現世界

「天狗」（「天の狗」）は一九二〇年（大正九年）、郭沫若が九州帝国大学医学部在学中に創作され、同年二月七日、「時事新報」副刊「学燈」に掲載された。郭沫若はその処女詩集『女神』を出版する際、「女神之再生」、「湘累」、「棠棣之花」、「鳳凰涅槃」、所謂四詩劇の後に来るべき詩群の先頭に、この「天狗」を載せている。この詩について、これまで研究者たちはその自己意識の強さ、表現の乱暴さ、一気呵成のスピード感などを取り上げ、さまざまに論じてきたが、いまだこの詩の『女神』における位置付けに達していない。しかし最近になって、武継平《ぶけいへい》氏は『異文化のなかの郭沫若──日本留学の時代』を世に問い、『女神』を論じた中で次のように「天狗」を評価する。「わたしはこの『天の狗』が、どの面から見ても『女神』の独特な風格を代表できる作品だと思う。「鳳凰涅槃」こそ『女神』の代表作だという位置づけを堅持する人が、おそらく多いかと思われるが、（中略）われわれはこの『天の狗』に『女神』時代の郭沫若の作詩の個性を摑むことができる。[73]」と。氏は修飾を加えない粗暴さや一気呵成のスピード感などの点で「天狗」を重要視し、「『女神』にある名作中の名作[74]」とまで言い切っている。筆者は武氏の見解に基本的に同調する。

「天狗」は、その修飾に無頓着で大胆奔放なゆえに、幾度か研究者たちの目を曇らしてきた。しかし、もし作者がこの時期すなわち九州帝国大学医学部留学中に体験したことを細心に検証すれば、その奔放さの背後に堅固とした、ある精神が鼓動しているのを発見し、この詩の真意がはっきりと見えてくる。ここからわれわれは初めて郭沫若がこの詩を「鳳凰涅槃」の直後に、そして諸詩の先頭に位置付けた理由を了解するのである。

近代医学は、郭沫若が日本で体験した大きなできごとの一つであろう。いままで漢方学しか知らなかった青年にとって、科学の目で容赦なく人体の内部を見るということはどれほどショッキングなことであったろう。「天狗」の詩には、当時医学部で経験した人体解剖体験がベースにあり、そこに詠まれているのは伝説中の怪物天の狗に、更に生命に関する哲学的思考が加わり、詩人の人生観を昇華させているのである。このような詩は古典詩の中にはかつてなかったことである。そして、ここにもう一首の口語詩「解剖室中」(「解剖室にて」)が、ある。これは「天狗」と同じ時期に詠まれたもので、詩想においては「天狗」と好一対となる。ここではこの詩についても考察していきたいと考える。

1　天狗とは

「天狗」を日本語に翻訳するとき、まず題名の訳し方に気を配らなければならない。なぜなら、もしそのまま「天狗」としてしまうと、日本の読者は躊躇なく日本の伝説に出てくる天狗《てんぐ》を連想するだろう。『広辞苑』で天狗を調べると、「深山に棲息するという想像上の怪物。人のかたちをし、顔赤く、鼻高く、翼があって神通力を持ち、飛行自在で、羽団扇をもつという。」とその解説が出てくる。しかし郭沫若の「天狗」はこれとは異なっていた。

我是一条天狗呀！　私は一匹の天の狗であるよ
我把月来吞了，　私は月を呑み込んでしまった、
我把日来吞了，　私は日を呑み込んでしまった、

「天狗」冒頭の三句である。人民文学出版社の『郭沫若全集』ではこの部分について、「我が国古来の迷信によると、日食、月食は天狗が日や月を呑み込んだと考え、日食、月食に遭うときドラを鳴らし、太鼓を叩き、天狗を払う。」[75]と注釈を施している。郭沫若には「月蝕」という自伝体小説がある。その中に四川省に伝わる天狗と日食、月食の伝説が見られる。中国の天狗は日本の天狗と異なって、天上にいる犬のような大きな怪物というイメージである。

郭沫若は「月蝕」の中で日食、月食について更に『周礼』を挙げる。しかし『周礼』には日食、月食に関する行事が記されているが、天狗そのものはなかなか登場してこない。天狗を記述した比較的早い文献としては『山海経』『史記』『漢書』を挙げることができる。

『山海経』西山経　陰山有獣焉，其状如狸而白首，名曰天狗。其声如榴榴，可以禦凶。
『史記』天官書　天狗，状如大奔星，有声，其下止地類狗，所墜及炎火，望之如火光，炎炎衝天。
『漢書』芸文志　天鼓有音，如雷非雷，天狗、状如大流星。

中国の天狗の特徴は、天上にいて、星のような巨大物で、雷のような声を出し、大きな火光を帯びる隕石のようなものである。この天狗のイメージは日本の天狗とは明らかに違う。従って翻訳の際、日本の天狗と区別するために

「天の狗」とし、更に出典などを注釈に加える必要があろう。
日本の「天狗」はもともとインドから飛来したものである。『日本書紀』や『宇津保物語』に「天狗」に関する記述が見られる。『今昔物語集』には天竺から日本に飛来した天狗の物語がある。更に今日天狗に関する論著が数多く出版されている。本章の目的は天狗を論ずることではないので、詳述を省きたい。ただこれらの論著の中で興味がひかれるのは、天狗が飛来したときのルートである。『今昔物語集』第二十巻の「天竺天狗、聞海水音渡此朝語第一」は天狗が日本に渡ってきたときの物語である。天狗飛来の道順について小峰和明氏の簡潔な説明がその著書『説話の森』に見られる。ここで引用したい。

天狗は天竺から震旦への道筋で、「諸行無常、是生滅法」云々の有名な法文が海の水一筋に鳴り響いているのを耳にし、その源を尋ねて害をなそうとする。水音は中国までも響いており、ついに日本の境の海、今でいう東シナ海を渡り、博多、門司、瀬戸内海を経て、淀川から宇治川をさかのぼって琵琶湖に入り、比叡山の横川までやって来る。[76]

天狗は中国由来ではあるが、日本の民間信仰の中で独自の発展を遂げてきた。興味深いことは、この天狗が日本で最初にたどり着いた場所は博多湾であるという点である。博多湾といい、門司といい、郭沫若が九州帝国大学留学中最も親しかった場所であろう。博多や門司で天狗にまつわる祭事や伝説もあったに違いない。郭沫若はこれらを見聞したのではないか。彼が詩において詠った「天の狗」は日本の「天狗」とはイメージが異なるが、博多で見聞した中でもし「天狗」にまつわるものがあったとすれば、両者の間に何らかの関連を持つ可能性は皆無ではないであろう。

2　小宇宙と大宇宙の融合

天狗

我是一条天狗呀！
我把月来吞了，
我把日来吞了，
我把一切的星球来吞了，
我把全宇宙来吞了。
我便是我了！

我是月底光，
我是日底光，
我是一切星球底光，
我是X光線底光，
我是全宇宙底 Energy 底総量！

我飛奔，
我狂叫，
我燃焼。
我如烈火一様地燃焼！

天の狗

我は天の狗だ！
我は月を呑み込んだ、
太陽を呑み込んだ、
すべての星々を呑み込んだ、
全宇宙を呑み込んだ。
我は我になったのだ！

我は月の光、
太陽の光、
すべての星々の光、
X線の光、
全宇宙の Energy の総量だ！

我は奔走し、
絶叫し、
燃焼する。
烈火の如く燃焼する！

我如大海一様地狂叫！　大海の如く絶叫する！
我如電氣一様地飛跑！　電気の如く奔走する！
我飛跑，　走る、
我飛跑，　走る、
我飛跑，　走る、
我剥我的皮，　我は我が皮を剥ぎ、
我食我的肉，　我が肉を食らい、
我吸我的血，　我が血を啜り、
我嚙我的心肝，　我が心肝を噛み、
我在我神経上飛跑，　我は我が神経の上を走る、
我在我脊髄上飛跑，　我が脊髄の上を走る、
我在我脳筋上飛跑。　我が脳神経の上を走る。

我便是我呀！　我は我になったのだ！
我的我要爆了！　我が我は爆発しそうだ[77]！

本詩は詩題が「天狗」であっても、天の狗を詠っているのではない。詩人は自分すなわち「我」を天の狗に譬えて、己の精神世界を披露しているのである。詩中の天の狗は民間伝説中の天の狗を遥かに超えて、日月だけでなく、星々も、宇宙までも呑み込んでしまう。「我」は全宇宙を呑み込んで本来の「我」になる。かくして、「我」は月の光とな

り、日の光となり、星々の光となり、更に目に見えないX光線の光となる。全宇宙のEnergyを包有する。第一節と第二節は明らかに自我の最大限の拡張を詠っている。それは小我と大我の二元統一であり、小宇宙と大宇宙の融合と言っても差し支えないだろう。

郭沫若の大我への志向は、日本留学以来、特に五四運動時期における個の解放と自我の目覚めと関連するのは言うまでもないことである。郭沫若にとって日本留学の最大の意味はこの自我の目覚めにほかならない。重苦しい封建的な大家族の家から飛び出し、さまざまな人間関係のしがらみを離れ、日本にやってきた彼は、近代化された日本に接し、自然科学を学び、また岡山、福岡で比較的孤独な環境を体験して、ようやく自分の内なる世界に目を向け始めたのである。王陽明、孔子、荘子についての再認識やゲーテへの傾倒はみな彼が辿った思索の過程を標示している。『三葉集』（一九二〇年）において郭沫若は孔子とゲーテを論じて、「思うには、詩人と哲学者の共通点は共に宇宙全体を対象とし、万物の核心を透視することを天職とする。ただ詩人の武器は純粋な直観であり、哲学者の武器は更に精密な推理を加える。[78]」と言う。彼は宇宙万物の認識問題において、孔子とゲーテにともに汎神思想の存在を認めている。翻訳『少年維特之煩悩』の序詩（若きウエルテルの悩み）で、汎神思想を、「汎神すなわち無神。一切の自然はただ神の表現であり、我もただ神の表現である。我はすなわち神であれば、一切の自然は我の表現となる、人は無我の境地に到達すれば、神と合体し、時空を超越し、生死が等しくなる。[79]」と説明する。すなわち自我、自然、神が三位一体に達したところに自我が完成する。天の狗はまさにこの境地を象徴したものである。これを表明しているキーワードは「Energyの総量」であろう。

「天の狗」とほぼ同時期に郭沫若は「生命底文学[80]」（生命の文学）という評論を書いた。これは文学の本質を自然科学と哲学の両方から論じたものである。人間と宇宙の関係を論じた部分は「天の狗」の解釈に重要なヒントを含んでいるので、ここにその前半部分を引用しておく。

「生命底文学」（「生命の文学」）

生命と文学は全く別物ではない。生命は文学の本質、文学は生命の反映だ。（中略）人類の生命に一番尊い要素は精神の力であり、精神の力はただ大脳の力の総量であり、大脳の力の本質はエネルギーの交流にある。一切の物質には生命があり、無機物にも生命がある。一切の生命はみなエネルギーの交流である。宇宙全体はただ一つのエネルギーの交流である。

物質とエネルギーは一元であり、二元ではない。物質を離れればエネルギーの交流はない。エネルギーを離れれば物質の存在がない。

エネルギーの発散はすなわち創造、すなわち広義の文学である。宇宙全体はただ一つの偉大な詩篇だ。未完の、常に創造しつつ、偉大な詩篇だ。

エネルギーの発散は、物質にあっては声、光、熱として、人間にあっては感情、衝動、思想、意識として現れる。感情、衝動、思想、意識の純真な表現はすなわち狭義の生命の文学である。

郭沫若はここで繰り返しEnergyを強調する。Energyは一般的に力、精力、活力を意味し、物理学では、物体が力学的に働きうる能力を意味する。更に明治時代から熱、光、電磁気などをもEnergyの一形態とするに至った。郭沫若はEnergyをどのように捉えていたのか。彼はまず、Energyの交流を大脳作用の本質と考えた。そして大脳作用の総量が精神作用そのものである。すなわちEnergyは精神的なものである。人類生命の最高位部分を占めるのは外でもなく精神作用であるので、Energyは生命の本質の部分を占める。更にEnergyは人類にのみ属するのではなく、物質にも、宇宙にも属している。なぜなら、彼は生命を人類に限らず、すべての物質（有機物、無機物）、更に宇宙にも存在すると考えたからである。従って、あらゆる物質の生命、宇宙の生命はみな精神的な力——Energyによって成り立つ。

郭沫若のEnergyについての考え方の中には、科学的な部分と哲学的な部分の両方を含んでいるといえよう。物質にEnergyが働いた結果、声、光、熱が生じるという見方は言うまでもなく自然科学の観点からである。生命と精神、大脳作用との関係は医学、生理学的な見地に立脚している。しかしこの評論の主眼は生命の認識と、生命とEnergyの関係、そしてそこから導き出す文学の本質ということにある。筆者がこの評論に注目したのは郭沫若の生命とEnergyの認識である。要約すると、次の3点になる。

1　一切の物質、宇宙は人類と同じように生命をもつ。

2　Energyの交流は生命の根源であるという点において、人類と自然界、宇宙と共通性をもつ。

3　Energyは精神的なものである。

Energyは精神的なものとする見方は、郭沫若から始まったのではない。レオナルド・ダ・ヴィンチ[81]はその科学論手記に次のように記している。ここでは杉浦明平氏訳の岩波文庫版『レオナルド・ダ・ヴィンチの手記』から引用する。

力とは精神的な性能、不可視な能力であると定義する。
力は精神的運動に根源を有す。その運動は感性をもった生物の肢体を通って流れ、かれらの筋肉を膨張させる。従って膨張するとその筋肉は自分に連絡する腱を収縮し後ろへ引く。ここから人間の肢体の力が起こされるのである。[82]

これはダ・ヴィンチが人体解剖を通じて導き出した力とその運動に関する法則である。力という語は原文ではどうであったかは、なお調査する必要があるが、原文はイタリアの俗語でしかも鏡文字で記されているということである。これを判読するのはすでに筆者の能力を超えている。しかしダ・ヴィンチが言う力はその性質と働きから見て、郭沫若が使ったEnergyと同一の性質のものであると言えよう。力は単なる物理学でいう能力ではなく、Energyと同じように、人間の精神、大脳作用にかかわるものであり、その働きが人類の生命を営む。ダ・ヴィンチはこのような人類の生命をまた小世界とも言った。

人間は古人によって小世界と呼ばれた。たしかにその名称はぴったりあてはまる、というのは、ちょうど人間が地水風火から構成されているとすれば、この大地の肉体も同様だから。人間が自分の内に肉の支柱で枠組たる骨を有するとすれば、世界は大地の支柱たる岩石を有する。人間が自分の内に血の池――そこにある肺は呼吸するごとに膨張したり収縮したりする――を有するとすれば、大地の肉体はあの大洋を有するが、これまた世界の呼吸（潮汐）によって六時間ごとに膨張したり収縮したりする。もし上述の血の池から人体じゅうに分枝してゆく血管が出ているとすれば、同様に大洋は大地の肉体を限りない水脈で満たしている。[83]

ダ・ヴィンチは人体の各部分を自然界と対応させて人間を小世界と呼んだ。人間を「小世界」或いは「小宇宙」と呼んだのは恐らく十五世紀の思想家ピコ・デラ・ミランドラであろう[84]。ピコは人間が全自然をも、神に類する性をも包蔵しているものという考えからかく人間を呼んだ。ダ・ヴィンチはピコの「小世界」を解剖学の視点から、むしろ人間の内に大自然や宇宙を見るのではなく、逆に人体の構造によって自然を見、説明しようとした。生命体である人体から自然を透視することによって、自然世界にも生命的な営みを見て取ることができる。名作「モナ・リザ」の人物像と背景にある風景との関係はこのような角度から理解することができる。

郭沫若が「生命底文学」でいう人類の生命はダ・ヴィンチの人体「小世界」と対応し、生命のある「宇宙的全体」は「小世界」から透視した自然全体と対応する。このような認識を踏まえながら、再び「天狗」を見れば、自称天の狗の「我」は小世界、小宇宙である。天の狗は日、月、星々、宇宙を呑み込んで、自己を大宇宙の生命まで高めていく。Energy は生命の根源であるので、「全宇宙の Energy の総量になる」とは全宇宙の生命と一体になることに他ならない。詩人が目指した自我の高揚、拡張の最高点を示していると見ることができよう。

宇宙の Energy と合体し、生命の充実を果たした「我」である天の狗は、詩の第三節において「狂奔し」、「絶叫し」、「燃焼する」。「烈火のように燃焼し」「大海のように絶叫し」「電気のように狂奔する」のである。更に「狂奔する」が三回リフレインする。動のイメージが極めて強く表現されている。この天の狗は『史記』や『漢書』芸文志に出てくる天の狗の特徴、すなわち「大きな声を出し、流星のように速く移動し、大きな火光を放つ」性質をも帯びているといえよう。

3　解剖精神の止揚

「天狗」の後半において、極めて動的性格の天の狗は次のように行動する。

我は我が皮を剝ぎ、
我が肉を食み、
我が血を啜り、
我が心肝を噛み、
我が神経の上を走る、

我が脊髄の上を走る、
我が脳筋の上を走る。

天の狗は自分の皮、肉、血、心肝をことごとく取り除いて、求めたものは神経、脊髄、脳筋である。一般に皮や肉、血液は人の身体を構成する主要成分と考えられ、心臓も肝臓も身体を維持するための重要な臓器である。これに対して、神経や脊髄、脳神経は脳に直結して、肉体を司り、運動を支配する部分となる。天の狗は自分の肉体を分解して、その中にある中枢的なもの、神経の上を突進する。この中枢的な部分は明らかに彼が「生命底文学」で言った精神作用と生命の根源 Energy の根源であり、同時に宇宙の Energy の根源でもある。詩人は小我に執着することなく、自我の生命の根源を宇宙へと高め、宇宙の生命と合致することを志向した。

われわれは本詩のこの部分に一種の人体解剖の匂いを強く感じ取ることだろう。実はロマンチックな天の狗と反対に、詩人の両足は地上のとある実に地道な形而下的体験の上についていた。それは解剖体験であった。

郭沫若は、九州帝国大学医学部二年生の冬に生まれて初めての人体解剖実習を体験する。この体験が彼に深い印象を与えたことは『創造十年』に明らかである。彼は『創造十年』の第二節において、一体の死体を八人で解剖し、解剖部分は頭部、胸部と上肢、腹部と大腿部、脛と足と分かれ、第一学期は筋肉系統、第二学期は神経系統を、四カ月で解剖を完了することや、解剖がどんなに興味を誘うことであるか、頭蓋骨の中から一本の細い神経を見つけだしたときどんなに喜んだことかなど、実に事細かに叙述している。そして興味深いことに彼の解剖体験はたびたび創作意欲を掻き立てた。幻の処女小説「髑髏」や「牧羊哀話」はみな解剖実験の最中にその着想を得ている。更に彼には「解剖室中」という詩がある。この詩は一九二〇年一月二十二日の「時事新報」副刊「学燈」に掲載されたが、『女神』には収録されていない。「天狗」は同年一月三〇日の創作であるので、二つの作品はほぼ前後して創作されたと考えられる。ここに「解剖室中[85]」を引用する。

解剖室中

屍骸布満了！
解剖呀！解剖呀！快快解剖呀！
不早事解剖，説不到医字上来的！
不早事解剖，尋不出人生底真諦的！
不早事解剖，那一切屍骸要腐爛了！

解剖呀！解剖呀！快快解剖呀！
刀子在哪兒？
翦子在哪兒？
鋸子在哪兒？
鉗子在哪兒？
解剖家的武器在哪兒？
解剖学的圖譜在哪兒？
準備好了麼？
装束好了麼？

「解剖室の中で」

死骸が出された！
解剖よ！解剖よ！早く解剖せよ！
解剖せずには医学を云々できない！
解剖せずには人生の真諦を見出せず！
解剖せずには死骸が腐乱してしまう！

解剖よ！解剖よ！早く解剖よ！
メスはどこ？
はさみはどこ？
鋸子はどこ？
鉗はどこ？
解剖者の武器はどこ？
解剖学の図鑑はどこ？
準備はよいか？
装備はよいか？

打磨好了麼？
消毒好了麼？
大胆些！細心些！沈着些！敏捷些！
要有羅当翁彫刻的苦心！
要具彌爾弈絵画的深意！
要和着悲多汶的楽風！
要含着神曲篇的詩趣！

解剖呀！解剖呀！快快解剖呀！
屍骸的当中蛆在涌着了！
他們的皮毛是陳腐了的！
他們的筋骨是没中用的！
他們的血液是汚穢了的！
他們的心肝是死了的！
他們的神経是没感覚的！
他們的脳筋是腐敗了的！
解剖呀！解剖呀！快快解剖呀！
屍骸的当中蛆在涌着了！

研磨はよいか？
消毒はよいか？
大胆に！細心に！沈着に！敏捷に！
ロダン翁の彫刻の苦心が必要だ！
ミレーの絵画の深意を備えよ！
ベートーベンの楽風に和せよ！
神曲篇の詩趣を含ませよ！

解剖よ！解剖よ！早く解剖よ！
死骸の中に蛆虫が湧いたよ！
皮膚が腐乱した！
筋骨が役に立たなくなった！
血液が汚くなった！
心肝が死んでしまった！
神経が無感覚になってしまった！
脳が腐った！
解剖よ！解剖よ！早く解剖よ！
死骸の中に蛆虫が湧いたよ！

解剖呀！解剖呀！快快解剖呀！
快把那陳腐了的皮毛分開！
快把那没中用的筋骨離解！
快把那汚穢了的血液駆除！
快把那死了的心肝打壊！
快把那没感覚的神経宰離！
快把那腐敗了的脳筋粉砕！
分開！離解！駆除！打壊！宰離！粉砕！分離！
快！快！快！
快唱新生命的歓迎歌！
医国医人的新黄歧快要誕生了！

万歳！万歳！万歳！
新生命——万歳！
新少年——万歳！
新中華——万歳！
万歳！万歳！万歳！

解剖よ！解剖よ！早く解剖よ
早く腐乱した皮膚を分離せよ！
早く役に立たなくなった筋骨を離せよ！
早く汚くなった血液を取り除け！
早く死んでしまった心肝を打破せよ！
早く無感覚になってしまった神経を剥がせ！
早く腐った脳を粉砕せよ！
切り離せ！取り除け！打破せよ！剥がせ！粉砕せよ！
早く！早く！早く！
早く新生命を歓迎する歌を歌おう！
医国医人の新しき黄歧は間もなく誕生するだろう！

万歳！万歳！万歳！
新生命——万歳！
新少年——万歳！
新中華——万歳！
万歳！万歳！万歳！　（筆者訳）

「解剖室中」を「天狗」と対照すれば、解剖の対象が躯体のほとんど同じ部分に集中していることは一目瞭然である。

「解剖室中」は解剖の過程を具体的に詠っている。グロテスクな死体、腐敗した皮毛、役に立たなくなった筋骨、汚穢な血液、死んだ心肝、無感覚な神経、腐敗した脳筋、死体から涌き出る蛆虫と、解剖の雰囲気をリアルに再現する。詩人は第四句に解剖の目的をはっきりと詠っている。すなわち「人生の真諦を尋ねる」ことである。これは単に人体のメカニズムの解明という医学的な目的ではなく、精神世界をも含めた人間の本質の探求を意味するのであろう。既に命を失った肉体の各部分を「分開、離解、駆除、打壊、宰離、粉砕」することによって、新しい生命の誕生を期待し、謳歌する。詩人は「早く新生命を歓迎する歌を歌おう！」「医国医人の新しき黄岐は間もなく誕生するだろう！」と喜びを詠う。「黄岐」とは中国上古の黄帝の臣、岐伯のことである。岐伯は名医で、黄帝の政事を手伝ったと言われている。『漢書』芸文志に「太古に岐伯・兪拊あり、中世に扁鵲・秦和あり、蓋し病を論じて以て国に至り、診を以て政を知る。」とある。郭沫若は医学生である自分を「岐伯」に譬えたのであろう。彼の目的は人間を治療するだけでなく、国を治療し、新しい中国を作ることにある。この一句は彼のこのような大きな抱負を表現していると言えよう。

このような「解剖室中」の内容を踏まえながら、「天狗」を見れば、前者は死んだ肉体の解剖であるのに対して、後者は生きている肉体の解剖である。「我」は自分の皮、肉、血、心肝を分解し、取り除き、求めたのは神経、脊髄、脳筋、すなわちEnergyの根源であり、「我の我」である。この新しい「我の我」は「解剖室中」の「新黄岐」とともに「新しい生命」を表している。

そもそも解剖学は生物体を分解し、ありのまま分析することによって、生物体内部の構造やメカニズムを明らかにする学問である。対象を客観的に見ることは第一の条件である。しかも解剖自体は極めて地道な作業である。近代解剖学はレオナルド・ダ・ヴィンチに始まると言われている。彼の解剖手記を読めば、それは如何に地道で、根気の要る仕事であるかがよく分かる。しかし我々が注目したいのは近代解剖学が人々の精神に齎したものである。解剖学は生物体をありのままに見るという客観的精神を人々に齎すと同時に、人間は男女の差異を除いてはすべて平等であることを証明した。このことは当然、いままでの宗教や伝統思想が人間に対して規制してきた諸概念と抵触するようになる。ダ・ヴィンチの時代において、たびたび解剖はキリスト教や神に対する冒瀆であると非難され、中止させられた。中国においても長い間儒教を含めたさまざまの伝統思想が君臨し、これに道教思想や迷信も加わり、人体に対する禁制は厳しいものであった。そのため漢方医学が早くからあったにもかかわらず、解剖や外科治療はかなり遅れた。中国と対照的に日本は蘭学を通じてすでに江戸末期から解剖を行っていた。明治になってから森鴎外のような知識人たちが洋行し、近代医学を学び、日本の近代医学の発展を推進した。明治期に、中国清朝から医学を志す留学生が日本にやってきて、解剖を体験したとき、恐らく大なり小なりとも精神的なショックを受けたに違いない。

魯迅の場合を例に挙げれば、彼は人体解剖の初めの頃は死体になかなかメスを入れられなかったという。女性や子供に対してなおさら忍びなかったという。[86]「藤野先生」という作品には、藤野先生が魯迅は解剖したがらないのではないかと心配する一幕もある。

魯迅も郭沫若も日本で医学を学んだが、結局医者にはならなかった。しかし彼らが医学を通じて学んだのは、物事をありのままに見、客観的に分析するという「科学的精神」に他ならない。このことは彼らの自我の形成に大きな役割を果たしたはずである。中国民族に最も欠けているのは「愛」だと、魯迅は考えた。[87]「自分の魂は長い間自由と責任の狭間に苦しんできた」と告白する郭沫若。[88]彼らは日本留学期に科学的精神を身につけて、観察の目を自分或いは民族の内面に向けられ、新しい人生観を探求し始めたのである。後年、魯迅は「墓碣文」[89]と言う作品を書く。

私は、自分がある墓石の前に立って、その碑文を読んでいる夢を見た。（中略）……一つの幽魂は長い蛇に化けて、毒牙をもっている。人を噛むのではなく、自分自身を噛んで、ついに殞顛（死んだ）……（中略）私は石碑の後ろへ回って、（中略）死体を見た。胸も腹もともに破れて、中には心肝がない。顔には哀楽の表情

もなく、ただぼんやりしている。（中略）

……心を抉って食べ、本来の味を知ろうとした。痛みが強烈で、どうして本来の味が分かるか？……

痛みが収まった後徐に食べたが、その心はすでに古くなって、本来の味を知る由もないのではないか？……

ここに見られる不気味な死体は、「解剖室中」の死体と似通っているし、死体は自分自身を食べるという点ではまた「天狗」と共通する。「墓碣文」は従来自己解剖の作品といわれてきた。「天狗」と違って、その自己解剖はいまだ結果を見ない苦痛な作業である。しかし留学期の解剖体験は恐らくこの作品のイメージを作り出すベースとなったのであろう。魯迅にとっても、郭沫若にとっても、解剖体験は、日本留学期に始まった彼らの自我形成と意外に深く関わっていた。すなわち、解剖学は、彼らの自己分析に新たな視野と方法を齎し、更にその自己分析の形象化に一つの契機を与えたのである。

これまで「天狗」を哲学と科学の方面から分析してきた。この詩が表現したのは、詩人が目指した自我完成の境地と詩人が味わった自我精神の高揚であるといえよう。本詩にはゲーテの汎神思想の影響も色濃く見られるが、すでに幾多の研究者によって論じられているので、本論文ではこれを省いた。筆者が最も注目したのは、人体解剖体験が彼にどんな影響と効果を齎したか、科学的精神が彼の中でどのように発展していったか、である。封建社会の中で成長した彼にとって解剖は新鮮であると同時に厳粛な体験であった。解剖学を含め九州帝国大学で学んだ自然科学や医学は、彼に自然、社会、宇宙を見る新しい視野を開いてくれた。愛国青年として今まで社会に対する不満、疑問、自分自身の生き方に対する模索、言わば精神世界において、科学精神が浸透していき、自己解剖を促し、自我意識の根底を支える礎の一つとなった。

「天狗」は一見奇抜な着想であるが、しかし神々のように固定した位置をもたず、天上を走り回るという性格、自由奔放の気性はみな当時の郭沫若自身をよく象徴している。「天狗」は生命力の象徴でもある。天の狗は自己を徹底的に解剖することによって全宇宙の Energy の総量となる。すなわち宇宙の大生命と一体になるのである。「生命底文学」で郭沫若は文学の真善美の本質を強調して、「純粋に自主自律の必然的な標示であるが故に真であり、永遠に人類の Energy の源泉であるが故に善であり、自ら光明、調和、感激、温暖を備わるが故に美である。[90]」という。天狗は一般的にマイナスのイメージをもっているが、しかし詩人の狙いはむしろそのような既成概念を突破するところにあった。天狗は如何なる星にも属しない、如何なる神でもないが故に、星々を呑み込むことができる。全宇宙を呑み込むことができるのである。これを物欲、占有欲と批判するの[91]は本詩に対する正しい理解ではないだろう。なぜなら、天狗は星々を呑み込んだだけでなく自分自身をも分解したのである。それは小我を脱して大我に昇華し合一することである。本詩の天狗は人類の Energy、全宇宙の Energy であるが故に善である。武継平氏は、「寧ろ善悪を超えた生命力をイメージしたものであろう[92]」と天狗を評している。天狗は生命の根源すなわち Energy であるからこそ善悪という相対的領域を超えられたと言えよう。

「天狗」が「鳳凰涅槃」の直後、諸詩の先頭に位置付けられたのは、自我完成の境地と自我精神の高揚という本詩の主題が「鳳凰涅槃」よりも一層簡潔に、一層力強く表現されているからであり、それが『女神』の最も重要なテーマであるからであろう。その自由奔放と粗暴の奥には詩人の地道な科学的体験と科学的精神が裏付けられている。「天の狗」が『女神』の性格を代表する作品といわれる所以である。

第四節　佚詩「狼群中一隻白羊」に見る民族精神

「狼群中一隻白羊」（「狼の群れにいる一匹の白い羊」）は一九二〇年（大正九年）十月十日に執筆され、二十日の「時事新報」副刊「学燈」に掲載されたが、後の『女神』と『郭沫若全集』には収録されていない。今世紀に入って、二〇〇八年、人民文学出版社版の『《女神》及佚詩』に初めて収録され、八十年ぶりに再び世に出たという。すなわち「狼群中一隻白羊」は郭沫若『女神』時代の佚詩ということになる。この詩の性格は、大自然や恋愛あるいは自我意識の高揚を謳歌する、所謂郭沫若の『女神』時代を代表するロマンチックな詩群に対して、この詩はある具体的な歴史的事件を踏まえている。詩には一人の朝鮮人を登場させ、この朝鮮人を通して、民族精神を訴える。当時の社会情勢を反映した詩である。実は社会情勢や民族精神を表出した詩は数少ないが『女神』にもある。例として「勝利的死」（「勝利の死」）を挙げることができる。「勝利的死」は「狼群中一隻白羊」に似た性格をもつ詩であり、更に「狼群中一隻白羊」とほぼ同時期に創作されたことも興味深い。郭沫若のこの時期の佚詩について、武継平氏はその著『異文化のなかの郭沫若——日本留学の時代』において、「われわれは『女神』及びその時期に書かれ、当時の新聞や雑誌などに散見する一部の未収録作品から、当時郭沫若の主張する新浪漫主義的なものと明らかに違うもう一つの創作方法——即ち写実的な手法による詩作を見ることができる。わたしはそれを郭沫若の福岡在住時の生活記録だと見ている。」[93]と指摘している。その例として彼は「天狗」を挙げる。佚詩、佚文から初期の郭沫若文学の特徴を捉えようとする氏の考え方に筆者も同感するところである。

社会情勢あるいは国際情勢を意識するということは、十九世紀以後中国のアジアでの立場、国内外の政治情勢と大いに関わっている。一八四〇年のアヘン戦争によって、清朝政府の無力、政治的衰退は否応なく曝け出される。清朝政府はヨーロッパ列強国の圧力に屈し、重要な港を開港し、ヨーロッパ経済の流入を余儀なくされた。ここから中国は植民地化への道をたどり始める。郭沫若が二歳の年に日清戦争（一八九四年）が勃発、その結果、「馬関条約」によって、中国は日本にも経済侵入の門戸を開くことになる。日本にとって、これがアジア進出の第一歩となったが、中国にとっては、それまで長い間続いてきた中日関係が逆転し、日本の圧力を許す形となった。その後続いた日露戦争（一九〇四年）、日韓併合（一九一〇年）、第一次世界大戦（一九一四年）によって日本はアジアに君臨し、植民地統治を拡大していく。このような情勢の中で、心ある中国人は憂国の心を抱き、何とかして中国を強くしようと考え始める。康有為、孫文、黄遵憲《こうじゅんけん》ら進歩的知識人たちは、この時代の中国の革命運動を主導する人物である。

郭沫若が日本に渡ってきた年に第一次世界大戦が勃発している。故郷時代、中国の腐敗と衰退を憎み、富国強兵を強く意識していたことは彼の自伝で明らかである。彼も「愛国心」に燃えていたと自負したように、日本にいながら常に中国の運命を心配していた。当時の国際情勢や事件も彼に多くの刺激を与えた。朝鮮問題はその中の一つである。「狼群中一隻白羊」は朝鮮にまつわる内容である。これまで郭沫若と朝鮮についての研究はほとんどなされていない。しかし、郭沫若は青年期から朝鮮に注目し、その文学に朝鮮がたびたび登場するのも事実である。彼の文学あるいは思想を考えるとき、朝鮮との関わりはやはり無視できないのではないか。

ここでは、「狼群中一隻白羊」を中心に、その背後にどんな事件があったか、郭沫若がどのような衝撃、あるいは感動を受けたか。そしてその衝撃と感動は作品にどのように反映し、作品にいかなる性格をもたらしたか、を検証する。

1　「狼群中一隻白羊」序に見られる問題点

「狼群中一隻白羊」は一九二〇年十月東京で開催された第八回世界日曜学校大会と関連して、ある牧師のことを詠んだ詩である。これまでの詩と違って、この詩は四十六行の長詩である上、冒頭に長い序文が付けられている。この序文に当時朝鮮に関係するある事件を仄めかしている。

序文

一九二〇年十月五日、世界日曜学校第五回大会は日本の東京で開会した。世界各国の宗教家二千余名がはるばる世界各地から来会したが、我が中国からの出席者は一人もいない。日本人は政治家の大隈侯爵、資本家の渋沢男爵等、平素野心家と称せられる人物も極力賛助を鼓吹し、二十万円の経費を投じて、わざわざ臨時会場を建てた。しかしあろうことか、開会当日になって会場は失火により全焼し、廃墟と化した。

会場を失ったが、聞くところによると、第二日夜再び日本青年会館において開会した。其の最後の演説者は朝鮮の老牧師白氏であった。白氏は白い髪、白い髭、白い服、白い靴という姿で壇上に上がる。英国の宣教師は彼のために通訳を勤めた。白氏はゆっくり語り出す。

朝鮮は基督教伝道の最も新しい地であると同時に伝道効果が最も顕著に現れた区域である。これは、われわれが神の末子であるから、特に寵愛を受けていると言えよう。いま四十万人の基督教信徒がおり、みな東洋伝道の使命を自覚している。中国の満州に早くも朝鮮からの伝道師が派遣された。しかしここに最も悲しい事実がある。すなわちこの大会がもし六か月前に開かれるなら、朝鮮より二百五十人の会員が出席できたが、今は情勢が一変して、私を除いて誰一人来ることがかなわなかった。大会に出席できない理由は、すなわち世界に悲痛なことがあったからである。いま約千人の朝鮮人は苦痛に呻吟している。私一人のみ、さまざまな反対と危険をくぐって此処にやって来た……」

この時司会者のプラン博士はベルを鳴らして閉会を宣告した。白牧師は原稿を握った手を高く挙げ、もう片方の手で涙を拭い、悲壮な声で叫んだ。「おお!兄弟姉妹よ、私のため、我が同胞のために祈祷してください!」そして悄然として席についた。云々[94]。

この序文は、まず一九二〇年十月五日の世界日曜学校第五回大会を記しているが、日付から考えて、これは世界日曜学校第八回大会の誤記であることが分かる。第八回世界日曜学校大会はこの年の十月五日から十四日にかけて東京で開催された。序文に言及した人物は、ある朝鮮人老牧師のスピーチである。老牧師は、朝鮮のキリスト教布教の状況を紹介し、朝鮮の教徒たちがある悲痛な事実に苦しんでいることを悲しげに訴える。この序文に関して、二つの問題点が注目に値する。一つは大会の情報及び朝鮮人牧師のスピーチ内容の入手経路である。もう一つは朝鮮人牧師のスピーチ内容と当時の歴史的事件との関係である。この二つの問題点について、序文の内容と当時の新聞記事、大会記録とを照合しながら検討して見る。

世界日曜学校大会は、十八世紀後半ロンドンやアメリカに生まれたキリスト教系日曜学校連盟による定期的な大会であり、一八八九年（明治二二年）第一回大会がロンドンに開催されてから、四、五年ごとに各地で開催されるようになった。第八回大会は東京で開催された。二十二ヵ国より代表が集まり、日本国内の代表も入れて、総数二千余名に達した。序文に「中国から一人も出席していない」とあるが、大会の翌年に日本日曜学校協会が編集した『世界日曜学校大会記録』には、「支那十七名、朝鮮四十四名」という記載が見られる。一九二〇年十月四日の「東京日々新聞」は「朝鮮人七十余名、支那人三十四名」と報道し、十日の「九州日々新聞」も「支那及び朝鮮より直接参加者はなかりしも在京支那人、鮮人も三十余名は参列」と報じている。これらの記録、報道から見て、中国人の出席者は、必ずしも郭沫若が言うように一人もいなかった訳ではない、ということが明らかである。しかし、朝鮮、中国の出席者数の裏に実は当時の朝鮮、中国と日本の緊張した関係があった。このことは後に触れることにする。

序文は、会場焼失の事に触れている。大会のために建築された会場は開会三時間前に漏電から突然出火し、会場を全焼した。このできごとを各新聞は写真掲載で報道した。大会は急遽神田神保町にある救世軍本営と美土代町にある青年会館に移して予定通り開会した。この辺の情報は各新聞が連日のように報道しているので、序文にある記述は、基本的にこれらの新聞報道に基づいている。大会二日目（十月六日）に演説に立った朝鮮の老牧師について、郭沫若は細かく記している。老牧師の名は白と言う。其の身なりは白い髪、白い髭、白い服、白い靴。郭沫若はここで特に白を強調する。続いて老牧師の演説を長く引用した。演説で注目されるのは、老牧師が訴えた「悲痛の事実」である。それはどのような事実であるかは、老牧師ははっきり言わない。ただ当初二五〇人が大会に出席する予定だったが[95]、いまは自分一人となったこと、約千人の朝鮮人がいまだ苦しみの中にいること、大会出席にさまざまな反対と危険があったこと、を訴える。

朝鮮人の出席人数に関して、当時の各新聞も敏感になっていた。一九二〇年十月四日の「東京日々新聞」は、「一時問題となった朝鮮人支那人の大会出場は排日的鮮支人の圧迫による一時的の現象」と報じ、十月五日の「萬朝報」も「問題の朝鮮と支那は、結局一人も参加せぬらしい（中略）聞く所によれば、警視庁で朝鮮総督府と打ち合わせ、一名も参列させないことにしたのだという噂がある。」と報じた。『世界日曜学校大会記録』は「最初は支那朝鮮より数百名の出席者あるべき見込みだった。然るに会期ようやく近付くに及んで不幸にも其の予定が破れた。其の理由は、支那における排日問題と朝鮮における独立運動に関する事件が動機となって[96]」と記述している。中国からの出席者がいなかったことは前年に起こった「五・四運動」以来の排日運動と関係するだろう。朝鮮の場合は「三・一独立運動」が直接的原因となる。一九一九年一月二十日、朝鮮の李太王が死亡した。李太王は李垠の父である。当時李垠は梨本宮方子と婚約し、一月二十五日に婚儀を執り行う予定であった。李太王の死亡で婚儀が延期となった。李太王の葬儀は三月三日に行うことになったが、朝鮮ではこれを機に独立運動が起こった。当時民衆に大きな影響力をもつ天道教とキリスト教会はこの運動の主導的担い手となった。運動は三月一日に独立宣言文の発表からスタートして、京城では数十万人の民衆が「万歳」を叫びながらデモ行進をした。同じことは京城以外の地域でもほぼ同時に起こった。「三・一独立運動」は言うまでもなく、日本からの独立運動である。朝鮮民衆は日韓併合以来積もりに積もった日本への反感、独立への思いを一気に爆発させた。

朝鮮の独立運動に対して、日本政府は強硬な鎮圧を行なった。朝鮮の駐屯部隊に増援部隊が加わり、朝鮮全土で運動に加わった民衆を逮捕し、或いは虐殺した。日本軍の目的は独立運動の鎮圧と共に朝鮮キリスト教の勢力を徹底的に潰すことであった。彼らはキリスト教徒たちを教会に集め、入口を閉鎖してから放火し、教会が崩壊すると同時に多くの信徒たちを殺害した。朝鮮史研究会編『朝鮮の歴史』には具体的な統計によって当時の状況を記している。「日本の官憲側の控えめの資料によっても、三月一日から五月末までの間に、七五〇九人が殺され、一五九六一人が負傷させられ、四六九四八人が検挙され、その多くが虐殺された[97]」という。この人数の中にキリスト教徒が多く含まれていた。日本軍による鎮圧の残忍さ、徹底さについて、すでに多くの著書が詳細に記述しているので、ここで再述をしない。

しかし日本の厳しい鎮圧にもかかわらず、朝鮮人民の独立運動は一年以上も続いた。そして世界日曜学校大会が東京で開会したその日、すなわち十月五日に「琿春事件」が発生した。朝鮮代表が大会に出席できなくなったことは「琿春事件」とは無関係であろう。むしろ琿春事件の発生は「三・一独立運動」以来朝鮮人民が反日運動を続けていたこと、そして日本軍の鎮圧を受け続けて来たことを証明している。白牧師が訴えた「悲痛な事実」はまさに「三・一独立運動」以来日本軍の残虐な行為と朝鮮民衆の不幸である。しかしその時司会者マクラレンがベルを鳴らして閉会を宣告した。司会者の名前は、郭沫若の序文ではプランとなっているが、各新聞と『世界日曜学校大会記録』ではマクラレンであったと記述している。プランというのは郭沫若の記憶違いであろう。

序文で最も問題となる点はこの白牧師の演説内容と演説を中断した事情である。当時各社新聞の中で唯一「大阪毎日新聞」は一九二〇年十月八日の紙面で、「悲壮の叫び　白衣白髪の鮮人牧師」というテーマで詳細に報道した[98]。一方、当時のキリスト教系の新聞は「基督教報」「福音新報」「教界時報」「基督教世界」があるが、その中でただ「基督教報」のみが一九二〇年十月十三日の紙面で次のように報道している。

今夕の司会者はマクラレン氏で、壇上には十数名の人々が列座し、其の中に長い鬚、白衣の年取れる朝鮮人が一人居た。朝鮮人の演説は後で英訳された。彼の演説の終わりに、今回朝鮮より代表者の来られざる理由は、朝鮮に於いて信者が多く牢に入れられたり、或いは殺されたりしたからであると悲哀の口調を以て更に会衆に訴えようとしたが、時間の切れたために司会者に止められて中止した。

この二つの記事を「狼の群れにいる一匹の白い羊」の序文と照合すると、序文中で白牧師が訴えていたことは実際の演説内容とほぼ一致することが裏付けられる。また演説が途中で中止させられたのも事実であることが証明された。ただ中断される理由に関しては、「基督教報」は所定時間が切れたためとするのに対して、序文では司会者が強引に中断させたように記している。それは「竟揺鈴宣告閉会」の「竟」という表現によってそのニュアンスが伝わってくる。「竟」は「あろうことに、ついに、意外にも」という意味で、事実が主観と反対の方向に進むニュアンスを表す。白牧師が朝鮮の悲運を訴えようとするのに司会者はその切実な心を無視して、閉会を宣告した。ここから一種の強い心理上の屈折感が読者に伝わってくる。

第八回世界日曜学校大会は準備段階から日本の政界、経済界と密接な関係をもっていた。会場焼失後、日本政府は帝国議事堂を大会のために提供することを考えていたし、皇室もさまざまな恩典、援助を差し出した[99]。このような情勢の下、朝鮮代表の発言は当然、大会と日本政府にとって不利益であり、抹殺すべきものであったろう。「基督教報」以外のキリスト教関係の新聞がこの演説のみならず、朝鮮人代表のことも一切報道しなかったことはその証拠である。「三・一独立運動」に関心をもっていた郭沫若は演説中止の背景を鋭く洞察し、演説中止をも朝鮮に対する圧迫と見てとったのであろう。だからこそ、序文に司会者が強引に演説を中止させたように記したのである。

以上の分析を通じて、当初提示した二つの問題点をここでまとめることができるようである。第一の点、大会の情報と演説内容の入手ルートであるが、序文と当時の新聞を照合して、開会の時期、出席人数と会場の火事などの情報は新聞報道から知った可能性が高い。白牧師の演説内容は「大阪毎日新聞」（一九二〇年十月八日）、「基督教報」（一九二〇年十月十三日）の記述と照合して、ほぼ事実であることが明らかである。しかし「基督教報」は十月十三日のものであるが、「狼群中一隻白羊」が書かれたのは十月十日で、二十日には既に「時事新報」に掲載された。郭沫若は主として「大阪毎日新聞」の記事を踏まえていることが明らかである。

第二点は白牧師の演説内容と当時の歴史的事件との関係である。白牧師が演説に訴えた「悲痛な事実」について、郭沫若は明らかに「三・一独立運動」とそれに対する日本軍の鎮圧を意識していた。彼は恐らく「牧羊哀話」（一九一九年）を書いた時から「三・一独立運動」に関心をもっていたと考えられる。当時日中朝を巡る情勢の中で、日本留学中の彼は序文に「三・一独立運動」と日本軍が取った行動をはっきり書くことをはばかったのではないか。しかし朝鮮人牧師の演説内容を序文に引用したことは、演説を中止させられた朝鮮代表のために、その悲痛な訴えを人々に知らせることができた。朝鮮の悲運に対する同情、朝鮮人代表に対する感動はこの序文の根底を支えていると言えよう。

2　二つのキーワード

「狼群中一隻白羊」は、その序文から明らかなように、郭沫若が世界日曜学校大会で朝鮮人牧師の演説が中断させられたことに憤慨して創作した作品である。その創作動機には「三・一独立運動」と日本軍の鎮圧に対する捉え方、朝鮮への同情があった。詩において彼は、この感情をどのように表現したのか。詩を引用しておく。分析のために各句の冒頭に数字を附しておいた。

1「哦哦！　　　　「おお！

2 満堂的兄弟姉妹！
3 請為我，為我的同胞祈禱罷！」
4 哦哦！這是何等悲壮的喊叫！
5 何等聖潔的涙潮呀！
6 白牧師！聖潔的老人！
7 我禁不住我的涙泉滔滔流迸！
8 我禁不住我的魂髄戦慄難任！
9 白牧師！聖潔的老人！
10 你為甚麼要向他們悲号？
11 你為甚麼要叫他們祈禱？
12 他們不是一些披着羊皮的狼群？
13 他們不是一些斂着利爪的鷙鳥？
14 他們不是抓搤着了你的咽喉？
15 他們不是呑噬盡了你的心脳？
16 他們如能為你祈禱，如還配乎祈禱，
17 他們怎能忍聴你這様悲不忍聞的叫號？
18 白牧師！聖潔的老人！
19 你須知世間上那有甚麼聖徒？那有宗教？
20 那有甚麼自由？那有甚麼人道？

満場の兄弟姉妹！
われと我が同胞のために祈祷せられよう！」
おお！これは何という悲壮な叫びだろう！
何という聖潔な涙の潮だろう！
白牧師！聖潔な老人！
たえがたき吾が涙は滔々と迸る！
抑え難き吾が魂の源は戦慄する！
白牧師！聖潔な老人！
なぜかれらに悲しく叫ぶ？
なぜかれらに祈祷せよと叫ぶ？
かれらは羊の皮を着た狼の群れではないか？
かれらは爪を隠した鷙ではないか？
かれらはあなたの喉を絞めているのではないか？
かれらはあなたの心脳を呑み尽くそうとしているのではないか？
かれらはあなたのために祈祷できるなら、祈祷するに相応しいのなら、
どうして聞くに忍びない、あなたの叫びに耳を傾けていられよう？
白牧師！聖潔な老人！
この世の中にどこに聖徒がいようか、どこに宗教があろうか？
どこに自由があろうか、どこに人道があろうか？

那有甚麼平等？那有甚麼同胞？
都是些政治家底頑童！資本家底祖廟！
野心家底護符！文章家底資料！
都是些虚矯！虚矯！虚矯！虚矯！虚矯！
白牧師！聖潔的老人！
你為甚麼要向他們悲號？
你為甚麼要叫他們祈禱？
白牧師！聖潔的老人！
我想你被他們扼着了咽喉的時候，
我想你一手握着原稿、高挙、一手拉着眼淚，
放声喊叫的時候，
假使你有利剣在手，
假使你有手槍在手，
假使你有炸弾在手，
我想你血底怒濤必已染遍狼群鷲鳥之頭！
白牧師！聖潔的老人！
你手中的原稿怎麼不変成手槍，炸弾，剣刀？
你須知哭也無益了！
祈禱也無益了！

どこに平等があろうか、どこに同胞がいようか？
すべては政治家の頑童、資本家の祖廟！
野心家の護符、文章家の資料！
すべては虚矯！虚矯！虚矯！虚矯！虚矯！
白牧師！聖潔な老人！
なぜかれらに悲しく叫ぶ？
なぜかれらに祈祷せよと叫ぶ？
白牧師！聖潔な老人！
あなたが喉を絞められた時、
片手が原稿を握り高く上げ、片手が涙を拭い、
大声で叫ぶ時、
もしあなたの手に剣があれば、
もしあなたの手にピストルがあれば、
もしあなたの手に爆弾があれば、
あなたの血の怒涛はきっと狼と鷲の頭を染めるだろう！
白牧師！聖潔な老人！
あなたの手にある原稿はなぜピストル、爆弾、剣に変わらないのか？
悟ってください、泣いても無駄だ！
祈っても無駄だ！

天国已経倒壊了！
天国中的羊羣要被狼羣呑盡了！
狼群中的一隻白羊呀！
別用再和他們嬉戯了罷！
別用再和他們嬉戯了罷！
快丟下你的 Bible！
快創造一些 Rifle 罷！

天国はすでに倒壊した！
天国の羊たちは狼に呑み尽くされようとしている！
狼の群れにいる一匹の白い羊よ！
かれらと戯れるのを止めよう！
かれらと戯れるのを止めよう！
速く Bible を棄て、
速く Rifle を創ろう！

筆者訳

四十六行の長詩である。郭沫若は序文に引用した白牧師の最後の言葉を三行に分けて本詩の冒頭に載せている。演説を中止させられた時の白牧師の様子とこの言葉に郭沫若は感動して、第4行と第5行で、「何という悲壮な叫び、何という聖潔な涙の潮よ」と詠む。この二行にある「悲壮」と「聖潔」こそ、本詩を貫く重要なキーワードである。朝鮮は日本の統治を受け、反抗すれば直ちに残酷な鎮圧を受ける。キリスト教という宗教の場で自分たちの苦しみを訴えることすら許されない。郭沫若は詩の12、13行めで反語の形で老牧師を圧迫する人々を「羊の皮をかぶった狼」、「爪を隠した鷲」と表現する。狼と鷲に首を絞められているのに老牧師はなおも「兄弟姉妹よ」と叫び、「祈祷せよ」と哀願する。老牧師のこの姿は悲壮であり、老牧師が訴えようとする朝鮮の現状も悲壮である。「悲壮」はまさに郭沫若が白牧師に感動する印象点の一つである。

「聖潔」は「聖潔な涙の潮」の外に「白牧師！聖潔な老人！」という形で六回リフレーンされる。7行、9行、18行、25行、28行、36行である。この「聖潔」は明らかに郭沫若が朝鮮老牧師に感じ取ったもう一つの感動的印象点である。「聖潔」は今日ではあまり見られない用語であるが、大正から昭和初期にかけて、キリスト教、特にプロテスタントの世界で一般的に用いられた用語である。Holiness の訳語として、「心身の汚れを清め、神の召命に従って生活するキリスト教者の聖化された境地」を表す。一部の「聖書」ではこの用語を使用している。[100]「聖潔」は賛美歌の項目の一つとして今日も使用されている。

郭沫若は日本で「聖潔」という言葉に出会ったと考えられる。しかもこの言葉が彼の愛用語となった契機は佐藤富子との恋愛であった。佐藤富子と初めて出会った時に、郭沫若は彼女の眉間にある不思議な聖潔な光を認め、惹かれるようになった。一九二〇年（大正九年）に編集した『三葉集』において、彼は初めて「聖潔な光」を縮めた「潔光」という表現を佐藤富子の魅力を語る件に使った。それ以来「漂流三部曲」（一九二四年）、「喀爾美羅姑娘」（一九二五年）、「落葉」（一九二五年）にも「聖潔」を再三使用している。そのすべてが佐藤富子をモデルにした登場人物を描写したものである。郭沫若は恐らく『聖書』とキリスト教の教義からこの用語を学んだのであろう。その用例は前記の作品において、すべて一種のキリスト教的雰囲気の中で用いられている。このことは、佐藤富子が敬虔なキリスト教信徒であったことと関係するだろうが、佐藤富子に対する愛情は信仰に近いほど情熱的であったことに起因すると考えるのが最も妥当であろう。このように「聖潔」はほとんど佐藤富子或いは富子をモデルにした人物にのみ使用されている。「狼群中一隻白羊」に見られる「聖潔」の用例は唯一の例外と言わなければならない。

本詩は「白牧師！聖潔な老人！」という呼びかけを繰り返すことによって詩を展開していく。毎回の呼びかけの後に更に問いかけと呼びかけを畳み掛ける。一回目の呼びかけ（第6行）の後に、郭沫若は自分の感動を訴える。二回目の呼びかけ（第9行）の後に、なぜ会場の人々に哀願するのかと問いかけ、更に強い反語の形でその人々、演説を中断した人々は狼と鷲ではないかと問いかける。三回目の呼びかけ（第18行）の後に、世間にはもはや真の聖徒、宗教、自由、平等、同胞はない、すべては虚矯だと訴える。四回目の呼びかけ（第25行）の後に、もう一度、なぜ人々に哀願するのかと問いかける。郭沫若から見れば、白牧師の演説を中止させた人、そしてそれを黙認する人々は、すなわち白牧師とその同胞を圧迫する人々であり、宗教という外套を身にまとったまやかし者である。それにもかかわらず、白牧師がなおも「兄弟姉妹」と悲願するのは彼の信仰心の純粋さによる。そのような白牧師が悲壮、聖潔に感じられるのである。

佐藤富子と白牧師の共通点はともにキリスト者であるという点である。このことから或いは郭沫若とキリスト教との関係という命題も引き出すことができよう。しかし郭沫若はその生涯にわたってキリスト教徒にはならなかったし、ある特定の宗教にのめり込むこともなかった。彼は常に人間の心に美的印象と感動を求めていた。白牧師に対しても、佐藤富子に対すると同様、その純粋な心に感動したのである。当時のキリスト教に対して、彼はむしろ否定的に見ていたことは本詩から窺われる。

後半になると、詩人は力強く行動を呼びかける。「白牧師！聖潔な老人！」の第五回目（第28行）のリフレーンに続いて、白牧師の手にもっているのは原稿ではなく、槍、ピストル、爆弾であればと、詩人は想像する。六回目（第36行）のリフレーン以後、詩人は一層強く訴える。悲泣と祈祷をきっぱりと否定し、天国の崩壊を宣告する。そして狼は天国を失った羊を狙って、呑み込もうとしている。第42行の「狼群中一隻白羊」は明らかに白牧師のおかれた状況を比喩している。このような状況下では、信仰も祈祷ももはや「嬉戯」（戯れ）でしかない。だから詩人は最後に「速くBibleを捨て、速くRifleを創ろう！」（第45、46行）と呼びかける。郭沫若のキリスト教否定の背景には既述した朝鮮の独立運動に対する日本の鎮圧があった。民族の自立が認められず、虐殺と強圧が横行する所に真の宗教はない。郭沫若が否定したのはこのような社会情勢の中でのキリスト教の虚偽性に他ならない。「狼群中一隻白羊」は、悲壮で、聖潔な白牧師に対する郭沫若の感動を詠むと同時に、朝鮮を救えるのは宗教ではなく、実際行動であるという行動的な信念を打ち出している。

老牧師から郭沫若は「白い羊」のイメージを得ている。序文に「白氏は、白い髪、白い鬚、白い衣、白い履」と老牧師の様子を記している。これは先に見た「大阪毎日新聞」の「悲壮の叫び　白衣白髪の鮮人牧師」の記事に拠っている。「白」は、詩題の「白い羊」とも関わってくる。このように、白に対する強調は、朝鮮民族と白の関係に、郭沫若が何らかの関心を持っていたことを物語っていると言えよう。

3　白のイメージ

白は朝鮮民族を考える上で非常に重要な要素の一つである。朝鮮の人々は古代より白色に愛着を寄せてきた。日常生活においても、白い陶磁器を使い、白い服を着、家の入り口には白い門聯を貼る。実に白色を愛用している。郭沫若は早くも一九一九年（大正八年）の「牧羊哀話」において、朝鮮民族と白の関係に注目した。「牧羊哀話」第一章に郭沫若は登場人物尹媽の家の入口について次のように描写している。

尹お母さんの門前には、白い門聯が貼ってある。――朝鮮の風俗は白を貴ぶ。入り口の春聯も白紙を使う。まるで、わが国の喪中の家のようである。門聯には出来合いの文句が書かれている、水に近き楼台先に月を得、陽に向かう花木早く春に逢う。[101]と。

中国にも門聯がある。めでたいとき、正月、婚礼のときに決まって玄関に門聯を貼る。しかし決して白い紙を使わない。必ず赤い紙を貼って、縁起のよい文句を書く。白は葬式や喪中にのみ使われる。しかし朝鮮の門聯は縁起のよい時も白紙を用いる。郭沫若はこの点に注目して、白への愛着を朝鮮の風俗の一つの特徴として捉えている。そして、わざわざ「わが国の喪中の家のようだ」という説明を付け加えたのは、この作品のテーマと関係するからである。尹お母さんは数年前に夫と息子を亡くしている。特に悲惨な事件に巻き込まれて殺害された息子のことをいつも悲しく思っている。郭沫若は白い門聯によって、尹お母さんの悲哀の心を強調している。

郭沫若は「牧羊哀話」中でもう一人の登場人物にも死の影をもたせている。牧羊少女閔佩萸お嬢さんである。閔佩萸は子爵の娘ではあるが、尹お母さんの息子とは幼なじみで、恋人であった。尹お母さんの息子が亡くなった後、彼が面倒を見ていた羊を引き受けて、恋人の死を悲しみながら放牧を続ける。牧羊少女の身なりは次のように描写されている。

女性は頭に一枚の水色の上着をかぶり、その下に濃い灰色のスカートが見えている。舟形の靴に自然な足、前へ進みながら歌う[102]。

ここで注目したいのは、牧羊少女のスカートの色である。朝鮮人は白衣を常用してきた。年配の人はいつも白い服を着用した。特に喪中の女性に許される服装は、白い服と灰色の服だけである。牧羊少女が灰色の朝鮮服を身にまとうのは、恋人の死を悼むためであろう。つまり尹お母さんも牧羊少女も共に喪に服しているのである。郭沫若はここで白と灰色を使ったのは明らかに死や悲しみを表そうとしたのである。

実は、「牧羊哀話」と同じ時期に、日本にも朝鮮と白の関係に注目した人物がいた。民芸研究家の柳宗悦[103]である。柳は朝鮮、特に李朝の陶器の研究から朝鮮の美を発見、彼はそれを「悲哀の美」と呼んだ。「悲哀の美」の具体的な表れは芸術作品の線と色彩の白である。柳は朝鮮人が愛用する白衣を喪服と見、白を朝鮮民族の悲哀の色と捉えた。一九一九年（大正八年）五月に柳は「朝鮮人を思う」という文章を発表した。「朝鮮の友に贈る書」（一九二〇年）と「朝鮮の美術」（一九二二年）は彼が考えた朝鮮の「悲哀の美」を最も鮮明に論じたものである。以後彼は、朝鮮の建築や美術に関して度々論文、エッセイを発表した。彼が捉えた朝鮮の美は長い間に亙って、日本のみならず、朝鮮においても多くの支持者を得ていた。

郭沫若と柳宗悦とは同時代の人である。郭沫若は柳の文章を読んだかどうかは定かではないが、ほぼ同じ時期に朝鮮人と白の関係に注目したのである。白を喪の色と捉えた郭沫若の捉え方は柳と共通する。しかし、柳が白に朝鮮の「悲哀の美」を見たのに対して、郭沫若が捉えたのは悲哀だけではない。「牧羊哀話」においても、白と灰色を通して表現されたものは悲しみだけではない、悲哀を乗り越えて、命を懸けて抵抗する強い意志が働いている。それはやはり「狼群中一隻白羊」の「悲壮」に通ずるものである。「牧羊哀話」については、第五章に論を譲る。

郭沫若は「狼群中一隻白羊」において、朝鮮老牧師について特に白を強調している。全身白色の老牧師は、「三・一独立運動」に対する日本軍の鎮圧と朝鮮民衆の苦痛を涙ながらに訴える。しかしそのような訴えも中止させられてしまう。老牧師は「悲壮」な朝鮮民衆の代表であると言える。「白」はこのように「悲壮」と繋がってくる。「白」は純粋、潔白など内面的性質を表す点でまた「聖潔」と相通ずる。つまり「白」に対する強調は「聖潔」「悲壮」という感動を一層鮮やかに表している。「悲壮」は「悲哀」と比較して、悲しみを持っている点で共通するが、「悲壮」は悲しみの中にもなお自分の意思を通そうとする決意、力強さを感じさせる。「白」は詩題の「白羊」とも関連する。詩人は「白い羊」によって、朝鮮老牧師、更に朝鮮民族を象徴しているのである。

このように、「悲壮」「聖潔」「白」はこの詩の中心思想と関連して、重要な意味をもつ表現となっている。「狼群中一隻白羊」は、悲壮で、聖潔な白牧師に対する郭沫若の感動を読むと同時に、朝鮮を救えるのは宗教ではなく、実際行動であるという行動的な信念を打ち出している。

郭沫若が朝鮮に強い関心をもった時期は、ちょうど第一次世界大戦と時期的に重なる。全世界が大戦に揺れ動いたころ、日本がアジア制覇を狙って朝鮮を併呑し、中国にも侵略の手を伸ばしてきた。このような動乱の時期に、郭沫若は約十年間日本で生活をした。中国人として、彼は常に日、中、朝の関係に注目していた。彼にとって、朝鮮の問題は中国の問題であり、朝鮮人民の苦しみは中国人民の苦しみでもあった。

これまで見てきた『女神』時代の作品を通して、郭沫若にとって、朝鮮はどのような意味をもつかという問題はほぼ明白に見えて来た。すなわち、朝鮮の問題はまず民族存亡の問題である。日韓併合後の朝鮮は、常に中国の将来を照らし出す鏡となって、中国の人々に民族の危機感を喚起させた。

『女神』時代は、郭沫若文学の誕生期と重なり、詩人の若々しい感性と情熱が詩歌のみならず、小説や書簡にまで満ちあふれている。日韓併合以後の朝鮮に対して、郭沫若は「悲壮」という情緒をもっていた。この「悲壮」は日本留学期の作品においては、ロマンチックな想像と美的造形によって表現されている。また作者がもっていた朝鮮への同情と憂国の情緒も表現されている。

郭沫若が「狼群中一隻白羊」を書いた一九二〇年（大正九年）十月に、アイルランド独立軍のリーダー、マクスウェルは、イギリスの牢獄で絶食を行なって、十月二十五日に餓死した。郭沫若は直ちに「勝利的死」という詩を書いて、アイルランドの自由と独立のために命を捧げたマクスウェルの愛国精神を讃えた。後に「勝利的死」は詩集『女神』に収録された。郭沫若は極めて短い期間において、世界日曜学校大会でのできごととマクスウェルの餓死という二つの事件に遭遇した。続けざまに書かれた「狼群中一隻白羊」と「勝利的死」は共に弱い民族の独立と自由を主題に掲げている。この時期彼が中国、朝鮮のみならず、すべての弱い民族の独立に強い関心をもっていたことの現われである。「民族の独立」と「自由」、更に「人類の自由」はまた『女神』のテーマの一つでもあった。

四十六行からなる「狼群中一隻白羊」の随所に強い反問や呼びかけが見られる。記号は「、」読点十ヶ所に対して、「?」は十六回、「!」は三十九回も使われている。ここから見ても分かるように、詩人は強い感動と憤慨に駆られ、一気呵成に本詩を書き上げたのである。主題は当時の社会問題と直結しているため多分に政治的、社会的性格を帯びている。この時期において、若き詩人の中に豊かな想像力と共に愛国青年らしい正義感が漲っていた。行動への意欲はすでに彼の詩歌に現われていた。この行動的意欲は後年彼を実際行動に駆り立て、北伐に参加し抗日戦争に加わり、中華民族の解放運動に深く関わっていくようになる。ともあれ、激しい感情をストレートに、一気呵成に詠み出す点、また民族の独立と自由というテーマの追求においても、『女神』中の作品の風格、つまり初期の詩風を表しているといえる。「勝利的死」については、第五節に論証したい。

「狼群中一隻白羊」は『女神』に収録されていないが、しかし、私たちは郭沫若が日本留学期に情熱をもって模索した反植民地統治、自由民主の問題を考えるときにこの詩の存在重要な意味をもつようになる。武継平氏が『異文化のなかの郭沫若—日本留日の時代』で指摘したように、「『女神』及びその時期に書かれ、当時の新聞や雑誌などに散見する一部の未収録作品から、当時郭沫若の主張する新浪漫主義的なものと明らかに違うもう一つの創作方法——即ち写実的な手法による詩作を見ることができる。[104]」氏は郭沫若留学期に創作、後に散逸した作品と旧体詩すなわち漢詩のもつ意味を強調していると思う。郭沫若文学の全貌を究明するためにもこのような部分を研究の俎上に載せる必要があろう。「狼群中一隻白羊」はまさに散逸した作品である。実はこの詩を『女神』にある他の詩とを較べたときに、題材の採り方と形式の面において、「勝利的死」と好一対をなす。「勝利的死」は「狼群中一隻白羊」より数日後に創作されているので、むしろ「狼群中一隻白羊」は「勝利的死」の序あるいは前奏とも言える性格をもっている。次節ではこの二つの詩の関連性も含めて論証する。

第五節　反植民統治の詩歌「勝利的死」

郭沫若が「狼群中一隻白羊」(「狼の群れにいる一匹の白い羊」)を書いたころ、ヨーロッパでは朝鮮の「三・一独立運動」に似た民族運動が起こっていた。アイルランドの対イギリスの独立運動である。この運動でアイルランドの多くの独立運動リーダーがイギリス政府に逮捕され、獄死する者が続出した。この事件に関して、日本の各新聞は二ヶ月にわたり報道を続けた。この中で郭沫若は「勝利的死」（勝利の死）という詩を詠んだ。この詩は一九二〇年（大正九年）十月十三日から二十七日にわたって継続的に詠まれ、同年十一月四日に上海「時事新報」副刊「学燈」に掲載された。後、『女神』、『沫若詩集』（一九二八年）及び『郭沫若全集』にも収録されている。この詩は当時に発生した具体的事件に題材を取り、民族精神を謳歌するという点で「狼群中一隻白羊」と酷似している。これに加え、その構造も特徴的であり、『女神』の中でも異色な作品となっている。私は「勝利的死」と「狼群中一隻白羊」の間に緊密な関連性があると考える。この二首の詩は共に構造上の多層性、題材上の現実性において特徴をもっている。

私は以下の三点においてこの二首の詩が共通性ももつと考える。

一、創作時期がほぼ同時期であること。「狼群中一隻白羊」の創作時間は一九二〇年十月十日、「勝利的死」の創作時間は同年十月十三日から二十七日である。

二、取り上げる事件の性格と詩の主題が類似すること。「狼群中一隻白羊」は朝鮮の独立運動、「勝利的死」はアイルランドの独立運動を取り上げる。

三、詩人が基づく資料は同じ媒体であること。

ここでは、「勝利的死」をめぐる次の問題について論証して行く。

一、創作の背景と媒体資料の処理。

二、構造上の特徴と西洋詩歌の受容。

三、植民地統治と民族独立に対する詩人の視点。

1　創作の背景と媒体資料の処理

「勝利的死」を創作するにあたり、郭沫若は主に「大阪毎日新聞」からアイルランド独立運動の情報を得ている。詩は、序、詩の部分其一、其二、其三、其四、附白、という構成を取っている。詩の四つの部分はそれぞれ十月十三日、二十二日、二十四日、二十七日に書かれている。まず序文において、取り上げる事件を記している。

アイルランドの独立軍リーダー、シンフェイン党員のマックスウエイニーは、八月中旬英国政府に逮捕されて以来、ボリクストン監獄に幽閉されている。彼は英国の穀物を食べることを恥じて、七十三日間絶食し、ついに一九二〇年十月二十五日に獄死した。[105]

この序文は前節に見てきた「狼群中一隻白羊」の序文より大分短くなっているが、ここに取り上げた事件は世界キリスト教日曜学校第八回大会と同時期に発生している。マックスウエイニー（T.Macswiney 1879–1920）はアイルランド独立軍のリーダーであり、一九二〇年にはコーク市の市長でもあった。彼はイギリスの対アイルランド植民地統治に反対し、八月十二日に英国政府に逮捕され、十五日から獄中で食を断ち、十月二十五日に死亡した。「東京日日新聞」は八月十五日にこのニュースを報じている。八月十八日にマックスウエイニーが絶食を始めたと報じた。以後、八月十九日、二十三日、二十七日、二十八日、三十日と報道を続けた。九月に入ってから、一日、三日、十一日、十二日、十三日、十五日、十七日、二十五日と、十月は三日、十一日、二十五日、二十七日と絶食の状況を報じてきた。「大阪毎日新聞」は十月二日から九日、二十一日、二十三日、二十七日と追跡報道を連日行なっている。「勝利的死」の創作は十月であるので、まさにマックスウエイニーの絶食の最終段階と時期を同じくしている。

詩の序文と各節の内容から見て、郭沫若はこれらの新聞から詳細な情報を入手していたことが明らかである。世界キリスト教日曜学校第八回大会の会期は十月五日から十四日の間であるので、マックスウエイニーの絶食はちょうどこの大会と時期的に重なっている。従って、この二つの事件について、郭沫若はほぼ同じ媒体を通して知り得たと考えるのが自然であろう。

新聞の報道を使っているのは序文だけではない。「勝利的死」の各節の前半部分も報道内容を引用している。各節に援用されている媒体情報を新聞と照合すると、事件に関して作者が注目した点が明らかになってくる。

まず、「その一」（十月十三日）に次のような情景が展開されている。

哦哦！這是張「眼泪之海」的写真呀！
森嚴陰聳的大廈——可是監獄的門前？可是礼拜堂的外面？
一群不可数尽的兒童正在跪着祈禱呀！

おお！此れは「泪の海」の写真であるよ！
陰鬱な建物——監獄の門前か、礼拝堂の外か？
数えきれない子供らは跪き、祈祷しているよ！

「愛爾蘭独立軍的領袖馬克司威尼，
投在英格蘭，剥里克士通監獄中已經五十余日了，
入獄以来耻不食英粟；
愛爾蘭的兒童——跪在大廈面前的兒童
感謝他愛国的至誠，
正在為他請求加護，祈禱。」

「アイルランド独立軍リーダー、マックスウエイニーは、
イングランドのボリクストン監獄に幽閉されてすでに五十余日。
投獄以来英国の穀物を食べるのを恥じ
アイルランドの子供ら——建物の前に跪く子供ら
彼の愛国の誠心に感謝し、
彼に神のご加護あれと祈る。[106]」

この部分で分かるのは、詩人が一枚の写真に写っている情景を詠んでいることである。目下この写真に関する確かな資料がいまだ不明であるが、「大阪毎日新聞」十月九日の第二面に「生ける木乃伊コルク市長」の題ですでに絶食

して五十四日経ているマックスウェイニーの近況を報道している。「東京日日新聞」第二面に「絶食市長失神」という題で次のように報じている。「倫敦電報、今日コルク市においてコルク市長及び他の同盟絶食者解放の為、各教会において大会が開かれたるが五千の民衆は教会外に跪座し其光景実に物々しかりき。教会における祈祷会の間一人の街路を歩む者なし。」（筆者訳）「勝利的死」その一に見られる情景はこの記事に基づいているのではないか。

「其の二」（十月二十二日）にマックスウェイニーに関する次のような描写がある。

十月十七日倫敦發来的電信
說你断食以来已經六十六日了,
然而容態依然良好;
說你十七日的午後還和你的親人對談了須臾,
然而你的神采比以前更加光輝;

十月十七日ロンドン発の電信に
君の絶食はすでに六十六日となり、
様態は依然として良好という。
十七日の午後君は家族としばし話したという。
君の様子は更に輝いたという。[107]

この件は「大阪毎日新聞」十月二十一日「コルク市長は尚生存」の報道に基づいている。報道に言う、「コルク市長マックスウェイニー氏は絶食を始めて以来既に六十六日を経過しておるが様態は依然良好で、十七日午後家族の人と少時間の会話を試みた。無論衰弱は日々増していくけれども心気は以前よりも更に明敏であるという。（ロンドン十七日発国際通信）」この記事を詩に照合すると、明らかに詩の内容の裏付けとなる。

更に「其の二」はもう一人のシンフェイン党党員の餓死に言及する。

十月十七日你的故鄉——可爾克市——發来的電信　　十月十七日君の故郷——コーク市——発の電信は

説是你的同志新芬党員之一人，匪持謝樂徳，
囚在可爾克市監獄中絶食以来已六十有八日，
終以十七日之黄昏溘然長逝了。

君の同士、シンフェイン党党員の一人、フイッツ・シェロールドが、コーク市の監獄で絶食すること六十八日、
ついに十七日の夕暮れに永眠したという。

この部分は「大阪毎日新聞」十月二十一日「絶食者遂に瞑目」の報道に基づく。記事には、「コルク市の監獄に収監されて絶食同盟をやって居るフイッツ・シェロールドは絶食以来六十八日目の十七日夕刻遂に瞑目した。」とある。

「其の三」（十月月二十四日）にはマックスウエイニーの状況を次のように詠う。

十月二十一日倫敦発来的電信又到了！
説是馬克司威尼已経昏死了去三回了！
説是他的妹子向他的友人打了電報：
望可爾克的市民早為她的哥哥祈祷，
祈祷他早一刻死亡，少一刻悲傷！

十月二十一日倫敦発の電信が来た！
マックスウエイニーはすでに昏倒すること三回、という！
彼の妹は彼の友人に電報を打ち、
コーク市民に兄のために祈祷することを望んだ。
一刻も早く死に、一刻も早く苦痛が消えるように！と。

この部分は十月二十三日「大阪毎日新聞」に基づいている。「死期愈々近づく」というタイトルで、「コルク市長マックスウエイニー氏は三度目の精神錯乱状態に陥った。氏の妹はマ氏の一友人に電報を打ってコルク市民をして氏の一刻も早く息を引き取るよう祈祷せしめられんと言い、マ氏の死期の近づいた事を明言した。」と報じている。

「其の四」が書かれた十月二十七日はまさに各新聞がマックスウエイニー死亡のニュースを報じた日である。「大阪毎日新聞」は「コルク市長は遂に絶命」というタイトルでわずか二行の死亡報道であった。

このように、「勝利的死」は、「其の一」について更なる調査を待つが、これを除いて、他の節は基本的に「大阪毎日新聞」に基づいていることが明らかである。郭沫若はマックスウエイニーについて主に彼の絶食に注目していたことも明白である。詩の中にロンドン通信の正確な日付があるし、どの節も絶食の日数を記している。新聞報道ではマックスウエイニーについて一貫して「コルク市長」と称しているのに対して、郭沫若は詩の中でこの称号を使わず、「アイルランドの志士」、「自由の戦士」と称している。彼はマックスウエイニーをアイルランド独立軍のリーダーと強く意識し、その不屈の民族精神を礼賛したのである。

「勝利的死」は前の節で見てきた「狼群中一隻白羊」と二つの植民地に関わっている。一つは西方のアイルランド。もう一つは東方の朝鮮である。第一次世界大戦期に日本に留学した郭沫若は祖国中国の運命を憂えていた。一九一九年中国と日本の間に起こった「山東問題」は特に彼の憂国の感情を刺激した。日韓併合は中国に大きな衝撃を与え、中国の運命に警鐘を鳴らす結果にもなった。小説「牧羊哀話」はこの頃に書かれているが、これは彼が朝鮮に注目した最初の作品となる。（「牧羊哀話」については次章で論証する。）翌年に口語詩「狼群中一隻白羊」が創作される。郭沫若は当時、祖国国内では知りえないさまざまな社会状況を日本で知ることができた。朝鮮に対する日本、アイルランドに対するイギリスの植民地統治、これらに対する朝鮮とアイルランドの抵抗、このようなことは郭沫若には恐らく対岸の火事とは考えられなかった。中国と日本の行方は常に彼の関心事であったはずである。これらの作品から、この時期の植民地統治と被統治国民の抵抗に対する彼の観察はアジアに限らず、ヨーロッパにも及んでいたと見て取れる。

2　詩の構造の多重性と西洋詩歌の受容

「勝利的死」は「狼群中一隻白羊」と比較して構造の面で更に複雑になっている。序文、四つの節、附白と大きく三つの部分から構成されるが、各節は更に三層構造になっている。第一層はスコットランド詩人キャンベル（Thomas Campbell 1777－1844）の詩を英文のまま二行引用している。これに作者の中国訳を二行つける。第二層は新聞メディアに基づくマックスウエイニーに関する報道を数行入れる。所謂叙事の部分。第三層はマックスウエイニーを謳歌する部分。所謂叙情の部分。このような多層構造の詩は『女神』にはこの詩以外には見ない。非常に独特な構造といえる。

注目される特異性は構成の面に留まらず、更に詩が取り上げる歴史的事件にも認められる。「附白」に郭沫若はこの詩を創作した心境と西洋の詩歌を引用した動機について記している。詩に引用したのはキャンベルの「ポーランドを哀れむ」(The Downfall of Poland、郭沫若は「哀波蘭」と訳している)である。キャンベルのこの詩について郭沫若は「附白」に次のように述べる。「この詩はバイロンの『ギリシャ哀歌』と合わせて読めるものだと思う。バイロンはギリシャの独立運動を助けたが、志を得ずして病死した。キャンベル氏もたびたび資金を献じてポーランドを助けた。両詩人の義侠心は上下を付けられないほどである。[108]」と。ここには二つの意味が含まれている。一つは、被植民地国家に対する郭沫若の関心はすでにヨーロッパに及んでいたということ。いま一つは、民族独立を謳歌した西洋の詩歌は彼が受容していた西洋文学の一部になっていたことである。

十八世紀以来ギリシャとポーランドはともに隣国に侵略され、植民地統治を受けていた。十九世紀初頭にギリシャは独立運動を繰り広げ、一八三〇年に独立を勝ち取った。ポーランドはかつて露、仏、奥三国による分割を受け、一時期完全に国家としての主権が失われた。しかし十九世紀に入ってからは反植民地運動を起こし、ついに一九一七年(大正六年)に主権回復に成功した。この間、多くの文学者が民族独立運動に参加あるいは支援を行なった。イギリスの詩人バイロンはギリシャの独立運動を応援するため自ら義勇軍を組織し、ギリシャに赴いた。ついに一八四二年にギリシャで病死した。イギリス詩人キャンベルもポーランドのために資産を寄付した。また詩歌を創作してポーランドの民衆を鼓舞した。

ギリシャとポーランドの民族独立運動から一世紀を経て、アイルランドの独立運動が発生した。郭沫若はこのとき、アイルランドをギリシャ、ポーランドと重ねて見えていたのであろう。「勝利的死」の「附白」からは、彼が民族独立運動を応援したバイロンとキャンベルとに感動し、詩によってアイルランドを応援しようとする、その創作の動機が明白に表明されている。

キャンベルの詩「ポーランドを哀れむ」は一七九七年に創作されている。一七九四年ポーランドが露、仏、奥三国による第二回の分割を受けたとき、コシチューシコ（Tadlesz Kosciuszko）はポーランド国民軍最高司令官となって、奮起した。国民軍は一時ワルシャワを解放したが、最終的に三国の鎮圧に遭い、逮捕される。一七九六年ついに独立運動は失敗に終わる。キャンベルの詩「ポーランドを哀れむ」はその翌年に創作され、今回の独立戦争を支援した。この詩は七十行にわたる長詩であり、叙事を主とし、叙情を随所に入れ、国民軍と統治国の激しい戦闘場面を詠う。特に国民軍が鎮圧される悲壮な情景を生々しく謳いあげている。リーダーであるコシチューシコの負傷と逮捕も盛り込まれている。この詩は一七九九年に詩集『希望の歓喜』（The Pleasures of Hope）に収録される。いまキャンベルに関する研究は極めて少ない。『希望の歓喜』についての研究はさらに皆無の状態である。しかし、十九世紀に入り、この詩は読本教材としてたびたび『The Royal Readers』に収録されている。日本にもこの詩集が移入されている。岡山にある第六高等学校同窓会会館にはこの詩集の一冊が所蔵されているので、日本留学中に郭沫若はこの『The Royal Readers』でキャンベルの詩を読んだ可能性が高い。

こうして見ると、「勝利的死」と「ポーランドを哀れむ」の関連は明らかに比較文学の課題になってくる。郭沫若のキャンベル詩引用に二つの特徴が見られる。一つは、歴史的人物の重視である。二つめは、叙事よりも叙情の部分を引用し、キーワードを捉えている。

歴史的人物については、「勝利的死」其の一の冒頭に次の部分を引用して載せている。

Oh! Once again to Freedom's cause return,
The patriot Tell-the bruce of Bannockburn！

愛国者テル――バンノクバン村のブルース、
おお、自由のために蘇れ！

テル（Wilhelm Tell）は十四世紀のスイスの愛国者、オーストリアからスイスの独立を勝ち取った伝説上の英雄である。ブルース（Robert de Bruce 1274−1329）はスコットランドの国王、反イギリスの植民地統治、民族独立運動の英雄である。一三一四年義勇軍を率いてバンノクバン村で英国の軍隊を破り、スコットランドの独立を勝ち取ったという。キャンベルはこの二人の歴史上の英雄を挙げて、一七九四年コシチューシコとポーランド国民軍の奮起を自由のための戦いだと肯定した。すなわち、ポーランドの独立運動を謳歌するために、キャンベルは十四世紀スイスとスコットランドに起こった反植民統治の歴史的事件を援用したのであり、ヨーロッパでは数世紀にわたる弱小民族の対統治国の闘争はすべて民族の自由、独立のためであることを強調しようとした。

郭沫若はキャンベル詩のこの二句を引用したあと、続いてアイルランド愛国者マックスウエイニーの獄中絶食闘争の状況を詠う。最期に彼を讃える叙情の部分がくる。

可敬的馬克司威尼呀！
可敬的愛爾蘭的児童呀！
自由之神終会要加護你们，
因為你们能自相加護，
因為们是自由神的化身故！

尊敬すべきマックスウエイニー氏よ！
愛すべきアイルランドの子供らよ！
自由の神はきっと君たちを加護してくれるだろう。
君たちが互いに加護し合うが故に、
君たちは自由の神の化身であるが故に[109]！

この詩の各節冒頭の英詩の、中間の叙事部分と後半の叙情部分をトータルで見ると、冒頭の英詩の引用は明らかにそれ以後の内容の意味付けを果たす役割を担っている。つまりアイルランドの独立運動、マックスウエイニーの決死の戦いは反植民地統治のヨーロッパ史の一環として意義をもつことをここで強調している。
続いて、「其の二」の冒頭を見てみよう。

Hope, for a season, bade the world farewell,And Freedom shrieked -as Kosciuszko fell希望はしばし世界と別れを告げた、自由も叫び声を上げた――

コシチューシコが倒れたときに[110]！

この二句はポーランド国民軍が激戦の末、露、仏、奥の軍勢に破れ、コシチューシコが負傷し、倒れた惨状を詠嘆している。ここでの「自由」と「希望」はキリスト教世界では女神の名である。郭沫若がこの節で二句を引用した目的は、アイルランド愛国者の犠牲が人々に齎す衝撃の大きさを強調するためであろう。「其の二」ではマックスウエイニーの絶食六十六日目の状況と彼の同士フイッツ・シェロールドが絶食六十八日目についに死亡したこと取り上げ、詠嘆する。

啊！有史以来罕曾有的哀烈的惨死呀！　ああ！有史以来まれに見る悲惨な死よ！

愛爾蘭的首陽山！愛爾蘭的伯夷、叔斉喲！　アイルランドの首陽山！アイルランドの伯夷、叔斉[111]よ！

ここに詠まれる詩人の感動はキャンベルの「自由も叫び声を上げた」ときと同じように強烈である。郭沫若はマックスウエイニーとフイッツ・シェロールドを伯夷、叔斉に喩え、彼等の意志の強さを強調している。「其の一」「其の二」の冒頭に引用したキャンベルの四行の詩句にすでに三つの国、三人の民族独立の英雄、すなわち、十四世紀スイスのテル、スコットランドのブルース、十八世紀ポーランドのコシチューシコを列挙している。歴史を概観し、古をもって今を喩えるというのはこれまでの中国文人の常套であるし、古典教養を豊かに持つ郭沫若にとっても至極手馴れた手法であろう。しかし、「勝利的死」は各節の冒頭に英詩を引用し、その内容はヨーロッパ史上反植民地の英雄を謳歌するものである。これを承けて、本来詠もうとする内容を展開していく。このような構成と着眼点は「勝利的死」の斬新さではないか。このような性格の詩は『女神』においては「勝利的死」のほかに例を見ない。また当時の中国詩壇においても極めて異色な作品である。

「其の三」の冒頭の英詩を挙げてみよう。

Oh! sacred Truth! thy triumph ceased a while
And Hope, thy sister, ceased with thee to smile.

おお！神聖な真理よ！君の勝利はしばし止まり、
君の姉妹、希望も君とともに微笑を止めた[112]。

この二句は「ポーランドを哀れむ」冒頭の詩句で、ポーランドに対する露、仏、奥連合軍の鎮圧の始まりを表す。この中のキーワードは Truth と Hope である。郭沫若は引用部分の後にマックスウエイニーが三回混迷陥ったこと、その妹がコーク市民に兄のために祈祷してほしいと電報を打ったことを盛り込んで、悲痛な想いを詠む。

不忍卒讀的傷心人語哟！讀了這句話的人有不流眼泪的吗？
你黯淡无光的月輪哟！我希望我們這陰莽莽的地球，
就在這一刹那間，早早同你一樣冰化！
読むに忍びない悲しい言葉よ！読んで泪を流さない者があろうか？
陰惨な月よ！暗黒の地球は
この瞬間早く君とともに凍り付いてほしい[113]！

ここでは郭沫若は引用文にある Sacred Truth をもってマックスウエイニーの意志、Hope と Sister によってマックスウエイニーの妹に喩えているのではないか。

そして、「其の四」、

Truth shall restore the light by Nature given,
And, like Prometheus, bring the fire of Heaven

真理は自然によって賦与された光を取り戻すだろう！
プロメテウスが天の火を齎してくれたように[114]！

この二句では、ポーランドの独立運動は統治国に鎮圧されたが、ポーランド民衆はけっして断念しない。プロメテウスが天の火を人類に齎したように、真理がきっと再び蘇るとポーランドを励ましている。キーワードは Truth である。郭沫若はマックスウエイニーの死を謳歌するためにこの二句を引用したと言える。「其の四」は十月二十七日、各メディアがマックスウエイニーの死亡を報じた日に書かれている。郭沫若の感動と悲痛が最も高ぶった日でもある。マックスウエイニーの死に対して、彼は次のように詠む。

悲壮的死哟！金光燦爛的死哟！凱旋同等的死哟！
勝利的死哟！
自由的戰士，馬克司威尼，你表示出我們人類意志
的權威如此偉大！
我感謝你呀！讚美你呀！「自由」从此不死！

悲壮の死よ！光り輝く死よ！凱旋同然の死よ！
勝利の死よ！
自由の戦士、マックスウエイニーよ、君が人類の意志の権威が
かくも偉大なることを示した！
君に感謝するよ！君を讃美するよ！「自由」がこれより滅びない[115]！

マックスウエイニーは絶食によって死亡したが、この行為はアイルランド民衆の圧力や圧迫に屈しない意志を世界に示した。この意志のためにマックスウエイニーの死は「勝利的死」と言えるのである。郭沫若は詩の中でこの不屈の意志を人類が自由を求める意志と見なしている。キャンベルの詩の引用も独立の信念を歴史的、世界的規模に捉え、賞賛する目的があったといえよう。キャンベル詩のキーワード「Freedom」「Hope」「Truth」はこの目的のために深い意味を成している。

マックスウエイニーの逮捕、絶食事件について、郭沫若は熱い情熱をもって注目した。「勝利的死」の附白に彼は、「この四節の詩は、私の数日間の熱い涙の結晶である。」と創作当時の心情を記している。このような感情の高揚は「狼群中一匹隻白羊」のそれとほぼ同様であるが、「勝利的死」はキャンベル詩の引用によって、歴史的背景に広がりをもたせた。またメディア報道の援用によって、詩の叙事的性格を齎した。このような構成は「狼群中一隻白羊」と比べ、一層緻密であり、表現する内容が豊富になったことは明らかである。

3 東洋と西洋の観照

「勝利的死」は「狼群中一隻白羊」と同じ時期に創作され、二首の詩はほぼ同様の主題をもつ。前者は西洋のアイルランド、後者は東洋の朝鮮を対象とする。「狼群中一隻白羊」は、キーワード「猛獣」「狼の群れ」「鷲」によって朝鮮を統治していた日本を比喩し、「悲壮」「聖潔」によって朝鮮人老牧師を礼賛する。（前節参照）一方、「勝利的死」も「猛獣」によってイギリス政府を比喩し、「自由」「真理」「希望」によってアイルランド独立運動の意義を強調し、「悲壮」「凱旋」「勝利の死」によってマックスウエイニーの死を謳歌する。

郭沫若において、このような東西観照の視点は帝国の植民地統治に対する抵抗という一点が軸になって展開して行く。「勝利的死」附白において彼は次のように記す。

如今希腊、波蘭均已更生，而拜倫、康沫爾均已逝世；然而西方有第二之波蘭，東方有第二之希腊，我希望拜倫、康沫爾之精神「Once again to Freedom's cause return！」（請為自由之故而再生！）

今、ギリシャとポーランドは復興したが、バイロンもキャンベルも世にいない。しかし西方には第二のポーランド、東方には第二のギリシャがある。私はバイロン、キャンベルの精神「Once again to Freedom's cause return！」を希望する。[116]

郭沫若がここで言う「西方には第二のポーランド」はアイルランドを指し、「東方には第二のギリシャ」は朝鮮、中国を指している。すなわち詩人が意識したのはアイルランドだけではない。地球上で植民地統治を受けている弱小民族全てを視野に入れているのである。その意図は虐げられている民族に「立ち上がれ、自由のために戦おう」と呼びかけることである。

以上、「勝利的死」を題材、構成、主題について分析してきたが、郭沫若において最も代表的な詩風、自我、愛情いわば内省的な詩に対して、この詩は明らかに外への視野、異なる民族への視野を前面に打ち出している。郭沫若にとって、日本留学時代は近代的自我意識の覚醒の時期である。同時にまた世界に開眼する時期でもあった。朝鮮、台湾に対しての日本、アイルランドやポーランドに対してのヨーロッパ列強国の植民地統治および弱小民族や小国の抵抗、このよう状況は中国国内にいるよりも一層はっきり見ることができる。憂国の情が刺激を受けたことも容易に想像できる。この時期の書簡集『桜花書簡』『三葉集』にアジア、中国、台湾に対する彼の憂慮、不安が随所見られる。「勝利的死」は「狼群中一隻白羊」とともに反植民地統治を表明した詩だといえよう。

「勝利的死」は以下の点において『女神』時代の郭沫若の詩歌のもう一つの風格を表しているのではないか。

一、現実重視

この詩はアイルランドを対象としている。そのため当時の国際情勢に密接に関連してくる。郭沫若の視野はアジア、ヨーロッパと広範囲に渡っている。題材はメディア報道からリアリタイムに取っているので現実性が強く出ている。

二、鮮明な主題

この詩はアイルランド独立運動リーダーマックスウエイニーの死を謳歌することで、反帝国主義、反植民統治という主題が鮮明に打ち出されている。

三、構成の斬新さ

「勝利的死」は『女神』に収録されている他の詩と全く異質な構成である。序文、四つの節、附白と三つの部分によって構成される。更に、各節は冒頭にキャンベルの詩「ポーランドを哀れむ」より二行ずつ引用した後、新聞報道に基づく実況を詠む叙事の部分と、最後に詠嘆の叙情の部分と、ここも三つの層で構成されている。このような構造はこの詩に深みと重みを齎している。

四、西洋の詩歌に対する主体的な受容

郭沫若はこの詩にキャンベルの詩を引用したが、それは単に構成上そうしたわけではない。各節で詠む内容に合わせ、主題や情調を高めるために意図的に選択している。「附白」にバイロンの「ギリシャ哀歌」に触れたのも「勝利的死」の主題を強調するためである。西洋の詩歌を主体的に受容する姿勢がここに見えてくる。「勝利的死」は反植民統治という主題において「狼群中一隻白羊」と対になる作品と見ることができよう。現実に着目し、東洋と西洋を同時に洞察するという特徴は『女神』時代の彼の文学的性格を反映していると言えよう。

《注》

1 朱寿桐『中国現代浪漫主義文学史論』 文学芸術出版社 二〇〇四年 六頁 筆者訳 以下同じ

2 朱寿桐『中国現代浪漫主義文学史論』一四頁

3 胡適(一八九一年〜一九六二年)、中国安徽省生まれ。学者、思想家。アメリカ留学後、北京大学教授になる。一九五七年台湾移住。

4 柄谷行人『日本近代文学の起源』講談社 一九八〇年 四一頁

5 柄谷行人『日本近代文学の起源』講談社 一九八〇年 三六頁

6 J.H Van den Berg『The Changing Nature of Man』Published by W W Norton & Co Inc 一九八三年

7 柄谷行人『日本近代文学の起源』「風景の発見」。

8 J.H Van den Berg『The Changing Nature of Man』一五七頁 筆者訳

9 「自然への追懐」雑誌「文芸」(改造社)昭和九年二月号 五三頁

10 一九一七年六月二十三日父母宛て書簡『桜花書簡』四川人民出版社 一九八一年 一二六頁 筆者訳、以下同じ

11 一九一八年三月一日書簡『桜花書簡』一三八頁

12 「今津紀遊」一九二二年 『郭沫若全集』第十二巻所収 三〇五頁

13 柄谷行人『日本近代文学の起源』六〇〜六一頁

14 柄谷行人『日本近代文学の起源』四一頁

15 ジェン・スタロバンスキー『透明と障害』 山路昭訳 みすず書房 一九七三年 三二二頁

16 「浪花十日」『郭沫若全集』第十三巻所収 三九三頁 筆者訳

17 周作人、(一八八五年〜一九六七年)中国浙江省紹興生まれ。魯迅の弟。一九〇六年から一九一一年日本留学。文学者、翻訳家、北京大学教授

18 「論詩三札」『郭沫若全集』第十五巻所収 三三七頁 筆者訳 以下同じ

19 「論詩三札」『郭沫若全集』第十五巻所収 三三七頁

20 「談新詩」『胡適全集』第一巻所収　一五九頁　筆者訳　以下同じ
21 「文学改良芻議」『胡適全集』第一巻所収　六頁
22 「談新詩」『胡適全集』第一巻所収　一六八頁
23 銭玄同（一八八七年～一九三九年）中国浙江省生まれ。日本留学後北京師範大学に赴任、言語学者。
24 五四期の白話運動は一九一七年ころから起こった文化運動である。古典を基礎として形成されてきた書き言葉である文言を廃し、口語文に基づく白話への転換、いわば言文一致を目指す運動である。胡適、銭玄同、陳独秀、魯迅らが中心的な役割を果たした。
25 「談新詩」序『中国新文学大系』第一巻所収　一三四頁
26 朱希祖（一八七九年～一九四四年）中国浙江省生まれ。歴史家。日本留学し、歴史学を学んだ。留学後、北京大学教授になる。
27 「白話文的価値」『中国新文学大系』第二巻　一〇八頁
28 朱光潜、（一八九七年～一九八六年）、安徽桐城の人、美学者、文芸評論家。イギリス、フランス留学、北京大学教授。著書に『文芸心理学』『悲劇心理学』『談美』『詩論』『西方美学史』『美学批判論文集』などがある。
29 『詩論』三聯書店　一九八四年版　一三〇頁
30 『詩論』一九五頁
31 『詩論』二七八頁
32 「我的作詩経過」『郭沫若全集』第十六巻所収　二一一頁
33 「芸術的生産過程」『郭沫若全集』第十五巻所収　二一七頁
34 『三葉集』『郭沫若全集』第十五巻所収　一三頁
35 『三葉集』『郭沫若全集』第十五巻所収　四九頁
36 『三葉集』『郭沫若全集』第十五巻所収　四九頁
37 『三葉集』『郭沫若全集』第十五巻所収　四七～四八頁
38 「論詩三札」『郭沫若全集』第十五巻所収　三三七頁

39 「文学的本質」『郭沫若全集』第十五巻所収　三四八頁
40 「論節奏」『郭沫若全集』第十五巻所収　三六〇頁
41 『創造十年』『郭沫若全集』第十二巻　六四頁
42 岩佐昌暲「福岡滞在期の郭沫若の文学背景その他」九州大学大学院言語文化研究所「言語文化研究」十七号　二〇〇三年二月
43 「天狗」についての具体的な分析は、藤田梨那「郭沫若の「天狗」論」国士舘大学文学部「人文学会紀要」第三十六号参照　二〇〇三年十二月
44 『三葉集』『郭沫若全集』第十五巻所収　一五頁
45 「論節奏」『郭沫若全集』第十五巻所収　三五七頁
46 「論節奏」『郭沫若全集』第十五巻所収　三五七頁
47 『有島武郎著作集』第四巻　新潮社　一九一八年
48 『女神』『郭沫若全集』第一巻所収　七五頁　筆者訳、以下同じ。
49 「李廣蘇建傳」『漢書』巻五四所収　筆者訳
50 一九一六年九月十六日父母宛書簡『桜花書簡』九七頁　引用部分は筆者訳。
51 『郭沫若全集』第十二巻　六七頁　引用部分は筆者訳、以下同じ。
52 『郭沫若全集』第十二巻　五八頁
53 『創造十年』第三『郭沫若全集』第十二巻　参照
54 井出洋一郎氏の「田園と農民を気高く描いた巨匠」（アサヒグラフ美術特集『ミレー』所収　一九八九年
55 『叛逆者』『有島武郎全集』第七巻所収　一三八頁
56 「白樺」派の西洋絵画の紹介を論じたものには東珠樹氏の『白樺派と近代美術』（三協美術　一九八〇年）がある。氏は「明治四十二年に、森鴎外は「スバル」誌上で、すでに未来派を紹介していた。また、当時の若い画家たちが一瞥も与えなかつたミレーという画家の作品についても、「白樺」の同人たちは、ロマン・ロランを通して、文学的に、そして人道主義的に理解した。ミレーの作品が、わが国で、レオナルドやレンブラントの作品以上に普及し一般化した功績は、

たしかに「白樺」にあったと言えるが、また一面には、明治大正期における西洋美術の啓蒙が、主として文学を母胎にして行われたことによる、一つの変則的紹介であった。」と「白樺」派の西洋絵画紹介の性格を指摘している。

57 『郭沫若全集』巻五　三九一頁　ここでは詩の一部を引用した。筆者訳

58 『創造十年』第五、第七に一九二一年郭沫若が上海に行く前後のことが記述されている。

59 「論節奏」『郭沫若全集』巻十五所収　三五五〜三五六頁

60 ロマン・ロランはその『ミレー』（岩波文庫　一九三九年）において、「《晩鐘》にはそれ独自の音楽的な魅力がある。ミレーは田舎の夕暮れの音である遠い鐘の声を、その画の中で聞かせようとした。人間と大地との闘争がすんで、平和となった時のもの寂しい詩味と、たそがれの広漠たる野にいる、素朴で孤独な祈祷者の厳粛さとを、深く感じて表現しているのである。」と述べる。六〇頁

61 『有島武郎全集』第七巻　筑摩書房　一三九頁

62 『有島武郎全集』第七巻　筑摩書房　一三八頁

63 『郭沫若全集』第一巻所収　七六頁

64 『漢書』「李廣蘇建傳」第二十四

65 「三葉集」『郭沫若全集』巻十五所収、四七頁

66 「生活的芸術化」『郭沫若全集』巻十五所収、二〇九頁

67 『レオナルド・ダ・ヴィンチの手記』下　岩波文庫　二〇一頁

68 ダ・ヴィンチについて、郭沫若は文章にたびたび言及する。例えば「自然与芸術」「文芸的産生過程」など、詩歌では『女神』に見られる。

69 柄谷行人『日本近代文学の起源』講談社　二四頁

70 『女神』『郭沫若全集』第一巻　七七頁

71 「三葉集」『郭沫若全集』巻十五所収　二二頁

72 劉元樹『郭沫若創作得失論』四川文芸出版社　一九九三年

73 武継平『異文化のなかの郭沫若──日本留学の時代』九州大学出版会 二〇〇二年 二〇二頁
74 武継平『異文化のなかの郭沫若──日本留学の時代』二〇〇二年 二〇二頁
75 『郭沫若全集』第一巻 五五頁
76 小峰和明『説話の森』大修館 一九九一年 五頁
77 『女神』『郭沫若全集』第一巻所収 五四~五五頁 筆者訳
78 『三葉集』『郭沫若全集』第十五巻所収 二二一頁 筆者訳
79 『郭沫若全集』第十五巻 三二一頁
80 「生命底文学」一九二〇年二月二三日「時事新報」副刊「学燈」掲載。ここでは『郭沫若佚文集』（四川大学出版社 一九八八年）所収のものを引用 二六頁 筆者訳
81 レオナルド・ダ・ヴィンチ Leonardo da Vinci（1452 ~ 1519）郭沫若は日本留学期にダ・ヴィンチを知っていた。特に一九二三年頃、文章の中で頻繁に言及している。「自然与芸術」（一九二三年）ではダ・ヴィンチの「絵画論」に触れる。「文芸的生産過程」（同前）では「最後の晩餐」「モナ・リザ」に言及する。「瓦特・斐徳的批評論」（同前）でもペーターのダ・ヴィンチ論を紹介している。『女神』中「晨安」において空を飛行することを夢見るダ・ヴィンチを詠う。
82 『レオナルド・ダ・ヴィンチの手記』岩波文庫上巻 二七~二九頁
83 『レオナルド・ダ・ヴィンチの手記』岩波文庫下巻 一五〇頁
84 ピコ・デラ・ミランドラ Giovanni Pico della Mirandola（1463 ~94）イタリアの人文主義者。郭沫若はペーターの『文芸復興』からピコを知ったようである。
85 「解剖室中」は一九二〇年一月二二日「時事新報」副刊「学燈」に初出。『女神』と『郭沫若全集』に未収録。ここでは「南開大学学報」第二期 六一頁 天津南開大学（一九七八年）を使用する。
86 許寿裳「亡友魯迅印象記」（人民文学出版社 一九七七年）一六頁 筆者訳 以下同じ
87 許寿裳「我所認識的魯迅」（人民文学出版社 一九五三年）一九頁
88 「三葉集」『郭沫若全集』第十五巻所収 六六頁

89 『魯迅全集』第二巻所収（人民文学出版社一九八二年）二〇二頁
90 「生命底文学」『郭沫若佚文集』所収　二六頁
91 『反思郭沫若』（作家出版社一九九九年）所収李劼の「郭沫若和中国晩近歴史上的話語英雄」参照。
92 武継平『異文化のなかの郭沫若──日本留学の時代』九州大学出版会　二〇〇二年　二〇二頁
93 武継平『異文化のなかの郭沫若──日本留学の時代』九州大学出版会　一六八頁
94 「狼群中一隻白羊」一九二〇年十月二十日「時事新報」副刊「学燈」日本語は筆者訳
95 『世界日曜学校大会記録』（日本日曜学校協会編、一九二一年）によると、大会会期の決定は大正九年二月である。出席者選定基準もこの時期に発表された。白牧師が言った当初の出席人数は恐らくこの準備段階での予想人数であろう。
96 『世界日曜学校大会記録』二六頁
97 『朝鮮の歴史』（朝鮮史研究会　三省堂一九七四年）二二六頁
98 「大阪毎日新聞」は一九二〇年十月八日「悲壮の叫び　白衣白髪の鮮人牧師」

世界日曜学校大会第二日の夜青年会館の会場で最後の演説者は朝鮮の老牧師白氏であった。白衣白髪白髯の白牧師は起ち上って英国宣教師ストークス氏の通訳で、徐に説き出した。

朝鮮は基督教の最も新しい伝道地であるが同時に其の効果が最も顕著な土地である。云はば神の末つ子であるから最も神の寵愛を受けたのである。現に四十万人の基督信者あり東洋の伝道を朝鮮からするという使命を自覚している併し支那満洲には朝鮮から伝道師を送っている然るに此処に最も悲しむべき事がある。此大会が今六箇月以前に開かれたなれば約二百五十人の代員が朝鮮から来会する筈になっていた。然るに其後事情が一変して私一人の外唯の一名も代員として来会しない。来会せぬという理由は世界の悲しみにある今や約一千人の朝鮮人は〇〇の裡に呻吟している。私はあらゆる反対と妨害とを脱して単身此処に現れたのである……

此時司会者のブラウン博士は鈴を鳴らして最早時間が切れた旨を告げた。白牧師は原稿を握った手を高く上げて片手で涙を拭いつつ叫ぶような悲壮な声を張上げて「おお満堂の兄弟姉妹よ、願わくは私と私の同胞のために祈って下さい」と悄然として席に着いた。

99 『世界日曜学校大会記録』（日本日曜学校協会編、一九二一年）参照。
100 『新約聖書』（日本聖書刊行会、一九七〇年）ローマ書第六章、テサロンケ前書4章に「聖潔」が見られる。『旧約聖書』レビ記を「聖潔法典」とも言う。「聖潔」と「聖書」の関係について、元清泉女子大学教授瀧恭子先生にご教示を受けたことに深く感謝する。
101 「牧羊哀話」『郭沫若全集』第九巻　三頁　筆者訳、以下同じ。
102 「牧羊哀話」『郭沫若全集』第九巻　六頁
103 柳宗悦（一八八九年～一九六一年）東京生まれ。民芸研究者、美学者。日本が朝鮮半島を統治していた時期に朝鮮の古美術品を収集し、研究を行なった。景福宮光華門の保存に尽力した。
104 武継平『異文化のなかの郭沫若――日本留学の時代』九州大学出版会　一九〇頁
105 『女神』『郭沫若全集』第一巻所収　一一八～一二三頁　筆者訳　以下同じ。
106 『女神』『郭沫若全集』第一巻所収　一一八～一一九頁
107 『女神』『郭沫若全集』第一巻所収　一一九～一二〇頁
108 『女神』『郭沫若全集』第一巻所収　一二二頁
109 『女神』『郭沫若全集』第一巻所収　一一九頁
110 『女神』『郭沫若全集』第一巻所収　一一九頁
111 『女神』『郭沫若全集』第一巻所収　一二〇頁
112 『女神』『郭沫若全集』第一巻所収　一二〇頁
113 『女神』『郭沫若全集』第一巻所収　一二一頁
114 『女神』『郭沫若全集』第一巻所収　一二一頁
115 『女神』『郭沫若全集』第一巻所収　一二三頁
116 『女神』『郭沫若全集』第一巻所収　一二三頁

第五章　小説創作の試み

第一節　「牧羊哀話」の創作背景とモチーフ

郭沫若は留学中に主として口語詩を創作したが、しかし同時期に小説も数篇書いている。「牧羊哀話」はその中の一篇である。最初に発表されたのは、一九一九年（大正八年）二月、雑誌「新中国」第七期の誌上であるが、後、『沫若文集』『郭沫若全集』にも収録されている。一九一九年と言えば、第一次世界大戦が終結した年である。この小説は、当時の世界の動向を色濃く反映している。創作のモチーフも時代背景と密接に関わっている。このことについて、郭沫若は自伝『創造十年』に次のように記述している。

瞬く間に一九一九年になり、五年間続いた世界大戦が終わりを告げた。正月からパリで盗品を山分けする和平会議が開かれた。「山東問題」がまたうるさく云々されてきた。私の第二篇の創作「牧羊哀話」はちょうどこの時期に生まれた。（中略）朝鮮を舞台に借りて、排日感情を朝鮮人の心に移した。[1]

回想は「牧羊哀話」の創作時期と創作の動機について重要なポイントを明かしている。すなわち、第一次世界大戦後のパリ講和会議で起こった「山東問題」と朝鮮人の反日感情への関心である。この回想は、「牧羊哀話」が濃厚な社会性をもった作品であることを物語っている。一方、この小説は、登場する少年少女の美しい悲恋物語でもある。

悲恋物語を通じて、日本の侵略に対する反抗を表現している。従って、この小説は悲恋物語と濃厚な社会性という二つの特徴をもつ。

社会性の一面では、一九一九年のパリ講和会議という史実は明白である。しかしこの事件とほぼ同時期に起こったもう一つの歴史的なできごとがある。それは朝鮮李王家の世子李垠と梨本宮方子との婚姻である。この事件は、日本と朝鮮の間に起こった事件であるだけに、世界的規模のパリ講和会議の陰に隠れて、我々の目には容易に見えてこない。しかし、中国にとって、この事件はある意味では「山東問題」の成り行きを暗示するものであった。この事件と「牧羊哀話」との関連について、今までほとんど注目されてこなかった。郭沫若自身もこれに触れたことがない。「朝鮮を舞台にして、排日感情を朝鮮人の心に移す」という朝鮮に対する郭沫若の関心は、この事件と何らかの関係があるのではないか。「牧羊哀話」の創作背景には、パリ講和会議と朝鮮李王世子の婚姻という二つの歴史的なできごとがあったと考えられるのではないか。そして、李王世子の結婚から、朝鮮を舞台とした悲恋物語が発想されたのではないか。「牧羊哀話」という作品が書かれる創作背景とモチーフはここにあるのではないか。これは、私が立てた仮説である。

1　二つの史実

第一次世界大戦は一九一四年（大正三年）七月末、ドイツ、オーストリア、イタリア対イギリス、フランス、ロシアを中心にヨーロッパで始まり、八月二十三日、日本がドイツに宣戦して、アジア・太平洋地域を巻き込んで、世界の広範囲にわたる大規模な戦争となった。日本がドイツに宣戦した背景には アジアへの進出、特にドイツが租借していた中国の膠州湾地域奪取という思惑があった。九月二日、日本軍は山東省青島に対する攻略を開始、龍口に上陸し、翌年二月七日に青島を含む山東半島を掌握した。青島を占領した日本は翌一九一五年一月に「対華二十一ヵ条」要求を中国政府に突き付けた。二十一ヵ条は山東におけるドイツの権益を日本へ譲渡することを認め、満州、内蒙古における日本の地位を明確化することなどを要求したもので、中国の主権を踏みにじる驚くべきものであった。二月から五月まで、日中交渉が行われ、最終的に中国は日本の軍事的圧力に屈して、日本の大半の要求を承認したのである。

第一次世界大戦が勃発した一九一四年、郭沫若は東京の第一高等学校に在籍していた。日本がドイツに宣戦布告した六日後の八月二十九日に、彼は父母宛の書簡に早速言及している。

いま欧州各国が交戦して、戦禍は徐々に東亜に及んでいる。日本国めは すでにドイツに宣戦した。[2]

この書簡は日本の参戦に対する彼の関心と日本に対する反感を露わにしている。二十一カ条要求をめぐる日中交渉が始まってからは、彼はしきりに父母宛の書簡に日中関係に触れるようになる。『桜花書簡』所収の書簡に、第一次世界大戦期間（一九一四年〜一九一九年）のものは四十八通ある。そのうち、戦争に触れたものは十三通で、その中の五通には、二十一カ条要求に言及した箇所が見られる。その中に日本政府に対する憤慨、批判、あるいは情勢に対する不安が綴られている。これらの書簡は、当時の日中情勢に対して、郭沫若が強い関心をもっていたことを物語っている。

ところで、郭沫若はどのようなルートを通じて戦争の情勢を把握していたのか。一九一六年十二月二十七日父母宛の書簡に次のような記述が見られる。

欧州戦争は関係が重大になり、開戦以来、すでに一年余りになる。（中略）その間不思議な事柄が数えきれないほどある。こちらの新聞雑誌に掲載されている写真や挿絵は我が国内で見ないものが多い。（中略）来年からは、

一、二種類を選んで毎月送る。[3]

郭沫若は日本の新聞雑誌を通じて戦争の進展を見守っていた。彼はこの書簡に、来年から日本の新聞雑誌を一、二種類選んで両親に送ることを約束している。第一次世界大戦は一九一八年（大正七年）一一月に終結し、一九一九年一月十八日からパリ講和会議が開かれ、戦勝国である米、英、仏、伊、日の取引の舞台となった。中国は山東省でのドイツ権益の返還を要求したが退けられた。「ベルサイユ和平条約」は中国の主権を無視し、ドイツの山東省に対するすべての権益を日本が受け継ぐことを決定した。郭沫若が『創造十年』で回想したパリ講和会議と「山東問題」はすなわちドイツの山東に対する権益処理を巡る問題である。パリ講和会議の決定は中国人民に強い反発を呼び起こし、五四運動の引き金となった。

この時期、郭沫若は九州帝国大学医学部に在学中で、福岡に移り住んでいた。彼は新聞や雑誌を通じてパリ講和会議の動向に注目していた。次に彼が執った行動は文学作品の創作であった。小説「牧羊哀話」はこのような国際情勢を背景に書かれたのである。

しかし、パリ講和会議と同時期にアジアにおいて、もう一つの事件が発生した。朝鮮王朝の李王世子李垠と梨本宮方子の婚約である。李垠は朝鮮の李太王の第三子として生まれ、四歳の時に英親王と命名され、一九〇七年（明治四〇年）、十一歳で、伊藤博文に伴われて来日する。来日の名目は留学ではあるが、実際は日本の韓国統治政策の一環としての人質である。三年後の一九一〇年には日韓併合が行われる。一九一六年（大正五年）八月に、李垠と天皇家の血筋をもつ梨本宮方子の婚約が内定した。各新聞は八月五日に婚約内定を発表している。この婚約は言うまでもなく日本が仕組んだ政略的なものである。李垠と方子の婚約のために、一九一八年十一月に「皇室典範」の改正が行われ、皇族の女子が王族又は公族に嫁しうるという「王公族との婚儀の条項」が新たに増補された。同年十二月五日に天皇の勅許により方子と李垠の婚約が成立した。二人の婚儀は一月二十五日に行われることが一九一九年一月一七日の新聞に報じられた。それはパリ講和会議開会の前日である。以後、各新聞はほぼ毎日のように講和会議と平行して、李垠と方子の婚儀について報じている。ところが、婚儀の三日前になって、李垠の父李太王が急死した。李垠は慌しく帰国した。一月二十二日以降、各新聞は連日李太王の葬儀に関する記事を載せている。李太王の急死によって、李垠と方子の婚儀は翌年の春まで延期となった。

李垠と方子の婚姻は、日本政府が政略的に実現させたものであるため、朝鮮の民衆はこれを喜ぶはずがなかった。特にこの結婚によって不運な境涯に突き落とされた人がいる。李垠の元婚約者閔甲完である。閔甲完は李垠と同年同月同日の生まれで、一九〇七年十一歳で揀択（皇太子妃を選ぶ制度）によって、未来の皇太子妃に選ばれた。しかし李垠はその時すでに日本にいた。そして十年後、李垠は梨本宮方子と婚約した。十年間ひたすら婚儀の日を待ち続けた閔甲完は婚約解消を余儀なくされた。当時の朝鮮では、揀択（結婚相手を取り決める）された女性は何らかの原因で一旦破婚されたら一生他の男性と結婚することできないという習わしがある。なお兄弟姉妹も閉婚（結婚できない）となる。婚約解消は閔甲完及びその家族にどれほど大きな打撃を与えたか、想像するに余りある。閔甲完の父閔泳敦は外交官や宗廟祭官を務めた高官で、閔家は朝鮮の貴族であった。しかし、閔甲完の破婚後、閔家は朝廷と日本総督府の圧力に遇い、淪落の道を辿りはじめた。一年のうちに、祖母と父が相次いで死去する。閔甲完はついに一九二〇年六月、上海へ亡命する。その年の四月二十八日に、日本では、李垠と方子の婚儀が執り行われた。

このように、パリ講和会議と李垠、方子の婚姻、という二つの史実は一九一九年一月という同じ時期に起こっている。規模こそ異なるが、二つの史実には日本が関与し、相手国の主権を踏みにじるという点で共通していた。中国にとって、「山東問題」は直接自分たちの主権を脅かされることであるが、李垠の婚姻は主権を奪われた国の惨めさを中国人に教えている。第一次世界大戦の成り行きや、パリ講和会議の進展を毎日、新聞雑誌を通じて見守っていた郭沫若は、同じ新聞に報じられた李垠と方子の婚約、李太王の葬儀に注目しないではいられなかったであろう。彼はこの二つの史実から日本の野心をはっきりと読み取ったのであろう。パリ講和会議が彼の愛国心を煽り、李垠と方子の婚約は彼の詩人としての心を打って、朝鮮のために涙したのではないか。彼が李垠と方子の結婚、更に閔甲完の不遇に言及したものは今のところどこにも見当たらない。しかし、この時期に創作された「牧羊哀話」は、背景や登場人物など多くの点でこの二つの史実との関連をほのめかしている。女主人公は閔子爵の娘閔佩薫で、その悲恋の相手は伊子英また英児、英郎と呼ばれる少年である。この二人の主人公の名前は果して偶然に設定されたものであろうか。英児の死後、閔佩薫はひたすら英児を偲ぶというプロットは、十一歳で皇太子の婚約者になりながら、李垠と方子の結婚によって悲しい運命を辿らざるを得なくなった閔甲完を髣髴とさせる。「朝鮮を舞台に借りて、排日感情を朝鮮人の心に移す」という作者の意図は李垠と方子の婚姻を契機に生まれたと考えるのは決して無理なことではないだろう。

2　悲恋と反日のモチーフ

「牧羊哀話」は朝鮮の金剛山山麓にある小さな村を舞台に、第一人称で書き始められる。中国人の「私」は名勝を求めて金剛山にやって来る。山村の住民である伊媽（伊お母《ば》さん）の家に下宿しながら毎日山を歩き回る。ある日山で牧羊をしている女性を見かける。この女性について伊媽は悲しい物語をしてくれた。女性は伊媽が仕えていた元李朝子爵閔崇華の娘閔佩薫である。伊媽の息子伊子英とは幼馴染で、兄妹と呼び合う仲である。伊子爵の妻と子英の父親が秘かに子爵父娘殺害を企んだが、伊子英がそれに気付き、子爵父娘を守るために父親に殺される。閔佩薫は子英の死後彼が面倒を見ていた羊を引き受けて放牧するようになる。

小説の第一節は金剛山と山村の描写から始まるが、金剛山の描写は必ずしも具体的とはいえない。郭沫若は一九一三年（大正二年）の末、留学のため朝鮮経由で日本に渡る途中、釜山に約一週間滞在したことがあるが、金剛山には行っていないことは彼自身の記述で明らかである。[4] 金剛山についての知識は大町桂月の『金剛山遊記』（大正八年）から得ていると、彼は『創造十年』で述べている。第一節の金剛山の描写は主として物語の舞台の点出と「私」と伊嫣を登場させるための場面であるといえる。

一般的にこの作品は、作者が反帝国主義精神を少年少女の愛情物語を通じて描いたものだと捉えられている。[5] 確かに反帝国主義はこの作品の大きな主題である。しかし、反帝国主義を表明するだけならほかの筋書きでもよかったのではないか。作者がわざわざ朝鮮の少年少女伊子英と閔佩萸の悲恋を構想したのは、先に見た歴史的事件からの刺激と純粋な愛情に対する作者の美的造形の意図があったからと考えられよう。

「牧羊哀話」の女主人公は作品の第二節から登場する。その身なりは、頭に「濃い緑色の長衣をかぶり、その下は濃い灰色のスカート、足には朝鮮式の靴」とあり、これは典型的な朝鮮良家の女性の身なりである。女性は夕暮れ時分、放牧の帰りに山間の道を歩みながら悲しげに歌を歌う。

太陽迎我上山来，　　太陽は我を迎えて山を上り、
太陽送我下山去；　　我を送りて山を下る、
太陽下山有上時，　　太陽は山を下りまた上ることあるも、
牧羊郎去無時帰。　　羊飼いは去って帰ることなし。

羊児啼，　　羊は啼く、
声甚悲。　　その声甚だ悲し。

羊児望郎，郎可知？　羊は君を待つも君知るや？
羊児頸上有鈴児，　羊の頸にかかる鈴、
一一是郎親手糸：　君が手づから結びしもの。
糸鈴人去無時帰，　結びし人去ってまた帰ることなし、
鈴条欲断鈴児危。　鈴の紐ちぎれんとして鈴危し。

羊児啼，　羊は啼く、
声甚悲。　その声甚だ悲し。
羊児望郎，郎可知？　羊は君を待つも君知るや？

非我無青絲，　我が手に黒き紐なきがゆえに、
不把鈴児糸。　鈴を結ばざるにあらず、
我待鈴条一断時，　我は鈴の紐のきれるを待って、
要到英郎身遍去。　英君のもとに去かん。[6]

これは明らかに悲恋の歌である。歌う女性は本当の羊飼いではない。「牧羊郎」は二度と帰らぬ人となった。その名は英郎（伊子英）という。二人の物語は伊嫣の口を借りて第二、四、五節と語られていく。伊嫣の話によると、関子爵一家はもともと京城に住んでいた。十年前に朝廷内の「奸臣」が外国人と結託して、合邦条約を結ばせた。この

合邦条約は即ち一九一〇年（明治四三年）の「日韓併合条約」を暗示している。このときから朝鮮国は滅んで、日本に隷属する一部となった。従って小説中の「奸臣」は親日勢力の一派を暗示し、「外国人」は日本人を暗示することになる。閔子爵は合邦条約を何とか阻止しようとしたが、結果は無駄であった。子爵は官職を捨て、京城から金剛山の麓に移ってきた。そのとき英郎は十二歳、閔佩荑は十一歳。二人の関係を、郭沫若は小説にこう記している。「彼ら二人は互いにいたわり合って、却って本当の兄妹のようである」[7]と。少年少女である二人はまだ恋愛に気づかないほどその愛情は兄妹愛のように純粋なのであった。

この愛情は英郎の死によって一挙に悲恋に転じるのである。英郎は父親に殺されたからその死は悲しい。しかし、父親の背後に日本がいたのはいうまでもない。彼は父親に、いや、日本に命を奪われたのである。閔佩荑にとって、英郎は自分たち父娘の身代りに殺された。そのときから英郎に対する思慕の情は以前の無邪気さ、甘美さに替わって、死を決して英郎の命を奪ったもの、更に自分たちを脅かすものに立ち向かおうとする悲壮さを帯びてくる。

第二節では、牧羊する閔佩荑についての描写は、服装の外に殆ど見られない。顔や表情の描写もない。しかし、夕陽の中、良家の娘が悲しい歌を歌いながら放牧する。それだけで一幅の絵になる。それは郭沫若が心惹かれた、フランスの画家ミレーの「牧羊少女」を髣髴とさせる光景である。「牧羊哀話」と同じ時期に郭沫若は「観画― Millet 的『牧羊少女』」という詩を書いている。（第四章第二節参照）そこに詠まれている女性は捕虜として十九年間匈奴で放牧生活を送ったのち、漢に帰還した蘇武の匈奴における妻である。平原に、羊の群れを率いて立っているのは置き去りにされた女性である。女性の顔も表情もはっきり描かれていないが、その場面は読者をして女性の悲しい心情へと想像をかりたたせる。このような絵画的効果は「牧羊哀話」にも見られる。牧羊する閔佩荑もやはり置き去りにされた女性である。

英郎は死ぬ前に母親に置き手紙を残している。それには「思うに亡国の民として生きるよりもむしろ早く死んだ方がいい」[8]とある。つまり英郎は亡国の民としての生き方を拒んで、死を選んだともいえる。英郎の死後、閔佩薫は永遠に帰らぬ人を慕いながら牧羊する。そこに置き去りにされた女性、恋人を慕う女性と共に亡国の民の姿が浮き彫りにされている。悲恋と反日という二つのモチーフの接点をここに見ることができる。

「牧羊哀話」の悲恋のモチーフを、朝鮮の李王世子李垠と梨本宮方子の結婚という事件から生まれたと考えるのには、いくつかの理由がある。まず第一点は、「牧羊哀話」の少年の名は伊子英、英郎または英児とも呼ばれている。この「英」という名は李垠が四歳の時に命名された英親王の「英」と一致する。そして、少女閔佩薫は十一歳の時に揀択され、李垠の婚約者となった閔甲完と同じ苗字である。第二点は、閔甲完と李垠が婚約した年齢は十一歳であるのに対して、「牧羊哀話」の少年少女は十二歳と十一歳であり、年齢も似通っている。第三点は、「牧羊哀話」の閔佩薫は、英郎をその父親と日本に命を奪われ、放牧しながらひたすら帰らぬ人を偲ぶ。一方、閔甲完は李垠と婚約したものの、李垠は人質として日本に渡る。それから十年間、彼女はひたすら李垠の帰りを待ち続けた。しかし李垠と梨本宮方子の婚約によって、李垠は永遠に彼女のもとに帰らない人となった。閔甲完にとって、恋人を日本に奪われたのも同然である。

先に見てきたように、李垠と梨本宮方子の婚約は天皇の勅許によって確実となったのは一九一八年（大正七年）十二月五日である。一九一九年一月に入ってからは婚儀に向けて行われた様々な行事は各新聞に逐一報道されている。一方、同年同月十八日より、パリ講和会議が開会した。新聞を通じてパリ講和会議に注目した郭沫若は、李垠と梨本宮方子の婚約、李太王の急死を知っていたに違いない。また官吏である長兄はたびたび朝鮮に出かけ、そのたびごとに朝鮮に関する情報がもたらされたと考えられる。彼自身も朝鮮に短期滞在したこともあり、大学時代の友人に朝鮮人もいたようである。（自伝小説「鼠災」の主人公方平甫は朝鮮人某君のところへ中国語を教えにいくという箇所によるが、なお調査を必要とする。）このようなことを総合すると、郭沫若は李垠が十一歳の時に婚約したことや、閔甲完の存在をも知っていたことは充分考えられる。

以上の理由から、郭沫若は李垠と方子の婚約から李垠と閔甲完のことに想到し、「牧羊哀話」の伊子英と閔佩荑の悲恋物語を構想したと考えられよう。郭沫若は少年少女の愛情を純粋に、美しく描いている。愛情は純粋であればあるほど、打ち砕かれたときの悲しみが深い。悲恋は読者の心を打つ。悲恋のモチーフはこのようにして生まれたのであろう。

3 六月十一日という日

「牧羊哀話」のもう一つのモチーフ、反日感情はほとんど暗喩と暗示によって表現されている。それらを挙げて見る。

一、狂暴な日本海の潮
那東遍松林中，有道小川，名叫赤壁江，彙集万二千峰的溪流，暮暮朝朝，帯着哀怨的声音，被那狂暴的日本海潮呑吸而去。

（東側の松林に小川が流れている。赤壁江という。一万二千峰の渓流を集めて、朝夕に悲しげな声を出して流れ、凶暴な日本海の潮に呑まれていく。9）

二、偽者の中国人
我初到村里的時候，村里人疑我是假冒的中国人，家家都不肯留我寄宿。

（村に来たとき、村人たちは私を偽物の中国人と疑い、どの家も泊めてくれない。10）

三、虎豹
羊児，羊児，　　羊よ、羊、

休莫悲哀；　　悲しまないで、
有我還在，　　私がいるから、
虎豹不敢来。　　虎と豹は来ないだろう。[11]

四、合邦条約
当時朝出了一派奸臣，勾引外人定下了甚麼合邦条約。

（当時朝廷に一派の奸臣が出て、外国人と合邦条約を取り決めた。[12]）

五、炎陽
炎陽何杲杲，晒我山頭苗。土崩苗已死，炎陽正心驕。

（太陽は何とこうこうと、山頂の苗を照らしていることか。土が崩れ苗が死んだ。太陽はまさに驕っている。[13]）

六、背の低い凶漢
恍惚之間，突然来了位矮小的凶漢，向着我的脳袋，颯的一刀便斫了下来。

（恍惚としている間に、突然背の低いやつがやってきて、私の頭を目掛けて、切りつけてきた。[14]）

七、六月十一日
我那英児，他便在那年六月十一日的晩上死的。

（私の英児は、その年の六月十一日の夜に亡くなった。[15]）


一から六の暗喩は比較的分かりやすいが、七の「六月十一日」は何を暗示しているのか。「六月十一日」は英郎が殺された日である。「牧羊哀話」が初めて雑誌「新中国」に発表されたとき、郭沫若はこの日付の後に「朝鮮人便是現在也大概是用陰暦」（朝鮮人はいまでも大概陰暦を用いる）と注釈をしている。この注釈は「大概」という不確定表現を使って、その真意をぼかしているため、読者はこれを何気なく読み過ごしてしまいがちである。しかし、作者がわざわざ作品中の具体的な日付に自注を施していることから、この日付に作者の特別な思いが込められていると推測するのが自然であろう。まず、「六月十一日」は、何年の六月十一日かを特定しなければならない。作品にある次の二カ所の描写からほぼ推定できる。

a、第三節で伊嫣の話では閔子爵一家は十年前に京城に住んでいた。「ただ当時朝廷内に裏切り者の一派が外国人と結託して、何とかいう合邦条約を定めた。」つまり一九一〇年（明治四三年）八月の日韓併合条約の締結である。閔子爵は、その年に官職を捨て、金剛山の近くにある高城に移ってきた。その時、英郎は十二歳である。

b、同じく第三節に高城で「波風なく四年が経った。私の英児はすでに十六歳になった。閔お嬢さんも十五歳になった。」[16]という箇所がある。そしてそのすぐ後に、「私の英児は、その年に父親によって殺された。」と続く。

つまり英郎が死んだのは十六歳の時で、高城に移ってから四年後のことである。aとbを総合すると、英郎が殺される六月十一日は一九一四年（大正三年）であることが明らかである。一九一四年陰暦六月十一日を太陽暦に換算すると、それは、一九一四年八月二日である。[17]これは、第一次世界大戦勃発の時期と重なってくる。一九一四年七月二十八日オーストリアがセルビアに宣戦布告して、第一次世界大戦が始まるが、八月一日にドイツがロシアに、三日にフランスに対して宣戦し、四日に対イギリスと開戦して、八月二十三日、日本がドイツに宣戦した。これにより戦火はヨーロッパからアジアにまで飛火した。郭沫若が注目した「山東問題」は大戦が始まった当初からすでに独、英、日間で争った問題であった。日本はドイツの山東半島における権益を奪うべく九月二日から青島を攻撃し、山東半島に上陸を開始した。十一月にはドイツが降伏し、山東は日本軍の占領下に入った。したがって、「牧羊哀話」の一九一四年六月十一日（太陽暦八月二日）の解釈は二つの可能性をもつ。一つは大戦の開始を暗示し、もう一つは一ヶ月後の九月二日の日本の山東上陸を暗示する、と考えられる。郭沫若が「山東問題」を意識して、「牧羊哀話」を創作したことを考え合わせると、むしろ後者の可能性が大きいのではないか。

「牧羊哀話」の悲恋は英郎が殺害されたときから始まる。その遠因は一九一〇年の日韓併合にあった。英郎が殺された六月十一日、太陽暦八月二日は中国山東省の受難の日でもある。日本は日露戦争で満州を奪い、今度は山東を奪って、中国に朝鮮の二の舞を踏ませようとする。郭沫若は日本の野心を暗示するために、英郎殺害の期日をわざわざ陰暦六月十一日にしたのではないか。ここにも悲恋と反日感情の交叉する接点があると見ていいだろう。反日のモチーフはこのように暗示と暗喩の手法によって、作品を貫いている。

第一次世界大戦終結後、「山東問題」に対して、郭沫若が非常に敏感になっていたことは、これまで見てきた書簡、自伝で明らかである。各列強国が貪欲に中国に迫って来る情勢の中で、彼にとって、日韓併合によって亡国の道を辿る朝鮮の運命は中国の運命を暗示し、朝鮮の問題を自分たちの問題のように痛感していたに違いない。だから彼は自分の反日感情を朝鮮人の心に移して表現しようとした。そして朝鮮李王世子李垠と梨本宮方子の婚約、結婚は彼のロマンチックな想像力を刺激し、朝鮮の少年少女伊子英と閔佩荑の悲恋物語を構想させた。「牧羊哀話」はこのように悲恋と反日という二つのモチーフをもって創作されたといえよう。これまでの作品分析で、創作当時の社会的背景と作品のモチーフとの関連はほぼ明らかになった。悲恋と反日という二つのモチーフは作品の中で織りまぜられて存在することも明白である。そして、悲恋は単にプロットとしてではなく、純粋な愛憎を美しく表現しようとする作者の意図が強く働いていることは否定できない。

ところで、「牧羊哀話」は郭沫若が発表した最初の小説である。しかしこの作品に先立って「髑髏」という小説が書かれているが、この作品は雑誌社に掲載を断られたため、郭沫若はこれを焼却したという。従って、「牧羊哀話」が郭沫若の処女小説であると言えよう。

「牧羊哀話」の体裁について、郭沫若は『創造十年』に「あれは構造上、火葬された『髑髏』とは全く同じ腹から生まれた姉妹である。[18]」と言及し、更に「髑髏はヨーロッパ旧式の小説体裁を採用し、全てを一人の日本人学生の口から語り出させる。[19]」と述べる。「牧羊哀話」と『創造十年』に見られる「髑髏」の粗筋とを照合すると第一人称の「私」を使っている点、物語を第三者に語らせる点、そして最後に夢をもって結尾する点において、二つの作品は共通する。つまり二つの作品は似たような体裁をもっている。主人公が第一人称で登場することは魯迅の「狂人日記」とも共通し、近代小説の一つの特徴である。第一人称はヨーロッパの告白文学に用いられ、やがて私小説、心境小説に受け継がれていく手法である。物語を第三者に語らせる手法は「ヨーロッパ旧式小説の体裁を採用」したものであろう。郭沫若の言うヨーロッパ旧式小説とは恐らくルネサンス時代の所謂ロマンスの体裁を意味しているのではないか。具体的には、ボッカチオの「デカメロン」を挙げることができる。これは一三五三年頃に成立した作品で、七人の女性と三人の男性が登場し、ある別荘で共同生活をしながら十日間自分が見聞した事件やできごとを物語っていく。果たして郭沫若が「デカメロン」の体裁にヒントを得たかどうかはなお考察が必要であるが、語り手が登場して物語を語っていくという点において、「牧羊哀話」と「髑髏」は「デカメロン」と共通性をもつ。

一九一九年（大正八年）の夏頃から郭沫若は多くの近代詩を創作し、所謂「詩の創作爆発期」を迎える。それ以後は「牧羊哀話」のような小説を書いていない。しかし、第一人称の手法は自伝小説によって受け継がれていく。置き去りにされる女性、恋人を待ちわびる女性というイメージはそれ以後の詩歌（「電光火中」）や劇（「湘累」）に引き継がれ、郭沫若文学のテーマの一つになっている。そういう意味で、郭沫若文学誕生の初期に書かれたこの作品は、それ以後多様に展開していく彼の文学の一つの原形をなしているといえよう。

第二節　「残春」に見られる医学と文学の問題

郭沫若にとって、医学を学んだことは留学体験の中で重要なできごとである。魯迅を含め、清末民初、医学を学んだ留学生たちは漢方医学と全く異なる西洋の医学にショックを受けた。しかし驚きながらも、彼らはそこで初めて人体のメカニズムを知り、人体、生命というものを概念としてではなく、客観的対象として認識したのである。このことは当然彼らの思想や世界観に大きな変化を引き起こした。個としての自覚、自我の目覚めを触発させた。郭沫若の場合は、「天狗」（「天の狗」）「解剖室中」（「解剖室にて」）などの口語詩は間違いなく医学に触発された作品である。彼は詩のほかに、九州帝国大学医学部時代に小説も書きはじめた。処女作とも言うべき「髑髏」を解剖実習中に着想したことは、彼が『創造十年』で回想している。この幻の小説は彼の医学と文学との関係を象徴的に示したものとして興味深い。医学部在学中に、彼が試みた小説は「髑髏」「牧羊哀話」「鼠災」である。一九二三年（大正一二年）に九州帝国大学を卒業した彼は一時帰国したが、翌一九二四年四月に再び日本に来て、十一月まで滞在した。来日の目的は、河上肇『社会組織と社会革命』を翻訳することであったが、滞在中数篇の短編小説を書いている。「残春」「未央」「落葉」「喀爾美羅姑娘」（「キャラメル娘」）「万引」（「万引き」）などがこの時期に創作されたものである。これらの作品には、身辺小説の性格が強く見られるほか、医学に関係して疾病を描く特徴が注目される。郭沫若が留学していたころ、日本で流行していた病気は脚気、神経衰弱、肺結核があるが、その中でも最も大きな疾病は結核病である。郭沫若はこの結核病を重要な要素として小説で扱っている。「残春」「落葉」「喀爾美羅姑娘」がそれである。従って、「医学と文学」は彼の文学においては重要な論題の一つである。ここでは、「残春」を例として、医学と文学の問題を探っていくことにする。

1 近代社会における結核の流行

結核は十六世紀から十九世紀にかけて地球上で最も広範囲に蔓延した伝染病の一つである。数世紀にわたり、結核は多くの命、特に若い命を奪っていった。日本では、明治時代に結核が大流行し、「国民病」とも、「亡国病」とも呼ばれた。しかし、実は結核はもっと古い病気である。古代ギリシャやエジプトにもすでに出現した。日本でも奈良時代にはすでに結核の伝入が見られた。大流行を始めたのは都会化と産業化が発展し始めた近代である。結核は長い間「肺病」「肺労」「労咳」と呼ばれてきた。

近代医学以前、人々は病を神が人間に下した罰と考えていた。また結核を遺伝病とも伝染病とも考えていた。一八八二年、ドイツの細菌学者ロベルト・コッホが結核菌を発見し、病原体説（伝染病説）が定着した。結核に関する病原体説はほとんど一世紀ほど前に登場したにもかかわらず、それまでの伝統的な考え方を覆し、今日まで医学界を牛耳ってきた。コッホに次いで、一九〇八年（明治四一年）、結核の検査薬ツベルクリンが開発され、一九二八年（昭和三年）、イギリス人細菌学者フレミングがペニシリンを発見し、淋病、梅毒、肺炎の治療が可能になった。一九四四年（昭和一九年）、アメリカの微生物学者ワクスマンがストレプトマイシンを発見し、これが結核の治療を可能にした。日本には一九四九年に、ストレプトマイシンが輸入され、翌年から日本での製造が始まり、結核治療にストレプトマイシンが一般的に使用できるようになった。結核は明治十年代から日本に蔓延し、死亡率は徐々に上がり、明治四十年代には死亡者が十一万人を突破した。大正期に入ってから更に伸びて、十四万人に達した。結核の死亡率は昭和二十五年（一九五〇年）まで上昇し続けたがそれ以後急速に減少した。これはストレプトマイシンの使用による効果であるのが言うまでもない。以後結核は不治の病ではなくなった。

さて、郭沫若が日本留学した一九〇二年（大正三年）から一九二三年（大正一四年）はちょうど明治期以来結核が猖獗をきわめていた時期である。結核による死亡率がそれまでの最高レベルに達していた[20]。しかも年齢別で見ると、二十歳代の青年期にもっとも高い死亡率を記録していた[21]。この頃出版された留学指南書『留学生鑑[22]』には、わざわざ一章を設けて肺病の注意事項を盛り込んでいる。この本の第十四章は、「肺病及び脚気の予防」となっている。その中に肺病の予防、肺病の徴候、治療の注意、転地療養と項目に分けて具体的に記述している。これが当時社会現象となった結核を反映した例である。実際、中国から来た留学のなかにも感染者が出た。郭沫若の同郷の留学生陳龍驥はそのひとりである。一九一六年（大正五年）、陳龍驥は結核で東京の聖路加病院に入院した。病状は既に末期に入っていた。郭沫若は見舞に訪れ、北里病院への転院を勧めた。彼は友人に付き添って当時結核の権威である北里病院へ移った。しかし、転院の甲斐もなく、友人は亡くなってしまった。友人の死に郭沫若は深い悲しみを受けると同時に、人生の新たなる啓示を感得した。この辺の経緯は『三葉集[23]』所収田漢宛て書簡に詳しく記している。ともかく、このことは、当時郭沫若の周囲に結核が遍在していたこと示している。一方、郭沫若は一九一九年（大正八年）に九州帝国大学医学部に入学し、医学を学んだ。彼は「亡国病」と呼ばれていた結核について、近代医学の知識を知り得る環境にいた。彼は一九二一年ころ父母宛ての書簡に結核で死亡した親族の部屋の消毒を勧め、消毒薬と消毒方法まで詳細に指示している[24]。結核の流行という環境と近代医学の知識、この二つの要素は、日本留学時代の郭沫若の文学創作と密接に関わっていると筆者は考える。

2　隠喩としての結核

結核は他の流行病と同様、文学に影響を与えた。ヨーロッパでは、結核病はルネサンス期から芸術に影響をあたえたが、十九世紀には多くの文学作品に登場した。アレクサンドル・デュマ・フィスの『椿姫』、シェリーの「西風によせる歌」、オー・ヘンリの『最後の一葉』、トーマス・マンの『魔の山』などが挙げられよう。日本では、明治期から昭和期にかけ、多くの文学作品に結核が登場した。結核患者を描いた作品で徳富蘆花の『不如帰』（明治三十一年）

は、明治時代にもっとも広く読まれた小説である。泉鏡花の『外科室』（明治二十八年）、永井荷風の『新任知事』（明治三十五年）、伊藤左千夫の『野菊の墓』（明治三十九年）、横光利一の『春は馬車に乗って』（大正十五年）から昭和十三年堀辰雄の『風立ちぬ』まで、実に多くの結核文学が生まれた。これらの作品はほとんど、結核病故の悲恋、結核のために世界との距離をもたらす孤独、美しく病み衰えていく命を描くのを眼目としている。このようなテーマは典型的にロマン派のものである。この時期、中国人日本留学生たちも日本文壇の影響を受けた。創造社のメンバーの一人郁達夫は日本留学中の一九二〇年に小説「銀灰色の死」を創作した。この小説に肺を患った人物を描いている。この作品は近代中国文学史では比較的に早い時期の結核文学である。その後、「沈淪」（一九二一年）「空虚」（一九二二年）「茫々たる夜」（一九二二年）などの作品を発表するが、これらの作品はすべて結核病患者を主人公にしている。してみると、郁達夫も郭沫若もほぼ同じ時期に結核病や疾病を扱った作品を発表したのである。

ロマン派と結核の結びつきはすでにスーザン・ソンタグ[25]やルネ・デュボス[26]によって指摘されている。十九世紀「肺病でおこった消耗と衰弱はものうげな姿が若い婦人のチャーム（魅力）を増したように、多くのロマン派の芸術家や詩人に魔力をあたえた。」と、ルネ・デュボスは『健康という幻想』に言う[27]。結核のロマンチックなムードが広がり、結核こそ上品で、繊細で、貴族的であって、健康はほとんど野蛮な趣味とさえ考えられていた。身体を外から飾る衣服に対して、結核は身体を内側から飾るものという新しいファッション観である。無論実際、結核は大変苦しい病気である。咳、喀血、熱、体力減退等の症状が繰り返し病人に襲い、最終的に命を奪っていく。患者は青白い顔が紅潮したり、情熱的になるかと思うとすぐにぐったりと無気力になる。「結核は崩壊であり、発熱であり、肉体の軟化である」と言われる[28]。まさに結核のこのような症状が文学に多くの刺激を与えたのである。

文学における結核の隠喩はいくつかの側面をもっている。

1、愛の隠喩。ソンタグが指摘したように、「結核の場合、外に現われる熱は内なる燃焼の目印とされた。（中略）結核の隠喩はまず愛を描くのに利用された――〈病める〉愛とか、〈焼き尽くす〉情熱といったイメージがそれである」[29]。つまり、結核は愛の力の変装として利用されたのである。

2、死の品位を高める。「下卑た肉体を解体し、人格を霊化し、（中略）結核をめぐる空想を通して死を美化する。（中略）結核の方はあでやかな、屢々《しばしば》叙情詩的な死につながるものと考えられた」[30]のである。

3、自我の新しい態度の比喩。結核は身体の内側を飾るものという考え方から、内面の意志を語る言葉となり、自我を表現する手段ともなった。人間の熾烈な欲望や過剰な感情を病によって白日に開示することができる。従って、「結核が病める自我の病気であった」[31]とも言われる。

結核は情熱の病気と同時に抑圧の病気とも見られていた。病気において、しばしば強い欲望の抑圧や、伝染、隔離、恐怖による抑圧を描き出す。ソンタグが指摘する、「病気の隠喩は社会がバランスを崩していることをではなく、それが抑圧的であることを言うために使われる。心と頭、自発性と理性、自然と人為、田園と都会などを対置するロマン派の修辞法の中には絶えずそれが登場してくる。」[32]結核は近代科学の発展と相俟って、文学の世界において、近代的自我の表出に大きな役割を担っていたのである。

3　「残春」における結核の意味

郭沫若は来日した二年後に同郷の留学生に結核患者が出た。陳龍驥である。陳は東京の聖路加病院に入院していたが、郭沫若は北里病院への転院を勧め、かつ陳に付き添って転院した。しかし陳は間もなく亡くなった。郭沫若は一九二〇年（大正九年）田漢宛ての書簡に細かく記述している。「彼は車に寝ていて、車輪が揺れるたびごとに乾いた咳をした。顔面は大理石のように蒼白く、ときどき桃色に血潮が差してくる。涙で潤んだ眼は無限の希望を含んで、しきりに私を眺める。ああ、あの可哀相な様子は、生涯忘れられない。」[33]結核患者の様子及びその死を身近に見るという体験は、青年郭沫若に、結核の恐ろしさ、命のはかなさを、残酷にも感じさせた。しかし、一方、この残酷な体験は彼に予期せぬ恋を齎した。聖路加病院で彼は看護師の佐藤富子と出会ったのである。郭沫若はこの出会いを「bitterish sweetness」[34]と言った。田漢宛ての書簡に、「神様が私を憐れんで、よい友を失った後、やさしい彼女を賜った。私たちはそのころからよく文通して、兄妹と呼び合うようになった。[35]」郭沫若と異国女性との恋愛は、友人の死から始まる。この体験は、彼にとって、また後の彼の文学にとって重要なできごとである。つまり、結核は、彼には二重の意味をもつ。苦痛、残酷な死と甘美な恋愛である。この二重の意味は彼の文学にたびたび表現される。医学・文学・身体という課題を郭沫若文学において考察する時、結核に纏わるこの二重の意味こそが重要である。

郭沫若が初めて結核を扱った作品は「残春」（一九二二年）である。主人公愛牟の同郷の留学生が帰国途中精神異常になり、門司で海に飛び込んで自殺を図ったが助けられ、門司の病院に入院する。博多にいる愛牟は友人白羊君に案内されて見舞いに行く。その病院で働く看護婦S嬢に恋心を抱く。二人の逢瀬と愛牟の妻の発狂、子殺しの事件は夢の形で描かれている。作品において夢は重要な効果を果たしている。しかしこの作品の重要なファクターは結核病である。夢に入る前に既に結核を暗示するいくつかの要素が見られる。

1、「養生医院」と結核病

「養生医院」は明治から昭和中期まで、日本各地に存在した。もともと結核患者を収容する病院であった。前出の田漢宛ての書簡に、友人の陳君を聖路加病院から北里病院に転院させた件では、「養生院に移り、北里で治療してもらうよう勧めた」とある。この「養生院」は北里大学の創始者北里柴三郎が一八九三年（明治二六年）に開設した日本最初の結核医療施設である。北里柴三郎は一八八五年（明治一八年）にドイツに留学し、結核菌の発見者であるコッホに師事した。帰国後、結核を含む伝染病の研究と治療のために、福沢諭吉の援助を得て、東京白金で「土筆ヶ岡養生園」を開設した。一九一四年（大正三年）に「土筆ヶ岡養生園」の隣に「北里研究所」すなわち現在の北里研究所付属病院を設立した。郭沫若が陳君に転院を勧めたのは一九一六年であるので、まさに「北里研究所」が開設されて二年後のことである。彼はそのときすでに結核の最先端治療機関を知っていたのである。従って「残春」に見られる「養生医院」は結核を暗示していると見るべきであろう。

2、看護婦S嬢は頬が桃色に染まっている。

これは「処女の誇り」ととることもできるが、同時にこれはまた結核患者に共通する症状でもある。

3、白羊君の話では、看護婦S嬢は肺尖がよくない、瘰症の恐れがある。

後の夢の中ではっきりと肺結核と描かれる。

4、S嬢の父母はアメリカで死んだ、という。

夢の中でS嬢の父母は肺結核で死んだとある。結核の遺伝説が出る。

この小説はこのような伏線から、夢の世界に入り、淡い恋愛ストーリーを展開する。看護婦S嬢の結核症状は夢の中に明確に描かれている。寝汗、体力減退、痩せる、食欲不振、月経失調。これらの症状から医学生の愛牟は初期の結核であると分かった。更にS嬢の腺病質の体格や結核の遺伝性、結核に関する医学的及び迷信的な捉え方を作品に盛り込んでいる。S嬢の身体については次のような描写がある。

時々眉を八の字に寄せて、桃色に頬を染める。

彼女の顔色は異常に蒼白に見えた。彼女の肉体は大理石の彫刻のようで、露わになった両肩は殻を剥いたライチのようだ。[36]

このように、結核患者に共通する身体的な特徴を艶やかに描くことによって、S嬢の美しさを強調する。つまり、結核というファクターにおいて恋愛を暗示する。「残春」の重要な構造は夢にある。郭沫若は一九二三年（大正一二年）に「批評と夢」という一文に「残春」の構造を説明している。

「残春」の着眼点はストーリーの進行ではなく、心理の描写にある。私は心理に潜在している意識の流れを描いたのである。「残春」のクライマックスは夢である。[37]

つまり、郭沫若がこの作品で描こうとしたのは、看護婦S嬢に対する愛牟の恋愛感情――一種の抑圧された心理である。それを彼は「意識の流れ」を言っている。文学的手法としての「意識の流れ」はジェームス・ジョイスの『ユリシーズ』によって打ち出されたものであるが、その方法は「内的独白」（Interior monologue）と言う。心の奥深い所に起伏する思念を連写的にありのままに描く、ということである。「ユリシーズ」の雑誌掲載は一九一八年（大正七年）で、出版は一九二二年である。日本での紹介は、一九一八年野口米次郎の評論「画家の肖像」（雑誌「学燈」一九一八年三月号）が最初という。堀口大学の「小説の新形式としての内的独白」（雑誌「新潮」一九二五年八月号）に本格的な紹介が見られる。『ユリシーズ』の日本語訳は一九二九年（昭和四年）に出版される。一九三〇年代に伊藤整らによって『ユリシーズ』の本格的な翻訳と紹介が行われた。このように見てくると、一九二二年の時点で書かれた「残春」はジョイスの「意識の流れ」描写の先駆けともいえよう。しかし、実際、郭沫若は『ユリシーズ』及び「意識の流れ」について具体的にどのように言及したか、という問題については今後の研究を待たなければならない。彼の言う「意識の流れ」はむしろフロイトの精神分析や心理学の方により多く傾いていることは、「批評と夢」及び他のいくつかの文章から伺える。

「残春」において、郭沫若は、諸要素の暗喩、連想と全体の有機的統合性を重視した。例えば以下のような諸要素の関連がある。

愛牟は医学生──→結核に医学的な知識をもつ。S嬢に注目される。

愛牟の妻──→恋愛の障害（抑圧）

白羊君の存在──→恋愛の障害（抑圧）

友人の発狂──→妻の発狂

S嬢に打診──→肉体の接触

血のような夕焼け──→殺された子供の血

Sirens（オデュッセウス）の連想──→Medea（メデア）の悲劇

落ちた赤い薔薇の花弁──→S嬢の運命

タイトル残春──→S嬢の可憐さ、青春のはかなさ

夢の形式とこれらの諸要素の隠喩は叶わない恋愛を描くために効果があったが、しかし、恋愛感情を昇華させるために、結核は決定的な意味をもつ。医学的知識でさえS嬢の可憐さと恋愛感情の誘発に効果している。結核を告白するS嬢と愛牟は次のようなやり取りがある。

「では、愛牟先生、私を診察してくださいな。」
「僕はまだ竹の子のような医学生ですよ。」
「あら、謙遜なさらなくてもいいのよ。」そう言って、彼女はゆっくり上半身を露わにして、僕に近づいてきた。
彼女の肉体は大理石の彫刻のようで、露わにした両肩は殻を剥いたライチのようだ[38]……」

ここではＳ嬢は切実で、大胆に愛牟に迫って来る。ソンタグも認めたように、「結核とは情熱過多から来るもので、官能に惑溺する人々を悩ますものと考えられた（中略）。結核は情熱の病気として有名であると同時に、それと同じ程度に、抑圧の病気ともみなされていた。」[39] Ｓ嬢は愛牟に対する感情を結核というファクターを通じて表現している。Ｓ嬢に対して愛牟は感傷と同情を感じずにいられない。つまり、夢の中で、結核病は更に一つの特別な心理環境を構成し、登場人物の内なる告白を切実に表出するのに効果があった。

郭沫若は青年期に日本で医学を学びながら口語詩や口語小説を創作した。医学は生命存在の本質を彼に開示すると同時に彼の想像を刺激し、ファクターとして彼の作品に重要な働きを果たした。

医学は人間の身体を対象とし、文学は人間の心、精神を対象とする。彼は生涯医療に従事することはなかったが、しかし、彼の文章や文学作品には科学や医学に言及することが多く見られる。彼の精神世界の根底には科学、医学が潜流となって脈々として流れている。科学的知識及び科学的精神がいかに彼の文学に関わり、彼をして、近代文学の新しい世界を開拓させたか、これは文学研究者にとって、興味深い問題である。

結核は他の伝染病と同様、近代以来、文学の世界で隠喩としてその役割を果たしてきた。「医学と文学」という論題で郭沫若文学を考える時に、ここに近代文明と近代精神が交叉し、凝縮してくる。「残春」における、結核についてのリアルな描写と隠喩的表現は彼のロマン的な作風を具現している。恋愛や自我意識を結核というファクターによって表現しようと試みた好例と言えよう。

《注》

1　『創造十年』『郭沫若全集』第十二巻所収　六二頁　筆者訳　以下同じ。

2 『桜花書簡』四川人民出版社　一九八一年　三一頁　筆者訳　以下同じ。
3 『桜花書簡』一〇七頁
4 『創造十年』の第三節に「私は朝鮮を縦断する鉄道を一昼夜走り回ったことがあるが、あの有名な金剛山には行ったことがない。私の金剛山に関する知識は、ただいささかの写真と日本の文士大町桂月の「金剛山游記」を読んだくらいである。」とある。
5 劉元樹著『郭沫若創作得失論』二九八頁
6 「牧羊哀話」『郭沫若全集』第九巻　五頁
7 「牧羊哀話」『郭沫若全集』第九巻　八頁
8 「牧羊哀話」『郭沫若全集』第九巻　一〇頁
9 「牧羊哀話」『郭沫若全集』第九巻　三頁
10 「牧羊哀話」『郭沫若全集』第九巻　三頁
11 「牧羊哀話」『郭沫若全集』第九巻　六頁
12 「牧羊哀話」『郭沫若全集』第九巻　七頁
13 「牧羊哀話」『郭沫若全集』第九巻　一一頁
14 「牧羊哀話」『郭沫若全集』第九巻　一四頁
15 「牧羊哀話」『郭沫若全集』第九巻　一一頁
16 「牧羊哀話」『郭沫若全集』第九巻　九頁
17 西沢利男著「新旧暦月日対照表」の換算による。「暦の百科事典」新人物往来社　一九九三年
18 『創造十年』『郭沫若全集』第十二巻所収　六二頁
19 『創造十年』『郭沫若全集』第十二巻所収　五九頁
20 「結核死亡数および死亡率の年次推移」『「結核の統計」資料編』による。疫学情報センター結核予防会結核研究所編
21 近藤宏二『青年と結核』参照。岩波書店　一九四六年。

22 『留学生鑑』一九〇六年　東京　啓智書社
23 一九二〇年二月十五日田漢宛て書簡　『三葉集』『郭沫若全集』第十五巻所収。
24 一九二一年十二月二十五日書簡『桜花書簡』一六四頁
25 スーザン・ソンタグ（Susan Sontag 一九三三年～二〇〇四年）アメリカの作家。
26 ルネ・デュボス（Rene Dubos　一九〇一年～一九八二年）アメリカの細菌学者、病理学者。
27 ルネ・デュボス『健康という幻想』（『Mirage of Health』）田多井吉之助訳　紀伊国屋書店　一九八八年　一八六頁
28 スーザン・ソンタグ『隠喩としての病』（『Illness as Metaphor』）富山太佳郎訳　みすず書房一九八二年　一八頁
29 『隠喩としての病』富山太佳郎訳　二九頁
30 『隠喩としての病』富山太佳郎訳　二八頁
31 『隠喩としての病』富山太佳郎訳　一〇二頁
32 『隠喩としての病』富山太佳郎訳　一一〇頁
33 『三葉集』『郭沫若全集』所収　四〇頁
34 田漢宛書簡　『三葉集』『郭沫若全集』四〇頁
35 『三葉集』『郭沫若全集』第十五巻所収　四一頁
36 「残春」『郭沫若全集』第九巻所収　二八、二九、三一頁
37 「批評と夢」『郭沫若全集』第九巻所収　二三六頁
38 「残春」『郭沫若全集』第九巻所収　三一頁
39 スーダン・ソンタグ『隠喩としての病』三〇頁。

第六章　日本へ亡命

第一節　上海での籠城生活

一九二三年（大正一二年）春、郭沫若は九州帝国大学医学部を卒業して、一家（この時彼にはすでに三人の子供がいた）を連れて帰国の途につく。故郷の四川にではなく、創造社の拠点である上海に落ち着き、成仿吾、郁達夫らと合流した。帰国に当たり、郭沫若の故郷から三百元の旅費が送られてきて、四川に帰って来るようにと言ってきた。成都の病院は彼の赴任を望んでいた。一方、北京大学の友人張鳳挙《ちょうほうきょ》らからは北京に来て北京大学の講座をもってみないかという誘いもあった。しかし、郭沫若は医者にも成らず、四川へも北京へも行かず、上海に帰ってきた。彼には上海でしなければならない仕事があったからである。それは創造社の機関誌を立て直すことであった。創造社は一九二一年に、日本留学中の郭沫若、成仿吾、郁達夫、張資平らによって東京で設立された。上海の出版社泰東書局は彼等の雑誌や著書の出版を請け負い、いわば出版パトロンを務めた。郭沫若の処女詩集『女神』は泰東書局から出版されたものである。

一九二三年頃、成仿吾は就職先も決まらず、泰東書局が提供してくれた民厚南里の借家に住んでいた。郭沫若は一家と上海に着くとやはりここに身を寄せることにした。郁達夫はというと、東京帝国大学卒業後帰国し、安慶法政専門学校の講師になったが、間もなく失職し、上海に戻ってきた。つまり、彼等三人はみな無職になったのである。三人が民厚南里の借家に集まって相談して決めた道は、就職せずこのまま「籠城生活」を送るということであった。そして、すぐに着手した仕事は、雑誌「創造」と平行して新たな雑誌「創造週報」を刊行することであった。季刊「創造」に対して、「創造週報」は毎週刊行する雑誌である。また内容も創作作品が中心の「創造」に対して、「創造週報」は創作と評論の両方を扱う総合雑誌である。従って、彼等の仕事量は一気に増えたわけである。「創造週報」は発刊以来好調で、毎号、三千部から六千部を売り上げた。同年、上海の「中華新報」の誘いを受けて、「中華新報」の文学副刊として「創造日」を出すことにした。この時期に「創造」、「創造週報」、「創造日」と三つの刊行物を同時展開するという盛況を呈している。この時期に郭沫若は歴史劇「卓文君」、「王昭君」、歴史小説「函谷関」、「漂流三部曲」、論文「神話的世界」、「芸術的評価」など多くの作品をこれらの雑誌に発表した。その後、一九二四年に週刊「洪水」、一九二五年に半月刊「洪水」、一九二六年に「創造月刊」をつぎつぎに発刊した。文壇で度々論争を引き起こすこともあって、この時期、創造社は中国の文壇に大きな足跡を残したのである。

しかし、上海での籠城生活は決して穏やかなものではなかった。一九二五年、彼は反日本帝国主義事件「五卅惨案」に遭遇するのである。この年の五月三十日、上海にある日本人経営の紡績工場で発生した労働者虐殺事件に対して、学生による大規模な抗議活動が起こり、その際イギリスの警察が鎮圧を行い、死者、逮捕者を多数出した。中国では「五卅惨案」、日本では「五・三〇事件」と言う。この事件以後、上海市民は大規模な工場ストライキ、商店ストライキ、学校ストライキを行なった。郭沫若は現地でこの事件を目撃していた。銃声の中を逃げ惑う群衆と多くの死者を目の当たりにした。この事件は彼に大きな衝撃を与えた。負傷者の中に郭沫若がよく知る学生もいた。郭沫若は事件後二幕劇『聶嫈』を書きあげた。『史記』刺客列伝に見られる聶政とその姉聶嫈を描いた作品である。聶政は暗殺者であるが、義侠心が強く、約束を守るため自分の命も惜しまなかった。郭沫若はこの古代の人物を借りて、「五卅惨案」のときに、日本とイギリスに勇敢に抗議した中国の青年たちを讃えた。

このころ彼に一つの変化が見られる。唯物論に対する関心である。一九二四年、河上肇の『社会組織と社会革命』

を翻訳したのを契機に、マルクスの『資本論』、『政治経済学批判』やレーニン、スターリンの著書を読むようになる。経済の構造理論から社会変革の問題を捉えようとする精神的な転換を遂げるのである。

一九二六年春、広東大学から郭沫若に広東大学文学院院長就任を要請する手紙が届いた。郭沫若はこの要請を受けることにした。友人の郁達夫と王独清と三人連れだって広東に向かった。

第二節　北伐戦争への参加

一九二〇年代の広東は、新しい革命の機運が芽生え始めていた。一九二四年、孫中山が率いる国民党は広東で第一回全国代表大会を開き、「聯露」、「聯共」、「扶助工農」の三大政策を打ち出し、第一次国共合作を実現させた。軍人を育成するための中国国民党陸軍軍官学校（略称、黄埔軍校）も立ち上げた。翌一九二五年孫文が改組を手掛けた国民政府が広州に正式に成立する。国共合作の大きな目的は、長江以北を支配していた北洋軍閥を討伐すること、すなわち「北伐」である。

一九二六年七月に北伐戦争が正式に始まるが、郭沫若の一行が広東に到着したのはその年の三月である。まさに革命前夜の雰囲気が最も高まっていた頃である。広東に到着早々友人宅で彼は偶然にも毛沢東と会う。その後、共産党員の畢磊《ひつらい》、惲代英《うんだいえい》と接触するようになる。結局、彼が広東大学にいたのはわずか四か月ほどであり、七月にはもう北伐戦争に参加して広東を出発してしまった。

一九二六年七月一日、広東国民政府は「北伐宣言」を発表し、国民革命軍総司令部を発足させた。総司令は蒋介石、総参謀長は李済深《りせいしん》、総政治部主任は鄧演達《とうえんたつ》である。郭沫若は鄧演達の配下の総政治部宣伝科科長に就任している。七月九日に国民革命軍は広東を出発して北伐の途に就いた。これは彼が革命組織に加わり、実際行動に参加する最初の体験である。このとき彼は三十五歳であった。彼の五十年にわたる永い政治家人生の始まりである。

北伐戦争は一九二八年まで約二年をかけて北洋軍閥に大きな打撃を与えた。最終的に国民革命軍は北京に入り、中国の統一を実現させるが、その間国共合作分裂という大事件が発生した。一九二七年に入って、蔣介石は密かに共産党に反目することを計画し始めていた。三月に九江、南昌、安慶で共産党員虐殺事件が発生した。「三・一七惨殺事件」[1]と「三・二三惨殺事件」[2]である。実はこれらの事件はすべて蔣介石が指示したものである。彼のクーデター計画はすでに動き出していたのである。このとき、蔣介石の近くにいて、総司令部に出入りしていた郭沫若は暗に蔣介石の動きに気づき、密かに調査していた。三月三十一日、彼は蔣介石の陰謀を暴くため、「請看今日之蔣介石」(「今日の蔣介石を見よ」)という文章を草し、四月、「中央日報」に発表した。文章の中で彼は「三・一七惨殺事件」と「三・二三惨殺事件」が如何に発生したか、その経緯と蔣介石が関与した一部始終を綴っている。当然、このことは蔣介石の怒りを買い、間もなく彼に対して逮捕命令が出されることになる。

四月十二日、蔣介石は「党内粛清」の密令を下し、これまで協力関係にあった共産党に反旗を翻し、共産党員の粛清を開始した。国民党は上海で共産党員の大虐殺を行なった。歴史上「四・一二反革命クーデター」という。

ここに至って郭沫若は蔣介石のもとを去って共産党へと身を投じた。彼が上海にたどり着いたのは四月十四日、「四・一二大虐殺」の二日後である。政府組織と接触するために、彼は日本租界内にある「内山書店」にやってきた。その時の状況を後年、自伝「脱離蔣介石之後」(「蔣介石から離脱して」)という文章で次のように記している。「書店に入ってきた私を見て、店の主人は目を丸くした。彼は一目で私だと分かった。急いで私を奥のほうに連れて行き、座らせ、上海の状況を話してくれた。」[3]この「内山書店」は内山完造が上海で開いた書店である。ここは魯迅、郭沫若、田漢《でんかん》らかつて日本留学した知識人たちがよく立ち寄る店である。日本租界地内であるため、戦乱やテロが起こったとき、内山完造は何度も中国の知識人たちをここに匿って、面倒を見た。このときも内山完造は郭沫若の突然の来訪に驚いて、彼の身の安全を心配した。やがて、郭沫若は迎えに来た組織の仲間と別のアジトに移動した。その途中、彼は虐殺後の市街を目の当たりにした。「十里洋場（旧上海の租界地繁華街南京路一帯）、街中外国の兵隊で、ごうごうとトラックが走ってくる。またごうごうとトラックが走って行く。馬に乗る者、車に乗る者、オートバイに乗る者、歩いている者、護衛に立つ者、鉄砲にはみな剣を立てて、何かを警戒している。天気はよく晴れ渡っていた。市場もそれなりに繁盛していた。しかしにもかかわらず、非常に重い惨澹とした空気が漂っている。所謂白色テロは、ここまで来れば、目が見えない人でも感じられるだろう。[4]」事件発生直後の上海に張り詰めていた緊張した雰囲気をリアルに表現した部分である。

蒋介石のクーデターと「四・一二大虐殺」を受けて、共産党はついに蒋介石と戦うことを決意し、一九二七年八月一日に南昌で蜂起を敢行した。歴史では「八・一起義」と呼ばれる。これは共産党が国民党に向けて採った武力闘争の最初と言われている。主導者は周恩来、朱徳ら共産党員である。この時、郭沫若も蜂起に参加して、間もなく周恩来の紹介で共産党に入党した。彼がとったこの一連の行動は蒋介石との決別を意味するものであった。

第三節　東海を跨って

「八・一起義」の後、蒋介石はますます郭沫若ら共産党員の捜索、逮捕を強め、状況は厳しくなる一方であった。郭沫若にはもはや国内で身の安全を確保することが困難になってきた。多くの仲間は次々とソ連へ脱出し始める中で、彼のソ連行きも一九二七年十二月と決まった。十二月六日モスクワ行きの最期の船に乗ることにした。しかし、当日になって出航が延期されるハプニングが発生した。やむを得ず、出発を見合わせるが、十二月八日に彼は突然高熱を発し、重い病気に冒された。医師の診察で発疹チフスと診断され、直ちに日本人医師石井勇が開設している病院に入院した。それから二週間もの間彼は人事不省の状態に陥った。状況の重大さを見て、医師は夫人郭安娜（佐藤富子）を呼んで、後のことを準備するよう促した。[5]

郭沫若は何故発疹チフスにかかったのか。実は、この年十一月三〇日に友人の桂毓泰《けいいくたい》と夫人花子が郭家を訪ねてきた。桂毓泰は郭沫若とほぼ同時期に日本に留学し、京都大学医学部を卒業した医学士である。郭沫若にとって、留学時代からの友人である。当時桂毓泰は中山大学医学部で奉職していたが、夫人とともに日本に渡る途中、船が上海に一晩停泊するため、郭沫若を訪ねたのである。夫人桂花子は佐藤富子の友人でもある。その晩、桂夫婦は郭沫若の家に宿泊した。しかしその時、花子夫人はすでに広州からの船上でチフスに感染していた。その後日本に到着して間もなく花子夫人は発病して亡くなった。彼等が寝泊りしたのは郭沫若が普段仕事する部屋だったため、郭沫若が同じチフスに感染したのである。

しかし、郭沫若は死ななかった。二週間の昏睡の後ついに意識を取り戻した。石井医師も彼の生命力が強いのに驚いたという。当時、一般的にチフスの死亡率は五〇％以上である。二週間昏睡状態が続いた末回復したというのは奇跡とも言える。勿論その間、佐藤富子が献身的に看病したことを忘れるわけにはいかない。郭沫若はとうとう四週間後に退院することができた。

退院した直後から彼は詩の創作欲に駆られるようになる。わずか十日ほどの間に二十四首の口語詩を詠んだ。『恢復』である。この詩集は同年の三月に『創造社叢書第二十三種』として出版されている。その中に「帰来」という詩があり、郭沫若は佐藤富子に対する感謝の気持ちを次のように詠む。

我四脚四手地爬上了樓梯，
我的樓房是收拾得異常整潔。
這是我的妻，她的愛情！
我的生命是她救起的。

當我還睡在病院里的時候，
她每日要來看我兩次。
其實她的病比我還要深沉，
她得的是慢性 nephritis！

她每次來的時候都不是空手，
不是美好的鮮花，就是果品；
她早上來時要坐到中午，
她午後來時要坐到夜深。

この詩の大意は、「私は四つん這いで階段を上がる、部屋はきれいに掃除してある。これが私の妻、彼女の愛情だ。私の命は彼女によって助けられたのだ。病院に寝ていたとき、彼女は日に二回見舞いに来る。本当は彼女の病気は私よりもひどい。彼女が患ったのは慢性腎炎だ。彼女が手ぶらで来たことがない。美しい花か、菓子をきっと持ってきた。朝来ればお昼まで、午後来れば夜更けまでいた。[6]」となる。

当時佐藤富子は腎炎を患っていたが、自分の病を省みず、懸命に郭沫若を看病した。郭沫若は九死に一生を得て、改めて富子の愛と献身を深く感じたのである。

彼は奇跡的に病魔に勝ったが、支払った代償も小さくなかった。身体は歩行できないほど衰弱していた。その上、聴覚をほぼ完全に失った。更に重大な損失は、家族とともに脱出するために予約したソ連行きの船が十二月十二日に出航してしまったのである。これがソ連行きの最終便である。そのころ、郭沫若はちょうど病院のベッドに横たわり、生死の境をさまよっていた。すなわち、彼は病気のためにソ連に行く最後のチャンスを逃してしまった。

退院して自宅に戻ったものの、彼を取り巻く状況は以前にも増して厳しくなっていた。逮捕の手はますます近づいてくる。彼は衰弱した身体を静養しながら、次の逃亡先と逃亡方法を探った。

やがて周恩来ら組織の関係者と相談した結果、一家を連れて日本に脱出することにした。その頃国民党はすでに郭沫若の居場所を突き止め、間もなく逮捕に来ると情報が入った。郭沫若一家は内山完造の紹介で日本人経営の旅館に急遽移って、乗船を待った。一九二八年二月二十四日に、郭沫若は遂に中国を脱出する。捜索の目をくらますため、南昌大学教授呉誠《ごせい》と偽名を使って日本郵船の「盧山丸」に乗り、神戸へ向かった。一方、富子は子供たちを連れて「上海丸」に乗り、長崎へ向かった。港に見送りに来たのは内山完造たった一人であったという。三日後、一家は神戸で合流した。彼の十年に渡る日本での亡命生活の始まりである。

第四節　日本での生活

郭沫若一家は神戸から東京行きの列車に乗った。しかし東京でどこに住むのかの当てもなかった。彼等は友人桂花子の実家斎藤家を思い出して、ひとまず訪ねてみようと考えた。品川にある斎藤家には花子の両親がいた。彼等は前触れもなく訪ねてきた郭沫若一家を暖かく迎え入れた。佐藤富子はまるで実家に帰ったように感じたという。花子の母親もまた娘が蘇って戻ってきてくれたようにうれし涙にくれた。郭沫若はここにしばらく滞在して、その間一家が落ち着く先を探すことにした。

郭沫若は日本での亡命生活の居住地を千葉県市川市に定めた。これには複数の日本人が関わっている。村松梢風、横田兵左衛門、平田薫、まずこの三人が郭沫若にアドバイスを与えた。村松梢風は大衆作家で、雑誌「騒人」の編集者をしている。一九二三年（大正一二年）頃上海へ渡り、しばらく滞在した。その間、内山完造の紹介で郭沫若、田漢らと知り合い、交流をしていた。東京に着いた郭沫若は村松梢風のことを思い出し、当面の問題について相談した。村松梢風は郭沫若の意を汲んで、子供たちの成長と郭沫若の執筆を考慮して、東京からそう遠くない田舎がよいだろうと提案した。また友人の横田兵左衛門を紹介してくれた。横田兵左衛門は剣術の名手で、仙台の士族の出身である。当時横田兵左衛門は市川真間に住んでいた。村松梢風は郭沫若を連れてそこへ訪ねていった。横田兵左衛門の紹介で横田家のすぐ近くにある家を借りることにした。[7]

横田兵左衛門はまた郭沫若が亡命者であることを考慮し、思想犯を取り締まる東京の思想検事平田薫に郭沫若を引き合わせた。平田薫の指示を受けて、市川の検事、警察にも挨拶に行った。市川に居住する許可を得るためである。すべての手続きを整えて、郭沫若一家はついに市川真間に落ち着いた。

このように、郭沫若一家の市川移住は日本人の手助けによって短時間で解決した。しかし当時日本の社会状況は決して穏やかではなかった。彼は自伝「跨着東海」（「東海を跨って」）に当時の状況を回想している。

ことの運びはこのように非常に順調だった。意外なほど順調だった。どうしたことだろう。日本人はどうして私をこんなに穏やかに扱っているのか。（中略）否、当時はまさに日本の思想統制が極端に厳しくなった時期だ。特に、所謂「三・一五事件」、即ち三月十五日に日本共産党に対する大検挙が発生したのは私が市川に越してくるわずか十日ほど前であった。私は逆流の中を泳いだことになる。にもかかわらず、すべてが予想外に順調に運んだ。これは本当に不思議だ。[8]

一九二八年頃は、日本政府が左翼勢力、プロレタリア文学者、社会主義運動家に対する弾圧を強化した時期である。

この年三月十五日に「治安維持法」違反容疑で全国二十七県という規模で日本共産党、労働農民党関係者約一六〇〇人を検挙、逮捕した。労働農民党の解散を命じ、思想、言論の自由を侵害し始めた。このような状況の中で、政治犯として亡命してきた郭沫若であるので、いついかなることが起こってもおかしくないわけである。乗船の際に偽名を使っていたし、学問研究のために滞在すると説明しているので、しばらくは警察もあまり彼を重く見ていなかった。しかし、穏やかな日々は決して長く続かなかった。

市川に来てから五ヶ月たった頃、事件が発生した。一九二八年（昭和三年）八月一日、突然警察が自宅にやってきて、彼を連行した。連れて行かれたのは東京日本橋警察署である。そこで彼は警察の尋問を何度も受け、三日間拘留された。八月三日に釈放された。しかし、郭沫若はそのときに、これは「狭い監獄から広い監獄に移されただけだ」[9]とはっきり認識した。この時期から、彼は左翼の重要人物として日本の警察にマークされ、日々監視のもとで生活しなければならなくなったのである。

更に、彼の拘留に伴って、これまで助けてくれた何人かの友人たちも警察署に拘留されたり、家宅捜索を受けたりした。釈放され、帰って来た彼に対して、友人たちの態度がにわかに冷淡になった。自伝「我是中国人」（「私は中国人だ」）の中で、彼は痛切に回想している。

私の行動は、以後ずっと二重の監視を受けるようになる。一つは刑事、一つは憲兵である。しかし事実、この二重だけではなかった。二重のほかに何重もの非刑事、非憲兵の日本人の目、目、目だ！

周囲の空気は確かに変わった。隣人たちはみな警戒しながら軽蔑そうな目で見る。私にはまだ我慢ができたが、安娜（佐藤富子）にとってはもっと複雑だった。それはあたかも「あんたは本当に自分を大事にしない。日本女性として支那人、しかも悪党に嫁ぐなんて」と言っているようなものだ。[10]

友人の態度の豹変、隣人の軽蔑を受けて、一家は引っ越すことにした。郭沫若が警察署を出て、十日もたたないうちに一家は真間山の麓にある手児奈神社の傍にある一軒家に越してきた。いまの番地は真間四―六―六である。この家は「書斎、応接間、居間、玄関、台所、浴室があって、真間山を背に、南向きである。」[11]と郭沫若は「我是中国人」において紹介している。彼は特に四畳半の書斎が気に入った。彼の古代史研究はここでスタートしたのである。『中国古代社会研究』『甲骨文字研究』『殷周青銅器銘文研究』の大半はここで執筆された。彼はこの小さな書斎を「斗室」と命名した。

亡命中、彼は二回引っ越している。三番目の住居は手児奈神社より少し北へ行ったところの須和田である。今の番地で言うと、須和田二―三―十四である。ここは借地であるが、建物は亡き友人桂花子の父斎藤岩次郎が手掛けた新築の平屋である。実は斎藤岩次郎は腕利きの大工職人であった。娘の花子は病死したが、郭沫若一家とはずっと親しくしていた。郭沫若が家を新築しようと考えたときに斎藤岩次郎に設計と建築を依頼したのである。[12]今度の家は「一」の字の形をして、五つの部屋がある。いざと言う時に逃げられるように裏口も作ってある。一番奥の四畳半ほどの部屋は書斎となっている。南は広い庭である。郭沫若はここに泰山木を一本植えた。一九三〇年（昭和五年）の秋に新しい家が完成し、一家は初めて自分の家に越してきた。

勿論、須和田でも彼らは警察の監視を受け続けた。どこへ行っても刑事がついてくる。旅行に行くときもその都度警察に届出をしなければならない。それだけではすまない。ときには、突然警察が家に入ってくることもあった。彼には行動の自由も発表の自由もなかった。文字通り「広い監獄」の中での生活である。

須和田の家の近くに須和田公園がある。彼はよくここを散歩した。夕方、子供たちを連れて行くこともあった。市川市国府台から須和田の一帯は、弥生時代や古墳時代の遺跡が多数散在するところである。須和田公園はここで発掘された須和田遺跡を整備し、造られたものである。公園は高台の上にあって、園内には古い松の木や銀杏の木が高く聳え立ち、枝葉を広く伸ばしている。昼間でも園内は鬱蒼としている。当時、公園の周囲には田畑が広がり、夏の夕方になると、田畑の方から牛蛙の低い鳴き声が公園まで伝わってくる。郭沫若の長女郭淑瑀は当時のことをよく覚えている。その公園は暗くて、夕方には烏が盛んに鳴き、その上牛蛙の陰気な鳴き声が聞こえてくると、ぞっとするほど不気味に感じたそうである。実は、郭沫若もこの公園で気晴らしをしたわけではなかった。現在公園の中に彼の詩「別須和田」が刻まれた石碑がある。一九六〇年代に市川市日中友好協会の要請に応じて詠んだ詩である。その中に亡命当時の心境を詠んだ次の数句がある。

憶昔居此時　時登屋後山
長松蔭古墓　孤影為流連
故國正塗炭　生民如倒懸
自疑歸不得　或將葬此間

詩の大意は、「昔ここに住んでいたころ、時に自宅の裏山に登った。古松が古墳の陰を作り、私の孤独な影は去来する。故国はまさに苦痛な境遇に遭い、民は危ない状況にある。もしかして自分はもう国に帰れず、ここで骨を埋めるようになるか。」である。

「自宅の裏山」はすなわち須和田山を指している。須和田公園の陰惨な雰囲気は彼の憂鬱な心をよく反映している。日本では亡命者として日々日本の警察に監視される。母国に帰れば自分を逮捕しようとしている。国があっても帰れない。暗い公園で彼は焦り、孤独、悲しみといった複雑な思いを噛みしめる。高台から周囲を眺めながら、心は遠い祖国へ思いを馳せたのであろう。

第五節　中国古代史研究

郭沫若が中国を発つ前に、今回の日本滞在で学術研究をしようという考えをもっていた。しかし具体的な研究テーマがあるわけではなかった。市川に落ち着いてから、彼は文芸、哲学、歴史の書物を広く読んだ。彼が最初に着手したのは少年時代に諳んじた『易経』の研究である。「周易的時代背景与精神生産」(周易の時代背景と精神の生産)という論文は一九二八年(昭和三年)七月に書きあげられた。『易経』に続いて、『詩経』『書経』に着手する。しかし、そのとき一つの疑念が彼の頭に浮かんだ。そもそもいま手にしている『易経』は果たして本当に殷周の時代に書かれたものであるか。同じように『詩経』は孔子の删改を経ているので、本来の面目を保っているか。「たとえ『易』『書』『詩』を先秦の典籍と信じても、これらは間違いなくすでにその真を失っている。そうであれば、中国の古代を論ずるために単にこれらのみを研究資料とするなら、そもそも出発点においてすでに問題が生じてくるのではないか。」[13]つまり、彼は『易』『書』『詩』の史料としての真実性に疑問を投げかけたのである。彼は「第一手の資料、例えば考古発掘で得たもの、いまだ後世の影響を受けず、確実に古代を代表するもの」[14]を求めた。

当時上野にあった帝国図書館の蔵書に羅振玉編『殷墟書契前編』がある。郭沫若はこの書物で初めて殷代の甲骨文に出会った。この本は羅振玉の序文を除いて、すべて一八九九年以後中国河南省安陽市の近郊にある小屯村から出土した殷代の甲骨の拓片である。これこそ郭沫若が求めていたものであった。しかし拓片にかすかに見える文字らしいものは何を意味するものなのか、まったく分からなかった。つまりこれらの拓片に対する考釈が必要である。そこで、彼は更に甲骨文を解読する手がかりを探した。

当時、東京本郷一丁目に「文求堂」という中国関係の書籍を専門に扱う書店があった。郭沫若は留学時代からこの書店を知っていた。書店の主人は田中慶太郎という。郭沫若によると、「彼は小学校も卒業していないが、中国の版本には豊富な知識をもっていた。この方面では彼の知識は大学の教授や専門家を遥かに超えている。凡そ、日本人で中国学を研究する人には田中慶太郎を知らない人はいない。ちょうど上海で日本を研究する中国人には内山完造を知らない人がいないのと同様だ。」[15]という。

彼は「文求堂」を思い出し、訪ねることにした。果たしてそこで彼は羅振玉の『殷墟書契考釋』を発見した。繙いてみると、その研究項目は秩序整然としているし、字彙の考釈も附されている。まさに彼がすぐにでも必要とするものである。しかし、書物の金額を見れば、十二円である。当時これは決して小さい金額ではなかった。郭沫若のポケットには六円入っていた。彼は大胆な申し出をした。六円を差し出して、これでこの本を一両日貸してくれないかと書店の主人田中慶太郎に相談を持ち掛けた。が、断られた。郭沫若は亡命中に田中慶太郎とかなり深く交友したが、しかしこの時は初対面である。『殷墟書契考釋』を読みたい一心で彼は無謀な申し出をしたので、断られるのも当然であろう。しかし田中慶太郎はこの中国人の客にあるアドバイスをした。彼は「東洋文庫」の存在を郭沫若に教えたのである。東洋文庫はこの手の書物を多く所蔵しているという。ついでに東洋文庫主任石田幹之助を紹介したのである。田中慶太郎の周旋で、郭沫若は山上正義の中国名林守仁を借り、石田幹之助を訪ねて、東洋文庫に入ることができたのである。

東洋文庫は一九二四年（大正一三年）に三菱財閥の第三代総帥岩崎久弥が、当時中華民国の総統府顧問モリスが所蔵する中国に関する研究文献のコレクション、所謂モリス文庫を購入し、これに自身の和書、漢籍に関する膨大なコレクションを加えて設立した施設である。東洋文庫には多くの甲骨文の拓片が解読されないままに所蔵されていた。また当時東洋文庫は東京帝国大学の白鳥庫吉博士を代表とする東京文献学派の研究拠点の一つとなっていた。郭沫若の伝記「我是中国人」に、東洋文庫について記した箇所がある。特に白鳥庫吉、飯田忠夫らの中国古代文化観に言及している。「白鳥の下にいる一群の学者は大概フランス学派の影響を受けているし、かなり帝国主義的な臭味を発散している。かの著名な飯田忠夫博士はこの連中の代表だ。中国人には固有の文化がなく、先秦の古典はすべて後人が作ったものだと彼は強く主張する。甲骨文と金文は当然偽物の類に入れられている。[16]」ここに見られる中国文化に関する学説は所謂「中国文明西来説」から派生した考え方を指している。

フランスの中国研究者ラクーペリは一八九四年（明治二七年）に出版した著書『中国上古文明の西方起源』において、中国人（漢人）の祖先及び中国古代文明はバビロンから伝来したもの、すなわち「中国文明西来説」を打ち出す。この学説はアジアに大きな波紋を呼び起こした。明治期にラクーペリの学説が日本の学者によって紹介され、東京帝国大学を中心とする東京学派に大きな影響を及ぼした。就中、白鳥庫吉はこの「西来説」を大いに継承し、自身の中国史論を展開した。その過程で、京都学派との間に「堯舜禹抹殺論争」を激しく繰り広げたことが日本の中国研究史に残る一つの大事件である。ラクーペリの「西来説」は日本のみならず、中国の研究者にも大きな影響を及ぼした。このような史学界のできごとと郭沫若の古代史研究との関連についてはここでは触れる暇がない。

ともかく、郭沫若はこの時、東京学派の大本営である東洋文庫で東京の学者たちがおしなべて軽視していた甲骨文の研究をひたすら進めた。彼の言葉で言うならば、まさに「私が研究しようとするのはちょうど彼ら（東京学派）が軽く見ていた範疇のものだ。文庫に所蔵している豊富な甲骨文と金文は、すべて私一人のものとなった[17]」のである。

東洋文庫で、郭沫若は羅振玉『殷墟書契考釋』、王国維『観堂集林』を読み、わずか二か月でこれまで誰も読めなかった甲骨文字を解読した。一九二九年（昭和四年）九月に論文「卜辞中之古代社会」（卜辞の中の古代社会）が完成した。この論文は翌年に出版した著書『中国古代社会研究』の一部となる。『中国古代社会研究』は一九三〇年三月に上海聯合書店より刊行された。これは彼の最初の歴史研究の論著である。この著書は中国に大きな反響を呼び、出版した同じ年に三回増版した。続けて彼は『甲骨文字研究』と『殷周青銅器銘文研究』を書きあげ、一九三一年五月と六月でそれぞれ上海泰東書局より上梓した。

研究に取り組んでからわずか三年でこれほどの成果を挙げた。郭沫若も佐藤富子もたいそう喜んだ。上海泰東書局より『甲骨文字研究』と『殷周青銅器銘文研究』がそれぞれ二十冊、彼のもとに送られてきた時、彼は涙を流した。富子は赤飯を炊いて、出版の祝いをした。しかし、このことが日々彼を監視していた憲兵に気づかれ、検査を受ける羽目になった。郭沫若はこう回想する。「その日の午後三時ころ、憲兵も来た。大きな荷物が届いたようだが、どんな宝物かな、と憲兵は聞く。私には分かっている。彼らはきっとこれが宣伝物と思っているだろう。彼は当然これを調べに来たのだ。安娜はまだ開封せずに廊下に積んである荷物を指して言う、『そうですよ。これはすばらしい宝物よ。価値が付けられない宝物よ。』そこで荷物を開いて見せた。小さい包みには『甲骨文字研究』が、大きい包みには『殷周青銅器銘文研究』が入っていた。憲兵がそれらを眺めて糞を食らったような顔をした。こいつめ、さっさと尻を巻いて逃げた[18]」難しい学術書の前で、憲兵はとんだ見当違いをしたわけだ。郭沫若にとって、この場面はなんとも痛快であった。

彼は上海から送られてきたこの二部の著書を文求堂に持っていくことにした。当時十四歳になった長男和夫と一緒に担いで東京に出かけた。文求堂の田中慶太郎は七掛けで買い取り、その場で現金を支払ってくれた。実はこれが後に郭沫若の著書を文求堂から出版、販売する契機ともなった。一九三二年（昭和七年）以後の『両周金文辞大系』『金文叢考』『金文餘釋之餘』『卜辞通纂附考釋索引』『古代銘刻彙考』『古代銘刻彙考続編』『両周金文辞大系図録』『両周金文辞大系考釋』、これら古代文字研究の重要な著書はすべて亡命期に、文求堂より影印版にて出版したものである。

郭沫若が日本に亡命していた十年間は、日中関係は極度に悪化し、戦争に突入する寸前であった。祖国の逮捕を逃れ、日本に亡命した彼はまた決して安全ではなかった。五人の子供、七人家族の生活を抱えている彼を取り巻く環境は物質的にも、精神的にも厳しいものであった。しかしその中で彼は古代研究、しかも当時の学界では決して主流でない課題の研究に打ち込んで、大きな成果を挙げた。これには逆境に耐え、信念を貫く強靭な精神力がなければ到底できなかったことであろう。同時に、彼を支えてくれた多くの日本人の存在も大きかったと言えよう。

《注》

1 蒋介石が国民党左派及び共産党勢力を弱めるために起こした事件である。一九二七年三月十七日、南昌と九江市国民党市党部と総工会に青紅幫（地方の暴力団体）が押し入り、暴力を振るい、死傷者多数を出した。総工会の反撃に対して、蒋介石は護衛隊を出して鎮圧させた。

2 一九二七年三月二十三日、蒋介石は安慶で青紅幫を指示して、市党部と総工会等の組織本部を破壊させ、負傷者を多数出した事件。

3 「脱離蒋介石之後」（蒋介石から離脱した後）『郭沫若全集』第十三巻所収　二〇二頁　筆者訳　以下同じ

4 「脱離蒋介石之後」『郭沫若全集』第十三巻所収　二〇四頁

5 「跨着東海」（東海を跨がって）『郭沫若全集』第十三巻所収　三一〇～三一一頁　筆者訳　以下同じ

6 「恢復」『郭沫若全集』第一巻所収　三六九～三七〇頁

7 斎藤孝治の調査によると最初の借家はいまの番地で市川市真間二―二十四にあったという。斎藤孝治著『疾風怒涛』上四三〇頁参照。

8 「跨着東海」『郭沫若全集』第十三巻所収　三二六頁

9 「我是中国人」（私は中国人だ）『郭沫若全集』第十三巻所収　三四七頁　筆者訳　以下同じ

10 「我是中国人」『郭沫若全集』第十三巻所収　三五〇頁

11 「我是中国人」『郭沫若全集』第十三巻所収　三五一頁

12 斎藤孝治著『疾風怒涛』上　四七九～四八〇頁参照。

13 「我是中国人」『郭沫若全集』第十三巻所収　三五七頁

14 「我是中国人」『郭沫若全集』第十三巻所収　三五八頁

15　「我是中国人」『郭沫若全集』第十三巻所収　三六〇頁
16　「我是中国人」『郭沫若全集』第十三巻所収　三六二頁
17　「我是中国人」『郭沫若全集』第十三巻所収　三六三頁
18　「我是中国人」『郭沫若全集』第十三巻所収　三七三頁

第七章　亡命期の作品

第一節　身辺小説「鷄之帰去来」

「鷄之帰去来」（「鶏の帰去来」）は一九三三年（昭和八年）九月に執筆され、翌年『沫若自選集』に「鷄」という題で収録された作品である。一九五八年（昭和三三年）に『沫若文集』を刊行する際、「鷄之帰去来」と改題された。当時、彼は千葉県市川市須和田に居を構えて、一家七人がひっそりと暮らしていた。彼は日々警察に監視され、行動の自由を失っていたのみならず、言論や発表の自由も失っていた。若干の翻訳と自伝の執筆を除いて、彼は多くの精力を古代社会と古代文字の研究に注いだ。『沫若自選集』序に、彼は当時自分のおかれた状況について次のように述べている。

目下私が申し訳なく思うのは、書きたいものが書ける適当な環境がなく、また書き上げたものを発表できる場所もないことである。水門が厳しく閉ざされている間は、渓流は停頓せざるを得ないものである。[1]

創作活動や発表が厳しく制限される状況の中で出版した『沫若自選集』には、「鷄之帰去来」を除いて他の作品は一九二〇年から一九二五年までのもので、いわゆる、亡命以前のものである。作品の選定について、郭沫若は次のように述べる。

ここに選ばれたのは比較的に客観化された何編かの劇と小説である。全体の統一のために叙情的な小品と詩及び純自伝的性質のものは皆加えていない。（中略）厳格に言えば、私が方向転換する以前の作品には意に適ったものは一篇もない。[2]

ここでいう方向転換とは、一九二四年（大正三年）頃、河上肇『社会組織と社会革命』翻訳以後に見られる郭沫若の思想上の変貌をいう。この序文から分かるように、郭沫若は自分の思想転換以前の作品に物足りなさを感じていた。一方、言論と発表の自由を奪われたことにまた強い閉塞感を感じていた。創作欲と環境からの圧迫に彼は苦しみ、必死に耐えていた。そのような状況の中で、彼は敢えて「鶏」を『沫若自選集』の巻頭に載せた。一篇として意に適うものがないと言われた過去の作品群の冒頭に位置づけられたこの作品は、何を意味するのであろうか。あるいは、郭沫若はこの一篇をもって水門にせき止められた渓流のいまなお強い生命力を維持していることを人々に示そうとしたのではなかろうか。

「鶏之帰去来」は身辺小説の形を採って作者の亡命生活を描いている。しかし、注目されるのは、作品中に在日朝鮮人労働者の状況を描写した部分が目立っていることである。郭沫若の朝鮮に対する関心は日本留学期に始まり、一九一九年の「牧羊哀話」、一九二〇年の「狼群中一隻白羊」はともに朝鮮を題材とした作品である。「鶏之帰去来」はこれらの作品と並んで朝鮮問題を扱った作品の系列に数えられるべきものであるが、一九二四年を境に、所謂思想転換以前の作品と比較して、この作品は、問題の扱い方や作者の着眼点において大きな変化を見せている。ここでは、「鶏之帰去来」に見られる体裁と内容の問題、発表の意味、朝鮮に対する郭沫若の扱い方を探ってみたい。

1　身辺小説の体裁

一九三三年（昭和八年）三月十九日郭沫若は知人叶霊鳳《きょうれいほう》宛ての書簡に次のように書いている。

私は最近日本に亡命して、この五、六年の生活を書きとめたいと思っている。題は「江丘川畔」にして、三、四十万字くらいは書けると思う。「現代」がもしほしいなら予め契約してもいい。[3]

郭沫若はここで新しい創作の構想を打ち明けている。それは亡命生活の記録或いは自叙伝を目論んだものであった。題の「江丘川畔」は恐らくは「江戸川畔」の読み間違いであろう。当時郭沫若は江戸川の東岸の市川に住んでいた。しかしこの作品はついに完成しなかった。その原因は恐らく当時の厳しい状況にあったと想像される。実際、亡命当時のことを記述した作品、例えば「跨着東海」、「我是中国人」は郭沫若が中国に帰った後、一九四七年（昭和二二年）以後に書かれた作品である。しかしこの手紙から、一九三三年頃にはすでに日本での亡命生活を書こうとする意欲を彼はもっていたことが分かる。そして、「鶏之帰去来」はその意欲を実現すべく創作された作品と言えよう。この作品は同じ亡命期の作品「浪花十日」（一九三四年）、「東平的眉目」（一九三五年）、「達夫的来訪」（一九三七年）とともに、後に自伝集『帰去来』（一九四六年）に収録される。亡命期に書かれたこれらの作品はそれぞれテーマをもち、作者のある時期の生活或いは遭遇した事件を描いている。いわば、身辺小説風のものが多い。

「鶏之帰去来」も大体において身辺小説の体裁を採っている。主人公「私」は郭沫若自身であり、家族の名はすべて郭沫若の家族の実名を使っている。四節からなるこの小説は、第一、二節で主人公が飼っている鶏の失踪を、第三、四節で鶏が戻ってきたこと、それについての想像と議論を描いている。当時郭沫若と妻安娜は数羽の鶏を飼っていた。その中の一羽がある日何者かに盗まれた。しかし数日後にその盗まれた鶏が戻ってきた。一体誰が、何のために盗んで、また返してきたのか。安娜が近所の奥さんと話しあって、朝鮮人がやったのではないかという結論に至った。郭沫若は朝鮮人と聞いてさまざまな連想を展開する。最近近所に移住してきた朝鮮人労働者は飢餓のために鶏を盗んだ。しかし仲間に忠告を受ける。「君が入ったのは中国人の庭だ。彼は我々と同じように始終日本の警察にいじめられている人間だよ。」と。この忠告を受けて、鶏を盗んだ朝鮮人は鶏を食べずに返してくれた。注目しなければならないのは、郭沫若が在日朝鮮人労働者のことについて特に力も込めて描いたため、第三、四節の内容は身辺小説の範囲を逸脱していることである。すなわち作者は一羽の鶏をめぐる小さな事件から朝鮮人問題へと話題を展開していった。そして作品全体の内容から見て、作者の狙いは明らかに後者にある。それは第三、四節に見られる在日朝鮮人労働者に対する作者の具体的な分析や描写を見れば明らかである。

2　朝鮮人問題と関東大震災

郭沫若はいつ頃から朝鮮に関心をもつようになったのか。第四章ですでに見てきた「牧羊哀話」(一九一九年)や「狼群中一隻白羊」(一九二〇年)から分かるように、彼は日本留学時代からすでに朝鮮に多大な関心をもっていた。郭沫若の留学は一九二三年(大正一二年)春に終了し、四月にすでに家族を伴って上海に戻っていた。しかし、この年九月に起こった関東大震災は再び彼の関心を朝鮮問題に引き付けたのである。

震災時に東京では朝鮮人が井戸に毒を撒いた、放火したと、さまざまな流言が広がり、警察と市民の自警団は朝鮮人虐殺を行なった。惨殺された朝鮮人は六〇〇〇人以上と確認されている。郭沫若はこのことを東京から帰ってきた友人から聞き、大きな衝撃を受ける。この年に発表した作品「百合与蕃茄」(「百合とトマト」)において彼は早速震災のことを取り上げる。

当時うわさがあって、地震時の火災は皆朝鮮人と共産主義者たちがやったのだと言う。日本のなんとかいう青年団、自警団はまるで狂犬になったようだ。かなり多くの朝鮮人が死んだ。日本の労働者も多く死んでいる。4

ここでは、郭沫若は朝鮮人虐殺の理由、すなわち放火などの噂をはっきりと「謡傳」（デマ）としている。更に虐殺を受けたのは朝鮮人だけでなく、中国人、共産主義者、そして日本の労働者もいたという事実に言及している。一九二三年（大正一二年）九月に起こった朴烈《ぼくれつ》、金子文子の検挙、労働運動家平沢計七、河合義虎らの殺害、大杉栄、伊藤野枝の殺害は、地震後の虐殺騒動とは無関係ではない。郭沫若はこれらの事件を意識したのではないか。彼は作品に「這真是惨無人道！」（全く人倫を絶するほど悲惨だ！）と憤慨を述べる。郭沫若の憤慨は日本政府、警察と差別意識をもった市民に向けたものであったが、死者への同情は朝鮮人だけでなく、日本の労働運動家や労働者にも寄せている。関東大震災と朝鮮人虐殺事件は「百合与蕃茄」においてはごく短い挿話に過ぎないが、しかし郭沫若が虐殺に大きな衝撃を受けたこと、一連の社会的事件をも視野に入れてこの事件に強い関心をもったことは、この短い挿話から読み取ることができる。特に朝鮮人虐殺に対するこだわりは亡命期にまで持続し、むしろその関心はますます強くなった。

「鶏之帰去来」第三節において、鶏を盗んだのが朝鮮人かもしれないということを聞き、「私」が最初に思い浮かべたのは関東大震災である。

一九二三年の大地震によって潰滅した東京は、十年の経営を経て、このころ範囲を拡大して、一躍日本人が誇張する所謂「世界第二」の大都市になった。皮相的な観察者は口を極めて日本人の建設能力を称賛し、彼らの東京を火から再生した鳳凰と形容するだろう。しかしこの鳳凰を再生させた火は、大地震当時に日本人によって大屠殺を受けた朝鮮人にとっては、一種の意外な反語と言わなければならない。八、九万人の朝鮮人労働者は日射しと雨の中で東京を復興させた、否、「大東京」を生産した。しかし彼らが得た報酬は何であるか、奨励の二文字はすなわち「失業」である。[5]

郭沫若が日本に亡命した一九二八年（昭和三年）頃の東京は、震災後の復興工事はかなり進んで、一九三〇年三月にすべての復興工事を完了した。復興工事には日本人労働者の外に、朝鮮人労働者も動員された。その数は数百万人に上るという。[6] 焦土から再生した新しい東京を日本の人々は熱狂的に祝った。復興完成を祝う行事は、一九二九年の十月から翌年三月末にかけて盛んに執り行われた。新聞報道では毎日のようにお祝いの様子が報じられているが、復興を礼賛する記事ばかりである。復興に貢献した朝鮮人労働者のことはほとんど忘れられている。しかもこの頃からすでに始まった経済不況によって、朝鮮人労働者の失業問題が深刻化していた。[7] 郭沫若が「鶏之帰去来」で新しい東京を震災の大火から再生した鳳凰と譬えたのは明らかに震災当時朝鮮人に関する放火、撒毒の悪質な噂に対する皮肉である。そして、作品の中で、彼は朝鮮人の失業を強調した。第一、二節の鶏の窃盗事件はここでは在日朝鮮人の問題へと発展していく。

3　朝鮮人労働者の状況

第三、四節において在日朝鮮人の労働状況や生活状況についての描写は大きな紙幅を占めている。具体的に次の三点にまとめることができる。

一　朝鮮人が日本に大量流入した原因
二　彼らの労働状況と生活状況
三　朝鮮人に関するデマが生ずる原因

この三点について、郭沫若は具体的に描写している。

まず、一　朝鮮人が日本に大量流入した原因に関して、郭沫若は第三節でこう記す。

彼らの多くは三十歳前後の壮年、朝鮮の小作農か中等地主の息子である。彼らの家産田園は人に奪われ、行く道がなくなって、東京にやってきた。また東京で失業してしまったので放浪奴隷になって、仕事を探してあちこちの田舎に移動して行く。8

朝鮮農民の家産土地は誰に奪われたのか。この点について郭沫若ははっきり書いていないが、日本政府が朝鮮で実施したさまざまな政策によるものであることは歴史によって証明されている。日韓併合から一九一九年（大正八年）まで、日本政府は朝鮮で土地調査事業を行い、文盲の農民から土地を奪った。一九二〇年代に入ってからは産米増殖計画を実施した。この計画の中心は土地改良事業と水利事業である。その結果、高い組合費に耐え切れない中小地主は所有地を手放さざるを得なくなり、土地の兼併を促進した。そして多くの農民は流浪人口となって、農村から都会へ、満州へ、日本へと移動していく。しかし朝鮮人小作農の流動と日本の植民地政策との因果関係を明白に指摘した者は第二次世界大戦終結まで極めて少なかった。少ない中で敢えて挙げるならば、園乾治の「我国の日傭労働者に関する若干の考察」（一九三三年「三田学会誌」）、金重政の「在日本朝鮮労働者の現状」（一九三一年「中央公論」）、李清源の『朝鮮社会史読本』（一九三六年　白楊社）がある。しかし、当時の朝鮮問題に関する論文や調査報告はほとんど日本の政策を擁護する立場をとっていた。前掲の園乾治にしても、日本の植民地政策と朝鮮人の貧困の関係を認めざるを得ないという態度をとっていた。しかし金重政はその論文で明白に産米増殖計画、水利事業、土地調査、土地兼併などの政策が朝鮮農民を破産――流浪――求乞の境遇に追い込んでしまったと指摘している。しかし実際、この問題についての本格的な研究と調査の出現は一九五〇年代を待たなければならなかった。郭沫若日本亡命期の蔵書には前掲の李清源『朝鮮社会史読本』が現存している。「鶏之帰去来」より三年後の刊行であるが、この時期郭沫若は社会や歴史研究の書物を通して、朝鮮に関わる諸問題を研究していた可能性が大きい。ともかく一九三三年（昭和八年）の時点で、彼がすでに朝鮮人の日本流入の原因を作品に指摘したことは、日本の植民地政策と朝鮮人の被害との関係に注目し、その本質を鋭く洞察したと言える。

二　在日朝鮮人労働者の労働状況と生活状況

朝鮮人労働者の労働状況と生活状況について、郭沫若は「鶏之帰去来」第三節で具体的に描写している。大正末期、世界恐慌の波が日本にも徐々に押し寄せてきて、国内の失業者が増大した。これらの失業者を救済するため、政府は各地で「失業者救済事業」を起こした。土木工事、砂利採掘などの重労働である。当時東京で失業した朝鮮人も仕事を求めて地方へと流れていく。一九二九年（昭和四年）東京府社会課は当時の朝鮮人労働者の労働状況について調査を行ない、「労働時間の他より長きこと、危険の伴う仕事、穢い仕事、労苦の多き仕事なること」とその厳しい労働状況を明らかにしている。（「在京朝鮮人労働者の現状」）つまり彼らの労働は不快、不潔、過激である。

郭沫若が住んでいた千葉県市川市にも東京から流れてきた朝鮮人が多かった。郭沫若は彼らを「放浪奴隷」と呼んでいる。彼らの仕事は大部分が土木工事である。山を削って沼を埋め、建築の土台を作る。郭沫若はよく工事現場を訪れて彼らの仕事振りを観察した。「鶏之帰去来」において彼は朝鮮人労働者の仕事はいかに重労働であるか、労働時間が十時間以上に及んでいることなどを、事細かく描いている。またこのような重労働に対して彼らの収入と食事はまた極めて貧弱なものである。このことについて、郭沫若は作品にこう描いている。

彼らは東京で仕事をしているときは一日に八十銭の日賃をもらえた。人夫頭に二十銭、毎日の食事代に二十銭を取られ、残りはたったの二、三十銭。彼らが飯場でとっている食事はかわいそうなもので、毎日二、三回の粥、中には菜っ葉が少し入っている程度である。これが彼らの常食である。[9]

一九三〇年以後、在日朝鮮人労働者の生活と賃金について調査、報告した文章は若干見られる。例えば、一九二九年の「鮮人労働者と失業問題」(秋山斧助、「社会政策時報」百一号)、「在日朝鮮人労働者の現状」(東京府社会課)、一九三〇年の「日稼哀話」(吉田英雄、平凡社)、一九三一年の「朝鮮人労働者問題」(酒井利男、社会事業研究)、「在日本朝鮮人労働者の現状」(金重政、中央公論)、一九三三年の「我国の日傭労働者に関する若干の考察」(園乾治、三田学会誌)などである。これらは或いは個人として、或いは政府機関として発表したものであるが、朝鮮人労働者の賃金の低いこと、食事の貧しいことについては等しくその事実を認めている。例えば食事について、前掲の「鮮人労働者と失業問題」に「その食事は非常に粗末にして、米と塩と野菜とで生きていると言ってもいいぐらいである。」という記述が見られる。「鶏之帰去来」にある食事の描写は当時のこれらの調査資料と照合しても分かるようにかなり事実を伝えていると言える。

賃金については、郭沫若は作品において具体的な額を示しているが、実際当時朝鮮人労働者の賃金額はどの程度であったか。ここにいくつか調査データがある。

一九二三年(大正一二年)

人夫　　朝鮮人、最高一円七〇銭

最低一円　「在日本朝鮮労働者の現状」金重政

一九二七年（昭和二年）

土方　内地人、二円三〇銭

朝鮮人、一円三〇銭　「鮮人労働者と失業問題」秋山斧助

一九三一年（昭和六年）

土木建築　平均、一円五一銭　「朝鮮人労働者問題」酒井利男

同

建築手伝　内地人、一円五三銭

鮮　人、一銭二〇銭

土工　内地人、一円四九銭

鮮　人、一円一九銭　「我国の日傭労働者に関する若干の考察」園乾治

この調査データから分かるように、朝鮮人労働者の賃金は大体において日本人の六割程度である。このうち、金重政の調査データは注目される。彼はこのデータについて、「日本資本主義の安定期であった大正一二年当時から、第三期の崩壊期である現在（昭和六年）に至るまでの間に、労働者の平均賃金は二〇％～四〇％も低下せしめられている。」[10]と指摘する。つまり一九三一年頃の日傭労働者の平均賃金は実質上前掲の数字より二〇％～四〇％低下したものになる。郭沫若は作品で朝鮮人労働者の日賃を八〇銭としているが、この金額は前掲の調査データのいずれよりも低いものである。しかし金重政の挙げた大正一二年最低日賃の一円から二〇％低下したものを単純計算すると八〇銭になる。「鶏之帰去来」に見られる八〇銭の賃金と一致する。このような具体的な数字から見ても郭沫若はこの作品

を書くに当たって、当時の調査データや論文、中就「中央公論」に掲載された金重政の文章を参考にしたことは十分に考えられる。ともかく貧困と犯罪の必然的関係として、この低賃金と極端に貧しい食生活は鶏泥棒の原因となる。「鶏之帰去来」はこのように具体的な数字に基づいて、朝鮮人労働者の状況を描き出している。しかしその中にあっても郭沫若は精神面に対する洞察を怠らなかった。それは鶏を返してくれた理由に対する彼の想像に現れている。

兄弟、君が入ったのは中国人の庭だよ。彼も我々と同じように日本警察のいじめをいつも受けている人だよ[11]。

ここで強調されたのは中国人と朝鮮人は同じく日本から圧迫と屈辱を受けている、いわば被圧迫民族としての連帯感である。郭沫若は鶏を返してくれた理由を、飢餓と義理の戦いで義理が勝ったからだとするが、その義理を支えたのはこの連帯感であった。どんなに苦しい境遇にあっても同じ運命を背負った人間から物を取り上げ、相手を更に苦しい境遇に陥れることはできない。郭沫若はここで朝鮮人の心を汲み取ろうとした。作品に、「好象在暗途中突然見到了光明一様。」（暗闇の中で突然光が見えてきたようだ）とあるのは、朝鮮人のこのような心の発見に対する感動を表している。

三　朝鮮人に関するデマが生ずる理由

朝鮮人に関するデマとその理由は、郭沫若が関東大震災以来関心をもっていた問題である。「百合与番茄」において、彼はいち早く朝鮮人に関するデマと虐殺を取り上げ、憤慨した気持ちを表した。「鶏之帰去来」では、朝鮮人居住地で起こった強姦殺人、食人事件を描いている。郭沫若はこの事件を関東大震災後に氾濫した朝鮮人に関する流言と同様事実無根のデマとした上で、デマの生ずる理由を挙げる。すなわち、朝鮮農民の破産、流離、低賃金、貧困、無教育、更に人間としての本能、食欲、性欲である。

当時の在日朝鮮人の教育程度については東京府及び大阪市の調査データ[12]が残っているので、郭沫若の言う「無教育」を裏付けるものになるだろう。更に朝鮮人の性的犯罪についても、酒井利男の「朝鮮人労働者問題」や秋山斧助の「朝鮮人労働者と失業問題」に若干の調査データと言及がある。郭沫若はこのような諸要因を朝鮮人に関するデマが生ずる原因と見ていた。同時に、朝鮮人に対する民族的偏見もデマを生む日本人の意識の根幹にあったと指摘している。

彼らが教育を受ける機会は当然剥奪されてしまった。彼らには所謂高等教育はない。しかし彼らは剥奪者中の如何なる大学教授、如何なる徳性の高い教育者、宗教家などと同じように、共に人間であり、動物である。同じように食欲と性欲を持っている。この食欲と性欲の要求、この圧迫者と被圧迫者の間に普遍的に存在する要求は、即ち流言の生ずる主な原因である[13]。

郭沫若はここで、在日朝鮮人問題を民族間の関係、人間存在の問題という二つの視点から考えている。日本と朝鮮の関係は明らかに圧迫者と被圧迫者の関係になっていた。朝鮮に対する日本の統治は、このような民族関係を作ってしまった。人間存在の視点から見た場合は、日本人も朝鮮人もまず人間である。人間である以上、本能としての食欲と性欲を抱くのが当然である。しかしこの食欲と性欲が満たせない環境にあれば、犯罪が生じやすくなる。当時在日朝鮮人が関与した窃盗や性的犯罪を含めた多くの事件が新聞に報道されたり、朝鮮人社会に関する調査で取り沙汰されたりしたが、このような犯罪や事件はまた朝鮮人に対する民族的偏見に拍車をかけることになる。ここで郭沫若はこの二つの視点から朝鮮人が受けた不合理な待遇を訴える。その訴え方は「百合与番茄」のように感情的ではなく、むしろ客観的に事の因果を分析する沈着な態度が窺われる。これは朝鮮人問題に対する郭沫若の認識の深化を表していると言えよう。日本亡命期に、在日朝鮮人の生活を観察する機会が多くなり、朝鮮人問題を扱った論文や著書に接する機会も多かったはずである。彼はある程度在日朝鮮人の実態を把握し、朝鮮人に関する流言の生ずる理由を捉えた。それと同時に在日朝鮮人問題の深刻さを認識したのである。「鶏之帰去来」の結尾で彼は次のように書く。

　釈迦牟尼も物を食べる、孔子先生も子をもうける。日本で放浪している数万の朝鮮人奴隷は恐らくただ鶏を盗んだり、風説の種を撒いたりするだけでは事が済まないだろう。[14]

これは明らかに朝鮮人問題の更なる深刻化の予告である。朝鮮人も人間である以上、また今までと同様の不合理な待遇を受け続ける以上、更なる大きな社会問題を引き起こすのは必至である。郭沫若はその必然性をはっきりと感じ取ったのである。

ここまで来ると、「鶏之帰去来」はもはや身辺小説の領域を脱して、歴然とした社会小説の性格を呈している。第一節、第二節で鶏の失踪、帰還を身辺小説の形で描く。第三節、第四節になると、鶏泥棒は朝鮮人であるという噂から、朝鮮人労働者の労働状況から、生活、更にデマへと話題が展開されていく。やがて朝鮮人問題の深刻さを刻明に描き出す。郭沫若がこの作品で書こうとしたのは鶏の失踪ではなく、本当の主題はあくまでも当時の在日朝鮮人労働者にまつわる社会問題であり、日本の朝鮮支配がもたらした悲惨な結果を世に訴えることではないだろうか。朝鮮人問題に対する郭沫若の捉え方にはより広い視点を通じて、より着実に実態を捉えようとする態度が窺える。一九三三年はすでに満州事変が起こり、日中関係はかなり緊張した時期である。このような情勢の中で書かれた「鶏之帰去来」は、日本の帝国主義統治に反抗した大胆な作品と言わざるを得ない。

郭沫若が朝鮮に関心を抱いた時期に関して、筆者は大まかにこれを第一期（一九一四〜一九二三年）留学期、第二期（一九二八〜一九三七年）亡命期、第三期（一九五〇年以後）政治家としての時期、と分期している。第一期と第二期はちょうど第一次世界大戦と第二次世界大戦を挟む時期である。全世界はこの二つの大戦に揺れ動いていた。アジアでは、日本がアジア制覇を狙って、朝鮮を併合し、中国にも侵略の手を伸ばしてきた。日本の朝鮮統治は関東大震災後一層強硬になり、震災復興に大量の朝鮮人労働者を動員したことはその一端といえる。このような動乱の時期に、郭沫若は前後二十年間日本で生活した。第一期は留学生として、第二期は亡命者として、身分と立場は大きく異なったが、中国人として、彼は常に日中朝三国の関係に注目した。彼にとって朝鮮の問題は中国の問題であり、朝鮮民衆の苦しみは中国民衆の苦しみでもあった。第一期は郭沫若文学の誕生期と重なり、詩人の若々しい感性と情熱が詩歌や小説に満ちあふれていた。当時朝鮮に対して郭沫若は「悲哀」という情緒をもっていた。「牧羊哀話」や「狼群中一隻白羊」など第一期の作品において、この「悲哀」はロマンチックな想像と美的造型によって表現されている。

第二期の郭沫若はすでに革命運動に参加し、政治的にも社会的にもある程度の経験を積んできた。一方、環境の面では、同じ日本でも彼を取り巻く状況は大きく変わった。日本の警察は彼を政治的危険人物として常に監視の目を光らせていた。郭沫若はこのような環境にあって苦痛を覚えたのは言うまでもないが、同時にまた思想や創作にさまざまな刺激を受けたに違いない。亡命以来従事してきた古代社会の研究も社会問題を敏感にキャッチし、客観的に洞察することを促したのであろう。彼の作品は、第一期と比べ大きく変化した。関東大震災以来、郭沫若は朝鮮人虐殺、朝鮮人に関するデマ、彼らの労働状況、生活状況に強い関心を持つようになる。亡命中彼は在日朝鮮人労働者の生活振りをつぶさに観察し、その状況を「鶏之帰去来」に具体的に描き出している。朝鮮農民の破産、流浪は朝鮮人の日本への多数流入をもたらした。郭沫若はこの事実を強調し、暗に日本の朝鮮統治を批判する。朝鮮人に関するさまざまな流言についても、失業、貧困、無教育とこれに付け込んだ民族差別に由来すると彼は考え、作品に朝鮮人が受けた不合理な待遇を訴えた。この作品において朝鮮に対する悲哀は単にロマンチックな想像や印象によって描き出すのではなく、朝鮮人の境遇を厳然とした民族問題、社会問題として扱い、その深刻さ、悲惨さを写実的、分析的に描き出している。事実を直視する作者の冷静で、客観的な態度と、社会的視野は第一期と大きく異なり、朝鮮に対する認識の変化を示していると言える。

郭沫若が「鶏之帰去来」を『沫若自選集』の冒頭に載せたのは、彼自身の朝鮮問題の認識と扱い方の変化を示そうとしたのではないか。閉塞の時代と政治的圧迫の環境にあって、彼は中国の古代社会に目を向けると同時に、日本社会が孕んでいた朝鮮人問題に注目し、さまざまな具体的なデータによって洞察を深めた。「鶏之帰去来」は文学の形によって植民地政策がもたらした悲惨な結果を列強国日本から剔出し、朝鮮人問題に対する作者の洞察を表した作品と言えよう。

第二節　日本の雑誌社との交流

一九二八年（昭和三年）から一九三七年にかけて、郭沫若は日本に亡命し、在日生活約十年に及ぶ。その間日々日本の特高警察（特別高等警察）の監視を受けていた。当然言論と発表の自由を失った。彼はこの状況を「水門が閉ざされている」[15]と表現している。これは、当時、中国国内の革命的文学者に対する迫害と日本のプロレタリア文学運動への封鎖を暗示している。彼は熱い愛国心と強い創作意欲を抱きながら、厳しい環境と懸命に闘っていた。亡命期に創作された作品はみなこの戦いの産物である。艱難の環境において、彼はその精力の多くを古代社会研究と古典研究に集中せざるを得ない。そして、あらゆる機会を利用して発表する場を模索していた。

二〇〇九年（平成二一年）の「日本における郭沫若関係史料発掘」[16]プロジェクトによって、次のような事実が明らかになった。郭沫若の亡命期間中、東京の数十か所の雑誌社は彼の作品と文章を発表している。『日本郭沫若研究資料集』によると、郭沫若の作品を掲載した日本の雑誌は、「中央公論」「改造」「大調和」「同仁」「満蒙」「日本評論」「歴史科学」「白揚」「支那語」「中国文月報」「中国」「中国文学」「現代中国文学」「自由」「飙風」等がある。一九三〇年代に日本の左翼勢力に対する日本政府の鎮圧がすでに徐々に強められてきた。「改造」「日本評論」等多くの雑誌は相次いで発禁処分を受けた。発禁処分を受けていない雑誌も、一様に政府の厳しい検閲を受けていた。このような状況の中で複数の雑誌社が依然として郭沫若の作品を掲載したことは、険悪な日中環境にあっても日本の進歩的な人士は中国の左翼文学に注目し、何らかの形で応援していたことを物語っている、また、戦時における日中文化交流の一側面を反映している。ここでは、「歴史科学」「同仁」「日本評論」を例として、亡命期の郭沫若と日本雑誌社との往来を探っていく。

1　郭沫若と白揚社

白揚社は一九一六年（大正五年）に創立し、昭和期の社長は中村徳次郎である。第二次世界大戦中に青木書店と改称した。白揚社は主に歴史研究、社会研究の書籍を出版し、社会改革に注目していた出版社である。一九三三年（昭和八年）五月から雑誌「白揚」と「歴史科学」を創刊する。「歴史科学」は、五十一巻を刊行した。後に雑誌「歴史」を刊行した。これらの雑誌の発行期間は次の通りである。

「白揚」　一九二一年～一九二二年
「歴史科学」　一九三二年～一九三六年十二月　一号～五十一号
「歴史」　一九三七年一月～一九三八年五月

雑誌「歴史科学」自身は左翼の色彩を濃厚に帯びている。主要執筆者は相川春喜、久保栄、佐野袈裟美、田村栄太郎、鈴木安蔵、徳永直、服部之総、八田元夫、早川二郎、李北満等であるが、彼の多くは社会運動家、左翼学者である。

白揚社は一九三〇年代にアジア社会研究の一連の著書を出版している。渡部義通『日本母系時代の研究』(一九三二年)、佐久達雄『東洋古代社会史』(一九三四年)、李清源『朝鮮社会史読本』(一九三六年)、佐野袈裟美『支那歴史読本』(一九三七年)等。これらの書籍は、東京三鷹にあるアジア・アフリカ図書館の「郭沫若文庫」に所蔵されている。その中、渡部義通と佐野袈裟美の著作は、著者により直接郭沫若に贈呈されたものであり、著者の署名が著書の見開きに見られる。このほかに、在日朝鮮人李北満は社会運動家の一人である。一九二二年(大正一一年)に来日し、朝鮮プロレタリア芸術同盟の立ち上げに参与した人物である。また一九三二年(昭和七年)に「植民地研究会」にも参加した。この研究会は地下の左翼団体であり、白揚社の庇護のもとで秘密裏に活動を展開していた。

李清源も左翼学者の一人である。一九二九年に来日し、「在日朝鮮労働総同盟」と「日本プロレタリア文化連盟」に参加している。彼は朝鮮農民問題を研究していた。一九三六年白揚社から『朝鮮社会史読本』を出版している。郭沫若に一冊贈呈している。当時の在日朝鮮左翼運動について新潟国際情報大学教授広瀬貞三氏の「李清源の政治活動と朝鮮史研究」(二〇〇四年　新潟国際情報大学情報文化学部紀要第7号)に参考になるものが多い。ともかくも郭沫若のこのような人的交流と書物のやり取りの関係から見て、彼は白揚社に出入りする左翼学者や作家たちと緊密な関係をもっていたこと、かれらの関係をつなげていたのは、左翼プロレタリア運動であったことが分かってくる。彼らの間に多くの接触があったと想像されるが、社会の情勢により、かれらの活動は多く地下に潜んでいて、今日では多くの点はもはや知ることが困難である。

いま、雑誌「白揚」に掲載された郭沫若の作品は一篇あり、「歴史科学」に二篇ある。すべて一九三六年（昭和一一年）の訳本。この間の事情は、郭沫若が文求堂書店田中慶太郎に宛てた書簡に見ることができる。伊藤虎丸編集『郭沫若致文求堂書簡』に三通白揚社に言及した書簡が見られる。

一九三六年三月四日田中慶太郎宛て書簡

蒙贈奇書一冊，多謝。日前白揚社主人来，言願出『古代社会史』，初版二千部，版税千五十元。雖略有成議，尚未定約。貴台日前亦有言願承印之意，特此奉聞，如便，請复。[17]

一九三七年一月二十二日

白揚社の件、昨年末三百円拂戻る。金三百円今月末に返済することにしているが、今先方から催促状が来ましたので又三百円だけ前借致度く存じております御都合如何でしょうか。[18]

一九三七年一月二十五日

白揚社主人中村様に金三百円御渡し下さるようにお願いいたします。専此即上。[19]

郭沫若は一九三〇年に『中国古代社会研究』を上海聯合出版社より出版した。その後、一九三六年白揚社社長中村徳次郎はかつて直接市川須和田に出向いて郭沫若を訪問している。訪問の目的は『中国古代社会研究』日本語訳の出版である。先に挙げた書簡から、出版の契約はすでに成立し、郭沫若は白揚社から一千五十円の版税分の先払いを受けとっている。しかし後にこの本は何らかの理由で出版の実現を見なかった。出版が実現できなかった結果、郭沫若は受け取った先払いの版税を白揚社に返還しなければならない事情が発生してくる。いま見た三通の書簡は郭沫若が白揚社に返金するために田中慶太郎とやり取りしたものである。一九三六年郭沫若は自分の三篇の作品を日本語に翻訳して、白揚社の雑誌に掲載している。三篇の作品と掲載雑誌は、次の通りである。

「秦始皇の死」　「歴史科学」五巻二号（一九三六年二月）
「項羽の自殺」　「歴史科学」五巻九号（一九三六年九月）
「孟子妻を出す」　「白揚」第一巻四号（一九三六年五月）

この三篇の作品の稿料は白揚社への返金に使ったようである。一九三七年の初め、郭沫若にはまだ三〇〇円の借金がある。このとき彼は文求堂書店の田中慶太郎に助けを求め、立て替えを願い出た。田中慶太郎の援助によって返金を円満に処理した。

白揚社の雑誌に掲載された郭沫若の古代研究を批評した文章は二篇ある。

早川二郎　郭沫若氏著『中国古代社会史論』「歴史科学」二巻三号（一九三三年五月）
丁迪豪　支那奴隷社会史批判「歴史科学」三巻四号（一九三四年四月）
佐野袈裟美　支那における封建制の成立過程とその特殊性「歴史」一九三七年七月号

白揚社はその雑誌紙面に郭沫若の歴史小説を掲載したが、しかし、いま見てきた郭沫若との文通から分かるように、白揚社が注目したのはやはり彼の歴史研究である。一九三〇年に『中国古代社会研究』を出版した後、中国国内での売れ行きが好調だったので、一年の間で三度版を重ねるほどであった。この著書は日本の史学界にも一定の影響を及ぼした。

歴史研究者早川二郎[20]は、一九三三年に郭沫若の『中国古代社会研究』について書評を発表している。この書評は短く、わずか三頁の文章である上、当時の政治情勢を考慮したためか、数か所の削除がある。このため、書評の論点がなかなか捉えにくい。ただ指摘できるのは、「中国の周代前期に奴隷制度が存在したかどうか」という点を巡って、早川二郎は必ずしも郭沫若の考え方に同意していないという点である。早川は当時ソ連の研究機関である支那問題研究所の見解に基づき、古典（『詩経』『左伝』『史記』）の記載によって古代社会の生産構造を分析する方法に疑問を呈し、周代は奴隷制社会であるとする郭沫若の見解を否定した。

当時の日本歴史学界では、中国の古代——周、春秋、戦国——については一般的に封建社会と定義している。早川の言うように、「現在、我々はエンゲルス、レーニンの持たない材料に依って東洋の具体的諸国の、特に支那の古代に奴隷社会が存在したかどうか、而しても若し奴隷社会が存在しないとすればその理由は如何と云ふ問題を解明すべき時期にある。[21]」と。日本歴史学界では一九五〇年代に入ってから中国古代社会の構造問題を巡る大規模な学術論争が展開されるようになるが、一九三〇年代において、郭沫若はすでに独自の見解を発表し、日本の歴史学界の敏感な反応を引き起こした。このことは、一九三〇年代に中国古代の封建制社会と奴隷制社会の問題を巡り、日本の歴史学界でもすでにこれまで主流を占めてきた歴史的定義に疑問が浮上したことを物語っている。早川二郎本人は左翼学者で、ソ連の『唯物史観の世界史教程』を翻訳し、比較的早い時期にソ連の唯物主義の史学を日本に紹介した人物である。論著には、『古代社会史』『唯物史観日本史教程』『支那社会史』などがある。彼が提唱した歴史学の方法論は、当時の日本の歴史学界にあっては斬新なものであった。郭沫若の『中国古代社会研究』は、彼に一定の刺激を与えたことは否めない。早川の歴史研究の考え方について今後なお研究が必要であるが、歴史的視点から見た場合、早川の批評は却って郭沫若の古代史研究の先駆的性格を明らかに世に知らしめた。また一九三〇年代、日本の歴史学界は唯物論に対して敏感になっていたことを反映しているのではないか。

丁迪豪《ていてきごう》[22]は中国の歴史研究者で、古代史や屈原の研究で多くの著書を表した学者である。「歴史科学」一九三四年（昭和九年）四月号は東洋史の特集号にして、日中韓三国に関する歴史問題を取り上げている。この号で注目される点は、これまで中国人研究者の論文を一度も取り上げたことがなかったが、ここで初めて二人の中国人の論文を掲載した。その一篇は丁迪豪の「支那奴隷社会史批判」である。丁氏は、奴隷制は基本的に古代ギリシャ、ローマ、言わばヨーロッパに見られる社会制度であり、アジアには適合できないと考える。郭沫若は唯物史観を無理に中国の古代社会に嵌めようとしていると、批判した。

数年後、プロレタリア評論家である佐野袈裟美[23]が、郭沫若の『中国古代社会研究』に注目し、その論文「支那における封建制の成立過程とその特殊性[24]」において、史学界で中国古代の奴隷制度と封建制度の問題は混迷、不定の状態にあると指摘し、反通論的学術見解として第一番に郭沫若の『中国古代社会研究』を挙げている。その上で、彼自身の論著『支那歴史読本』も西周、東周から春秋前期までを奴隷制社会に区分する観点を改めて表明した。佐野は「支那における封建制の成立過程とその特殊性」において、彼自身の著書『支那歴史読本』を紹介して、『詩経』『春秋左氏伝』『史記』『孟子』『国語』等の古典を通じて周代から春秋時代の奴隷制から封建制への演変過程を論証している。その論証から、彼の古代史観は郭沫若のそれと近似していることが見て取れる。

ここで、筆者は一つの仮説を提示できると考える。郭沫若の古代社会研究は方法論及び史料解釈において従来の研究にない斬新な要素を導入した、少なくとも当時のアジアの史学界に一つの画期的な実践例を提示したのではないか。ここでは佐野袈裟美の歴史研究を一つの根拠として挙げたい。佐野袈裟美の『支那歴史読本』は一九三七年（昭和一二年）一月に白揚社より出版される。このとき、佐野はこの著書を自ら郭沫若に贈っている。『支那歴史読本』は、郭沫若の歴史研究を多く参考にしている。著書最後の「参考文献一覧」に、郭沫若の著書『中国古代社会研究』『甲骨文字研究』『青銅研究要纂』『卜辞通纂』『天的思想』『両周金文辞大系』『屈原時代』が列記されている。郭沫若のこれらの研究は主に『支那歴史読本』の前半部分、すなわち殷周の氏族制と奴隷制の問題を論じた部分がたびたび引用されている。引用回数は二十四回以上に及ぶ。特に注目されるのは、殷周時代は封建制社会か、それとも奴隷制社会かの問題で、佐野は史料分析によって、早川二郎と史学界の一般通論と異なる結論を導き出している。第三章第二節「支那におけるアジア的生産様式の具体的形態」において、彼は次のように指摘する。「支那の周代において、生産領域における奴隷労働の比重を重く見るところから、支那におけるアジア的生産様式の具体的形態を、早川氏の主張とは異なって、奴隷所有者的生産様式の一つの変型として見るのが妥当ではないかと考える。」[25]と。殷周時代の社会構造について、佐野は明らかに郭沫若と同様の結論を出している。ここからも分かるように、佐野は『支那歴史読本』の執筆にあたり、郭沫若から影響を受けたことは疑いようのないことである。このように、一九三〇年代白揚社の雑誌に見られる早川二郎、丁迪豪、佐野袈裟美の郭沫若歴史研究に対する評価は分かれてはいるが、しかし、このこと自体は、郭沫若の歴史研究が日本の史学界に影響を及ぼし、歴史解釈の問題に一石を投じたことをも物語っているのではないか。

2 郭沫若と雑誌「同仁」

雑誌「同仁」は日本医学者団体同仁会の機関誌である。一九〇二年（明治三五年）に設立され、一九四五年まで活動を続けた。設立段階では政財界の著名人近衛篤麿、大隈重信、小村寿太郎や東亜同文書院の責任者など多くの人々が関わっていた。同仁会の目的についてはその会則に、「清韓及びアジア諸国において、医学とそれに関係する技術を普及すると同時に、彼此の国民の健康を守り、病苦を救済する。」と明記している。初代会長は長岡護美であり、二代目の会長は大隈重信である。同仁会は相次いで朝鮮各地、中国の東北地方、北京、山東、上海で病院を開設した。これらの地域で医療活動を展開すると同時に、医療人材の育成や語学教育にも力を注いだ。

機関紙「同仁」は創刊以来第百二十六輯まで発刊を続けた。誌面には医学関係の文章以外には中国や朝鮮の政局、社会、文化に関する論文も数多く掲載されている。特に一九三七年（昭和一二年）前後の時期では、中国に関する内容が多く見られる。中国留学生運動や中国の政治動向、貿易の問題、習俗や習慣、中国旅行記、中国文学の紹介と翻訳など、内容は多岐に渡っている。文学の面を見ると「同仁」に「歌壇」と「詩壇」の欄が設けられていて、そこで中国や日本の詩歌を紹介していた。このように、文化的な内容はほぼ紙面の半分を占め、幾分医学雑誌に相応しくない風貌を呈していた。しかし、一九三七年の蘆溝橋事件を境に、「同仁」は戦争協力の方向へと変貌し、中国文学者の作品の掲載が急激に減少した。神奈川大学教授大里浩秋氏はその論文「同仁会と〈同仁〉」において次のように指摘している。「ここに、明治期から日中戦争にまで、日本人が医療を通して中国と関係を保ってきたことを証明する豊富な内容がある。私たちは同仁会の歴史から日中関係を考察することができると思う。」[26]大里浩秋氏は日中関係を研究するための一つの重要な資料と視点を「同仁」に見出したのである。

郭沫若が日本に亡命していた時期はまさに「同仁」が盛んに中国を紹介していた時期と重なる。彼自身も同仁会と何らかのつながりをもっていた。彼の何篇かの作品は雑誌「同仁」に掲載された。他の雑誌と比べても、「同仁」に掲載された作品が最も多い。掲載の状況を次のように整理しておく。

「同仁」同仁会　一九三二年～一九四五年　第一巻一号～第十三巻五号

「岐路」けんぼう訳	第四巻十二号	（一九三〇年十月）
「金剛山にて」榛原茂樹訳	第五巻一号	（一九三一年一月）
「帰りの函谷関」一二六落生訳	第五巻四号	（一九三一年四月）
「飃流挿曲」浅川謙次訳	第五巻七号	（一九三一年七月）

「荘子」大高巖訳　第六巻六号（一九三二年六月）
「後悔」大高巖訳　第六巻十号（一九三二年十月）
「王昭君」柳嘉秋訳　第七巻十号（一九三三年十月）
「王昭君」（続編）柳嘉秋訳　第七巻十一号（一九三三年十一月）
「英羅提の墓」大高巖訳　第八巻八号（一九三四年八月）
「考史余談」郭沫若談話　第九巻四号（一九三五年四月）
計10篇

郭沫若以外の作者と掲載作品数（一九三〇年～一九三五年）
陶晶孫　八篇　郁達夫　三篇　田　漢　一篇　周作人　一篇　葉紹鈞　一篇
許地山　一篇　張資平　三篇　茅　盾　一篇　徐祖正　一篇　周全平　一篇
王伯平　二篇　徐欽文　二篇　沈従文　一篇　冰　瑩　一篇　王一亭　書画一幅

また「同仁」に掲載された郭沫若を論じた文章は次の通りである。

池田孝「主潮革命文学に向ふ」第八巻三号（一九三四年三月）
池田孝「プロレタリア文学全盛を極む」第八巻四号（一九三四年四月）
池田孝「一九三〇年以後の中国文学の動向」第八巻四号（一九三四年四月）
池田孝「中国現代作家列伝四」第八巻十号（一九三四年十月）
王伯平「易経時代における中国の社会機構」第九巻一号（一九三五年一月）

吉井稜恵「中国新文学と世界文学との交渉」第九巻二号（一九三五年一月）

これらの文学者が紹介されたのは、ほぼ一九三七年（昭和一二年）以前の時期に集中している。中国の他の作家と比べ、「同仁」誌上に掲載された郭沫若の作品の数は最も多く、日本人による批評や紹介にもたびたび挙げられていることが伺える。掲載された作品は自伝、小説、史劇と多岐に渡っている。では、郭沫若はどのようなルートにより「同仁」と関係し、これだけ多くの作品が掲載されるようになったのか。

「同仁」に掲載された中国人作家の各作品の中で郭沫若に次いで多かったのは陶晶孫《とうしょうそん》の作品である[27]。掲載時期はほぼ郭沫若と同じ一九三〇年からの数年間である。この時期、陶晶孫はすでに上海にある自然科学研究所にいた。上海自然科学研究所は日本政府が立ち上げた研究機関である関係上、陶晶孫は、上海にいても日本の医学界と緊密な繋がりをもっていた。また陶晶孫の弟陶烈《とうれつ》は、この時期ちょうど京都帝国大学医学部を卒業して、東京帝国大学の研究室で脳神経の研究をしていた。すなわち、郭沫若の日本亡命期の前半一九二八年から一九三〇年の間、陶烈も東京にいた。陶晶孫の妻佐藤操は、郭沫若の日本人妻佐藤富子の妹であるので、陶晶孫と陶烈は郭沫若にとって義兄弟になる。このような関係を考えて、郭沫若は陶晶孫、陶烈とのつながりで「同仁」と往来するようになった可能性が大きいと考えられる。

「同仁」に掲載された郭沫若の作品には伏字が一か所も見られない。これは「歴史科学」の誌面と比べて一目瞭然の相違点である。実際、このことはこの二つの雑誌の性質と関係している。「同仁」は、創刊当初から日本政府と緊密な関係をもち、始終政府の対アジア政策に協力的姿勢を取っていた。雑誌の運営資金も基本的に政府のバックアップに頼っていた[28]。恐らくこのような特殊な性質上、「同仁」に対する政府の検閲が比較的に緩かったのではないか。ある意味でここは一つの安全地帯になっていた。郭沫若の多様な作品がこの雑誌に掲載されたのもこのことと関係すると考えられよう。

このことについて、池田孝の評論の掲載状況から具体的な状況を見ることができる。一九三四年、池田孝は雑誌「同仁」に中国現代文学についての評論を連載しているが、その中でたびたび郭沫若に言及している。たとえば、「主潮革命文学に向ふ」、「プロレタリア文学全盛を極む」、「一九三〇年以後の中国文学の動向」、「中国現代作家列伝四」など。これら文章は性質上みな左翼的なものであり、普通なら厳しい検閲を受けるはずである。一九三〇年代におよそ「革命」、「プロレタリア」のような表現はほとんど削除される対象となっていた。しかしにもかかわらず、池田孝の評論は一字の削除なく「同仁」に掲載された。

いま挙げた池田孝の評論は郭沫若の文学についても比較的詳細に紹介している。「主潮革命文学に向ふ」においては、革命と文学を提唱した創造社を紹介する中で郭沫若の「芸術家と革命家」、「革命と文学」などの文章を引用している。「中国現代作家列伝四」においては、郭沫若の人生と作品についてかなり詳細に紹介している。作品を小説、戯曲、詩歌、評論と四つの部分に分けてそれぞれの作品について具体的に言及する。一九二四年（大正一三年）郭沫若の思想的変貌について、「彼は中国民族の衰退を救うため、また帝国主義打倒のために、これまでの浪漫主義を放棄し、転じて革命文学を提唱した。」と指摘する。[29] また郭沫若の日本への亡命については、「亡命後彼は依然として文化的闘争、文化的批判及び他の手段によって、間接的にプロレタリア文学の拡大を援助している。[30]」という。この言及は、むしろ一九三〇年代に郭沫若が何らかの形で密かに日本プロレタリア文学者たちと関係を保っていたことを暗示しているのではないか。当時の日本文芸評論界で郭沫若が翻訳したアメリカ小説家アプトン・シンクレアの『ジャングル』（中国訳『屠殺場』）についていち早く取り上げたのも池田孝の「一九三〇年以後の中国文学の動向」である。

「同仁」は他の文芸雑誌と性質を異にし、また政府に頼り、協力してはいたが、他方、中国の文化や文芸の紹介にかなり力を入れていた。このような性格のために、国家統制の厳しい中においても、郭沫若が自分の作品をたびたび発表できたし、また彼を批評した評論文も多く掲載された。この時代、中国の近代文学を紹介するために「同仁」が果たした役割は大きいと言わざるを得ない。勿論先にも述べたように、一九三七年（昭和一二年）の蘆溝橋事件を境に、「同仁」は戦争協力の方向へと変貌し、中国文学者の作品の掲載が急激に減少したのも事実である。

3　郭沫若と「日本評論」

日本評論社は一九一八年に創立され、初期の出版物は主に文芸をその主たる内容としていた。もっとも代表的な雑誌は「日本評論」である。一九二七年以後、徐々に社会問題に偏重するようになり、一九三〇年代から社会問題の研究やプロレタリア派の性格を強めていき、日本屈指の硬派雑誌と言われるようになる。一九三〇年代から一九四〇年代にかけて河合栄治郎事件と横浜事件の際に日本政府の言論弾圧を受けた。郭沫若の文章は「日本評論」にも数篇掲載されている。その掲載状況は以下の通りである。

郭沫若「萬寶常――彼の生涯と芸術」　第十一巻一号（一九三六年一月）
郭沫若「日本人の支那人に対する態度」　第十二巻十号（一九三七年九月）
郭沫若「戦時下の支那人生活」　第十三巻十一号（一九三八年十月）
郭沫若「共和共存について」　第二十七巻二号（一九五六年二月）

計四篇

「日本評論」に掲載された郭沫若を批評した文章は次の通りである。

佐藤春夫「アジアの子」　第十三巻三号（一九三八年三月）
田辺耕一「郭沫若」　第十四巻五号（一九三九年五月）
フヨードレンコ　エヌ「郭沫若とのめぐりあい」　第二十七巻二号（一九五六年二月）

「同仁」「歴史科学」と比べて、「日本評論」誌上の郭沫若の文章は、小説などの文学作品ではなく、すべて歴史や戦争をめぐるものである。発表の時期も亡命期で終わらず、帰国後も続いている。

「萬寶常――彼の生涯と芸術」は亡命期の文章であるが、時期的にはちょうど彼が中国古代社会研究に没頭しながら彫塑家林謙三（一八九九―一九七六）と交友していたころに当たる。林謙三は彫塑家でありながら中国の古代雅楽を研究していた。一九三五年（昭和一〇年）、林謙三の中国古代宮廷雅楽に関する初めての論著である『隋唐燕楽調研究』が、郭沫若の翻訳によって上海商務出版社より上梓された。その後郭沫若は評論「萬寶常――彼の生涯と芸術」を「日本評論」第一一期一号に発表した。この論文の意図は、林謙三の研究を補完することと埋もれた歴史人物の発掘にある。「萬寶常――彼の生涯と芸術」は林謙三の研究を評価し、同時に郭沫若自身の古代研究の成果を披露した論文でもある。このことについては第三節で詳しく論証したい。

「日本人の支那人に対する態度」は本来、一九三五年（昭和一〇年）中国の雑誌「宇宙風」二十五期誌上に発表されたもので、原題は「関於日本人対中国人的態度」である。後に『日本管窺』（一九三六年　宇宙風出版社　陶亢徳編集）に収録された。一九三七年九月、雑誌「日本評論」は「支那人の見た日本」というコラムを企画したときに、郭沫若のこの一文を魚返善雄の翻訳で掲載した。このコラムに郭沫若のほかに六人の中国人の文章を掲載している。

「日本人の支那人に対する態度」　郭沫若

「日本及び日本人に対する私の観察」　許北辰
「日本民族の健康さ」　劉大傑
「日本人」　羅牧
「印象中の日本」　胡行之
「日本人文化の生活」　郁達夫
「日本民族の二三の特性」　傅仲涛

一九三七年は日中戦争が勃発した年である。蘆溝橋事件後、日本軍が上海攻撃を開始し、八月十三日に第二次上海事変が発生した。三か月の戦闘の末ついに上海を占領した。これを中国の歴史で「淞滬の戦役」という。これより日中戦争が中国全土に広げられていった。このような状況の中で、日本の報道機関は戦況報道に力を入れ、日本軍勝利の記事が新聞、雑誌の誌面を埋め尽くした。「日本評論」も例外ではない。「日本評論」一九三七年九月号の目録を見るだけでも、「時局」「上海現地報告」「北支」などの表現が多く目につく。特に注目されるのは、日中戦争勃発後「同仁」と異なって、「日本評論」は中国人の文章の掲載を途絶えることなく続けた。ここに挙げた七人の文章はすべて魚返善雄[31]の翻訳によるものである。一九三七年（昭和一二年）九月、魚返善雄はペンネーム信濃憂人を使って、『支那人の見た日本人』を青年書房から出版している。この著書の出版は日本評論社と大きく関わっている。「訳者の言葉」において、魚返善雄は次のように述べる。「本書の少しの部分はすでに先に「日本評論」に掲載された。これらの文章の収録と単行本の出版はみな室伏高信先生のご厚意を蒙り、実現できたのである[32]」と。ここから分かるように、魚返善雄は本書出版の前から「日本評論」に協力し、一部の文章を「日本評論」に載せた。室伏高信は著名な評論家で、政治記者である。かつて「二六新聞」、「時事新報」、「朝日新聞」「改造」のために数々の文章を執筆した。このとき、彼は

「日本評論」の編集長を務め、記事の掲載はすべて彼が決定していた。魚返善雄編訳『支那人の見た日本人』の出版のために彼は周旋の労を取ったという。つまり、魚返善雄のこの本は、部分発表から出版までみな日本評論社の助力に頼っていたことになる。ちなみに、宇宙風社版『日本管窺』の目次を見るに、その内容は『支那人の見た日本人』とほぼ一致することが分かる。従って、『支那人の見た日本人』は『日本管窺』の転訳ではないかと考えられる。

一九三八年十月、「日本評論」はコラム「敗走支那の現地レポ」を企画し、是弗、叶文津、郭沫若、周越、馬国亮の五人の文章を掲載した。同期の誌面に、胡適、汪兆銘の論文をも載せている。郭沫若の「戦時下の支那人生活」という一文はコラムのために書いたものであるが、同年五月十二日の「救亡日報」に発表した「把精神武装起来」(精神を武装しよう)という一文の一部分である。「把精神武装起来」は、郭沫若が抗日を中国の民衆に呼びかけるために書いたものであるが、その中で戦時下の社会情勢、民衆の生活と精神状態の関係について、具体的な事象、たとえば、因循的な習慣、男性と女性の服装、茶楼酒館、飽食浪費、官僚の悪習など、を挙げて分析し、このような因循保守、惰性不振の現実が人々の精神を堕落させていると指摘する。このような状況を打開するために、軍事訓練、兵役、国債の購入、集団学習、節約が大切と主張する。この社会情勢を分析した部分が雑誌「日本評論」に掲載されたのである。

第二次世界大戦終結後、一九五五年(昭和三〇年)末、郭沫若は中国科学者代表団を率いて，訪日した。十二月十五日、広島大学で「和平共存について」と題する講演を行なった。この講演原稿が後に「日本評論」第二十七巻二号に掲載された。

このように、郭沫若は日中戦争期から戦後に至る期間に継続的に雑誌「日本評論」のために文章を提供し続けた。なぜ長い間郭沫若が日本評論社と関係を保っていたのか。恐らくこれには日本評論社が戦時中に堅持していた方針と関係している。日中戦争の間、日本のほとんどの雑誌社、新聞社は政府と軍部に協力し、戦争宣伝に走った。当時の社会情勢のなかで、政府を批判し、戦争を反対するメディアはほとんど政府と軍部の圧力に遭い、閉鎖を余儀なくされた。しかしこのような厳しい状況の中で、日本評論社はたびたび社会と政府を批判する文章を掲載した。そのため、何度も政府の発禁を受けた。河合事件は一つの典型的な例である。河合栄次郎は東京帝国大学教授、社会学者である。『社会政策原理』（一九三一年）、『ファシズム批判』（一九三八年）などの著書があり、一貫して自由主義、人道主義の立場を堅持している。一九三六年（昭和一一年）、二・二六事件が発生したときに厳しく軍部を批判したのも河合である。一九三八年当時の文部大臣荒木貞夫の大学学長官選論に激しく反対し、たびたび政府の独裁統制を批判する言説を発表したため、政府によって告訴され、有罪判決を受ける。彼の著書は強制禁刊に遭い、大学教授の職を追われた。これが所謂河合事件である。河合の著書はほとんど日本評論社から出版しているため、日本評論社も事件の飛塵を受け、政府の鎮圧に遭った。

河合事件発生時、郭沫若はすでに帰国し、抗日戦争に参加していたが、日本社会の動向には常に関心を寄せていた。一九三九年に彼は「大公報」に「文化与戦争」という一文を発表し、各国の文化に対するファシズムの破壊を批判した。戦争の罪悪は「文明を破壊するのみならず、文化をも滅亡させる。その破壊的影響は他国のみならず、自国にまで及ぶものだ。」[33]と指摘する。彼は河上肇と美濃部達吉に対する日本政府の迫害を挙げ、特に河合事件について次のように指摘する。「驚いたのは、この事件のはじまりは河合栄治郎教授が『ファシズム批判』を出版したために叛逆罪を蒙られ逮捕されたことである。ファシズムの神聖にして犯すべからざることは日本の天皇よりも勝っている」[34]と、河合に対する日本政府の鎮圧に憤慨を表明した。文中に、郭沫若は当時日本の知識人の反応を紹介して、日本評論社編集長室伏高信を挙げた。「平素軍部の鼻息を伺うので有名な記者室伏高信でさえ、詩的な愚痴をこぼした。政治は剣に属し、思想も文学も、その他の芸術も剣の力のもとに恐れをなした、という。」[35]と室伏高信の反応を紹介する。郭沫若の目的は、室伏高信の発言を借りて日本軍部の暴力を批判するところにあるのは言うまでもない。そして、彼が借りた室伏高信の発言はこの年の「日本評論」正月号に掲載の室伏高信「一九三九年を迎へて」という一文中の言葉である。このことは、郭沫若が日本から帰国した後も雑誌「日本評論」に関心を寄せていたことを物語る。日中戦争中、郭沫若が一貫して日本国内の社会情勢に注目し、反戦的な知識人や政治家に常に支持する態度を表明してきた。従って、当時日本国内の厳しい情勢の中でなお反ファシズム、政府を批判する文章と著書を世に出し続けた日本評論社に対して、彼は常に関心と支持を寄せていた。

以上、日本亡命期に、郭沫若と雑誌「歴史科学」、「同仁」、「日本評論」との関係を主に次の四点に絞って見てきた。
一、これらの雑誌に対する彼の関心の所在。
二、これらの誌上に掲載された彼の作品、及び日本人が彼の作品に対する批評。
三、郭沫若の作品あるいは論文が当時の日本の学界に及ぼした影響。
四、郭沫若とこれらの雑誌社との内部関係。

整理と分析によって、明白に見えてきたことは、日中関係が最も厳しく、最も混乱していた時代に、依然として冷静に軍部のファシズム政策に反対する知識人がいた。彼らと郭沫若とは友人であり、学術同人であった。彼らの助けがあって、郭沫若は日本の雑誌社と交流を持ち、まさに彼が言うように、「水門が閉ざされ、渓流が留まっている」状態の中で、彼は依然自分の文章と作品を発表できたわけである。

また日本亡命中に郭沫若が始終警察の監視を受けていたが、彼と日本の社会との関係は決して浅くなかった。彼の作品や論文を掲載した雑誌は文学雑誌もあれば、学術雑誌、医学雑誌もある。また社会評論の雑誌もある。郭沫若の文学作品と古代史研究は、日本の学界及び文学界にある程度注目され続けた。一九五〇年以後日本の中学の国語教科書にも郭沫若の作品を採用するようになる。日本亡命期の郭沫若に関する研究にはまだ多くの課題が残されている。一人の中国人、政治犯として、郭沫若が日本でどのような足跡を残したか、これは今後の調査と研究に期待するところである。

第三節　隋代の音楽家萬宝常研究

郭沫若は日本における約十年間の亡命中に、『中国古代社会研究』、『甲骨文字研究』、『殷周青銅器銘文研究』など中国古代史や古代文字に関する著書を上梓し、更に一九三五年（昭和一〇年）まで、金文に関する論著を世に出すなど、この時期の彼は古代史及び古代文字研究を精力的に進めていた。一九三六年十一月に翻訳『隋唐燕楽調研究』を上海商務印書館から出版した。これは郭沫若の友人林謙三がまとめた雅楽関係の著書である。古代史研究との関連で、この本を翻訳したとも考えられるが、ほかにも何らかの理由があったのではないか。更に一九三五年に、彼は隋代の音楽家萬宝常に関する論文を書き、前後して中国と日本の雑誌で発表している。音楽にさほど精通していない郭沫若がなぜこのような論文を書いたのか。これはたいへん興味深いことである。

萬宝常研究には直接の要因として『隋唐燕楽調研究』翻訳が関わっていると考えられる。もう一つの要因は、恐らく古代文字研究のなかで王国維に対する傾倒と同情も関係しているのではないか。王国維については、彼の『中国古代社会研究』と自伝「我是中国人」（「私は中国人だ」）から窺い知ることができる。郭沫若の殷代文献解読や甲骨文字研究は王国維に負うところが多い。彼は王国維の業績を高く評価している。同時に、王国維のいくつかの研究成果がその師である羅振玉に取られたことについて強い憤慨を抱いていた。彼はこれを学問の「剽窃」と呼んだ。権力によって抹殺され、歴史に忘却された歴史的人物を発掘し、再評価しようとする強い使命感が彼の萬宝常研究に伺うことができる。

この節では、王国維に対する評価と林謙三『隋唐燕楽調研究』翻訳と関連して郭沫若の萬宝常研究の動機とその意義を探っていく。

1　中国古代文字研究

すでに第六章で見てきたとおり、郭沫若は日本に亡命して間もなく『易経』の研究に着手した。研究の過程で彼は、中国近代の歴史研究家羅振玉と王国維の関係に注目した。その研究成果は一九三〇年（昭和五年）に出版された『中国古代社会研究』に凝縮されている。この研究においては、羅振玉と王国維の次の著書が重要な参考文献になっている。

羅振玉『殷虚書契考釋』『殷虚貞卜文字考』

王国維『観堂集林』『海寧王忠慤公遺書』

筆者はここで、特に王国維に対する郭沫若の傾倒ぶりに注目する。例えば次の文例に王国維についての言及が見られる。

1、『中国古代社会研究』序における言及

中国の文化史に着実に史料整理の工夫をなしたのは、清代の遺臣と自任する羅振玉、特に二年前に入水自殺した王国維を挙げることになる。王国維の研究方法は近代的であるが、思想や感性は封建的である。

羅振玉の功労はわれわれに無数の真実な資料を提供したところにある。およそ、現在の中国の古学を論じ、あるいは中国の古代社会に決着をつけようとする場合、われわれは羅と王の両家の業績を出発点にせざるを得ない[36]。

2、『中国古代社会研究』第三篇「卜辞中の古代社会」における『戩寿堂所蔵殷虚文字』編集者名剽窃問題についての言及

『戩寿堂所蔵殷虚文字』は清末の小説家で亀甲片収集家劉鉄雲[37]が所有していた亀甲片を収録した書物である。これを編集したのは王国維である。しかし世に流布しているこの本の編集者は姫仏陀という名になっていた。つまり、王国維の編集が誰かによって剽窃されたのである。現在では、研究によって、これは編集者名剽窃で

あることが明らかになった。王国維の甲骨文字研究を高く評価する郭沫若は、『中国古代社会研究』にこの編集者名剽窃問題に触れ、王国維のために弁明することを忘れなかった。

この甲骨蒐集家が流浪して野たれ死にした後、彼が所有していた甲骨もその主人の運命同様世間に散逸した。そのうちの一部分は上海の哈同――イギリス人ハートン――の所有となった。後に王国維がこれを『戩寿堂所藏殷虚文字』一巻（一九一七年）に編集した。この書の編集者としての名誉が姫何某に盗まれたが、『王国維全集・観堂別集』にある「随庵所藏甲骨文字序」では、王氏曰く「丙辰丁巳（1917）の間、鉄雲の所蔵の一部が英人ハートン氏に帰されたが、余は彼のためにこれを考釈した」と言う[38]。

3、「我是中国人」における言及

王国維の存在は、私は早くから知っていたが、『殷虚書契考釋』を読んで彼に対する感心は更に深まった。私は密かに疑ってみた。このように理路整然として、極めて科学的性格に富んだ著書は、本当に羅振玉が書いたものなのだろうか。その本当の著者は、王国維ではないか、と。私は間もなくこの疑念を証明することができた。実の所、羅振玉が三百元を出して、王国維の著作権と著者である名誉を買ってしまったのである。

王国維が自分の著作と名誉を羅振玉に売ったのは明らかに恩義を報いるためであるが、しかし名誉を盗んだ文化売人羅振玉は後に王国維を入水自殺に追いやった[39]。

以上の資料から、王国維に対する郭沫若の注目は次の三点に集約することができる。

1、古代文字研究の業績
2、羅振玉のために自分の著作と名誉を犠牲にしたこと
3、入水自殺は羅振玉と何らかの関係がある

以上三点のうち、後の二点についてはすでに多くの研究者が言及している。例えば、劉恵孫「関于『殷虚書契考釋』成書過程的回憶」、佐藤武敏「王国維の生涯と学問」など。長い間、羅振玉と王国維の関係は一つの疑問であった。『殷虚書契考釋』の著者は誰かと言う問題をめぐって、この時期にすでにさまざまな議論があった[40]。郭沫若は王国維を著者と見る意見に傾いていた。これは他人の説に流されているのではなく、『殷虚書契考釋』を一九一〇年版の羅振玉『殷商貞卜文字考』と比較分析して得た確信である。彼は一つの疑問を提示する。二つの著書は「わずか五年しか隔たっていないが、両者の間にいささかの共通性も見出せない[41]。」この疑問は、郭沫若が自ら行なった研究を踏まえて得たものである。この中に、剽窃や売名行為に対する彼の憤りと同時に業績を奪われ、歴史に埋没させられた学者に対する同情——一種の正義感を滲ませている。このような正義感は隋代音楽家萬宝常に注目する動機にもつながっているように見える。

いまひとつ注目されるのは、古代社会研究の中でも彼は常に文化研究に関心を抱いていたという点である。例えば、彼が「我是中国人」に述べたように、彼の研究は甲骨文から天文学、干支研究、古代音楽研究へと発展していった。このような文化への関心は中国に限らず、往々にして日本文化の範疇に渉っている。一九三五年（昭和一〇年）の講演「中日文化的交流」で、日本の雅楽と隋唐の音楽との関係に言及し、日本の芸術家林謙三との交流も日本文化にアプローチする一つの例と言えよう。

2　林謙三との交流

林謙三（一八九九年—一九七六年）は日本の近代芸術家、古代雅楽研究家である。郭沫若は日本亡命中に林謙三と親密な交友関係をもっていた。林の最初の著書は『隋唐燕楽調研究』である。この研究において、林謙三は隋唐の燕楽調をめぐって三つの問題点を中心に論証を展開した。

1、燕楽調の性質
2、名の由来
3、調律の高度

林謙三は『隋書』『遼史』『旧唐書』『通典』等の史料に基づき、亀茲琵琶調の伝来が隋代に音楽改新の気運を引き起こしたこと、この胡楽と古楽の融合が新たなる雅楽の基準を導き出したこと、そしてやがてそれが唐代の燕楽を基礎付けたという歴史的演変を明らかにした。

『隋唐燕楽調研究』は日本語版ではなく、中国語版の形で出版されている。そして翻訳及び出版社斡旋の労をとったのは郭沫若である。このことからも、二人の関係を伺い知ることができる。この書物の出版を期に、それ以後林謙三は古代音楽に関する論文を次々と発表した[42]。また、古代楽器と楽曲の復元にも尽力し、昭和期の古代音楽研究の分野で大きな足跡を残した。『隋唐燕楽調研究』の特徴の一つは、西洋音楽の原理と表記形式を雅楽の解明に応用したことが挙げられる。八十四調の研究と「応声」の発見もこの著書の大きな業績である。

郭沫若と林謙三の交友はいつごろから始まったのか。『隋唐燕楽調研究』序に次のような一文がある。

余が林氏を知ったのは一九二八年のことで、以来八年を経た。彼の人となりや求学の態度は私の尊敬するところである。彼は人に対して謙遜で、学問は究めて真面目である。記したところの原稿は山ほどあるが、一向に発表しない。そのため、彼がこの方面の篤学であることは日本人の中でも知る人がほとんどいなかった。この度、彼はこの『隋唐燕楽調研究』を書き上げ、まずは中国語で発表したいと願った。そこで、私は原稿の形から翻訳した。私自身も得る所が少なくなかった[43]。

ここから分かるように、二人の交友は一九二八年（昭和三年）頃から始まる。林謙三について郭沫若は二つの面においてこの友人を評価している。一つは、その真摯、謙虚な人柄に対して、郭沫若はかなり気に入り、好感をもった。二つには、学問の面で彫刻家でありながら音楽に精通している。中国の雅楽及び日本に伝来してきた中国の古楽器に対して深い造詣をもっている。郭沫若は、彼のことを中国古代音楽の「篤学」と讃えている。また梵語や英語、仏語などの言語にも通じ、多才であることも郭沫若を感服させている。この両面の敬意は、『隋唐燕楽調研究』を翻訳する動機になっているのではないか。

一方、『隋唐燕楽調研究』林序に、林謙三も二人の関係に触れている。

沫若先生は余の多年来の畏友である。数年来の友誼によって自ら後学の余のためにこの小著翻訳の労を執って下さった。[44]

林謙三のこの言葉も、彼と郭沫若との友情を証明している。殷塵が記した『郭沫若帰国密記』を見ると、郭沫若は古代文字を研究していた時期に、何度か林謙三に拓本の撮影を依頼したことがあった。[45] ここから見ても彼と林との交友はかなり深いし、また多くは古代文字研究と密接に関連していたことが分かる。

さらに、郭沫若が序文の最後に林謙三の『西域音楽東漸史』に触れ、この著書の中国語版の出版を期待し、それによって、「わが国文化史のこの分野を一日も早く究明できることを望みたい。」と、林謙三の中国古代音楽研究の学術的重要性を強調している。次の節に、郭沫若の萬宝常研究に関係して、その都度林謙三の研究にも触れていきたいと思う。

3　萬宝常への注目

郭沫若は、一九三五年（昭和一〇年）に萬宝常という隋代の音楽家に関する論文をまとめ、同年九月、上海の雑誌「文学」第五巻第三期の誌面に、「隋代大音楽家――萬宝常」という題で発表した。翌一九三六年一月に、これを日本の雑誌「日本評論」第十一期一月号誌上に「萬寶常――彼の生涯と芸術――」と題して、日本語版をも発表している。この論文は後に論文集『歴史人物』に収録される。この論文は内容から見て、林謙三『隋唐燕楽調研究』の翻訳後にまとめられたと推測できるが、『隋唐燕楽調研究』の出版は一九三六年十一月である。郭沫若の論文は中国語版も日本語版もこの著書の前に発表している。二本の論文は分量に若干の相違があるほか、基本的な論点と論拠、論の展開はほぼ同じである。本節の最初にすでに提示したように、音楽にはさほど精通していない郭沫若がなぜこのような論文を書いたのか、これが筆者の注目するところである。

萬宝常研究における郭沫若の目的は、隋代の権力者に剽窃され、歴史上あまり評価されなかった萬宝常の業績を明らかにし、合わせて彼の不遇な生涯を紹介することであった。研究の動機に関しては、郭沫若は「萬寶常――彼の生涯と芸術――」に述べている。

『隋書』や『北史』に（萬宝常の）伝記がありながら、彼の存在及び業績が一般の人から忘却されてきたが、勿論、中国音楽史を専門的に研究する学徒の間においてさえも、殆ど注意されていなかった。（中略）彼の音楽技術に関しての主なる発明、発見が当時の権勢者に剽窃されてしまい、未だ誰も摘発してやることをしていなかったのである。私をして義憤を感ぜしめ、この千年以前の古人を忘却の深淵から引き上げて、再認識するように筆を執らしめた主なる原因は、これである。[46]」

この文章から明らかのように、萬宝常が音楽の業績を剽窃された上、ほとんど正当な評価を受けずに歴史に忘却されたことに対して、郭沫若は強い義憤を感じた。萬宝常研究はこの義憤に駆られて着手したということである。つまり今まで埋没させられている歴史人物を発掘するのが主たる目的である。この点において、彼の王国維に対する態度と本質的に類似している。勿論、同情や義憤はヒューマニスティックな動機としては重要であるが、それ自身一種のロマンチティックな感情である。具体的な根拠に基づく論証がなされなければならない。郭沫若は萬宝常について、二つの問題を提示する。一つは、伝記上の問題として、萬宝常が生存していた時期の確定である。いま一つは、琵琶八十四調と「応声」の創始者は誰なのかということである。

萬宝常が生存していた時期については、『隋書・萬寶常伝』の冒頭に「萬寶常、不知何許人也」（萬宝常はどんな人であるかよく分からない）とあるので、何時頃生まれ、何時死んだのかについての記録がない。『隋書・萬寶常伝』によると、父萬大通は、北朝梁の将軍王琳の部下で、王に従って北斉に降ったが、後に謀反の罪で殺される。幼い萬宝常は、身分を貶され「楽戸」に配された。隋代では、一般的に宮廷の罪人の家族は歌舞を司る部署「太常」に「楽戸」として配される。身分が奴婢で、社会的地位が非常に低い。萬宝常は幼いころから演奏を学び、音楽に精通していた。身分は低かったが、開皇年間、朝廷の「楽議」の席に召されて、音楽の議論に参加した。鄭譯、何妥ら朝廷の官吏たちが「楽議」を率いていたが、萬宝常の提案はほとんど採用されることがなかったという。生涯志を得ず、常に貧困に苦しみ、終に餓死した。彼は生前に『楽譜』六十四巻の著書があったが、死に際し、「これは何の役に立とうか」と言って、自ら火の中に投げ入れた、という。郭沫若は『隋書・萬寶常伝』にある具体的な歴史事件と人物の動きを踏まえて、萬宝常の生存時期を五五六年～五九五年の間、すなわち南北朝の末期の梁から陳、更に隋の開皇末年頃までと推定した。この時期には南北間で戦争が繰り広げられたが、隋代初期に行われた音楽の改制すなわち重要な「開皇楽議」は萬宝常に関係した重要なできごとであった。

萬宝常の音楽に関する業績について、郭沫若は『隋書・萬寶常伝』と『隋書・音樂志』を重視した。特に以下の記述に見られる通り、萬宝常が考案した宮廷雅楽と調律法を彼の重要な業績として注目した。

開皇初，沛国公鄭譯等定樂，初為黃鐘調。寶常雖為伶人，譯等毎召与議，然言多不用。後譯樂成奏之，上召寶常，問其可不，寶常曰:「此亡国之音，豈陛下之所宜聞！」(中略) 寶常請以水尺為律，以調樂器。上從之。寶常奉詔，遂造諸樂器，其聲捽下鄭譯二律。并撰樂譜六十四卷，具論八音旋相為宮之法，改弦移柱之變。為八十四調，(中略) 時人以周礼有旋宮之義，自漢、魏已来、知音者皆不能通，見寶常特創其事，皆哂之。

開皇の初、沛国公鄭譯等が楽を定め、初めて黄鐘調を作った。宝常は伶人であったが、度々召されてともに議論した。しかし、意見を言っても、採用されることは多くなかった。後に鄭は楽を完成し、国王に奏上した。国王は宝常を召して、その楽の可否を聞いた。宝常が言うには「これは亡国の音である。どうして陛下が聞いてよいものか。」と。そこで宝常は水尺を律として楽器を調律することを上申した。国王はこれを許した。宝常は召を奉り遂にもろもろの楽器を創り、その声は鄭譯のより二律低くしている。合わせて楽譜六十四巻を記し、くわしく八音旋りて相ひ宮となすの法、改弦移柱の変を論じ、八十四調を作り出した。同時代の人々はみな周礼に旋宮の義があったが (後に滅んで)、漢、魏以来音楽に通じる人でもこれを知らなかった。宝常が新しい発明をしたのを見て、みな宝常を嘲笑した。

ここに見られる開皇年間の音楽改制の動きは、隋の文帝が起こした宮廷楽調の改革である。『隋書・音樂志』にもこの改革の経緯が記されている。開皇年間 (五八一年~六〇〇年)、鄭譯は帝の命を受け、礼楽の制定を行なった。この改革に朝廷の音楽や祈祭に携わる官僚牛弘、何妥、李諤、辛彦之らも参与したが、萬宝常もたびたび呼ばれ、制定の仕事に参与した。このとき、鄭譯が黄鐘調によって制作した新曲が演奏されたが、萬宝常は皇帝の御前でこれは「亡国の音である」と発言した。楽戸の身分であるにもかかわらず、このような発言をしたことは、当時では極めて大胆で無謀であった。ここに萬宝常の妥協しない性格がよく現れている。実は「萬寶常伝」に、萬宝常の業績について重要な情報を伝えている。すなわち、八十四調、八音旋相に関係する「応声」である。「萬宝常伝」ではこの二つを萬宝常の「特創」としている。郭沫若が特に八十四調と「応声」を重視し、自らの萬宝常論の論点に据えた。

八十四調は琵琶八十四調を指し、隋代に創出された楽調である。「応声」は古代の七音調に新に加えられた音であり、隋代の「八音」を構成する重要な発明である。八十四調と「応声」は、『隋書・音楽志』にも記述されている。そこではその創出者を鄭譯としている。

開皇二年，（中略）詔求知音之士，集尚書，參定音樂。譯云，「考尋樂府鍾石律呂，皆有宮、商、角、徵、羽、變宮、變徵之名。七聲之内，三聲乖應，毎恒求訪，終莫能通。先是周武帝時，有龜茲人曰蘇祇婆，從突厥皇后入國，善胡琵琶。聞其所奏，一均之中間有七聲。因而問之，荅云，「父在西域，稱為知音。代相傳習，調有七種。」以其七調，勘校七聲，冥若合符。（中略）譯因習而彈之，始得七聲之正。」（中略）譯遂因其所捻琵琶，絃柱相飲為均，推演其聲，更立七均。合成十二，以應十二律。律有七音，音立一調，故成七調十二律，合八十四調，旋轉相交，盡皆和合。

開皇二年、周王は音楽をよく知っている人々を詔し、尚書を集め、音樂の參定を謀った。鄭譯が言うに、「樂府の鍾石律呂を考尋するに、みな宮、商、角、徵、羽、變宮、變徵の名がある。七聲の内、三聲が乖應して、何度も求めたが分からなかった。以前、周の武帝の時、龜茲の人蘇祇婆というものが突厥皇后に着いて入國した。彼は胡の琵琶が上手であった。その演奏を聴くに、一均のうちに七聲がある。これを聞いてみると、蘇祇婆が答えるには、「父は西域にいて、知音と称せられている。代代傳習してきた。調には七種ある。」と。その七調を使って七聲を勘校すると、一々合符した。（中略）

譯はこれを習って弾いて、始めて正しい七聲を得た。」（中略）譯はついに琵琶から絃柱相飲を均とし、その聲を推演して、更に七均を立てた。合わせて十二となり、これによって十二律に合わせた。律には七音あり、各音に一調を立て、故に七調十二律となり、合わせて八十四調となる。旋轉して相交わり、みな調和している。47

中国古代音楽史では、一般的に南北朝、隋代を音楽の変化期と捉えている。『隋書・音樂志』に見られる隋の開皇樂議（楽制改新）はまさに一つの重要な転換点である。この記載は音楽改制の経過を具に記録しているが、言うまでも無く、そのなかで鄭譯が重要な役割を果たしている。蘇祇婆は突厥の琵琶の名手であった。龜茲は中国の西部、いまの新疆ウイグル自治区の庫車一帯、当時は突厥族が生活していた地域である。五六八年、周の武帝が突厥の王女阿史那を皇后に迎えいれたときに蘇祇婆は王女阿史那に着いて周に来た。彼とともに龜茲琵琶も周王朝に齎された、という。西域の龜茲琵琶は四弦四柱構造の楽器で、本来は三十五調しか弾けないものであった。そこで、鄭譯がこの龜茲琵琶から八十四調を考案したという。従って、『隋書・音樂志』の記述は同時に中国の音楽と西域胡楽の融合をも物語っているのである。ここで重要な点は、隋代に生まれた琵琶八十四調と音律の一つである「応声」は、鄭譯が蘇祇婆に学んだ龜茲琵琶調を踏まえて創作したものであるという定説が生まれたということである。以後、中国古代音楽史では『隋書・音樂志』のこの定説を受け継いできた。隋唐雅楽の研究は日本では一九三〇年代にまだ多くないが、高楠順次郎、田邊尚雄、林謙三らの研究がある。一九八〇年代以後になると、日本と中国でともに研究が盛んになるが、『隋書・音樂志』に見られる鄭譯に対する評価は日中音楽史研究に一つの基準となっている。

林謙三も例外ではなかった。林謙三は『隋唐燕楽調研究』において、主に『隋書』『遼史』『旧唐書』『通典』等の史料に基づき、隋代で蘇祇婆によって伝来した亀茲楽調と宮廷雅楽が融合して、新しい雅楽を生み出した事実を重要視し、雅楽と胡楽を融合させ、新しい宮廷雅楽を作り出すのに決定的な貢献をしたのが鄭譯であると論証した。しかし、郭沫若はこの歴史的定説に疑問を抱いた。

まず、琵琶八十四調について郭沫若の捉え方を見てみることにする。さきに挙げた隋の開皇楽議に関する『隋書・音樂志』の記述を、郭沫若も「隋代大音楽家――萬宝常」に引用して、「この記述は当時の音楽史では重要な文字であり、中国の音楽史においても極めて重要な文字である」と強調する。[48] さらに、「萬寶常――彼の生涯と藝術」においては、「この亀茲楽制の輸入及び八十四調の楽理の発見は、全く中国音楽にレボリューションを捲き起こした一大事件であった。特に蘇祇婆七調についての研究は中国音楽史研究の中心問題を形成している。」と中国古代音楽史研究における亀茲楽調の影響の重要性を認めている。[49] しかし、彼は歴史書の記述をさらに詳細に分析した結果、八十四調の創始者は鄭譯ではなく、萬宝常ではないか、という疑問をもった。その根拠は先に引用した『隋書・音樂志』と『隋書・萬寶常伝』の記載である。萬宝常の「八音旋相為宮之法，改弦移柱之変」と鄭譯の「絃柱相飲為均」を比較すると、琵琶の弦と柱の調整によって音調を換えるという具体的な方法において、萬宝常の理論が説得力に富んでいることが明らかである。郭沫若はこの点に注目して、論文で「在来の研究家は殆ど鄭譯をもって八十四調の創始者としていた根拠は『隋書』の音樂志だが、そこには鄭譯が例の開皇楽議の席上で自ら創始者として名乗っていたからである。（中略）然し、萬宝常伝では、宝常が『具に八音旋りて相ひ宮となすの法、改弦移柱の変を論じ、八十四調、一百四十四律をつくり、』当時の人達から彼の〈特創〉だと笑われた。（中略）鄭譯の発見は自称で、宝常の〈特創〉は公認、如何に寛大にみても鄭譯先生が剽窃の疑惑を免れないと思ふ。[50]」と指摘した。ここから彼は一つの仮説を導き出す。すなわち、八十四調の本当の創始者は萬宝常であり、鄭譯は萬宝常の発明を剽窃した。

さらに、彼は亀茲琵琶の伝来の経緯からこの仮説を立証していく。例えば、『通典』に「宣武から已後始めて胡聲、屈茲琵琶を愛し」とあるが、ここの「屈茲琵琶」は亀茲琵琶のことである。宣武とは後魏の宣武帝のこと、四九九年から五一五年に在位していた。また『旧唐書・音樂志』に「後魏に曹婆羅門あり、屈茲琵琶を商人より受け、世にその業を伝え、孫の妙達に至り、尤も北斉の高洋（文宣帝）に重んじられ」とある。ここにも後魏に亀茲琵琶が伝わってきた経緯が記されている。文宣帝の時代は五五〇年から五五九年の間である。また『北史・恩幸伝』には、「武平のときに胡小子、曹僧奴、僧奴の子妙達、よく琵琶を弾くを以て甚だ寵遇され」とある。武平は五七〇年頃である。これに比べ、蘇祇婆が王女阿史那に着いて周に来たのは五六八年である。つまり、亀茲琵琶は蘇祇婆が到来する以前にすでに隋王朝に輸入されていたのである。その輸入と伝播には曹僧奴とその子曹妙達、つまり曹氏一門が深く関わっていた。

一方、萬宝常の音楽の師は祖孝徴であることは『隋書・音樂志』に見える。祖孝徴は北斉（五五〇年〜五七五年）の宰相を勤めた人物で、曹僧奴、曹妙達とほぼ同時代の人である。祖孝徴に関しては『北斉書・祖孝徴伝』にある「自ら琵琶を弾くことを解し、よく新曲をなせる。太常少卿となる。」という記載から彼も琵琶の名人で、音楽を司る部署太常の責任者を勤めたことがあると分かる。萬宝常はこの祖孝徴に師事したわけである。すなわち、彼もまた曹僧奴、曹妙達と同時代の音楽家で、師匠経由で亀茲琵琶を習ったことが充分に考えられる。これらの史料を踏まえ、郭沫若は「萬寶常が蘇祇婆その人に面接した事がないにしても、亀茲琵琶及びその音制に就いては夙に知っていた筈である。萬寶常ほどの大音楽家が遂に其れを知らなかったとか、或いは知ってもそれから何等の暗示を得られなかったと言ったら、むしろ不合理であろう。[51]」と言う。すなわち、『隋書・萬寶常伝』の言うように、琵琶八十四調は萬宝常の「特創」であると結論付けた。

では、林謙三は萬宝常の存在を知らなかったかというと、そうではない。彼は『隋唐燕楽調研究』の中で、三回萬宝常に言及している。八十四調を論じた第三章第二節「鄭譯琵琶八十四調」において、「隋代に於いて譯の外に八十四調説を提唱した者になお萬寶常がいた。陳灃は萬から出たのではないかと疑うが、事においてはそうかも知れない。しかし私はいま隋書に基づいて蘇祇婆と鄭譯が伝えられるところの亀茲楽調の消息を探求することを眼目としているので、しばらくこれを論じない[52]」と述べる。つまり、林謙三は琵琶八十四調の発明者に関しては、萬宝常の存在を否定しない態度をとっていた。林のこの認識は郭沫若の萬宝常研究に刺激とヒントを与えたことは充分考えられる。

次に「応声」について、郭沫若がどのように論証したかを見てみよう。郭沫若の論証は林謙三の研究と深く関わっている。「応声」の発明についてては、『隋書・音樂志』ではこれを鄭譯の功績としていることはすでに見てきた通りである。この点について、林謙三も鄭譯を高く評価している。実は、林謙三は隋唐燕楽の研究過程で「応声」の位置と効果を発見した。これは雅楽研究では大きなできごとである。郭沫若は林の『唐隋燕楽調研究』を翻訳する過程で、林のこの発見を知って、これを高く評価をした。しかし、一方、彼は林謙三の結論には満足しなかった。論文「萬寶常――彼の生涯と芸術――」で彼は次のように言う。

七音の外に別に新しく立てられた「応声」が、林謙三氏が隋書音楽志の大業年間に議修せられる百〇四曲の記事に根拠してその位置を再発見した。（中略）その位置は明らかに宮声と商声の間であった。（中略）林氏がこの「応声」の位置と効用を再発見したのは誠に慶すべきであるが、然し、この第八声の創立も同じく萬寶常のものであった。[53]

古代雅楽の「七音」、すなわち宮、商、角、変徴、徴、羽、変宮に更に一声「応声」を加えたのは隋代においてである。その目的は、音度調整のためである。隋代は中国音楽史の転換期であるといわれるのも音調上このような発明があったからである。郭沫若は林謙三に続いて自ら「応声」に関する研究を進めた。彼が注目したのは『隋書・萬寶常伝』にある「八音旋相為宮（八音旋りて相ひ宮をなす）の法」と、八十四調と同様、これが萬宝常の「特創」であるという記述である。彼によると、「八音」は普通にいうところの「金、石、糸、竹、匏、土、皮、木」の八音ではなく、まさに「宮、応、商、角、変徴、徴、羽、変宮」の八声のことである。従って、「八音旋相為宮の法」が萬宝常の「特創」であれば、「応声」は萬宝常が発明したことを意味する。「八音旋相為宮の法」は萬宝常が記したところの

『楽譜』六十四巻にあって、萬宝常が自らこれを焼やしたので、今日ではもはや確認することが不可能である。勿論、郭沫若はこれを承知の上で、現存の史料から立証を試みた。

郭沫若は林謙三と同様、『隋書』『遼史』『旧唐書』『通典』等を基本史料としたが、しかし、林謙三と大きく異なる点は、彼は史料を絶対視せず、総合的に分析することによって自分の見解を導き出している。彼は特に『隋書』の列伝である「萬寶常伝」を重要視した。伝記の内容は彼が論を展開する上で重要な根拠であるが、同時に伝記執筆者の態度も重要な要素として重要視した。「萬寶常伝」の結尾に編纂者が次のように書く。

> 開皇之世，有鄭譯、何妥、盧賁、蘇夔、蕭吉，（中略）皆為當世所用。至於天然識樂，不及寶常遠矣。安馬駒、曹妙達、王常通、郭令樂等，能造曲，為一時之妙，又習鄭聲，而寶常所為，皆歸於雅。此輩雖公議不附寶常，然皆心服，謂以為神。
>
> 史臣曰：寶常聲律，動應宮商之和，雖不足遠擬古人，皆一時之妙也。

開皇の世に、鄭譯、何妥、盧賁、蘇夔、蕭吉がいて、（中略）みな世間に用いられた。しかし、天然自然に音楽を悟るに至っては、はるかに寶常に及ばない。安馬駒、曹妙達、王常通、郭令樂らがよく曲を作って、一時の妙とされた。また鄭譯の楽を習ったが、しかし寶常のなすところはみな雅に属するものである。彼等は楽議の際に寶常の意見を従わなかったが、暗に彼に心服して、神と見なしていた。

史臣曰く、寶常の聲律は宮商の和するに応じ、古人を擬するに足りないが、一時の妙味につきた。

ここに挙げた鄭譯、何妥らはみな当時の宮廷で名を馳せた官吏である。ひとり萬宝常は身分の低い楽戸である。しかし「萬寶常伝」の編者は音楽の才能において萬宝常がこれらの官吏、著名人よりはるかに勝っていると評価している。その中に萬宝常に対する敬意、同情、同時に歴史批評の公平な態度が現れている。郭沫若は「萬寶常伝」編者のこのような捉え方にも注目した。八十四調と「応声」の発明について、彼は特に「萬寶常伝」に信頼をおいたのも、このことと関係すると言える。隋代から唐代にわたる史料を総合的に考証した結果、郭沫若は次の四点を結論として挙げた。

1、『隋書・萬寶常伝』に記載している「八十四調」「八音」「改弦移柱」はみな萬宝常の独創であり、その始まりを萬宝常からとすべきである。

2、『隋書・音樂志』にある鄭譯の琵琶変調法の「弦柱相飲」は、実は萬宝常の「改弦移柱」を改称したものである。

3、萬宝常と鄭譯は同時代の人であるが、身分は全く違う。萬宝常は楽戸の奴隷であり、鄭譯は官吏である。従って、鄭譯は自分の身分と権力によって萬宝常の業績を剽窃すること容易なことであろう。

4、萬宝常の音楽は古楽と胡楽の「合成派」である。西域の胡楽から精華を取り、中国の雅楽を新たにした。

これまで見てきたように、郭沫若は萬宝常に注目した契機は林謙三『隋唐燕楽調研究』の翻訳であった。恐らく、『隋唐燕楽調研究』を翻訳する過程で、彼は萬宝常の存在に気づいたのであろう。『隋唐燕楽調研究』に萬宝常について言及した箇所は三箇所に留まっている。実は、それらは隋代音楽の変革と密接に関わっていた。すなわち琵琶八十四調と水尺律の問題である。林謙三の主眼は鄭譯にあったため、萬宝常にこだわることをしなかった。従って三箇所の言及はいずれも短く、簡単なものであった。しかし、郭沫若はむしろ林の簡単な言及に重要な史実を発見した。すなわち、隋代の音楽改制に関係する萬宝常の発明に気づいたのである。彼は林謙三が用いたのとほぼ同じ史料を考証し、琵琶八十四調と「応声」は萬宝常の発明したものであって、鄭譯は自分の権力によって、これを剽窃したことを論証した。また萬宝常が発明した琵琶八十四調と「応声」は唐代の燕楽に再び採用され、朝鮮、日本にまで伝播した事実を踏まえ、「隋唐以来の東方音楽が半ば萬宝常によって培植されてきたと言っても、決して過言ではない[54]」と結論し、その音楽史における位置づけを強調した。

郭沫若の萬宝常研究の動機は、萬宝常の不遇な人生に対する深い同情と権力者たちの卑劣な行いに対する義憤であった。これには中国古代史研究で王国維に対する同情に近似するものがあった。歴史書に多く見られるのは王朝の繁栄、統治者の正当性を強調した、いわば時代の栄光の一面である。しかし、歴史には時代の流れに翻弄され、呑み込まれていく陰の一面が存在するのも事実である。ある意味では王国維も萬宝常もそのような存在だったと言えよう。郭沫若の萬宝常研究は、中国音楽史に大きな貢献をした一人の音楽家を歴史の陰から引っ張り出して、その功績を世間に公表しようとする試みである。

論文「隋代大音楽家——萬宝常」と「萬寶常——彼の生涯と芸術——」には、西洋音楽の原理と音表形式の応用や実際の楽器の構造と効果、各音律系統の対照表など、極めて緻密で具体的な研究が見られるが、これらは林謙三『隋唐燕楽調研究』に負うところが多いことは言うまでもないが、この時期、彼の古代史研究とも密接に関係する。この時期に出版された『中国古代社会研究』や『甲骨文字研究』において、彼は歴史研究の分野で初めて、考古学の成果を導入した。伝統的な考証学、訓詁学に近代の考古学を応用することによって、歴史研究により高い客観性と正確性を求めようとした。萬宝常研究に見られる西洋音楽の原理と音表形式の応用も歴史研究と同様な方法であると言える。萬宝常に関する郭沫若の研究とその大胆な論証はこれまでにその例を見ない。中国古代音楽史研究に一石を投じた論文として、その意義が大きいと言えよう。

《注》

1 『沫若自選集』一九三四年　楽華図書公司　二頁　筆者訳　以下同じ
2 『沫若自選集』一九三四年　楽華図書公司　二頁
3 『郭沫若佚文集』上巻（四川大学出版社、一九八八年）所収　二一七頁　筆者訳
4 「百合与蕃茄」一九二三年十二月作、十二月二日～十六日「創造週報」に掲載。ここは『郭沫若全集』第十二巻から引用している。三九一頁　筆者訳
5 「鶏」、ここでは「鶏之帰去来」『郭沫若全集』第十巻から引用している。三七五頁　筆者訳　以下同じ
6 『朝鮮人強制連行の記録』朴慶植著　未来社　一九六五年　参照
7 朝鮮人労働者の失業問題については、秋山斧助「朝鮮人労働者と失業問題」（一九二九年）、酒井利男「朝鮮人労働者問題」（一九三一年）、金重政「在日本朝鮮労働者の現状」（一九三一年）などに言及が見られる。
8 「鶏之帰去来」『郭沫若全集』第十巻所収　三七五頁～三七六頁
9 「鶏之帰去来」『郭沫若全集』第十巻所収　三七七頁
10 金重政「在日本朝鮮労働者の現状」「中央公論」四六巻五二二号　三五一頁
11 「鶏之帰去来」『郭沫若全集』第十巻所収　三七七頁
12 東京府社会課の調査書「在京朝鮮人労働者の現状」（昭和四年）、酒井利男の「朝鮮人労働者問題」（昭和六年）参照。
13 「鶏之帰去来」『郭沫若全集』第十巻所収　三七九頁
14 「鶏之帰去来」『郭沫若全集』第十巻所収　三七九頁
15 『沫若自選集』楽華図書公司　一九三四年　二頁　筆者訳
16 二〇〇九年四川教育部重点研究課題　分担者、藤田梨那、岩佐昌暲、岸田憲也、郭偉。
17 『郭沫若致文求堂書簡』文物出版社　一九九七年　二一五頁
18 『郭沫若致文求堂書簡』　三二七頁
19 『郭沫若致文求堂書簡』　三二七頁

20 早川二郎（一九〇六年―一九三七年）歴史学者。プロレタリア科学研究所、唯物論研究会のメンバーである。
21 「郭沫若氏著『支那古代社会史論』」 雑誌「歴史科学」第二巻第三号一九三三年五月 六六頁
22 丁迪豪（一九一〇年―一九三五年）、中国安徽省生まれ。歴史研究。日本留学した後、北京大学で教鞭を執る。著書に『古詩十九首研究』『殷周民族考』がある。
23 佐野袈裟美（一八八六年―一九四五年）評論家、社会運動家。著書に『支那近代百年史』『支那歴史読本』がある。
24 「歴史」一九三七年七月号
25 佐野袈裟美『支那歴史読本』白水社 一九三七年 九九頁。
26 大里浩秋「同仁会と〈同仁〉」「人文学研究所報」三十九号 二〇〇六年三月 五三頁
27 陶晶孫（一八九七年―一九五二年）中国江蘇省無錫の生まれ。医師、文学者。小学校時代から日本留学し、九州帝国大学医学部を卒業する。著書に『日本への遺書』などがある。
28 丁蕾「近代日本対中医療 文化活動―同仁会研究四―」「日本医史学雑誌」四十六巻四号掲載 二〇〇〇年十二月。
29 「同仁」八巻三号 六〇頁
30 「同仁」八巻三号 六〇頁
31 魚返善雄（一九一〇年―一九六六年）、言語学者、中国文学研究者。
32 『支那人の見た日本人』青年書房 一九三七年 三頁
33 郭沫若「文化与戦争」（文化と戦争）『郭沫若全集』第一九巻 一一頁 筆者訳 以下同じ
34 郭沫若「文化与戦争」『郭沫若全集』第一九巻 一四頁
35 郭沫若「文化与戦争」『郭沫若全集』第一九巻 一二頁
36 『郭沫若全集』歴史篇第一巻所収 七〜八頁 筆者訳 以下同じ
37 劉鉄雲（一八五七年―一九〇九年）名は劉鶚、中国江蘇省の人。清末の小説家。作品に『老残遊記』がある。古書碑帖、甲骨片蒐集家。
38 『郭沫若全集』歴史篇第一巻所収 一九〇頁

39 『郭沫若全集』文学篇第十三巻所収　三六四頁

40 郭沫若は「魯迅与王国維」において一九二七年の「国学月報・王静安先生記念号」の中のいくつかの文章に触れている。この記念号には耕僧、儲皖峰、姚名達、殷南、柏生、梁启超等の文章が掲載されている。傅斯年もまた『殷歴譜』序において、王国維を『殷虚書契考釋』の著者とし、羅振玉が王国維の著書を買ったことを批判している。郭沫若は一九二八年頃からすでに傅斯年と交流をしていたので、あるいは傅斯年のこの文章を読んでいたとも考えられる。

41 「我是中国人」『郭沫若全集』第十三巻　三六四頁

42 林謙三「律名新考―日本十二律の起源及び音高問題の研究」（一九三五年から一九三六年）、『正倉院楽器の研究』（一九六四年）、「琵琶譜新考」（一九六四年）、『雅楽、古楽譜の解読』（一九六九年）、「時代の箜篌について」（一九七八年）『日本の音楽とその周辺』所収などがある。

43 『隋唐燕楽調研究』上海商務印書館　一九三六年　一頁　筆者訳　以下同じ

44 『隋唐燕楽調研究』三頁

45 『郭沫若帰国密記』第十六「河井荃蘆」において、金祖同こと殷塵は、一九四五年、日本を訪問した頃、かつて郭沫若と一緒に河井荃蘆の家に行って、明朝の出版家、蔵書家安国の『石鼓文』を撮影したことがある。その時、郭沫若は林謙三を伴っていて、林に撮影してもらった、と回想している。

46 郭沫若「萬寶常――彼の生涯と芸術――」「日本評論」第十一期一月号　一五一～一五二頁。

47 『隋書・音樂志』　筆者訳

48 『郭沫若全集』第四巻所収　一四七頁　筆者訳

49 「萬寶常――彼の生涯と芸術――」「日本評論」十一巻一号　一七一頁

50 「萬寶常――彼の生涯と芸術――」「日本評論」十一巻一号　一七一頁

51 「萬寶常――彼の生涯と芸術――」「日本評論」十一巻一号　一七二頁

52 林謙三『隋唐燕楽調研究』五四～五五頁　筆者訳

53 「萬寶常――彼の生涯と芸術――」「日本評論」十一巻一号　一七二頁

54 「萬寶常――彼の生涯と芸術――」「日本評論」十一巻一号　一七四頁

第八章　日本——第二の故郷

郭沫若は一生のうちに青年期の留学と壮年期の亡命を合わせ、ほぼ二十年間を日本で過ごした。一九三三年（昭和八年）、彼は亡命中に「自然への追憶」という文章を書き、日本と中国の雑誌にそれぞれ日本語と中国語で発表している。主に留学時代を回想するこの文章において、彼は九州帝国大学時代に住んでいた福岡の博多湾を懐かしく思い、「今でも第二の故郷のような感じがする。[1]」と述べている。彼にとって日本に対する思いがいかに重いものであるかを象徴する言葉である。

一般に、故郷とはまずわれわれが生まれ育った場所を意味する。その土地に生を受け、親や身近な人々に守られながら成長する。故郷の環境やそこでの体験は往々にしてその人の原風景となる。われわれがもっているところの言語から価値観に至るまで故郷が深く関わっている。つまり故郷は物理的空間であると同時に精神的空間でもあり、人々の文化的主体性の根源というわけである。故郷に対する愛着は、そのような土壌で培われる。しかし人々が故郷に抱く感情は、必ずしもすべて愛着だけではないのも事実である。時代の変化、精神的成長に従って、故郷の環境に存在する疲弊、欠陥に気づき、時には故郷を閉鎖的に感じ、それに抵抗しようと試みる。愛するが故に憎しみ、そこからまた悲しみが生まれる。愛と憎しみは常に裏腹である。歴史を振り返ってみれば、人類はこの愛と憎しみと悲しみの連鎖に明け暮れ、さまざまな歴史と人生模様を織り上げてきたのではないだろうか。

郭沫若の場合、生まれ育った四川省楽山は言うまでもなく第一の故郷である。第一章ですでに見てきたように、楽山の美しい自然は彼の豊かな感受性を育んだ。家塾から中学校まで学んだ学問は教養となるとともに、古典や歴史に大胆に挑戦する基礎を用意した。彼は生涯にわたり故郷の山水を愛し、父母と兄弟を愛した。しかし故郷の古い因襲、名利を得るために齷齪とする人々の悪習、辛亥革命後の混乱、これらはすべて、彼の故郷に対する憎悪を呼んだ。彼は故郷を飛び出して成都へ行き、成都を飛び出して北京へ行き、更に北京を飛び出して日本に向かったのである。

では、日本は彼にとって第二の故郷となり得る理由は何であろうか。第四章第一節ですでに見てきたように、郭沫若が日本で経験したことは主に四つの方面にわたる。一つは近代医学を学んだこと。二つは自然を発見したこと。三つは自由恋愛を体験したこと。四つは西洋と日本文学に接し、近代詩人としての第一歩を踏み出したことである。この四つはどれも故郷楽山では体験できなかったことである。これらの体験は現実的、物質的世界から内面的、精神的世界へと彼を導き、ひとりの詩人へと成長させたのである。この四つの要素は互いに無関係ではなく、実に近代詩人郭沫若の誕生に密接に関わり、相互に絡み合っていた。日本は詩人郭沫若誕生のゆりかごと言っても過言ではない。そういう意味において、日本は彼の第二の故郷なのである。

しかし、第二の故郷日本もまた彼に愛着だけを植え付けなかった。時代は日本が帝国主義に目覚め、アジアの指導者になるべく躍起になっていた真只中である。第一次世界大戦から第二次世界大戦、この間、郭沫若は日本にいた。愛国知識人として、彼は当然中国の運命を憂い、日本の侵略を憎んだ。しかし故郷と比べ、この場合、彼の立場はもっと複雑であった。彼は日本で初めて自由恋愛をし、日本女性佐藤富子と家庭をもったのである。故郷楽山での結婚は親に押し付けられた旧式の結婚であったので、佐藤富子との結合は勇気と覚悟を要した。それだけ富子は彼にとって大切な存在である。二人は五人の子供にも恵まれた。しかし、当人同士の意思とは裏腹に、国家間の戦いは日を追って激しさが増してくる。彼らの生活も時代の大波に呑まれ、波乱万丈とならざるを得なかった。妻子には深い愛情をもつが、一方、祖国に侵略の手を伸ばす日本をまた深く憎んだ。祖国と家族、この二つの絆に彼は苦しみ、悲しんだ。彼らの結婚生活には常に別れの影がついてまわったし、結局、二人には生き別れの運命が訪れるのであった。

郭沫若の詩歌には離別を詠んだものが多く見られる。その中のいくつかは佐藤富子或いは日本と別れる時に詠んだものである。これら離別の詩群に中国や日本、或いは恋人に対する想いが端的に表現されている。この章ではこのような詩を取り上げ、彼の富子に対する想い、また彼が言うところの第二の故郷日本に対する想いを探ってみることにする。

第一節　恋人に捧げる詩

第一章ですでに見てきたように、郭沫若は生涯三人の女性と所謂結婚生活を営んだ。最初の妻は二十一歳の年に父母の命によって娶った女性張《ちょう》瓊華《けいか》である。この結婚は彼にとって不本意だったことが自伝に明らかである。二度目は日本留学中に知り合った佐藤富子との同棲生活である。二人は二十年間にわたり、生活をともにした。三度目は一九三七年（昭和一二年）帰国後に知り合った女性于立群と正式に結婚し、亡くなるまでともに生活した。

郭沫若は日本でいくつかの重要な体験をした。その一つは前述した「風景の発見」である。もう一つは「自由恋愛」である。一九一五年（大正四年）ころ結核を患った同郷の留学生陳龍驥を見舞った折、看護師佐藤富子と出会い、恋に陥った。郭沫若にとって、これが最初の自由恋愛であった。間もなく二人は同居するようになり、岡山、福岡で生活を共にした。しかし第一章で触れたように、その時、郭沫若は既婚者である。一方、佐藤富子は親が決めた縁談を蹴って家出した身の上である。従って、しばらくの間、二人とも自分たちの恋愛と同棲を家族には告げずにいた。郭沫若は日本留学の約十年間、佐藤富子を得て、貧しいながらも、愛に満ちた生活を送った。恋愛は彼の精神に大きな変化を齎し、詩集『女神』の誕生を促した。この辺の事情は、自伝『創造十年』、書簡集『三葉集』、エッセイ「我的作詩的経過」等に見られる。「我的作詩的経過」において、彼は「民国五年（一九一六年）の夏と秋の間、彼女（佐藤富子）との恋愛が始まったため、私の作詩意欲に真剣さが発生した。『女神』に収められている「新月与白雲」「死的誘惑」「別離」「Venus」はみな彼女のために書いたものだ。」[2]と述べる。初版『女神』に郭沫若は「愛神之什」（「愛の神の什」）とわざわざ一章を設けて、「新月与白雲」等恋愛を謳歌した詩を入れた。これらの詩はほとんど口語詩の形式になっているが、しかし、その中に古典詩が混ざっているのは興味深い。「別離」という詩がそうである。これには古典形式の詩と口語詩が両方入っている。

別　離

残月黄金梳
我欲掇之贈彼姝
彼姝不可見
橋下流泉声如泫

残月は黄金色の櫛のようだ
これを取ってあの娘《こ》に贈りたい
あの娘に会うことがかなわない
橋の下を流れる水はすすり泣くようだ

暁日月桂冠
掇之欲上青天難
青天猶可上
生離令我情惆悵

朝日は月桂冠のようだ
これを取ろうとしても空に登れない
たとえ空に登れたとしても
生き別れは私を悲しませる

これは「別離」の前半部分である。四句一段落、各句は字数が揃っていない。一連五七五七の構成になる。脚韻もほぼ二句ずつで踏んでいる。いわゆる古詩の形式を採っている。後年に書かれた「五十年簡譜」にはこの詩の創作時期について一九一六年（大正五年）の作としている。最初の題名は「残月黄金梳」になっている。一九一九年に作者はこの詩に更に口語訳にした詩を加えて、「別離」と改題した。一九二〇年一月七日に上海「時事新報」に初めて掲載され、後に『女神』に収録された。古詩の八句に対して、改訳された口語詩は四十四句になる。しかし口語詩によって前の古詩の創作背景や作者の心情がより明白に分かってくる。ここに口語詩の部分を挙げておこう。

別離
一弯残月児
還高掛在天上。
一輪紅日児
早已出自東方。
我送了她回来，
走到這旭川橋上；
応着橋下流水的哀音，
我的霊魂児
向我這般歌唱；

月児啊！
你同那黄金梳児一様。
我要想爬上天去，
把你取来；
用着我的手児，

残月は
まだ空高く掛かっている。
朝日は
すでに東から昇ってきた。
あの娘《こ》を見送った帰りに、
この旭川橋にさしかかる、
橋の下を流れる水の悲しい声に合わせて
我が魂は、
このように歌う：

月よ！
君は黄金色の櫛のようだ。
僕は空に這い上がり、
君を取ってきて、
僕の手で

戴在她的頭上。
咳！
天這様的高，
我怎能爬得上？
天這様的高，
我縱能爬得上，
我的愛呀！
　你今兒到了哪方？

太陽呀！
你同那月桂冠兒一様。
我要想爬上天去，
把你取来，
借着她的手兒，
戴在我的頭上。
咳！
天這様的高，
我怎能爬得上？
天這様的高，

あの娘の髪に挿してあげたい。
おお！
空はこのように高い、
どうして這い上がれようか？
空はこのように高い、
たとえ這い上がれようとも、
わが愛しい人よ！
君はいま何処に？

太陽よ！
君は月桂冠のようだ。
僕は空に這い上がり、
君を取ってきて、
あの娘の手を借りて、
我が頭に載せたい。
おお！
空はこのように高い、
どうして這い上がれようか？
空はこのように高い、

我縦能爬得上，　たとえ這い上がれようとも、
我的愛呀！　わが愛しい人よ！
你今児到了哪方？　君はいま何処に？

一弯残月児　残月は
還高掛在天上。　まだ空高く掛かっている。
一輪紅日児　朝日は
早已出自東方。　すでに東から昇ってきた。
我送了她回来　あの子を見送った帰りに、
走到這旭川橋上；　この旭川橋にさしかかる、
応着橋下流水敵哀音，　橋の下を流れる水の悲しい声に合わせ
我的霊魂児　我が魂は、
向我這般歌唱[3]。　このように歌う。

この詩から古詩が詠まれる契機、背景がよく分かる。つまりこれは恋人を見送る詩である。一九一六年（大正五年）頃、郭沫若は岡山第六高等学校に在学していた。佐藤富子はしばらく東京と岡山間を行き来していた。ある朝郭沫若は東京に戻る佐藤富子を送って、寂しい気持ちを抱いて一人下宿に戻る。旭川橋は岡山の中央を流れる旭川に掛けられた橋で、川を挟んで、東側に岡山第六高等学校があり、西側に当時郭沫若が下宿していた市の中心地がある。郭沫若は毎日この旭川橋を渡って六高に通っていた。佐藤富子を送って、旭川橋にやってきたとき、川のせせらぎに寂し

い気持ちを掻き立てられ、この詩に詠んだのである。口語詩は四つの段落から成っている。第一段落と第四段落はほぼ同じ表現でリフレインしている。最初の一段落はこの詩の起因を詠む。第二段落、第三段落は古詩を敷衍した内容になる。第四段落はもう一度第一段落で詠まれた情景に戻り、作者の寂しさを強調する。

さて、ここで古詩に戻ろう。第一段落では残月を詠う。月を黄金色の櫛に見立てる。作者は月を取ってきて、恋人の髪に挿してあげたい。櫛は中国古代より女性の装飾品の一つである。また男女相愛の印としても用いられた。唐の詩人毛熙震の古詩「浣渓沙」に「象梳欹鬢月生雲」とある。また明の楊循吉の作とされる対聯には「月缺月圓、缺似梳子圓似鏡」とあるように、半輪の月を梳（櫛）に見立てる表現法が古詩にあった。日本においても明治、大正期の女性は日本髪を結っていた。髷によく櫛を挿して飾りとした。つまり梳（櫛）は中国と日本の両方に共通して存在していた。月と梳（櫛）は比喩として中国古代から使われていた。「姝」は古語で、美人の意である。『詩経』には「姝」の用例が多く見られる。しかし作者が悲しくなるのは、美しい黄金色の櫛を取ってきても、遠くへ行ってしまった恋人に贈ることができないことである。月と梳（櫛）の比喩は中国の古典的表現であるが、月を「黄金梳」に喩える用法は古典詩にはほとんど前例を見ない。郭沫若の独創と見ることができよう。

第二段落では、太陽を詠む。太陽の光輪を月桂冠に喩える。前の段落で月を女性の櫛に喩える。つまり女性的なイメージを表現している。ここでは太陽を月桂冠に喩え、男性的なイメージを表現する。月桂冠はいうまでもなく月桂樹の枝を使って編んだ冠であるが、月桂樹はギリシャ神話における太陽神アポロンの霊木として崇められてきた。古代ギリシャでは競技の勝者に月桂冠を贈るのが慣習とされてきた。郭沫若はこの雄雄しい月桂冠を恋人の手を借りて自分の頭に戴きたい。しかし、すでに遠くに行ってしまった恋人には会えない。「月桂冠」を漢詩に取り入れ、男性的イメージを表現したのは、恐らく郭沫若が最初であろう。古典漢詩にはこの用例は存在しない。第一段落と第二段落はそれぞれ次のような表現上の特徴をもつ。

月と梳（櫛）――中国古典的イメージ、女性の美、恋愛を表す。
太陽と月桂冠――西洋古典的イメージ、男性の美、英雄を表す。

このように、「別離」の古詩の部分では、作者は月と太陽、櫛と月桂冠によって、愛し合う二人を表わし、恋い焦がれる気持ちを表現する。この古詩は一九一六年（大正五年）頃に先に書かれたが、一九一九年に、郭沫若は更にこれに四十四句の口語詩を付け足していく。結果、「別離」は古詩の部分と口語詩の部分と両方を持つようになる。古詩は恋する男女の美と恋愛の情を凝縮して表現するのに対して、口語詩は恋人の心情をより詳細に詠むことによって、深い寂しさを表現する。古詩と口語詩は美の表現と情の表現において互いに補完する役割を果たしている。佐藤富子との恋愛は、彼にとって大きな意味をもつことはここからも見て取れる。『女神』に古典的な漢詩も数首混在するが、「別離」は古詩と口語詩を両方並列していることで特徴的である。

第二節　文明の監獄

一九二三年春、郭沫若はついに九州帝国大学医学部を卒業し、妻子を連れて中国に帰る。四月一日、日本はまさに桜が満開の頃に、郭沫若一家は帰国の途に就く。その時、彼は「留別日本」という詩を詠んだ。

留別日本

十年的有期徒刑已滿，　　十年の刑はついに満期になる、
在這櫻花爛熳的時候，　　桜爛漫の時、
我要向我的故國飛還。　　故国に帰らん。

（中略）

新式的一座文明監獄呦！
門前是森嚴的黑鐵造成，
後庭是燦爛的黄金照眼。
無期徒刑囚的看守人
——文人、學者、教徒、藝術家……
住的是白骨砌成的象牙宮殿。

（中略）

可憐呀，邪馬台的兄弟，
我的故郷雖然也是一座監牢，
但我們的有五百万的鉄槌，
有三億二千万的鎌刀。
我們有一朝爆發了起来，
不難把這座世界的鉄牢打倒。

永別呀，邪馬台的兄弟，
我十年的有期徒刑已滿，
我要向我的故國飛去。
我看着那一片片的櫻花亂飛，
好像是你們的血汗和雨，

新式の文明の監獄よ！
門前には厳しい黒鉄の門、
裏庭には黄金色が燦燦と目を刺す。
無期刑囚人の看守
文人、學者、教徒、藝術家が
住んでいるのは白骨の象牙の宮殿。

哀れなるかな、邪馬台の兄弟たち、
我が故郷も監獄に違いないが、
われわれに五百万の鉄槌があり、
三億二千万の鎌がある。
一旦爆発したら、
この鉄の牢屋を打破するのが難しくない。

さらば、邪馬台の兄弟たち、
十年の刑はついに満期になる、
僕は故国に向けて飛び立とう。
ひらひらと舞い落ちる桜は、
雨の如く降る君たちの血と汗。

永別呀，邪馬台的兄弟！　　　　さらば、邪馬台の兄弟たち！

一九二三年（大正一二年）四月一日4

この詩は、十年にわたる留学を終え、日本と別れを告げる詩である。彼は留学の十年を「有期徒刑」（有期懲役）と言う。当然彼自身が囚人である。そして日本を「文明の監獄」と表現する。近代日本は明治以来急激に近代化を進め、アジアで最も優秀な文明国となった。この劇的な変化を遂げた社会を「文明の監獄」と考える郭沫若には、新しい価値観の誕生とともに、人々の精神を束縛する仕組みをそれ自体に孕んでいることを感じ取っていたのであろう。「文明の監獄」に対して、中国もまた監獄である。しかし、郭沫若は自信をもっていた。「五百万の鉄槌」は五百万の工場労働者、「三億二千万の鎌」は三億二千万の農民、をそれぞれ意味し、当時中国の人口の大多数を占めるのが労働者であることをここで強調している。この数の民衆が立ち上がれば、中国社会という監獄を破ることができると、彼は意気込んでいる。

このように、彼は日本に別れを告げる時、新しい夢、新しい未来を胸に描きつつ、楽観と自信に満ちていた。それ故、彼は詩に「永別」という表現を使っている。もう二度と再び日本の土を踏むことがないと思っていた。この時点で、数年後政治犯として日本に亡命しなければならなくなるとは、彼には夢にも思っていなかったであろう。

第三節　戦争に引き裂かれた家族

郭沫若は一九二八年（昭和三年）に日本に亡命し、約十年間不自由な生活を強いられていたが、その間、日中両国の関係も日を追って厳しくなる。満州事変後、日本軍は更に中国進出を加速した。一九三七年七月七日についに蘆溝橋事件が発生し、日中戦争が勃発する。中国国内では、西安事件が発生し、共産党と国民党の折衝で第二次国共合作が実現した。中国国内の勢力を団結させて、日本に対抗するために、これまで共産党に敵対していた蒋介石も一九二八年以来出していた共産党員の逮捕命令の撤回に譲歩せざるを得なくなった。そこで、郭沫若を召還することが実現されたのである。

しかし、日本の警察と憲兵にマークされていた郭沫若は、公に帰国することができない。すべてが秘密裏に進められ、家族にも秘密にしなければならなかった。鬱屈した亡命生活から脱出し、祖国に帰ることは十年来抱き続けてきた念願である。彼はどんなに喜んだことか。一方、家族を連れて帰ることができない。別れを告げることさえできない。「自分が行こうとしているのは、自分にとって唯一の活路だと信じている。」しかし「自分の脱出後、妻子は恐らく面倒なことに遭う。これが数日来最も懸念することだ。[5]」と彼は苦しんだ。組織が用意してくれた三つの出航日のうち、最も遅い便を選んだのもそのためである。[6]脱出の前の晩、郭沫若は夕食の席上それとなく脱出の意思を仄めかした。そのとき、佐藤富子は「行っても構わないが、あなたさえ真面目に生きるなら、私たちは多少面倒なことに遭っても我慢できる。[7]」と彼の背中を押した。妻のこの一言で彼は決心した。「妻よ、君のこの言葉は私に決心をさせてくれた。妻よ、苦難の聖母！[8]」と彼は心の中で富子に感謝した。このように、蘆溝橋事件後、七月二十四日、ついに行動が開始された。前の晩、郭沫若はよく眠れなかった。彼は、自分が今日この日に帰国するのを知らない家族に置き手紙を書いた。二十四日の早朝、彼は子供たちがまだ眠っている間に家を出た。出発前に、妻の額にキスをして言葉で言えない別れの挨拶をした。

警察が見張りに来る前に市川を離れなければならない。彼は浴衣に下駄、袖の中にいくらかの小銭を入れて、毎朝散歩するのと同じ姿で自宅を後にした。京成電車の始発列車で東京に向かう。東京で脱出を手伝う友人と合流して、神戸に行き、その日の夕方に、上海行きの船エンプレス・オブ・ジャパン号に乗り込んだ。すべてが順調に運んだ。安全のため、船に乗っている間、彼は偽名を使い、できるだけ船室を出ないようにした。

夜九時、船が出港した。岸壁で見送る人々は五色の紙テープを船に向けて投げこむ。船上の人々も紙テープを岸に投げる。五色の紙テープは船と岸の間を漂い、絡み合って、そして段々と千切れていく。郭沫若は船室の丸窓からこの風景を眺めながら思った。「十年来、この島国と決別するのを待ち望んだが、しかし、いまは目に見えない六本の紙テープが自分と永遠に繋がっている。」[9]この夜、彼は漢詩を詠んだ。

又当投筆請纓時
別婦抛雛断藕絲
去国十年余泪血
登舟三宿見旌旗
欣将残骨埋諸夏
哭吐精誠賦此詩
四万万人齊蹈厲
同心同徳一戎衣[10]

この詩の大意は「また筆を投げ捨て、戦馬の纓を執るときになる。藕の絲を断つように妻子と別れた。国を逃れてきたこの十年間、余はどれだけの血涙を流したか。この度、船に乗って三日にして中国の旗が見えてきた。よろこんで自分の残骨を中国に埋め、哭いて精誠を吐いてこの詩を賦す。四億の中国人と齊に蹈厲し、心を一にして、ともに戦おう。」である。

第一聯は一九一五年（大正四年）春に一度帰国したことを踏まえた内容となっている。一九一五年、日本政府が中国に「二十一カ条要求」を突きつけた。これに反対するため留学生たちが授業ボイコット運動を起こした際に、郭沫若も愛国心に駆られ、反日運動に身を投じる覚悟で一時上海へ帰国した。つまり鮮明に反日の目的をもつ帰国である。今度の帰国もまた日本と戦うための帰国であるので、この詩で「また筆を投げ捨て、戦馬の纓を執るときになる。」というのである。また、日本と別れを告げる詩としては、この詩及び同時期に詠まれた「黄海船中」は前節で見た「留別日本」とよい比較対象となる。

「留別日本」は一九二三年（大正一二年）、九州帝国大学を卒業した後、家族を連れて帰国する際に詠まれた漢詩である。留学の目標を成し遂げた後の帰国である。しかし一九三七年（昭和一二年）の帰国は事情が複雑になっていた。彼は中国では政治犯としての嫌疑がまだ晴れたわけではなかった。日本の警察の監視も厳しく、帰国は日本から脱出することを意味していた。また私生活では、佐藤富子と連れ添ってすでに二十年近くになる。子供も五人に増え、七人家族となる。今回の帰国は家族を捨てなければならない苦渋の決断である。妻子が悲しむのを彼は容易に想像できたし、いちばん心苦しいことであったはず。「婦と別れ雛をなげ、藕絲を断つ」はそのような心情を切実に表している。一方、中国を救うという使命感もまた彼を強く突き動かしたのである。一方を取るなら他方を捨てなければならない。この対峙から来る苦しみは、一九二三年の帰国と大きく異なる。彼はこの苦しみに打ち勝つために、より強い動機が必要であった。それは第三聯、第四聯にある「よろこんで残骨を諸夏に埋め、四万万人齊に蹈厲し、同心同徳、戎衣を一にせん。」でよく表現している。苦しい中で作った詩であるので、文字通り「哭いて精誠を吐く」という心境であろう。

帰国の船上で彼はもう一首の詩を作っている。「黄海船中」である。

此来拼得全家哭

今往還将遍地哀
四十六年余一死
鴻毛泰岱早安排11

この詩は、先に見た律詩とは形式が異なるが、詠まれている内容はほぼ同じである。大意は「この度は家族を捨ててきたので、一家全員が泣いているだろう。これから向かう中国もまた悲しみに暮れている。四十六年生きてきた私の人生には死が残るのみだ。鴻毛のように軽い死か、それとも泰山のように重い死か、自分の運命はすでに決まっている。」である。第一句と第二句はまさに家族と中国の対峙関係、そのはざまで苦しむ作者の心情を表現している。第三句と第四句は祖国を選んだ強い決心を詠んでいる。このとき郭沫若は四十六歳であった。自分の去就、生死は中国の運命とともにあるという強い思いを後半の二句で表現している。この二首の詩と一九二三年に詠んだ「留別日本」と比べてみると、「留別日本」に見える晴れ晴れとした心情はここにはなく、家族と祖国という二つの絆に苦悩する彼の姿は明らかに見て取れる。

一方、郭沫若の帰国で、日本に残された家族も苦しんだ。一九三七年七月二十四日、郭沫若が東京から神戸に向かう頃に、家族は初めて彼の脱出を知った。佐藤富子は冷静であった。彼女はすぐに自分がしなければならないことは何かを悟った。それは警察の目をくらまして、できるだけ時間を稼ぎ、夫を中国に帰らせることである。

間もなく警察は郭沫若が家にいないことに気づき、尋問に来た。佐藤富子は、夫は熱海へ温泉に入りに行ったと嘘をついた。警察はすぐさま彼を探すため熱海へ向かい、二日間、温泉旅館を一軒一軒虱潰しに捜索したが、郭沫若を見つけることができなかった。二十七日に郭沫若はすでに上海に上陸した。警察がそれを知って市川の郭沫若の自宅を捜索し、佐藤富子を連行した。警察は郭沫若の背後に左翼組織が動いているのではないかと厳しく追及したが、富子は固く口をつぐんだ。警察署で十日間ほど拘留され、厳しい拷問も受けたが、彼女は何も話さなかった。このことを、帰国の年の十一月、郭沫若は人伝えに知って、苦しんだ。彼は直ちに詩を詠んだ。「遥寄安娜」(遥かに安娜に寄せる)である。

遥寄安娜
相隔仅差三日路
居然渾似万重天
怜卿無故遭笞撻
愧我違情絶救援
雖得一身離虎穴
奈何六口委驪淵
両全家国殊難事
此恨将叫万世綿12

この詩の大意は、「隔たることわずか三日の道のりなのに、まるで万里も離れているように感じる。憐れむべきは君が罪もなく鞭撻を受けたことだ。悔むべきは君を助けられなかったことだ。わが身のみ虎穴を逃れたが、家族六人が苦境に残った。家と国の両方を全うすることは難しい。この恨みは万世まで続くだろう。」である。

この年の八月、日本と中国はすでに全面戦争に突入していた。一衣帯水の隣国ではあるが、両国民にとってこのときほど互いを遠く感じたことはなかっただろう。この感覚を表現したのは第一聯である。第二聯、三聯はそれぞれ対句になっている。厳しい拷問を受けた妻を、夫として助けられなかったことを悔やんでも仕方がない。捨ててきた家族に対する自責の念、申し訳なさがこの二聯に滲み出ている。「家」と「国」の狭間で、彼はいやというほど二つを全うすることの難しさに痛感させられた。従って、彼は最後の聯でその悔しさを「この恨みは万世まで続く」と悲痛に表現している。

後年、郭沫若は「家祭文」において次のように回想する。

貞幸得出，而妻子則委諸虎穴，為貞而受犠牲，一為置身而思之，即不覚泪之盈睫。[13]」

私は幸いに逃れたが、妻子は虎穴に残って、私のために犠牲となった。身をその場に置いて思うとき、思わず涙が溢れてくる。

この文章は、一九三九年（昭和一四年）に郭沫若は、亡くなった父郭朝沛を祭るために記した祭文であるが、一家離散の苦痛を滲ませる一文である。

日本を脱出したときに詠んだこれらの詩歌を一九二三年（大正一二年）に詠んだ「留別日本」と比較してみると、明らかに心情の相違が見られる。一九二三年の帰国は学問を成就し、晴れて医学士となり、その上家族を伴っての帰国である。哀れむ眼ざしで邪馬台国の兄弟たちを顧み、「永別呀，邪馬台的兄弟！」と別れを告げる。再び日本の土地を踏むことはないという気持ちである。しかし、一九三七年の帰国はこのようにはいかなかった。彼は家族を捨ててまで、帰国しなければならなかった。後ろ髪引かれる思いで日本を後にしたのである。言い表せない悔しさ、哀しみ、恨みが入り混じり、心が切り刻まれる思いであった。このときに詠まれた漢詩にはこのような心理状態を痛いほど表出されている。「この恨みは万世まで続くだろう（此恨将叫万世綿）」と彼が詠んだ通り、このときの日本脱出は、後々彼の家族や彼自身に生涯にわたって続く苦痛の種を埋め込んだのである。

第四節　苦難の聖母

郭沫若の突然の帰国に衝撃を受けたのは日本の警察だけではない。文学界や彼を知る一般の人々にもショッキングな事件であった。佐藤富子の拘留に続き何人かの逮捕者、拘留者が出た。市川の歯科医藤原豊次郎、歴史家の佐野袈裟美、郭沫若の友人小原栄次郎、内山完造、銭痩鉄である。当時日本国内では左翼者、アナキスト、プロレタリア文学者に対して厳しい取り締まりが行なわれていた。日中戦争が始まった直後に郭沫若が帰国したので、その余波がしばらく続いた。同年十一月、雑誌「改造」は臨時増刊号を出して、郭沫若の帰国宣言ともいえる文章「由日本回来了」を掲載した。山上正義の翻訳で、「日本を去る」という題になっている。翌年「新女苑」（一九三八年四月）に、佐藤富子の「支那へ帰った郭沫若」という一文が掲載された。その中で、佐藤富子は中国について、「私には、郭と子供のいるところがいつでも私の故郷です。」とその思いを述べつつ、目の前で繰り広げられる戦争、夫の帰国を、「夫の国と妻の国とが戦う、それは何という悲惨な運命でしょう。私たちはともかく、私たちの間に生まれた子供たちは、どんなにその小さな心をいためることでしょうか。それを思うと、私はこのままどうかなってしまうのではないかと思うほど胸がいっぱいになる。」と、その苦しい心のうちを明かしている。そして、今後の生き方について、「おそいかかるものには、雌鶏のようにたちむかってゆく力で、私はあまりにも悲惨な運命とたたかいながら、平和が一日も早くおとづれてくれることを、どんなにかどんなにか切実に心でねがいつづけております。」[14]と過酷な運命を生き抜く決意を綴っている。佐藤富子はその後この言葉の通り、五人の子供を育てるためにさまざまな困苦に耐え、必死に働いた。

郭沫若が中国に帰った後、佐藤富子は五人の子供を女手一つで育てなければならなくなった。彼女は仙台の実家に頼ることはしなかった。一家が食べる食料を確保するため、まず農家から畑を借りて、米、野菜を作り始めた。農作業の合間に糊作りの作業場で手伝いをしたり、和紙をすく仕事をしたりした。いまでいうパートの仕事である。また金を借り、家屋を建てて売る、いわば建物の売買もした。沢庵作りの仕事を請け負った時期もある。大根を井戸水で洗ってから、庭で干す。干してから塩づけにする仕事である。反物の行商もしたという。戦争がいよいよ激しくなるにつれ、東京は食料難に陥り、食料の配給がだんだん困難になってくる。そのころ、佐藤富子は農産物の行商を始めた。早朝に田舎に行き、野菜や米などを農家から買って、これを背負って町に行って売るという仕事である。買い込んだ野菜などを背中に背負い、長い道のりを往復する。ときにはリヤカーを使って荷物を運んだこともある。かなりの重労働である。しかし、子供たちを育てるために、彼女は歯を食いしばって黙々と働いた。「支那へ帰った郭沫若」に、佐藤富子は、夫に捨てられた状況の中で、唯一自分を救ってくれたのは子供たちの存在であると言う。「子供たちは父のものではない。私のものだ、母のものだ！　私はそう思うことができました。そして今までも、幾度とない苦しみの中から得てきたものは、この母という自覚だったのです。」[15] 夫に捨てられ、夫の国と妻の国が戦争している。この悲惨な状況の中で佐藤富子を支えたのはこの「母の自覚」である。母として、どのようなことがあっても子供たちを守り、よりよい教育を受けさせる。これが佐藤富子の唯一の目標であった。そのために彼女は何でもした。どのような苦しみも耐えたのである。

郭沫若が中国に帰った一九三七年（昭和一二年）から日本が敗戦を迎え、一九四八年一家が再会するまで十一年の歳月が流れた。その間、佐藤富子と子供たちは郭沫若とは音信不通の状態が続いた。生活の上でもほとんど援助を得ることはなかった。これに加え、彼らの周囲では中国に対する敵意が日々増長し、隣家の人々の態度は一変して、「なぜ敵国の男と結婚した、あんたは馬鹿だ」「野良犬だ」と罵る。子供たちは学校で同級生に「チャンコロ」と侮辱され、いじめられ、怪我を負うこともあったという。このような社会的情勢の中で彼らが受けた精神的な苦痛は測りしれないものである。しかしそのような状況のなかでも、心を寄せてくれた人がいた。岩波茂雄がその一人である。岩波氏は郭沫若とは互いに名前を知っていたが面識はなかった。岩波氏は郭沫若が帰国したというニュースを知ってすぐに市川にある郭家を訪ね、生活の援助を申し出た。郭沫若の長男郭和夫のために京都大学での学費を卒業するまで援助し続けた[16]。岩波氏は敗戦の翌年一九四六年（昭和二一年）に亡くなったが、郭家を援助したことは戦後になって郭沫若の耳に入って、彼を感激させた。一九五五年（昭和三〇年）、郭沫若は団長となって、中国科学者代表団を率いて訪日した際に、わざわざ鎌倉にある岩波茂雄の墓を詣でた。そのとき、漢詩を一首詠んで感謝の心を表した。

弔岩波茂雄墓
生前未遂識荊願
逝後空余掛剣情
為祈和平三脱帽
望将冥福裕後昆[17]

この詩には二つの故事が使われている。一つは、起句にある「識荊」である。これは李白の詩「韓荊州に与える書」に出てくる故事である。唐の荊州刺史韓朝宗は人材を大事にし、有能な若者をよく抜擢したので、人望が高かった。李白はそれを知って、是非韓朝宗に会いたいと願い、「生不用封万戸候、但願一見韓荊州」（万戸候に封ぜられなくてもよい、ただ一度韓荊州に面識を得たいと願うのみである）と詩に詠んだ。後世は待望の人と初めて会うことを「識荊」と表現するようになった。郭沫若はこの故事を使い、「岩波茂雄に生前に会うことができず、つまり、「識荊」を得ることがかなわなかった」と尊敬と無念の思いを表現している。

いま一つは、承句にある「掛剣」である。これは春秋時代呉国の王子季札をまつわる故事である。あるとき、季札は魯国に出使する途中、徐の国に立ち寄った。徐の王が季札の剣をほしかったが、そう言えなかった。それと察した季札は出使の帰りに自分の剣を徐の王に差し上げようと心に決めた。しかし、帰りに徐の国を尋ねたときには徐の王はすでに亡くなっていた。季札は徐の王の墓を詣で、墓のそばの木に剣を掛けた。この話は『史記』呉太伯世家に見える。郭沫若は詩の第二句でこの故事を用いて、「岩波先生に会ってお礼を申し上げたかったが、亡くなった後となっては季札のように、ただむなしい思いを残すだけだ」と無念さを詠んでいる。転句と結句で「平和を祈願して、三度お辞儀し、冥福が後世に幸を垂れることを願う」と詠んでいる。

このように、佐藤富子の苦労と周囲の人々の助けによって、郭沫若と別れ別れの十一年間、長男郭和夫は第一高等学校から京都帝国大学工業化学科へ、次男郭博も同じく第一高等学校から京都帝国大学建築学科へ進学する。三男郭仏生は東京水産講習所（現東京海洋大学）へ、長女郭淑瑀は東京女子大学数学科を卒業後、京都帝国大学建築学科に進学した。末子郭志鴻は開成中学に進学した。子供たちは大きく成長し、よい教育を受けることができたのである。

中国は八年にわたる抗日戦争が一九四五年、日本の敗戦でついに終結した。その後、共産党と国民党が統治権を争って、三年間の内戦に入る。一九四八年（昭和二三年）一月一日、香港に滞在していた郭沫若は「自力更生の真諦」という文章を香港の「華商報」に掲載した。佐藤富子はこの記事を市川で目にすることができた。その時初めて、郭沫若が香港にいることを知った。十一年間待ちに待った夫に関する消息である。彼女は思わず涙がこぼれた。彼女は子供たちを連れて郭沫若の許へ行く決心をする。この年、郭沫若との婚姻届を提出する。この手続きによって、彼女は日本国籍を喪失した。

出発に際して、彼女は「毎日新聞」の取材を受けた。その記事は一九四八年五月三日の「毎日新聞」に「苦難の十二年——佐藤とみ子さん夫君郭氏の許へ」という見出しで掲載された。夫不在のなか十一年間暮らした家を目の前にして、佐藤富子はこれまでの苦労や戦争に対する憎しみを新聞記者にぶつけた。「この庭の木は小指ほどのものを郭が亡命中に植えたのが、いまでは枝が茂って部屋まで暗くなるほどに成長しました、あれを見ても十年という日は永かったです、あの木があれまでになるかげには、私の本当に暗くて辛い日が刻み込まれています。日本人はいままでのように自分だけがうまくゆくように考えるなら、それは日本の再起にならぬし東洋のためにもなりますまい」と。市川の家の庭にある木は一九三〇年（昭和五年）ころ、この家に越してきたときに郭沫若が自ら植えた泰山木の木を指している。泰山木は中国で大山朴とも呼ばれる。木蓮科の常緑樹で、五、六月ころに白い大輪の花を咲かせる。郭沫若は泰山木の花をことのほか愛した。この木は郭沫若が日本を去った後も生長し続け、十一年経って人が両腕で抱えきれないほど大木となった。しかし、佐藤富子から見れば、この木の年輪はそのまま彼女の苦労を刻み込んでいる。いま日本を去るに当たり、この木とも別れることになる。複雑な思いがこみ上げてくるのを禁じ得なかったのである。

一九四八年五月二日、佐藤富子は子供たちとともに佐世保から乗船し、台湾経由で香港を目指した。しかし、実はこのときまで彼女は郭沫若から何の連絡も受けていなかった。当然、郭沫若の住所も知らない。香港に上陸してから新聞社「華商報」に電話して初めて香港九竜にある郭沫若の居所を聞き出し、ようやく訪ねあてた。十一年越しの再会である。その年、佐藤富子は五十三歳、郭沫若は五十六歳であった。しかし再開の喜びも束の間、すぐに厳しい現実を突きつけられた。このとき、郭沫若はすでに若い妻と別に家庭をもち、五人の子供もいた。実は、郭沫若は一九三七年帰国後ほどなくして三度目の婚姻相手の于立群と出逢い、翌一九三八年春、二人は生活を共にするようになる。このことについて、佐藤富子は郭沫若からは何の知らせも受けていなかった。戦後、風の噂で耳にした程度であったが、それでも、彼女はあくまでも郭沫若の妻として、子供たちを父親に再会させるために夫の許に帰ろうと決断したのである。しかし、いまやその現実を目の前にして彼女は大きなショックを受けた。

長女郭淑瑀は当時のことをよく覚えていた。郭沫若の新しい家庭に五人の幼い子供がいるのを見て、佐藤富子は唖然としたという。しかし、郭沫若はただ「これはすべて日本帝国主義のせいだ。」と言い放った。こう語るとき、郭淑瑀の目には涙があふれていた。娘として、そして同じ女性として、佐藤富子の心中を敏感に察したのであろう。郭志鴻は幼いときから郭沫若に愛され、日本脱出の際も最も心配された末子であるが、香港再会のときはすでに十六歳に成長していた。郭志鴻は香港再会について、「戦争中、日本でさまざまな困苦に耐えてきた。これから先にどんなことが起ころうと、もはや怖くない。すべてが運命だと思っていた。だから香港で父と再会し、新しい家庭をもったのを知っても大して突き動かされる感情もなかった。あとは全て香港の共産党組織の手配通りに運んだようだ。[18]」と語る。淡々とした口調に戦争中の体験は何十年経っても当時と何ら変わらない重い苦味を滲ませている。

佐藤富子は何日も自室に引きこもった。目の前に突きつけられたのはあまりにも残酷な現実である。戦争の苦境を潜り抜けた彼女ではあるが、ここで新たな試練を受ける羽目になる。憤り、悲しみ、くやしさ、不安、複雑な思いが入り混じり、彼女を苦しめた。クリスチャンである彼女はこのときも祈り続けた。何日も祈り続けた。最後に彼女が出した結論は自分が身を引くということである。しかし、郭沫若との婚姻関係に終止符を打っても、子供たちとともに中国に残り、中国人として生きるという決心は当初と変わらなかった。十一年間思い続けた再会はこのような形で終わった。佐藤富子はその間、一回も涙を見せることがなかったという[19]。

やがて、佐藤富子と子供たちは中国大陸に渡り、一九四九年（昭和二四年）五月に北京に入った。中華人民共和国の誕生はその年の十月である。従って、佐藤富子、中国名郭安娜の中国人としての人生は新中国とともに始まったのである。子供たちもそれぞれ中国で就職した。長男郭和夫は中国科学院大連化学物理研究所、次男郭博は上海の建築設計院、三男郭仏生は人民解放軍にそれぞれ配属された。長女郭淑瑀は燕京大学（いまの北京大学）に進み、卒業後、ピアノの教師として天津音楽学院に赴任する。四男郭志鴻は華北聯合大学に学び、更に中央音楽学院に進学、卒業後、中央音楽学院の教師になった。

一九八三年（昭和五八年）に郭安娜は日本アジア・アフリカ文化財団から「アジア・アフリカ平和賞」を受賞した。授賞式に出席するため来日した郭安娜を筆者は訪ね、話を聴くことができた。彼女は受賞のことをさほど気に留めなかったようである。多く語ったのはむしろ戦争中のことである。郭沫若が秘密裏に帰国した頃の話になると、郭安娜は膝のあたりにある大きな黒い傷跡を見せてくれた。警察署に連行され拷問を受けたときの傷だと言う。そして、「私はいまでも日本の警察を許さない。」と警察に対する憎しみを隠さなかった。戦争中にいちばん苦しんだとき、何に頼って耐えたのかという筆者の質問に対して、彼女は「私には信仰があり、いつも神に祈りを捧げていた。しかし、自分のために祈ったことは一度もない。いつも人のために祈っていた。」と語った。クリスチャンではない筆者にはとても彼女の信仰心の深さを測り知ることができないが、しかし、目の前にいるこの明治の女性は、激動の歴史の中で自分の信念を曲げず、ひたすら堪えてこられたのは紛れもなくこの信仰心があったからだと理解した。

中国に定住した郭安娜は、日中国交正常化が実現された二年後の一九七四年（昭和四九年）に初めて日本を訪れる。実に二十六年ぶりの帰国である。その後ほぼ毎年のように日本に一時帰国していた。しかし、彼女は毎回日本に来ては慌ただしく中国に戻っていった。その理由について、彼女をよく知る王廷芳氏（郭沫若の秘書）はあるとき安娜に訊ねた。すると彼女は「私は年を取りました。日本で死んだりすると困る。私は死ぬなら必ず中国で死にたいです。」と答えた。王氏は「私は、中国を愛する彼女の心に深く感動した。これこそ中日両国の人々が末永く友好を守っていきたい願いではないか、その願いは彼女の生き方によって十分に代弁されているのではないかと思った。」[20]と、郭安娜を追悼する文章に書く。

帰国後の郭沫若について、彼自身が書いた『帰去来』『洪波曲』など多くの自伝からその詳細を知ることができるが、佐藤富子については、ほとんど記録がない。第二次世界大戦終結後、全世界は東西両陣営に分かれ、永きにわたり冷戦状態が続いた。日本と中国は国交が途絶えたまま、双方の交流がなかった。また中国国内では、新中国成立後、右派粛清運動や文化大革命運動と毛沢東体制の政治的基盤を固めるために、内部浄化とマルクス主義堅持を徹底的に行なった。そのような情勢の中で佐藤富子は日の当たる場所に出ることなく、社会の陰にひっそりと隠れて暮らすような存在となった。彼女と郭沫若との関係に触れるのは一種のタブーになっていた。
一九七二年（昭和四七年）日中国交正常化が実現され、中国はようやく「改革開放」の方向に舵を切り始めた。一九八〇年代に入ってから人々は佐藤富子の存在に注目し始め、半世紀以上も前から中国人と深い因縁をもつ彼女について、取材し記録する人々が現れた。最初は日本からであった。日本の作家澤地久枝は、東京から大連と無錫を訪ね、佐藤富子、妹の佐藤みさをと会い、取材を試みたのである。その後、彼女は「日中の懸橋――郭をとみと陶みさを」を雑誌「文芸春秋」に発表した。これが佐藤富子についての最初の記録といえる。いま、郭沫若と佐藤富子を描いた伝記風の著書は世に数種類存在する。

「日中の懸橋――郭をとみと陶みさを」澤地久枝　「文芸春秋」一九八一年四月、五月号
『アジア女性交流史』山崎朋子、筑摩書房　一九九五年
『シュトゥルム　ウント　ドランク――疾風怒涛――』斎藤孝治、同編集出版委員会　二〇〇五年
『潔光』　桑逢康、北岳文芸出版社　一九九二年
『郭沫若与他的日本妻子』　谷輔林、唐燕能、学林出版社　一九九九年
『郭沫若和他的三位夫人』　桑逢康、海南出版社　二〇〇一年
『郭沫若与安娜』　連続テレビドラマ　高春麗脚本　天津テレビ局制作　一九九九年

前の三種は日本人によるものである。後の四種は中国で刊行放映されたものである。しかし、佐藤富子に直接取材したのは澤地久枝ひとりである。一九九〇年代以後中国にも郭沫若と佐藤富子に関する伝記風の作品やドラマが現われたが、いずれも史実を伝える資料が僅少である。それもその筈、佐藤富子は自分を語らない女性であった。戦中は常に周囲から軽蔑の目で見られながら、生きるのに必死であった。この時代に平凡で、しかも敵国の男と結婚した女性に関心をもつ人は少なかった。戦後になっても、彼女はマスコミからの取材を拒み続け、頑なに口を閉ざしてきた。

現在、わずかに「新女苑」に載った「支那へ帰った郭沫若」と一九二八年（昭和三年）五月三日「毎日新聞」に載った「苦難の十二年——佐藤とみ子さん夫君郭氏の許へ」という記事と彼女とつながりのある数人の関係者の回想が残っているだけである。従って、戦争中、彼女はどのように生き、どのように五人の子供を育てたか、この辺の詳しいことはもはや知ることができなくなっている。

筆者は佐藤富子の孫に当たり、富子の生前に何回か会うことができた。また郭沫若と佐藤富子の五人の子供（筆者の母親と伯父たち）に会う機会もあり、数回話を聞いたこともある。これらの聞き書きに前記の伝記資料を合わせて、戦争中の佐藤富子の生活を想像するしかない。

一九九四年八月十五日、郭安娜は上海で亡くなった。享年一〇一歳。いまは上海郊外にある華僑墓地「帰園」に眠っている。彼女の言う通り、中国で死に、中国の土となった。またかつて彼女は「私には、郭と子供たちのいるところはいつでも私の故郷です。」[21]と語ったように、彼女は郭安娜として中国という故郷でその一生を終えたのである。

郭沫若は一九七八年に北京で亡くなった。遺言によりその遺骨は中国の石油産地大慶の大地に撒かれ、墓地は営まれていない。ただ、北京にある彼のかつての住居、いまの郭沫若記念館の庭に建立された彫刻の坐像がこれからの中国と世界を静かに見守っている。

むすび

郭沫若は、その人生の前半において、留学と政治亡命という二つの時期にわたり、前後二十年間を日本で過ごした。彼が日本に留学したのはちょうど百年ほど前である。日本で佐藤富子と出逢い、愛の絆を結んだ。恋愛、近代スポーツ登山と水泳、医学、欧米文学、これらは彼にとって、すべてが新しい体験である。日本の自然、人情、近代化された環境は、彼の天性の感受性と好奇心を大いに刺激し、「風景」の発見、自我の目覚め、科学精神の獲得を促す契機となった。彼の詩人としての感性は日本の大自然の中で成熟した。『女神』の誕生は、まさにこのような体験の中で可能となったのである。そういう意味において、日本は、ロマン詩人郭沫若誕生のゆりかごと言っても過言ではない。

亡命期は厳しい状況下にあったことはこれまで見てきた通りである。彼は物質的にも、精神的にも常に苦痛に耐えなければならなかった。しかし、その状況の中で、彼は日本を観察するまたとない機会を得たのもまた事実である。すなわち、日本帝国をその内部から観察することができた。日本の左翼文学者や歴史研究者、在日朝鮮人の社会運動家たちと接することもできた。日本はアジアで侵略と植民地統治を狂暴に進める一方で、国内では左翼勢力を恐れ、厳しい検挙と弾圧を繰り返した。その中で、郭沫若が日本の左翼知識人たちと密かに交流をもったことは興味深い。この辺の詳しい状況は、なお調査する余地を残している。

左翼文学者の他にも、内山完造、田中慶太郎、林謙三など多くの日本人と親交をもった。また、彼と面識がなかった岩波茂雄のような方々も、彼の家族に援助の手を差し伸べた。国と国が互いに憎しみ合い、戦っている最中でも、両国民の間にこのような良心的で、真摯な交流があったことは、いまわれわれがこの時代の歴史を顧みるときに、やはり感動を禁じ得ない。郭沫若とその家族があれほど厳しい状況に打ち勝つことができた裏には、このような人間と人間の心のつながりが力になっていたと言わざるを得ない。

亡命中の古代社会研究と古代文字研究は、彼にとって新しい学術研究領域の開拓となった。日本の図書館に所蔵されていた古代資料が彼に貴重な研究材料を提供したのは言うまでもない。考古学と弁証法の応用は、歴史研究に新しい視野を導入し、多くの議論を呼んだ。

郭沫若と佐藤富子の物語は、今日なお人々に感動を与える。佐藤富子をその生前にインタビューした澤地久枝氏は、彼女について次のように述べる。「この人の猛烈な印象、強い個性に私はいささか困惑気味であった。郭安娜はその結婚によって、北伐当時から現在にいたる中国現代史の生き証人の一人となった。私はこれまでに会った日本女性とはまったく異質の人である。[22]」と。また山崎朋子氏は、「日本女性の側からなされた中国男性への限りない信愛と献身であり、日中女性交流史のひとつの到達点をシンボライズするものと見なくてはならないと思う。そして、そのように思えば思うほど、わたしには、佐藤をとみ・みさを姉妹の結婚のドラマが、いよいよ、意義深くもまた他になく美しいものと見えて来るのである[23]」と評価している。中国側の桑逢康氏も「安娜の一生は一貫してキリスト教の精神を貫き、平和を愛し、中国を愛し、夫と子供を愛した。彼女は日本の娘であり、また中国の娘でもある。人々は郭沫若を尊敬するが、更に彼の夫人安娜女史を尊敬する。[24]」と讃えている。

筆者は数回佐藤富子と会っているが、いつも彼女の強烈な個性に心を打たれた。澤地久枝氏と同様、「猛烈な印象、強い個性」が佐藤富子の性格的特徴ではないかと考える。この強い個性を育んだものは何であるか。幼少時代から植え付けられたキリスト教への信仰心が、彼女の心を支える根底であったことはいうまでもない。夫、子供に対する深い愛情が彼女をして数奇な人生を貫かせる原動力となった。つまり信仰と愛の心は、この明治の女性をかくも強い存在にしたのではないか。

二十年間連れ添った二人の生活は決して楽なものではなかった。時には極度の貧困にまで陥ったこともある。それでも彼等は純愛を貫き、夢を追い求め続けた。佐藤富子の内助の功もあって、郭沫若は次々と口語詩を創作し、詩人として中国文壇へのデビューを果たした。北伐戦争、日本亡命の十年間、二人にとって最も波乱にして多難な時期であった。度重なる危機を佐藤富子の献身的な周旋で乗り越えてきた。郭沫若が苦境に立たされ、去就に迷うとき、いつも佐藤富子が彼の背中を押した。彼は妻の献身に感謝し、妻の両目の間に閃く「潔光」に心が惹かれ、心の中で「苦難の聖母！[25]」と讃えずにはいられなかったのである。

日中戦争は彼の家族を二つに裂いた。戦乱の中で、誰も生きて再会できるとは想定できなかった。むしろその日その日を生きぬくだけで精一杯だったはず。しかし、その中でも、佐藤富子は自分が郭沫若の妻であることを決して放棄しなかった。戦後、彼女は郭沫若の新しい家庭生活から自ら身を引いたが、子供たちを中国に連れて帰り定住することで、むしろ中国の大地で家族が団欒したといえるのではないか。

日本は、郭沫若にとって第二の故郷である。それは、日本が郭沫若という詩人を育んだことは勿論のことであるが、佐藤富子と人生を共にしたこと、家族をもったことも大きな意味を占めているのではないか。一九七〇年代から、彼は中日友好協会の名誉会長を務め、日中国交正常化に尽力したのも、日本との深い因縁を象徴しているようである。また、佐藤富子も郭沫若と結婚したため、中国を第二の故郷とした。そういう意味で、郭沫若と佐藤富子は中国現代史の生き証人であると同時に、現代日中交流史の生き証人であるといっても過言ではないだろう。

過去の戦争は、郭沫若と佐藤富子の家庭を壊し、多大な苦痛を与えたと同じように、多くの日中の人々の人生を不幸にした。その戦争が終わって七十年。目を現在のアジアに転じ、日中両国間に生じている緊張や両国の関係の行方を考えるときに、郭沫若と佐藤富子が歩んだ人生は、決して過去のことではない。むしろ何か重要なことをわれわれに示唆しているようにも思える。

《注》

1 「自然への追憶」雑誌「文芸」一九三四年二月号　五七頁
2 「我的作詩的経過」『郭沫若全集』第十六巻所収　二一三頁　筆者訳
3 「別離」は『郭沫若全集』第一巻より引用し、字体は旧字体に改めた。筆者訳
4 『郭沫若全集』第一巻より引用し、字体は旧字体に改めた。筆者訳
5 「由日本回来了」（日本から帰ってきた）『郭沫若全集』第十三巻所収　四一八頁
6 「由日本回来了」『郭沫若全集』第十三巻所収　四二五頁　字体は旧字体に改めた
7 「由日本回来了」『郭沫若全集』第十三巻所収　四二一頁

8 「由日本回来了」『郭沫若全集』第十三巻所収　四一八頁
9 「由日本回来了」『郭沫若全集』第十三巻所収　四二〇頁
10 「由日本回来了」『郭沫若全集』第十三巻所収　四二一頁　字体は旧字体に改めた。
11 「由日本回来了」『郭沫若全集』第十三巻　四二五頁　字体は旧字体に改めた。
12 「遥寄安娜」一九三七年十一月十九日作、一九三八年五月に「雑誌」創刊号に掲載
13 「家祭文」一九三九年『郭沫若佚文集』（四川大学出版社　一九八八年）三一五頁　筆者訳
14 佐藤富子「支那へ帰った郭沫若」「新女苑」一九三八年四月号　六五頁、七二、七三頁
15 「支那へ帰った郭沫若」七二頁
16 安倍能成『岩波茂雄伝』岩波書店　一九五七年
17 劉徳有『郭沫若日本の旅』サイマル出版会　一九九二年　四九頁
18 二〇一五年五月郭志鴻への取材による。
19 同じく郭志鴻への取材による。
20 王廷芳「她酷愛中国——追悼郭安娜夫人」（「彼女は中国を酷愛している——郭安娜夫人を追悼して」）手稿　一九九四年八月十九日　筆者訳
21 佐藤富子「支那へ帰った郭沫若」「新女苑」一九三八年四月号
22 澤地久枝『続昭和史のおんな』文春文庫　二一五頁
23 山崎朋子『アジア女性交流史』筑摩書房　二八二頁
24 桑逢康『潔光』北岳文芸出版社　一八四頁　筆者訳
25 「由日本回来了」（日本から帰ってきた）『郭沫若全集』第十三巻所収　四一八頁

主要参考文献

【一次資料】

郭沫若の著作

『郭沫若全集』人民文学出版社　一九八三年
『沫若自選集』楽華図書公司　一九三四年
『郭沫若選集』四川人民出版社　一九八二年
『郭沫若佚文集』四川大学出版社　一九八八年
『女神』郭沫若　上海泰東書局　一九二三年版
『沫若詩集』上海創造社　一九二八年
『桜花書簡』四川人民出版社　一九八一年
『沫若自傳』三聯書店　一九七八年
『創造十年』三聯書店　一九八七年
『星空』上海泰東書局　一九二三年
『辛夷集』上海泰東書局　一九二三年
『郭沫若致文求堂書簡』文物出版社　一九九七年
『郭沫若少年詩稿』楽山市文管所編　四川人民出版社　一九七九年
『郭沫若旧体詩詞系年注釈』黒竜江人民出版社　一九八二年
『敝帚集与遊學家書』郭平英編　中国社会科学出版社　二〇一二年
「自然への追懐」郭沫若　「文藝」（改造社）昭和九年二月号
『《女神》及佚詩』郭沫若　人民文学出版社　二〇〇八年
「隋代大音楽家――萬宝常」郭沫若　「文学」第五巻三期
「萬宝常――彼の生涯と芸術――」郭沫若　「日本評論」十一巻一号

郭沫若関係文献

『《女神》彙校本』桑逢康著　湖南人民出版社　一九八三年
『郭沫若年譜』王継権　江蘇人民出版社　一九八三年
『郭沫若年譜』天津人民出版社　一九八二年
『郭沫若創作得失論』劉元樹　四川文芸出版　一九九三年
『論郭沫若的時』楼栖　上海文芸出版社　一九七八年
『異文化のなかの郭沫若――日本留学の時代』武継平著　九州大学出版会　二〇〇二年
『反思郭沫若』丁東編　作家出版社　一九九九年
『郭沫若帰国密記』殷塵　一九四五年
『中国現代浪漫主義文学史論』朱寿桐　文学芸術出版社　二〇〇四年
「福岡滞在期の郭沫若の文学背景その他」岩佐昌暲　九州大学大学院言語文化研究所「言語文化研究」十七号　二〇〇三年二月
「她酷愛中国――追悼郭安娜夫人」
（彼女は中国を酷愛している――郭安娜夫人を追悼して」）手稿　王廷芳　一九九四年八月十九日
「支那へ帰った郭沫若」佐藤富子　「新女苑」一九三八年四月号
『桜花書簡』大高順雄、藤田梨那、武継平訳　東京図書出版会　二〇〇五年
『疾風怒涛』斎藤孝治

シュトゥルム　ウント　ドランク編集出版委員会　二〇〇五年
『郭沫若日本の旅』劉徳有　サイマル出版会　一九九二年
『アジア女性交流史』山崎朋子　筑摩書房　一九九五年
『潔光』桑逢康　北岳文芸出版社　一九九二年
『郭沫若和他的三位夫人』桑逢康　海南出版社　二〇〇一年

【二次資料】

『魯迅全集』人民文学出版社　一九八二年
『胡適全集』安徽教育出版社　二〇〇七年
『中国新文学大系』上海良友図書印刷公司　一九三六年
『詩論』朱光潜　一三〇頁　三聯書店　一九八四年
『有島武郎全集』筑摩書房　一九八〇年
『叛逆者』有島武郎著作集第四輯　新潮社　一九一八年
『柳宗悦選集』第四巻　日本民芸協会編　一九七八年
『金剛山游記』大町桂月『桂月全集』第三巻　興文社
『王国維年譜』王徳毅　台湾商務印書館　一九六七年
『隋唐燕楽調研究』林謙三著　郭沫若訳
上海商務出版社出版　一九三五年
『王国維的生涯与学問』佐藤武敏　風間書房　二〇〇三年
『支那歴史読本』佐野袈裟美　白揚社　一九三七年
『支那人の見た日本人』信濃憂人　日本評論社　一九三八年
『日本洋画史』第一、二、三巻　日貿出版　一九七九年
『白樺派と近代美術』東珠樹　三協美術　一九八〇年
『近代日本絵画史』河北倫明　高階秀爾　中央公論社　一九七八年
『絵画の領分』芳賀徹　朝日新聞社　一九八四年
『ミレー』ロマン・ロラン著　蛯原徳夫訳　岩波文庫　一九八〇年
『アサヒグラフ別冊美術特集 ミレー』朝日新聞社　一九九二年
『ファウスト』ゲーテ著 相良守峰訳　岩波文庫　一九八四年
『説話の森』小峰和明著　大修館　一九九一年
『レオナルド・ダ・ヴィンチの手記』杉浦明平訳
岩波文庫　一九七九年
『レオナルド・ダ・ヴィンチの絵画論』加藤朝鳥訳
北宋社　一九九六年
『レオナルド・ダ・ヴィンチ』田中英道著
講談社学術文庫　一九九二年
『朝鮮社会史読本』李清源　白楊社　一九三六年
『英親王李垠伝――李王朝最後の皇太子』共栄書房　一九七八年
『朝鮮最後の皇太子妃』本田節子　文芸春秋　一九九一年
『流れのままに』李方子　啓佑社　一九八三年
『歳月よ、王朝よ』李方子　三省堂　一九八七年
『中国現代史辞典』中国国際廣播出版社　一九八七年
『朝鮮の歴史』朝鮮史研究会　三省堂　一九七四年
『暦の辞典』新人物往来社　一九九三年
『現代史資料二六　朝鮮』みすず書房　二〇〇四年
『朝鮮史』武田幸男 山川出版　一九八五年

『関東大震災』 中島陽一郎 雄山閣 一九八二年
『朝鮮人強制連行の記録』朴慶植 未来社 一九六五年
『日稼哀話』 吉田英雄 平凡社 一九三〇年
『世界日曜学校大会記録』 日本日曜学校協会 一九二一年
『近代の日本キリスト教新聞集成』 日本図書センター 一九九三年
『新聖書大辞典』 キリスト教新聞社
『聖書大事典』 教文館 一九八九年
新改訳『聖書』日本聖書刊行会 一九七〇年
『新共同訳新約聖書注解』 日本キリスト教団出版局 一九九一年
『新共同訳聖書辞典』 キリスト教新聞社 一九九七年
『聖書大辞典』 新教出版 一九五三年
『読める年表日本史』 自由国民社 一九九〇年
『健康という幻想』（『Mirage of Health』）ルネ・デュボス著、
田多井吉之助訳 紀伊国屋書店 一九八八年
年
『隠喩としての病』（『Illness as Metaphor』）
スーザン・ソンタグ著、富山太佳郎訳 みすず書房 一九八二年
『日本近代文学の起源』柄谷行人 講談社 一九八三年
『The Changing Nature of Man』J.H Van den Berg Published by W
W Norton & Co Inc 一九八三年
『透明と障害』 ジェン・スタロバンスキー著、山路昭訳
みすず書房 一九七三年
『続昭和史のおんな』 澤地久枝 文春文庫 一九九一年
『日本歴史大事典』 平凡社 一九九四年
『漢書』 中華書局
『史記』 中華書局
『隋書』 中華書局
『周礼』 四部叢刊正編
『今昔物語集』 日本古典文学大系 第二十五巻 岩波書店 一九六五年
「鮮人労働者と失業問題」秋山斧助
「社会政策時報」一一一号 一九二九年
「在日本朝鮮労働者の現状」 金重政
「中央公論」 一九三一年 七月号
「朝鮮人労働者問題」 酒井利男
「社会事業研究」 一九三一年 五・六・七月号
「朝鮮人労働者に関する調査」中山幸一 「工場」七四号 一九三一
「我国の日傭労働者に関する若干の考察」園乾治
「三田学会誌」二七 一九三三年
「同仁会と〈同仁〉」大里浩秋
「人文学研究所報」三十九号 二〇〇六年三月
「近代日本対中医療文化活動——同仁会研究四」丁蕾
「日本医史学雑志」四十六巻 四号 二〇〇〇年十二月
「在京朝鮮人労働者の現状」 東京府社会課 一九二九年
『公羊学の成立とその発展』濱久雄 国書刊行会 一九九二年

『公羊春秋経伝験推補証』 寥平
『中国の社会思想』 小島祐馬 筑摩書房 一九六七年
『寥平春秋学研究』 趙沛 巴蜀書社 二〇〇七年
「蒙文通経学思想の特徴」蔡方鹿
「中華文史論壇」二〇〇五年第四期
「結核死亡数および死亡率の年次推移」『「結核の統計」資料編』
疫学情報センター 結核予防会 結核研究所編
『青年と結核』近藤宏二 岩波書店 一九四六年。
『留学生鑑』一九〇六年 東京 啓智書社

雑誌、新聞

「歴史科学」 白揚社
「白揚」 白揚社
「同仁」 日本医学団体同仁会
「日本評論」 日本評論社
「東京日々新聞」
「時事新報・學燈」 上海
「南開大学学報」 第二期 南開大学 一九七八年
「万朝報」
「新中国」 一九一九年
「東京日日新聞」
「九州日日新聞」
「大阪毎日新聞」

あとがき

二十年ほど前から「郭沫若と日本との関係」をテーマとする研究に取り組んできた。郭沫若の日本留学と亡命という二つの時期を中心にしているので、研究の範囲は中国、日本、朝鮮半島に渡る。この著書にまとめたのは、その研究の成果である。

郭沫若が日本と関わったこの二つの時期は、ちょうど第一世界大戦と第二次世界大戦、日中戦争、太平洋戦争が次々と繰り広げられた時期である。彼が異国の地で味わった苦痛は、いかばかりか。しかし、その中で彼は、詩作と古代史研究、甲骨文研究に没頭し、大きな成果を残した。彼の人生には、今日われわれがこれからの日中関係について考えるヒントが隠されているのではないか。本著書の刊行で、人々に日中両国の歴史や文化交流史を振り返り、郭沫若という文化人を通して、日中交流の重要性を再確認する契機となれば幸いである。

本書には、これまで雑誌や図書に公表したものも一部含まれている。その初出は以下の通りである。

郭沫若の新詩「電火光中」論　「二松学舎大学人文論叢」五十六号　一九九六年三月、十月

郭沫若「牧羊哀話」の創作背景とモチーフに関する考察
「清泉女子大学人文科学研究所紀要」XX　一九九九年三月

郭沫若と朝鮮――「狼群中一隻白羊」を中心に――
「国士館大学文学部人文学会紀要」三十三号　二〇〇〇年十二月

郭沫若の「鶏之帰去来」について　「国士館大学漢学会紀要」第五号　二〇〇三年四月

郭沫若の「天狗」を論ず　「国士舘大学人文学会紀要」第三十六号　二〇〇三年十二月
郭沫若日本流亡時期的抵抗文学　「韓中言語文化研究」第九輯　二〇〇六年九月
郭沫若的万宝常研究之動機与意義　「現代中国文化與文学」第六号巴蜀書社　二〇〇九年五月
郭沫若与日本雑誌社的関連　「郭沫若学刊」二〇一一年三月
郭沫若新体詩創作の歴史的意義――「風景」の発見と口語詩の試み　「国士舘人文学」国士舘大学　二〇一四年三月
郭沫若の漢詩素養と創作　「国士舘人文学」第六号　二〇一六年三月
医学・文学・身体――以郭沫若文学為例「中国現代文学研究論叢」十巻一期　南京大学　二〇一五年七月

本書をまとめるに当たって、これらの論文に修正加筆を行なった。これ以外の部分は本書のために新たに書き下ろしたものである。

いまから二十数年前、筆者は新典社より最初の著書『漱石と魯迅の比較文学研究』を林叢の名で出版した。その折り、当時同社におられた本橋典丈氏にはお世話になった。この縁で、今回この書を武蔵野書院より出版することとなった。

本書の出版に当たり、同書院の前田智彦社長の快諾をいただき、編集校正の労を取っていただいた。ここに深く謝意を表する次第である。

二〇一七年七月七日

著　者

《著者紹介》
藤田梨那（中国名、林叢）
二松学舎大学大学院文学研究科国文学専攻博士課程修了。博士（文学）。
現在、国士舘大学文学部教授。
研究分野：比較文学、日本文学、中国文学
所属学会：日本比較文学会、日本現代中国学会、日本郭沫若研究会（副会長）、
　　　　　国際郭沫若学会（会長）

〈著書等〉
『漱石と魯迅の比較文学研究』（新典社・1993年）
翻訳『桜花書簡』（共著）（東京図書出版会・2005年）
『回望故土──解読司馬桑敦──』（台湾伝記文学出版社・2008年）
『女神　全訳』（明徳出版社・2011年）
『現当代中国文学中的跨文化書写』（中央編訳出版社・2013年）
などがある。

詩人郭沫若と日本

2017年9月29日 初版第1刷発行

編 著 者：藤田梨那
発 行 者：前田智彦
装　　幀：武蔵野書院装幀室
発 行 所：武蔵野書院
〒101-0054
東京都千代田区神田錦町3-11 電話03-3291-4859　FAX 03-3291-4839

印　　刷：三美印刷㈱
製　　本：㈲佐久間紙工製本所

ISBN 978-4-8386-0705-1 Printed in Japan